古典詩歌研究彙刊

第六輯

龔鵬程 主編

第 23 冊

蘇轍詩歌之風格與價值（下）

林 秀 珍 著

國家圖書館出版品預行編目資料

蘇轍詩歌之風格與價值（下）／林秀珍 著 — 初版 — 台北縣
永和市：花木蘭文化出版社，2009〔民97〕
目 4+260 面：17×24 公分
（古典詩歌研究彙刊 第六輯；第23冊）
ISBN 978-986-6449-74-1（精裝）
1.（宋）蘇轍 2. 學術思想 3. 宋詩 4. 詩評
851.4516 98013956

ISBN - 978-986-6449-74-1

9 789866 449741

古典詩歌研究彙刊
第六輯 第二三冊 ISBN：978-986-6449-74-1

蘇轍詩歌之風格與價值（下）

作 者 林秀珍
主 編 龔鵬程
總 編 輯 杜潔祥
出 版 花木蘭文化出版社
發 行 所 花木蘭文化出版社
發 行 人 高小娟
聯絡地址 台北縣永和市中正路五九五號七樓之三
電話：02-2923-1455／傳眞：02-2923-1452
網 址 http://www.huamulan.tw 信箱 sut81518@ms59.hinet.net
印 刷 普羅文化出版廣告事業
初 版 2009 年 9 月
定 價 第六輯 25 冊（精裝）新台幣 35,000 元

蘇轍詩歌之風格與價值（下）

林秀珍　著

目

次

第五章　蘇轍詩歌之審美意向

　　「審美」，作爲審視作品的角度及思考方式，所呈現的一種美的覺知。了解蘇轍形塑詩歌特色的審美意識，通過宋代文化加以抉擇，筆者試著透過詩歌作品內涵、表現的美學架構及時代審美精神，凸顯作者心靈審美意向、審美特徵，與詩中經常出現的意象語彙，構築出蘇轍個人的美學系統。以下各節，則從作者的角度切入分析，蘇轍詩歌之審美精神。

第一節　審美取向

　　唐、宋文化因經濟、政治、思想等緣由，分成兩種不同進路，多樣性的向中國人文思想精神內容開拓。清·葉燮所謂：「唐詩則枝葉垂蔭，宋詩則能開花，而木事之能方畢。」〔註1〕宋詩與唐詩并爲雙璧，宋詩在表現的主題上，擴展寫作題材，大至社會國家，小至瑣細生活描寫，富變化的表現技巧，力圖開拓與唐詩不同的文學風格，其涉理路、立議論，其「思之深入」以思理見長的特徵，開拓宋詩的境界與特色。傅樂成先生提出〈唐型文化與宋型文化〉，〔註2〕從文化角

〔註1〕　清·葉燮《原詩·內篇》上，見丁仲祜編訂：《清詩話》（台北：藝文印書館，1971年10月），頁19。
〔註2〕　一文見於《漢唐史論集》（台北：聯經出版社，1997年）。

度分析，唐代，活潑開放，兼容並蓄；宋代，內斂深沉，以含蓄爲美。從內在文學性格反映出的文人審美意向，羅聯添先生在〈從兩個觀點試釋唐宋文化精神之差異〉談到唐人欣賞牡丹，宋人喜歡梅花，從仕宦態度和對花卉的偏好，歸結唐人進取，宋人凝斂。〔註3〕前人對唐、宋詩特色的論述，較爲中肯的見地：唐詩主情尙意興，以豐神情韻擅長；宋詩主理尙氣，以筋骨思理見勝。〔註4〕今人繆鉞先生〈論宋詩〉一文指出：

> 宋詩之情思深微而不壯闊，其氣力收斂而不發揚，其聲響
> 不貴宏亮而貴清冷，其詞句不尙蓄艷而尙樸澹，其美不在
> 容光而在意態，其味不重肥醲而重雋永，此皆與其時代之
> 心情相合，出於自然。〔註5〕

這不僅是宋詩的特色，亦是有宋一代美學特色的投影。「貴清冷」、「尙樸澹」、「重雋永」、「求自然」的意識，重含蓄、重內涵，平淡從容，卻又精闢勁折。在儒釋道三教合流的時代氛圍下，詩詞書畫藝術之勃興，許多文人身兼政治家、哲學家、詩人、畫家，他們具有豐富的學養和深厚的人格修養，對其生活上精緻的要求，更甚於前朝。宋人在繪畫、園林、書法、建築上面，除了繼承唐對自然的欣賞和審美，開始加入「性格」，也就是「個性」，個人的色彩，即人的覺知。

　　宋代文學與文化特色相契合，更與宋人「知性反省」的自覺同一歸趨。「宋代文化集會通化成之性質，兼容並蓄，會通儒釋道三家思想，又貫通詩文書畫，文學、藝術不同體類的題材加以整合、開拓創

〔註3〕　《中古史研討會論文集》香港大學亞洲中心出版，1987，文字引自
　　　　龔鵬程〈唐宋文化變遷之研究〉《國文學誌》第三期，頁6～7，1999
　　　　年6月。龔先生也歸納陶希聖、陳寅恪先生從史學觀點，探看社會
　　　　經濟唐宋之間所發生的變革，對文化的影響。

〔註4〕　參見嚴羽《滄浪詩話》、錢鍾書《談藝錄》〈詩分唐宋〉、楊愼《升庵
　　　　詩話》、繆鉞《詩詞散論》〈論宋詩〉、日吉川幸次郎《宋詩概說》〈宋
　　　　詩的性質〉、張師高評《宋詩之新變與代雄》〈宋詩特色之自覺與形
　　　　成〉洪葉文化事業有限公司等人，多所論述。

〔註5〕　《詩詞散論》，（台灣開明書局，1977年）又收錄於張師高評編著：《宋
　　　　詩論文選輯》（高雄復文圖書出版社，1988年5月）冊一，頁3～18。

造。」〔註6〕「宋人美學觀念的經驗範式，乃由唐人高格與晉人雅韻兩大原型的再闡組構而成」，〔註7〕發展出宋詩理知發用、人文特色與追求以藝術美的俗雅之辨、美醜之辨的審美特點。以下便透過蘇轍詩中，小中見大、人文意識、以醜為美、化俗為雅，逐一說明其審美趨向的四個特點。

一、小中見大

「以小見大」原本是屬於繪畫理論。宗炳《畫山水序》：「則崑閬之形，可圍於方寸之內，豎劃三寸，當千仞之高，橫墨數尺，體百里之迴。」〔註8〕在有限的範圍內，畫家創造深淺不一，形態畢異的空間面貌，呈現由一知萬，微塵中見大千，一粒沙中見世界的藝術特徵。〔註9〕

而於古典詩中，「小中見大」之比興、諧隱技巧的詩歌筆法，這種以小喻大，只露出一些端倪，卻有更多背後的難言之隱，此難言之苦衷，其旨趣都不離《騷》體的憂愁幽思之作。

> 物不得其平則鳴也，觀其稱名指類，或如《詩》人之比興，或如說客之諧隱，即小喻大，弔古而傷時，嬉笑甚于裂眥，悲歌可以當泣，誠有不得已於所言者。〔註10〕

〔註6〕 張師高評《會通化成與宋代詩學》第一章〈從「會通化成」論宋詩之新變與價值〉，國立成功大學出版組，2000 年 8 月。

〔註7〕 韓經太〈宋人美學觀念的結構分析〉，見《宋代文學研討會論文集》第一屆，國立成功大學主編，1995 年 5 月，頁369。

〔註8〕 于安瀾編：《畫論叢刊》（台北：華正書局，1984 年 10 月）上，頁1。

〔註9〕 《後漢書・方術傳下》有一則故事，雖是神仙方士之說，但也呈現出「以小觀大」的思想產生與天人之際，函括萬物的宇宙模式。除了繪畫，園林建築藝術的「壺中天地」之美，也包含其中。「（費長房）曾為市掾，市中有老翁賣藥，懸一壺于肆頭，及市罷，輒跳入壺中，世人莫之見，唯長房于樓上睹之，異焉。因往再拜奉酒脯。翁知長房之意其神也，謂之曰：『子明日可更來。』長房旦日復詣翁，翁乃與俱入壺中，唯見玉堂嚴麗，旨酒甘肴盈衍其中。」參見王毅：《園林與中國文化》（上海人民出版社，1995 年 4 月），頁138。

〔註10〕 清・章學誠〈質性〉一文，引自《文史通義、內篇三》（台北：華世

　　所謂「誠有不得已于所言者」，嗟窮嘆老、哀矜傷時、傾軋迫害、擯落遭變，不得志而思托於文章詩歌以申抒己懷。

　　而這「以小觀大」的思想與天人交通，無限廣大的空間，涵括萬物的宇宙模式，成為物——我，天——人的關係建構一完整和合的和諧基礎。追求天人之際和諧穩定的關係，宋學發展承繼傳統儒家內聖外王的獨特成就，主要是心性（命）之學，即理學。王水照先生〈宋學與宋代文學〉從理學立論儒家德性本體的主體內容，由內而外，格物窮理，貫通天道性命所開展的理路，此「儒家內聖圓教的模型」〔註11〕是一種內省精神的發揚。

> 立足於天人合一觀念，從性、理角度追溯儒家倫理道德本源，建立儒家道德本體論，並由此衍生出以正心誠意、格物窮理為內容的道德知行論，而這一學說的形成及其觀點都與內省精神密切相關。〔註12〕

「小中見大」由小處放大、特寫直指現象世界，可能是心靈思緒的一種反省，亦可為社會現象之思考再生。宋代詩人王安石，其詠史詩，程千帆先生稱：「他能以尺幅千里的手法，從不同角度寫出對某些史實和人物的新的看法，藉以抒發自己的政治感情。」〔註13〕另一作家蘇軾之〈赤壁賦〉以「哀吾生之須臾，羨長江之無窮」、「逝者如斯，

出版社，1980 年 9 月初版）頁 89。

〔註11〕蔡仁厚《宋明理學——南宋篇》（台北：學生書局，1989 年 3 月），頁 2～3。「北宋諸儒，上承儒家經典本有之義，……由周濂溪出來，首先『默契道妙』……，張橫渠直接就道體講性體，……到了程明道盛發『一本之論』，於是客觀面的天道誠體，和主觀面的仁與心性，直下通而為一而『即心即性即天』，儒家內聖圓教的模型，到此乃告完成。」。

〔註12〕王水照《宋代文學通論》（高雄：復文圖書出版社，2000 年 6 月）思想篇第一章〈內省精神〉，頁 257。他認為：「性理之學的建立就是以內省為途徑，以對心性義理的探求為出發點和歸宿，在時間上大致始於宋仁宗嘉祐前後。」「其實，宋學家們對心性義理的轉向就是由於看到人之心性在道德修養中處於關鍵地位，因而在言性之風始興時就強調反省內求學風。」分見頁 257、259。

〔註13〕程千帆、吳新雷著《兩宋文學史》（高雄：麗文公司出版，1993 年 10 月），頁 91。

而未嘗往；盈者如彼，而卒莫消長也。」這種「尺幅千里」「小中見大」以與人生、天地相比的角度，是宋人追求理性思想的特徵。蘇轍把繪畫上有限範圍的特性轉化為詩歌創作中的具體表現手法，將個人「即物究理」的史家精神深化「載道」的寫作風格，豐富的議論技巧和方法，發揮理性的思維。

孔子說：「詩，可以興、觀、群、怨。」溫柔敦厚、教化美刺的文學功能，對於喜以知性思考的蘇轍來說，喜描寫內心世界，以小中見大，「納虛彌於芥子之中」；詠物，非單純描繪外在形象，內在人格化的表現，呈現精緻而內斂的一種美的感知，顯示出蘇轍詩歌美學書寫中的一種審美意向。

讀〈次韻毛君山房遣興〉詩：

> 欲就陽崖暖，新開石磴斜。誰言太守宅，自是野人家。燕坐收心鑑，冥觀閱界沙。退公長寂寞，外物自喧嘩。缺徑移松補，斜陽種竹遮。白雲生後礎，孤鶩伴殘霞。破悶時尋鶴，呼眠亦任鴉。喜聞糟出瓮，屢問菊花開。古井元依斗，丹砂舊養芽。蚍蜉頻上案，猿狖巧分楂。客到扁舟遠，年侵兩鬢華。心搖掛風斾，眼暗隔輕紗。強撥橫肱睡，來從插版衙。隱居慚棄擲，勝地每咨嗟。頑鈍終何取，彫磨豈復加。焦先風所尚，圜舍恰如蝸。（《欒城集》卷十，《蘇轍集》冊一／頁190）

毛維瞻於宋神宗三年（1080）出知筠州，以詩名，政和訟平，樂在山水，時蘇轍謫筠州，相互與之唱和，悠遊山林之間。蘇轍平時不但是輔佐毛維瞻處理公務，平時因志趣相投，也成了莫逆相知的好友。

「誰言太守宅，自是野人家」，從世俗的角度來看是一棟太守宅第，從蘇轍眼中卻能顯出那鄉野山林的真正樂趣。燕坐收心，冥觀百閱，外物自喧嘩，內心卻能清朗識鑑。唯有靜虛，才能涵納萬物。從「缺徑移松補」始八句，寫其無心自任，逍遙自在，另一方面從道教修鍊的進路「丹砂舊養芽」，延壽長生，他的世界裡，不論「缺徑」、「斜陽」、「白雲」、「孤鶩」、「殘霞」、「蚍蜉」、「猿狖」，還是「破悶

時」、「呼眠時」殘敗意象或是細小微不足道的一景一物，在「自然」
裡總是完整而美好，叫人欣賞與品味。作官從政的無奈，每每令遊賞
勝地總的蘇轍興起隱居的嗟嘆，末尾「頑鈍終何取，彫磨豈復加」句，
揭顯詩人內心道家真樸的個性。粗頑鈍拙的真趣直呈心性的本如，豈
須後天多餘的彫工琢磨，傷害原本的性情。雖「圜舍恰如蝸」，固然
拘限於有形的範圍之中，無形的精神空間裡，山房，何嘗不是一個身
心自在、廣褒無邊、曲伸自如的壺中天地？如蝸的圜舍，寄寓蘇轍內
心世界的寬廣。

　　他在〈孔平仲著作江州官舍小庵〉一詩，寫出容膝之一軒，卻是
「飯後有餘甘」的人生境界。

> 近山不做看山計，引水新成照水庵。閉口忘言中自飽，安
> 心度日更誰參。簡編圍繞穿書蠹，窗戶低回作繭蠶。我亦
> 一軒容膝住，散裘粗飯有餘甘。(〈孔平仲著作江州官舍小庵〉《欒
> 城集》卷十一，《蘇轍集》冊一／頁211)

「近山不做看山計，引水新成照水庵。」近山卻不做看山的念頭，乃
以「無所為而作」的心情，引水而入水到渠成，照見水庵自然光景。
孔平仲（毅父）和轍詩，寫下了「官身粗應三錢府，吏隱聊開一草庵」
〔註14〕句。對於飽受政治陷害，孤寂的心靈，蘇子由「閉口忘言」、「安
心度日」、「簡編圍繞」的閉門讀書，小庵代表的身心安頓最能適切闡
釋「吏隱」內心超然物外的沖淡無為。

　　對內心世界的體悟，是一種人生智慧的圓熟和生命歷練的昇華，
小中窺大，反觀自省體驗式超越意識，隨佛、老空靜修契，性理心性
的美學精神，呈現經驗中現實角色審視反省作用為價值的觀念結構。
〈初成遺老齋待月軒藏書室三首之二──待月軒〉

> 軒前無物但長空，孤月忽來東海東。圓滿定從何處得，清
> 明許與眾人同。憐渠生死未能免，顧我盈虧略已通。夜久
> 客寒要一飲，油然細酌意無窮。(《欒城三集》卷一，《蘇轍集》

〔註14〕《清江三孔集》卷二十三〈蘇子由寄題江州官舍小庵用元韻和〉。

冊三／頁 1157）

蘇轍在他的一篇文章〈待月軒記〉提到此思想的根源。

> 昔予遊廬山，見隱者焉，爲予言性命之理曰：『性猶日也，
> 身猶月也。』……日入地中，雖未嘗變，而不爲世用。復
> 出於東，然後物無不睹，非命而何？月不自明，由日以爲
> 明。以日之遠近，爲月之盈闕，非身而何？此術也，而合
> 於道。……〔註15〕

性爲本，身爲用，猶如日、月關係「月不自明，由日以爲明。」待月
軒前一片朗闊，孤月映射，月華粲然。現實中「圓滿」的人生定律也
許人人相同，生死層面的超越卻未必都可超然對待。日月盈虧照鑑內
在之源，仁與萬物通感無隔、潤遍無方，乃由性爲眞實的道德創造本
體。人生社會和天地宇宙的哲學關注，讓儒、道相生以成，在道體和
道術的給定方向中，體用一源，建構出生命踐履的思想表現。

天人和合，宋人追求天人和諧，由內而外，蘇轍藉詠物詩類內在
人格化的審美意向，深化個人的獨立色彩。

> 君家大檜長百尺，根如車輪身弦直。壯夫連臂不能抱，孤
> 鶴高飛直上立。狂風動地舞枝幹，大雪翻空洗顏色。人言
> 此檜三百年，未知昔是何人植。君家大夫老不遇，一生使
> 氣未嘗屈。沒身不說歸故里，遺愛自知懷舊邑。此翁此檜
> 兩相似，相與閱世終何極。汝南山淺無良材，櫟柱棟椽聊
> 障日。便令殺身起大廈，亦恐眾材無匹敵。且留枝葉撓雲
> 霓，猶得世人長太息。（〈任氏閱世堂前大檜〉《欒城後集》卷三，
> 《蘇轍集》冊三／頁 911）

大檜外形高聳巍立，根儒車輪般粗大，樹幹如弓弦般挺直，樹根要好
幾個壯夫連臂圍繞，風一吹動枝葉好像狂風搖擺，驚天動地，經過雨
雪一番清洗又翠綠如新，孤鶴喜歡直上雲端停在這株大檜木上。起首
一連六句，描寫大檜孤峭的形貌，已有三百年樹齡，卻不知是何人種
植。任氏終老仕途偃蹇，但一生剛正未因此困頓而折損氣節，「此翁

〔註15〕《欒城三集》卷十，《蘇轍集》冊三，頁 1239。

此檜兩相似，相與閱世終何極」蘇轍敬佩其人，想見大樹的勁拔和任氏堅貞不屈相似，「亦恐眾材無匹敵」，檜木與任氏的類比，無異是大檜對蘇轍剛正性格的寫照。

以樹投射人格之嶔崎磊落，內化人格氣度之美，顯現文人士大夫在逆境中愈挫愈勇，堅忍不拔的意志，在精神上自我調整，客觀世界的不如意，卻能在主觀意識的世界裡，「揚棄悲哀」〔註16〕的基調，迎向人生的光明面。在蘇轍其他詩中屢屢可見：「孤誠抱松直，彙進比茅連」〔註17〕、「柏根可合抱，柏身長百尺。我年類汝老，我心同汝直。……風中有餘勁，雪後不改色。」〔註18〕、「柏長雖可喜，我老亦可知。苦寒不改色，烈風終自持。」〔註19〕藉物象展現精神生命的光采。

這為所謂「觀夫興之托諭，婉而成章，稱名也小，取類也大。」〔註20〕以小中見大。「詠物詩必須因小見大，有所寄託，方能象外孤寄，筆有遠情。」〔註21〕

> 團扇經秋似敗荷，丹青髣髴舊松蘿。一時用舍非吾事，舉世炎涼奈爾何！漢代誰令收汲黯？趙人猶欲用廉頗。心知懷袖非安處，重見秋風愧恨多。（〈感秋扇〉《欒城三集》卷三，《蘇轍集》冊三／頁1198）

這是一首詠物詩，敗荷比喻團扇，團扇又比喻為人事。借用漢代汲黯、廉頗的典故。「汲黯」是漢武帝朝中第一流人物，不畏權貴，不屈迎奉承，倨傲嚴正，忠直諍諫，四次犯顏武帝，三次斥罵丞相公孫弘和

〔註16〕 日人吉川幸次郎《宋詩概說》，頁32～36（台北：聯經出版事業公司，1977年4月）。

〔註17〕 〈送蘇公佐修撰知梓州〉《欒城集》卷三，《蘇轍集》，頁48。

〔註18〕 〈老柏〉《欒城三集》卷二，《蘇轍集》，頁1179。

〔註19〕 〈遺老齋南一柏雙幹昔藏坐堂上僅可見也今出屋巳尺餘偶賦〉《欒城三集》卷三。

〔註20〕 引自《文學理論資料彙編》中，頁487～488「司馬遷論《離騷》文小而指大」（台北：丹青圖書有限公司，1985年10月）。

〔註21〕 黃永武《詩與美》（台北：洪範書店，1984年12月），〈詠物詩的評價標準〉，頁153、170、171。

御史大夫張湯，言辭都極為尖銳無情。〔註22〕「廉頗」是戰國趙國大將，「負荊請罪」的故事，凸顯這位名將難能可貴的情操與美德。〔註23〕「漢代誰令收汲黯」、「趙人猶欲用廉頗」，汲黯、廉頗有幸遇到明主，知人善任。「心知懷袖非安處」朝廷需人卻不見用。扇團經秋後不用，為人所棄，寓含蘇轍數十寒暑忠心為國之志卻不為重用，被人摒棄在旁。蘇轍寫這首詩已是七十四歲的老人了。

從團扇感知人事，非單從物象的摹形狀物，而能深層的掘挖內在的心理層面，以小見大，不侷限在題詠事物本身，藉詩人理性的轉化，轉向開闊思考的表述方式，將主體精神益發顯揚。

明心見性的內省態度，這種性格及思維指向宋人理性精神。蘇轍題畫詩，從小中見大的觀畫題詩，就是這種反省精神的再次落實。

> 摩詰本詞客，亦自名畫師。平生出入輞川上，鳥飛魚泳嫌人知。山光盎盎著眉睫，水聲活活流肝脾。行吟坐詠皆自見，飄然不作世俗詞。高情不盡落縑素，連峰絕澗開重帷。百年流落存一二，錦囊玉軸酬不訾。誰令食肉貴公子，不學父祖驅熊羆。細氈淨几讀文史，落筆璀璨傳新詩。青山長江豈君事，一揮水墨光淋漓。手中五尺小橫卷，天末萬里分毫釐。謫官南出止均潁，此心通達無不之。歸來纏裹任紈綺，天馬性在終難羈。人言摩詰是前世，欲比顧老疑不癡。桓公崔公不可與，但可與我寬衰遲。（〈題王詵都尉畫山水橫卷三首之一〉《欒城集》卷十六，《蘇轍集》冊三／頁307）

唐人王維詩歌清麗淡遠，畫藝堪稱一絕，開文人畫風之始。藉賓襯主，蘇轍讚美王詵如王維，有「人言摩詰是前世」、「丹青絕妙當誰知？」（之二）之語，盛讚王詵畫技高超，能將尺幅畫作傳達出萬里寬闊的天地境界。這幅山水畫卷的山林寫意，能讓人在欣賞之餘，產生心靈

〔註22〕《史記》卷一百二十〈汲鄭列傳第六十〉「黯為人性倨，少禮，面折，不能容人之過。合己者善待之，不合己者不能忍見，士亦以此不附焉。然好學，遊俠，任氣結，內行修絜，好直諫，數犯主之顏色。……卒後，上以黯故，親屬因汲黯升官而至二千旦者，十人」。

〔註23〕《史記》卷八十一〈廉頗藺相如列傳第二十一〉。

通暢舒展之感，在現實情境的生活中能有一處提供遐想與羈束性情的寄託。在貶謫筠州荒僻之鄉，深感天地蒼茫，官場的無情，王詵的畫卷，就成為蘇轍他重新咀嚼生命的一種方式。

從儒學復興到理學建構，宋人反求于內的性格，顯現在他們對內在性命的認識、本體價值的建立，在詩歌情性的抒發，由情達理，發展出自我排解消融的哲理內涵與生活情趣，故能以幾微之端，認識自己，層層深入詩人內心的大千世界。

因而宋代讀書人總是博聞多藝，通今究古，於文學中發揮理性的知覺精神，使人讀之幾遍益覺有味。

二、人文化成

宋代是一個以文治取替武治的朝代。《宋史・藝文志序》說：

> 宋有天下，先後三百餘年，考其治化之污隆、風氣之離合，雖不足以儗倫三代，然其時君，汲汲於道藝；輔治之臣，莫不以經術為先務；學士搢紳先生談道德性命之學，不絕于口，豈不彬彬乎進於周知文哉？〔註24〕

「汲汲於道藝」、「以經術為先務」、「談道德性命之學」經綸學問、論書道藝，在上位者有意的提倡與主導之下，加上印刷術的改進、書籍的流通、學院的設立、科舉的標舉，「尚文」潮流成為時代風氣。

《文苑傳序》也提到：

> 藝祖（趙匡胤）革命，宋之尚文端本乎此。太宗、真宗，其在藩邸，已有好學之名，及其即位，彌文日增。自時厥後，子孫相承。上之為人君者，無不典學；下之為人臣者，自宰相以至令錄，無不擢科。海內文士，彬彬輩出焉。〔註25〕

宋代學風鼎盛，重文輕武，鑽研學問，喜好讀書，是文人生活的一部份，反映在詩歌內容上，以「讀書」為詩題，宋詩就檢索出十三家，

〔註24〕《宋史》卷二百二，（台北：鼎文書局，1978）。
〔註25〕《宋史》卷四三九，（台北：鼎文書局，1978）。

一百二十一首，〔註26〕而全唐詩共有三十四首，〔註27〕明顯看出宋人樂於浸淫在讀書的空氣中。唐代那種在沙場上建功立業，叱吒風雲的英雄氣概，不可一世的豪邁壯志，如：「黃沙百戰穿金甲，不破樓蘭終不還」（王昌齡〈從軍行〉）、「願得此身長報國，何須生入玉門關」（戴叔倫〈塞上曲〉）、「漢家煙塵在西北，漢將辭家破殘賊。男兒本自重橫行，天子非常賜顏色」（高適〈燕歌行〉）高亢激昂的聲音，都因宋代政治衰弱、政策的轉向已不可見，唯讀書一途成為宋代社會最重要的價值取向。對人文世界內在的關注取代唐人外放型征戍遠謫、踔厲風發的唐詩氣象。

　　宋朝推行「右文」政策，以文化成天下，大大促進宋代文化的發展，其內容大致上可歸納為：一、尊師重道，優禮儒士，二、網羅人才，選拔俊彥，三、帝王勤奮好學、刻苦讀書，促使宋朝走向文化昌盛的時代。〔註28〕當政者對讀書人的重視，館閣機構，大量沿用儒士，皇帝推崇其地位，名臣賢相出於館閣者，十常八九也。〔註29〕當時士大夫，皆以館職為榮。館閣制度對文人的尊重，活字印刷術發明，刻

〔註26〕依羅鳳珠先生元智大學「宋詩多媒體網路教學系統」綜合檢索結果。
　　　　歐陽脩2首、蘇軾5首、蘇轍5首、王令1首、王安石5首、晁說
　　　　之1首、晁補之1首、張耒3首、黃庭堅2首、陳師道1首、楊萬
　　　　里10首、陸游84首、范成大1首。
　　　　網址見 http://cls.admin.yzu.edu.tw/QSS/BIN/sy_main.asp。
　　　　事實上，「宋代詩人達九千餘家，有詩集傳世者在六百家以上，十
　　　　餘年來學界研究的對象還不足百家，尚有五百餘家詩集乏人問
　　　　津。」宋詩裡，應該還可以找出更多以「讀書」為詩題的數目才
　　　　是。數據參見張師高評著：《會通化成與宋代詩學》〈宋詩研究的
　　　　面向和方法〉，頁10，（台南：國立成功大學出版組，2000年8月）
〔註27〕依上註電腦檢索，全唐詩中以「讀書」為詩題的唐詩，共有28家34
　　　　首，唐代詩人點綴性的在自己身上留下一首詩，此主題對唐代文人
　　　　來說尚未發展成生活面向裡重要的一個部分。
〔註28〕參考姚瀛艇《宋代文化史》（河南大學出版社，1992年2月），頁16
　　　　～26。
〔註29〕《歐陽脩全集》，（北京：中國書店，1992年10月）下，《奏議集》
　　　　卷第十八，頁901，〈又議館閣取士箚子〉。

書業繁盛，書籍大量出現，文人的地位因此大大提高起來。

中國哲學裡，「一切以人為本，種種天人之際關係的探討，都是一種人文精神。」〔註30〕人文精神是以「人」為對象的終極關懷，宋代文化就是一種人性的精神。大陸學者鄧小軍說：「宋代文化的特徵，可用智字品題。宋代文、史、哲皆富於智慧的色彩。……宋人以仁捨攝智，智仍歸於仁。」〔註31〕唐代文化重自由、也重人文，能包容異質文化重新組合，燦然蔚為大觀。宋代重視人本、更強調人文，在文化內容高度發展至極盛，經由不斷反芻、淬煉，本質獨顯人文丰姿，進而展現一家之言的企圖和視野。

從唐代累積至宋朝的人文傳統，杜甫、白居易等人對於人文傳統精神的發揚，至北宋文人的承繼吸收，文人的目光不再侷限於自然物象，被動的感發或觸興，而是轉為主動的「立意」，將宋代濃郁文化累積的成果化為豐富的人文意象，〔註32〕將人為中心思考之意態餘妍帶入文學，涵泳著細膩的品味和格調，在精神意識上昇華，抒展一種悠游的文士風致。

在蘇轍詩有一種「人文意識」的傾向，「意識指向」一詞，是指「詩的藝術中表現出來的詩人的審美意識和創作心理的傾向性。」〔註33〕詩人對藝術欣賞，不僅與個人經歷、學養有關，也是社會審美的一種反映。宋代文人品茗飲酒、題畫論書，賞花對奕，吟詩作對，寄

〔註30〕唐君毅《中國人文精神之發展》，頁9，（台北：台灣學生書局，1988年8月）劉惠珍《周易人文精神》：「儒家人文的概念，以天人和諧的性格，從人心遙契天道，……以道德心靈追求一生命價值的完成，以修德、以教化，以與天地合德的最高境界。」頁27，輔大中文所碩士論文，1989年7月。

〔註31〕鄧小軍《唐代文學的文化精神》第十三章〈唐代文化精神是人性人道精神〉（台北：文津出版社，82年9月），頁593。「宋代詩文，真是人生智慧的海洋。」

〔註32〕參看謝佩芬《北宋詩學中「寫意」課題研究》（國立台灣大學出版委員會，1997年6月），頁380。

〔註33〕周裕鍇《宋代詩學通論》，頁74，第三章〈意識指向：深廣的思慮與優越的慧性〉，（四川：巴蜀書社印行，1997年1月）。

託著文人精神生活的創造。

北宋元祐年間最大的一場人文盛宴——西園雅集，〔註34〕紀錄了十六位文人雅士，蘇軾、蔡肇、李之儀、蘇轍、黃庭堅、李公麟、晁補之、張耒、鄭靖老、秦觀、陳景元、米芾、王欽臣、圓通大師、劉涇等人於英宗駙馬王詵家西園燕集之情景，名流精英聚於一堂，眾人或觀畫、或題石、時而高談闊論、時而側耳傾聽琴音，雅士風韻，媲美蘭亭之會，李公麟曾畫了〈西園雅集圖〉，米芾寫下〈西園雅集圖記〉，為這樁風雅盛事留下歷史見證。

蘇轍在京師的這一段期間，題畫詩寫作數目最多，共計有：〈子瞻與李公麟宣德共畫翠石古木老僧謂之憩寂圖題其後〉、〈韓幹三馬〉、〈畫郭熙橫卷〉、〈題王生畫三蠶蜻蜓三首〉、〈贈寫真李道士〉、〈次韻子瞻題郭熙平遠二絕〉、〈盧鴻草堂圖〉、〈秦虢夫人走馬圖二絕〉、〈韓幹二馬〉、〈次韻子瞻好頭赤〉、〈題王詵都尉畫山水橫卷三首〉、〈題李公麟山莊圖〉二十首、〈題王詵都尉設色山卷後〉、〈李公麟陽關圖二絕〉、〈次韻題畫卷四首〉，〔註35〕時蘇轍正值五十歲左右的壯年期，生活歷練和學識修養臻至圓熟之境，多方面的涉略及本身的文藝才能，對他人文審美心理有著深刻的影響。

蘇轍崇尚品德涵養的內在化人格，傾注對社會的終極關懷、游心翰墨的人文意象以及生命哲學永恆的課題。

〔註34〕根據衣若芬先生〈一樁歷史的公案——「西園雅集」〉一文，有關「西園雅集」之事，有關宋人筆記雜著、繪畫著錄甚至文字資料，隻字未提，連李公麟的畫、米芾的圖記也未述及。「西園雅集」舉行的時間，以目前廣為接受的說法：為清人王文誥《蘇文忠公詩集編註集成》繫此事於元祐二年六月之說。參與的成員名單出入，本文採米芾圖記所列。舉行的地點，以明‧楊士奇所云：「西園者，宋駙馬都尉王詵晉卿延東坡諸名勝燕游之所也」。見《中國文哲研究集刊》第十期，1997年3月，頁221～268。

〔註35〕〈李公麟陽關圖二絕〉詩於元祐五年，自使契丹北歸後所寫，〈次韻題畫卷四首〉寫於元祐六年。他詩則集中於元祐二年（1087年）至四年（1089年）之間完成。

（一）人文意識的內在理想

蘇轍對社會民生的關懷一直是他詩歌創作重要的題材之一。

> 長恐冬無雪，今朝忽暗空。細聲聞蔌蔌，遠勢望濛濛。濕潤猶兼雨，傾斜半雜風。豐登解多事，歡喜助三農。（〈臘雪五首之一〉《欒城集》卷九，《蘇轍集》冊一／頁 167）

「長恐」的驚呼與關注是詩人對農民深切的關懷之情。期待天降瑞雪，詩人對天候些微變化的欣喜，對現實窘困的憂慮，細聲聆聽、遠視張望表達了他急迫的希冀。「歡喜助三農」歡喜二字，微妙的投射出詩人悲天憫人的情緒，使詩歌審美意蘊更加凝聚鮮明，構成蘇轍人文精神力量的來源與圖寫生活樂觀積極的氣韻。

本著讀書人的士子情懷，蘇轍對執政者的批評是嚴厲、尖銳的。

> 春寒風雨淫，蠶麥止半熟。耕桑未嘗親，有獲敢求足。鄰田老翁嫗，囊空庾無粟。機張久乏緯，食晏惟薄粥。熟耕種未下，屢禱雲不族。私憂止寒餓，王事念鞭朴。為農良未易，為吏畏簡牘。閉門差似可，忍飢有餘福。（〈蠶麥〉《欒城三集》卷二，《蘇轍集》冊三／頁 1180）

此詩作於大觀四年（1110），七十二歲的老人終生憂患，仍不忘民生困苦。「鄰田老翁嫗，囊空庾無粟」的困境止於私憂，而「王事念鞭朴」一念及王事，鞭扑隨之，對人民無情的撻伐，便激起詩人內心痛楚。農事艱辛，為吏不易，心中不免激起閉門隱居的消極做法，「閉門差似可，忍飢有餘福」，用「忍飢」的嘲謔來反諷有「餘福」的無奈，面對政府的無能，人民只有自求多福，通過懷憂，表達人飢己飢，人溺己溺民胞物與的憂患情懷，對人民的不幸深感同情。

〈同子瞻次過遠重字韻〉，蘇軾、蘇轍兄弟，同貶嶺南，南北隔海相望，互相扶持，詩中面對人生憂患，蘇轍以澹然的態度及生命放曠的自得，調適自我的腳步，開闊了人生新視界。

> 孟子自誇心不動，未試永嘉鐵輪重。弟兄六十老病餘，萬里同遭海隅送。長披羊裘類嚴子，罷食豬肝同閔仲。大男留處事田畝，幼子隨行躬釜甑。低眉語笑接鄰父，彈指吁

嗟到蠻洞。茅茨一日敢忘葺，桑柘十年須勉種。來時邂逅
得相攜，歸去逡巡應復從。莫驚憂患爾來同，久知出處平
生共。雖令子孫治家學，休炫文章供世用。潁川築室久未
成，夜來忽作西湖夢。(《欒城後集》卷二，《蘇轍集》冊三／頁
901)

元符元年（1098），蘇轍六十歲，居雷州一年，將移循州，當時軾居
海南儋州。第一句「孟子自誇心不動，未試永嘉鐵輪重」。「不動心」
語出孟子與公孫丑的一段對話。孟子的「不動心」，在於善養「浩然
之氣」。「其為氣也，至大至剛，以直養而無害，則塞於天地之間。其
為氣也，配義與道。」〔註36〕蘇轍「未試」二字反襯「自誇」的不切
實，為他自己謫遷的窮愁困阨，視為動心忍性，而增益其所不能，對
堅強對抗逆境的生活態度，寫下註腳。蘇軾、蘇轍兩人同遭貶送海隅，
能夠九死一生，靠的就是涵養浩然正氣，彼此互相打氣，相互支持，
共同以無憂無懼的向上力量面對人生低潮。蘇轍父子同雷州人民的關
係十分密切，勸民耕種，互動良好。蘇軾、蘇轍的瓊雷唱和詩，軾詩
云：「春秋古史乃家法，詩筆離騷亦時用。但令文章遠照世，糞土腐
餘安足夢。」〔註37〕轍云：「雖令子孫治家學，休炫文章供世用。」
兩人見解不同，前者兼重文德，後者以德先文。賦予後輩的期望對照
身世之感，流露出更多儒家有所為，有所不為的胸懷。

　　不久，元符三年，獲赦北歸，蘇轍寫下自己願存著忠直仁心，與
時俯仰的處世智慧。

大道如衣食，六經所耕桑。家傳易春秋，未易相米比糠。
久種終不獲，歲晚嗟無糧。念此坐嘆息，追飛及頹陽。天
公亦假我，書成麟未傷。可憐陸忠州，空集千首方。何如
學袁盎，日把無可觴。(《次韻子瞻和陶詩雜詩十一首其八》《蘇

　　　　　　　　　　　　　　　　　　　　　　　　　　

〔註36〕見《孟子、公孫丑上》：「夫子加齊之卿相，得行道焉，雖由此霸王
　　　　不異矣。如此，則動心否乎？」孟子曰：「否，我四十不動心。」
〔註37〕《蘇文忠公詩集》卷四十二〈過於海舶得邁寄書酒作詩遠和之皆粲
　　　　然可觀子由有詩相慶也因用其韻賦一篇並寄諸子姪〉，《古史》，蘇子
　　　　由所著。

轍集》冊四／頁1420）〔註38〕

把儒家大道、六經義理當成日常修身努力的目標，是蘇轍傳家治學的重心。蘇家父子致力用心於《易》、《春秋》的寫作，承繼儒家思想究古今、通天人，勸善懲惡的史筆精神。無奈時勢逼人，自傷於處境，漢代陸賈能言善辯，著有《新語》闡述儒家《春秋》、《論語》，分析得失天下、古今成敗之徵，不敵朝中搖脣鼓舌之人，便稱病辭職，〔註39〕何必學袁盎，善傅會，好聲矜賢，落得身刺而亡。〔註40〕在歷史洪流中隱隱見到讀書人兀立耿傲的人文理想。

（二）人文意識的精神創發

由於宋代文明的發展，宋人比唐人更習慣於把人文生活方式、審美品味放入詩裡。受到宋調審美心態的審美制約，詩人與自然物象的結合，很自然的趨向於以人文色彩的筆調書寫圖像，描繪道德精神的獨立與構築。

> 車騎崩騰送客來，奔河斷岸首頻回。鑿成戶牖功無幾，放出江湖眼一開。景物爲公爭自致，登臨約我共追陪。自矜新作超然賦，更擬蘭臺誦快哉。（〈寄題密州新作快哉亭二首之一〉《欒城集》卷六，《蘇轍集》冊一／頁110）

> 檻前灘水去沄沄，洲渚蒼茫煙柳勻。萬里忽驚飛故國，一樽聊復對行人。謝安未厭頻攜妓，汲黯猶須臥理民。試問沙囊無處所，于今信怯定非眞。（其二，同上）

快哉亭是北宋元豐年間，官貶黃州的張夢得所建，由蘇軾命名，蘇轍作記。當時蘇軾因反對王安石變法而被貶爲黃州團練副史，蘇轍也自請外放，因此獲罪貶筠州監督鹽酒稅。蘇轍在〈黃州快哉亭記〉中說：

〔註38〕《蘇轍佚著輯考》，《蘇轍集》冊四。

〔註39〕見《史記》卷九十七〈酈生陸賈列傳〉第三十七。陸賈以幕僚賓客從漢高祖定天下。著《新語》十二篇，壽終。

〔註40〕《史記》卷一百一十〈袁盎晁錯列傳〉第三十七。漢文帝時，深得信任，景帝時，被廢爲庶人。「好聲矜賢，竟以名敗。」遭刺殺於安陵郭門外。

「蓋亭之所見，南北百里，東西一舍。濤瀾洶湧，風雲開闔。晝則舟
楫出沒於其前，夜則魚龍悲笑於其下，變化倏忽，動心駭目，不可久
視。……西望武昌諸山，岡陵起伏，草木行列，煙消日出，漁夫樵父
之舍，皆可指數。」

　　這連山絕壑、蒼林古木的美景，「景物爲公爭自致」在蘇轍眼中
景物都成了主動爭相展現姿態的美女，媚誘前來觀賞的詩人墨客。蘇
轍自述心中唯有能「自放於山水之間」，將自然意象的山水景色，視
爲主動供人欣賞的畫屏，「心中自得，方能成快」。而這種直接將風景
本身具象性的型態視作主觀意識下的人文風景，造就新的自然意象人
文化，受到北宋「文人畫」〔註41〕的興盛，影響文人士大夫的審美趨
向，是可以理解的。「在宋詩中，『天然圖畫』的概念進一步取代了『江
山如畫』的概念」。〔註42〕宋人，始以帶著個人主觀的品察代替被動
接受自然的心理，把客觀存在的物象，經由內心意念的轉化，表現超
越物役的內涵和自覺精神。

　　面對「檻前灘水去沄沄，洲渚蒼茫煙柳匀」，單純的風景圖畫不
僅是如實的色彩再現，有更多的興寄、寓意、怡情的目的，從這一基
點出發，這在本文第三章第三節〈題畫賦詩〉裡關於山水題畫詩有一
些論述。

　　宋人博雅好古，重視精神生活層面的欣賞與品鑑。精雅脫俗的文
房清玩是文人雅致生活的一面。

> 長安新硯石同堅，不待書求遂許頒。豈必魏人勝近世，強
> 推銅雀沒驪山。寒煤舒卷開雲葉，清露霑流發涕潸。早與
> 封題寄書案，報君湘竹筆身斑。(〈子瞻見許驪山澄泥硯〉《欒城
> 集》卷二，《蘇轍集》冊一／頁20)

〔註41〕蘇軾在〈跋宋漢傑畫山〉提出「士人畫」的觀念，「觀士人畫，如閱
　　　　天下馬，取其意氣所到，乃若畫工，往往只取鞭策皮毛槽櫪芻秣，
　　　　無一點俊發，看數尺許便倦。」士人畫，即文人畫。
〔註42〕周裕鍇《宋代詩學通論》第三章第四節〈游心翰墨的人文旨趣〉，頁
　　　　106。

「澄泥硯」是宋代名硯之一，產於山西絳縣。唐、柳公權《論研》提出：「蓄硯以青州為第一，絳州次之。後始重端、歙、臨洮，及好事者用未央宮銅雀台瓦，然皆不及端，而歙次之。」蘇轍對於前人尊古卑今，「魏人勝近世」的說法，不以為然。〔註43〕宋代文人，如蘇軾就有不少名硯。「寒煤」指墨塊，以物擬人的手法，巧妙的將墨汁散開形容如雲葉舒卷，光澤油亮，墨色飽滿的色澤，增添「清露霡流發涕潸」石硯的價值。

賞石文化亦是文人生活的一部分。石的紋理、形狀、粗細都成為可觀賞的對象。宋徽宗從太湖移「花石綱」，大塊巨石千里至京城汴京（今開封），堆疊成黃家園林「艮嶽」。蘇軾愛石成僻，有一「雪浪齋」收藏罕見的奇石，著名文人畫家米芾對石拱手作揖，又跪又拜，稱為「石癡」，文人雅士喜以奇石作為几案陳設，佈置園林的袖珍山水。

> 石中枯木雙扶疏，粲然月永裡通肌膚。剖開左右兩相屬，
> 細看不見毫髮殊。老樗剝落但存骨，病松憔悴空留鬚。丘
> 陵迤邐山麓近，雲煙澹對風雨餘。……（〈歐陽公所蓄石屏〉《欒
> 城集》卷三，《蘇轍集》冊三／頁 57）

從山的形體、表面寫歐陽脩所收藏的石屏，上面細緻剔透的紋理、色澤，隱現著兩株枯木，枯木瘦斜露骨，憔朽的病態兀自留下一些鬚根。宋人多用煙霧模仿山嵐，刻意造成雲氣靉靆、迷濛搖蕩的景象，猶如身置仙山一般，從造型上捕捉自然山水雄偉深邃的神韻。

在中國飲茶史上，飲茶品茗的風氣，在宋代可算是流傳得最廣，也最為熱中的時期。不但對茶品名目、器具極為考究，對於碾茶、煎茶時，候湯、聽湯的過程都成為一種藝術。徽宗趙佶有《大觀茶論》，談到「天下之士，勵志清白，競為閒暇修索之玩，莫不碎玉鏘金，啜英咀華，較篋笥之精，爭鑑裁之別。」北宋文學家范仲淹還有「鬥茶

〔註43〕 「 魏銅雀臺遺址，人多發其古瓦，琢之為硯，甚工，而貯水數日不
滲。世傳云：『昔人製此臺，其瓦俾陶人澄泥以絺綌濾過，碎胡桃油
方埏埴之，故與眾瓦有異焉。』」又「足亞于石者。」見蘇易簡《文
房四譜》卷三，《叢書集成初編》冊 1493，頁 38，39。

歌」（〈和章岷從事鬥茶歌〉），令人不得不佩服文人對茶飲的講究。

蘇轍詩中對這種感官和精神的品茗享受，有清晰的描述：

> 龍鸞僅比閩團釅，鹽酪應嫌北俗粗。採愧吳僧身似腊，點
> 須越女手如酥。舌根遺味輕浮齒，腋下清風稍襲膚。七皿
> 未容留客試，瓶中數問有餘無。（〈次前韻宋城宰韓秉文惠日鑄
> 茶〉《欒城集》卷九，《蘇轍集》冊三／頁163）

分辨茶磚的差異特色是宋人品茶的第一步。「龍鸞」是指徽宗朝在北
苑製造的「龍鳳茶團」團餅飾面出現龍鳳花紋，「閩團」則是在福建
所製的末茶茶磚，兩者品質不相上下，前者色、香、味比後者來得濃
厚。「鹽酪應嫌北俗粗」，北方的習慣是在茶品裡攪入鹽薑調味的香
料，他在〈和子瞻煎茶〉說：「君不見閩中茶品天下高，傾身事茶不
知勞。又不見北方俚人茗飲無不有，鹽酪椒薑誇滿口。」（《欒城集》
卷四）不論是龍鸞或是閩團，參雜混合的口味，對於風土嗜好上的差
異，蘇轍都採欣然接受的態度。而蘇軾對茶品雜和的做法，認為奪去
其味，而加以排斥。在《東坡志林》卷十：

> 唐人煎茶用薑，故薛能詩云：鹽損添常戒，薑宜著更誇。據
> 此則又有用鹽者矣！近世有用此二物者，輒大笑之。〔註44〕

蘇轍對於新奇事物的接受度比蘇軾來得高，兄弟兩人飲茶態度上的不
同，也可見得出，蘇軾、蘇轍在個性與性情上的分別。

對於茶葉的採擇，碾磨末茶的攪拌，每一個步驟都必須仔細而緩
慢，才能煎煮出一杯上等的好茶。清香的茶味，讓齒頰留香，兩腋生
清風，詩尾借用盧仝喝七碗茶的感受，〔註45〕引領人進入嚮往的世界。

蘇轍另一首〈夢中謝和老惠茶〉，亦援引盧仝此典故。

> 西鄰禪師憐我老，北苑新茶惠初到。晨興已覺三嗅多，午

〔註44〕蘇軾撰《東坡志林》，《三蘇全書、子部》（北京：語文出版社，2001
　　　年），頁261。

〔註45〕〈走筆謝孟諫議寄新茶〉：「一碗喉吻潤，二碗破孤悶，三碗搜枯腸，
　　　唯有文字五千卷，四碗發輕汗，平生不平事，盡向毛孔散，五碗肌
　　　骨清，六碗通仙靈，七碗吃不得也，唯覺兩腋習習清風生。」茶味
　　　好，細細品味，一連喝了七碗，每一碗都有不同的感受。

枕初便一杯少。七碗煎嘗病未能，兩腋生風空自笑。定中
直往蓬萊山，盧老未應知此妙。(《欒城後集》卷四，《蘇轍集》
冊三／頁 929)

在我國歷史上，有許多佛寺產茶，也有不少名僧是善於煮茶品茗的高
手，茶、禪本一味，飲茶能夠悟道，亦能養生，茗飲境界之靜幽，必
須配合內心世界的安祥平和。盧仝詩又曰：「七碗吃不得也，唯覺兩
腋習習清風生。蓬萊山，在何處？玉川子乘此清風欲歸去。」北苑龍
鳳茶團所煎煮的茶飲，口口清香，一杯太少，七碗正好，此茶是人間
珍品，深受蘇轍喜愛，唐代盧仝恐怕是無法體會的了。

無錫銅瓶手自持，新芽顧渚近相思。故人贈答無千里，好
事安排巧一時。蟹眼煎成聲未老，兔毛傾看色尤宜。槍旗
攜到齊西境，更試城南今線奇。(〈次韻李公擇以惠泉答章子厚
新茶二首之一〉《欒城集》卷六，《蘇轍集》冊一／頁 112)

另外，茶具以錫為上品，煎水必須候聲、聽湯，煎水不可過老，「蟹
眼」煮水剛沸，「兔毛傾看色尤宜」茶葉顏色以純白為上。用水水質
更是挑剔，「惠泉」是天下第二泉，〔註 46〕蘇轍發現齊州城南的「金
線泉」泉水的甘甜，急於告訴好友李公擇這個消息。

茶、茶具、水、火候，都是煮一壺好茶不可或缺的條件。

蘇轍詩對人文意識的闡發，分為：一從內在理想知識份子對人類
社會關懷的堅持，另一方面則是從生活品味加深人文意象的創發，超
越物質面實用價值，形成一種形而上的精神審美趨向。

三、以醜為美

莊子擅長通過以形貌殘缺、其貌不揚的奇人、怪人，來表現人物
內在精神生命的崇高和偉大。〈人間世〉有一個支離疏者：

〔註 46〕 （唐）張又新《煎茶水記》：「陸鴻漸（羽）評水曰：『無錫縣惠山寺
石泉水第二』。」劉伯芻和陸羽稱江蘇無錫惠山泉為「天下第二泉」。
參姚國坤、王存禮、程啟坤《中國茶文化》，頁 120，(台北：洪葉文
化出版，1995 年)。

> 支離疏者，頤隱於臍，肩高於頂，會撮指天，五管在上，
> 兩髀為脅。挫鍼治繲，足以糊口，鼓筴播精，足以食十人。
> 上徵武士，則支離攘臂於其間；上有大役，則支離以有常
> 疾不受功；上與病者粟，則受三鍾與十束薪。夫支離其形
> 者，猶足以養其身，終其天年，又況支離其德者乎！

有一個長相奇怪的人，頭低縮在肚臍下面，兩個肩膀高出頭頂，髮髻指著天，五臟的脈管都在背脊上突起，兩股幾乎成了兩脅。這樣身體扭曲、畸形的醜人，靠著縫補衣服可以養家，給人卜卦算命可以養活十口，政府徵兵，他不必去，在上位者救濟病人，他接受三鍾米十束薪。〔註47〕這樣的人能夠養生，享盡壽命，莊子創造一個醜人來討論世俗價值觀認知的迷失。

在〈德充符〉一文，兀者王駘，丘（仲尼）將以為師；兀者叔山無趾，孔子請講以所聞。又，衛有惡人（醜人）哀駘它：

> 丈夫與之相處者，思而不能去也。婦人見之，請於父母曰：
> 「與為人妻寧為夫子妾」者，十數而未止也。……與寡人
> 處，不至以月數，而寡人有意乎其為人也；不至乎期年，
> 而寡人信之；國無宰，寡人傳國焉。……

哀駘它長得醜陋，男子與之言談流連忘返，女子與之相處，寧為其妾，國君不到一年就願意把國政委任給他。

萬物的高低、長短、前後、美醜、富貧、死生、賢肖，不過是兩兩相對立的概念，莊子欲打破事物的絕對性，「德有所長而形有所忘」，美醜相對價值觀念的轉化與超越，〔註48〕給予後代美學思潮開啟一個不同於孔子儒家「文質彬彬」的審美觀。〔註49〕

〔註47〕注釋參看黃錦鋐《新譯莊子讀本》（台北：三民書局）80 年 3 月。
〔註48〕宋邦珍〈莊子思想「以醜為美」的審美特徵〉一文，提出莊子對這個
　　　　論題之思想意涵，分為三點：「一、道通為一──美醜的相對性。二：
　　　　材與不才之間──美醜價值的轉化。三：德有所長、形有所忘──美
　　　　醜的超越性。」見《中國國學》，頁 105～113，第 26 期，87 年 11 月。
〔註49〕葉朗《中國美學史大綱》（台北：滄浪出版社，1986 年 9 月）第五章
　　　　《莊子的美學》第五節〈莊子論兀者、支離者、甕㽣大癭〉，頁 129。

　　「以醜爲美」的命題，在唐宋有別開生面的文學成就。蘇轍詩歌「以醜爲美」的審美傾向，受到韓愈、歐陽脩、梅堯臣、蘇軾等人的影響，不論創作手法或是取象標準，將現象爲醜，藝術爲美的理論實現於詩歌當中，變成一種藝術特色。

　　清・劉熙載《藝概》中說：「昌黎詩往往以醜爲美，然此但宜詩之古體，若用之近體則不受矣。是以言各有當也。」〔註50〕劉熙載對韓愈「以醜爲美」的認識，在於韓愈喜於使用奇險、峻拔的詩歌語言。由以下兩句可以知道：

　　　　昌黎詩陳言務去，故有倚天拔地之意。〈山石〉一作辭奇意
　　　　幽。

又，

　　　　昌黎、東野兩家詩，雖雄富清苦不同，而同一好難爭險。
　　　　〔註51〕

如何達到「辭奇意幽」、「好難爭險」的創作技法，必須從一般思考的反向著手，奇崛、險怪的詩風正可以突出此一目的。

　　北宋詩壇文學運動領袖歐陽脩爲蘇軾、蘇轍兄弟的老師，歐陽脩就曾自比爲韓愈，而將梅堯臣比喻作孟郊。〔註52〕蘇轍推崇歐陽公對

〔註50〕　《藝概》（台北：華正書局，1988 年 9 月）卷二〈詩概〉，頁 63。
〔註51〕　同上註，頁 63、頁 64。
〔註52〕　〈讀蟠桃詩寄子美〉：「韓孟於文詞，兩雄力相當。篇章綴談笑，雷
　　　　電擊幽荒。……郊死不爲島，聖俞其發藏。患世愈不出，孤吟夜號
　　　　霜。霜寒入毛骨，清響哀愈長。玉山未難熟，終歲苦飢腸。我不能
　　　　飽之，更欲不自量。引吭和其音，力盡猶勉彊。……」見《歐陽脩
　　　　全集》（中國書店，1992 年 10 月）卷一《居士集》，頁 15。歷代詩
　　　　論對歐陽脩學韓，有不少的論述。宋・嚴羽《滄浪詩話、詩辨》：「歐
　　　　陽公學韓退之古詩。」（《歷代詩話》）清・賀裳《載酒園詩話》：「（歐）
　　　　公喜學韓。」（《清詩話》411）、清・劉熙載《藝概、詩概》：「歐陽
　　　　永叔出於昌黎。」（頁 66）、清・沉德潛《說詩晬語》：「歐陽七古專
　　　　學昌黎。」（卷下，《清詩話 669》）蘇軾撰〈居士集序〉：「歐陽子，
　　　　今之韓愈也。」歐陽脩在其詩歌中，屢言梅聖俞詩歌風格古硬。「近
　　　　時尤古硬，咀嚼苦難嚼。初如食橄欖，眞味久愈在。」（水谷夜行寄
　　　　子美聖俞）《居士集》一、《全集》，頁 11，「而孟郊賈島之徒，又得

文壇的影響，也敬佩梅堯臣的文學成就，「風流似欲傳諸謝，格律猶應學老梅」〔註53〕、「梅老外生詩律在，秀公弟子佛心傳」。〔註54〕歐陽脩與梅堯臣對韓愈風格的承襲，開啓宋詩怪奇之一支。

《昭昧詹言》曾說：「子由只用退之格。」〔註55〕韓愈、歐陽脩、梅聖俞等人奇拔、駿朗的詩歌特色，對蘇轍在詩歌文字技巧及詩風營造，有不少的啓發。蘇轍重視詩歌文學的思想內涵，他不喜歡孟郊的「啼饑號寒」〔註56〕在無病呻吟的窮獨苦調、寒蟬嘶語中打轉。孟郊詩歌內容苦澀寒峭、題材太過狹隘短淺，與重視詩歌內容的蘇轍來說，是扞格不入的。

蘇軾在〈顏樂亭詩〉中，寫道：

> 天生蒸民，爲之鼻口。美者可嚼，芬者可嗅。美必有惡，
> 芬必有臭。……（《蘇軾詩集》卷十五）

有好必有壞，有美必有醜，以哲理的思索闡述道家美醜對立，又相反相成的道理。蘇氏兄弟倆人對「以醜爲美」藝術論題觀念相似，注重形象知覺所營造出的一種氛圍。

蘇轍「以醜爲美」的實踐，其一，在文字表現上，刻意以詩歌文章化，造成波折；再以瑰麗的想像、奇字、拗對，達到詩境奇異怪特或戲謔詼諧。尤其鎔鑄在其五古、七古詩篇的構思、佈局、語言、境界等，特別明顯。其二，對文藝作品的審美評價，不爲描寫對象所拘，重視精神主體之美。

早年蘇轍的詩作，多注意技巧的發揮，有奇肆雄峭的影子。〈石鼓〉詩便是一首氣勢磅礴的佳作。

> 岐山之陽石爲鼓，叩之不鳴懸無虞。以爲無用百無直，以爲

其悲愁鬱堙之氣，由是而下，得者時有而不純焉。今聖俞亦得之。」〈書梅聖俞稿後〉《居士外集》二十三，《歐陽脩全集》，頁532。

〔註53〕〈次韻王覿推官見寄〉《欒城集》卷十四，《蘇轍集》冊一，頁262。

〔註54〕〈贈蔡駧居士〉《欒城後集》卷三，《蘇轍集》冊三，頁911。

〔註55〕清·方東樹《昭昧詹言》（台北：廣文書局，1962年8月初版）卷十二，頁41。

〔註56〕語見〈詩病五事〉，《欒城三集》卷八，《蘇轍集》冊三，頁1228～1230。

有用萬物祖。置身無用有用間，自託周宣誰敢侮？宣王沒後
墳壠平，秦野蒼茫不知處。周人舊物惟存山，文武遺民盡囚
虜。鼎鍾無在鑄戈戟，宮殿已倒生禾黍。屬宣子孫竄四方，
昭穆錯亂不存譜。時有過客悲先王，綢繆牖戶徹桑土。思宣
不見幸鼓存，由鼓求宣近爲愈。彼皆有用世所好，天地能生
不能主。君看項籍猛如浪，身死未冷割爲脯。馬童楊喜豈不
仁，待汝封侯非怨汝。何況外物固已輕，毛擒翡翠尾執麈。
惟有蒼石於此時，獨以無用不見數。形骸偃蹇任苔蘚，文字
皴剝困風雨。遭亂既以無用全，有用還爲太平取。古人不見
見遺物，如見方召與申甫。文非科斗可窮詰，簡編不載無訓
詁。字形汗漫隨石缺，蒼蛇生角龍折股。亦如老人遭暴橫，
頤下髭禿口齒齲。形雖不具意可知，有云楊柳貫魴鱮。魴鱮
豈厭居溪谷，自投網罟入君俎。柳條柔弱長百尺，挽之不斷
細如縷。以柳貫魚魚不傷，貫不傷魚魚樂死。登之廟中鬼神
格，錫女豐年多黍稌。宣王用兵征四國，北摧犬戎南服楚。
將帥用命士卒驩，死生不顧闞虓虎。問之何術能使然？撫之
如子敬如父。弱柳貫魚魚弗違，仁人在上民不怒。請看石鼓
非突然，長笑太山刻秦語。(〈和子瞻鳳翔八觀——石鼓〉《欒城集》
卷二，《蘇轍集》冊一／頁 23)

全詩共六十句，爲七言古詩，是長達四百二十字的長篇鉅著。構思安
排，曲折多變，佈局嚴謹，思理細密。詩中描繪深刻，豐富的想像，
怪異的氣氛，奇詭的語調，把石鼓的面貌加深了歷史痕跡和懷古情
調。鳳翔是我國古代關中地區，自古就是重要的文化重鎮，「鳳翔當
秦蜀之交，士大夫之所朝夕往來。」〔註57〕這裡有許多名勝古蹟保留
下來。「石鼓，唐代出土，現存北京博物館。它是我國最早的刻石文
字，在十塊鼓形石上，用大篆（籀文）刻著十首四言詩。」〔註58〕

〔註57〕蘇軾〈鳳翔八觀〉序，《蘇軾詩集》卷四。
〔註58〕曾棗莊《三蘇傳——理想與現實》（台北：學海出版社印行，1996年
　　　　6月），頁 195，「據考證是秦刻石，由於刻石詩中沒有人名、時間，
　　　　古人（包括蘇軾、蘇轍）都認爲是周宣王時的作品。」。
　　　　那志良〈石鼓——我國的國寶〉：「石鼓，共有十個，每個重量近乎一

　　因爲上面的字跡已經模糊無法辨識，文物價值難以定位，蘇轍以此觀點切入，從「有用」、「無用」間的論述爲端，在周宣王沒後墳壠臺平，荒煙蔓草，宮殿傾頹，鼎鍾鑄戟的景況下，經過幾代變遷，「形骸偃蹇任苔蘚，文字皴剝困風雨」的石鼓，因「獨以無用不見數」，因爲無用，而得以保全，留存下來。石鼓的保存爲它的「有用」增添歷史價值。石鼓上有「有云楊柳貫魴鱮」文字，並謂「以柳貫魚魚不傷，貫不傷魚魚樂死」，乃說明了周宣王用兵「將帥用命士卒驪，死生不顧闞虓虎」，宣王以仁德服人，得民心士氣，宣王愛民，民敬亦之，「撫之如子敬如父」。〔註59〕「字形汗漫隨石缺」四句，傳神的描繪大篆文字靈轉詰曲的字體變化。末尾，以石鼓爲神物，登之廟堂可以格鬼神作結，將周宣王時的這塊石刻神格化以襯托它不平凡的由來。

　　詩中借用項籍（項羽）烏江兵敗自吻，舊識呂馬童、楊喜等五人爭得其肢體邀功封賞之事，〔註60〕將事物存在之有用無用，論證會因現實考量而有所改變的價值取向。除此之外，大量的典故、生動的比擬、散文化語法、形象的塑造，將石鼓篆籀文字的圖畫特性，活靈活現的立在眼前，文句氣勢跌宕開合，大開宋詩遺妍。

　　〈灩澦堆〉一詩，新奇的想像空間，予人新鮮的視覺感受。

　　　江中石屏灩澦堆，鱉靈夏禹不能摧。深根百丈無敢近，落日紛紛鳧雁來。何人磊落不畏死？爲我赤腳登崔嵬。上有古碑刻奇篆，當使盡讀磨蒼苔。此碑若見必有怪，恐至絕

頓，出土地點是陝西省，鳳翔府的天興縣南二十多里的田野中。石鼓之形，只能說有一點像鼓，頂部圓凸，下部平直，四週刻文字。載籍中最先著錄的是唐人蘇勖所著《敘記》，韋應物、韓愈等人還做了〈石鼓歌〉。據歐陽文忠公所見，有四百六十五字，明清著錄多是三百一十字，都是因爲遷運、傳拓的關係使得石皮脫落。……根據字形、作時、詩句等考證，石鼓之作，是在秦靈公時候。」（《美育》，卷12，1911年3月）蘇瑩輝〈試論石鼓文在中國書法上之重要性〉：「石鼓，每鼓徑約三尺餘。……東周文字遺傳至今，能夠代表石刻大篆（籀文）的，祇有此『石鼓文』最早。」（《故宮文物月刊》，105期，1911年12月）。

〔註59〕參看孔凡禮《蘇轍年譜》，頁49「石鼓」（北京：中華書局）。

〔註60〕《史記》〈項羽本紀〉第七。

頂遭風雷。(《欒城集》卷一,《蘇轍集》冊一／頁 6)

用「鼇靈夏禹不能摧」形容灩澦堆崔嵬險要,有人不畏死,竟赤腳登上刻碑,最後兩句「此碑若見必有怪,恐至絕頂遭風雷」更讓險怪幽崛的氣氛縈繞心底。

　　長篇鋪序,宜於古文技巧的運用,及開闔轉折之疊宕。

> 去國日已遠,涉江歲將闌。東南富山水,跬步留清歡。遷延廢行邁。忽忘身在官。清晨涉甘露,乘高棄征鞍。超然脫闉闍,穿雲撫朱欄。下視萬物微,惟覺滄海寬。潮來聲洶洶,望極空漫漫。一一渡海舶,舟舟移檣竿。水怪時出沒,群嬉類猵獺。幽陰自生火,青熒復誰鑽。石頭古天險,憑恃分權瞞。疑城曜遠目,來騎驚新觀。聚散定王業,成毀猶月團。金山圍百石,炭炭隨濤瀾。猶疑漢官廷,屹立承露盤。狂波恣吞噬,萬古嗟獨完。凝眸厭滉漾,遠屋行盤跚。此寺歷今古,遺跡皆龍鸞。孔明所坐石,羊擁非入刊。經霜眾草短,積雨青苔寒。蕭翁嗜佛法,大福將力干。坡陁故鑱在,甲錯蒼龍蟠。衛公秉節制,佛骨埋金棺。長松看百尺,畫像留三歎。新詩語何麗,傳讀紙遂刓。嗟我本漁釣,江湖心所安。方為籠中閉,仰羨天際摶。遊觀惜不興,賦詠嗟獨難。俸祿藉升斗,虀鹽嗜鹹酸。何時扁舟去?不俟官長彈。(〈次韻子瞻遊甘露寺〉《欒城集》卷三,《蘇轍集》冊一／頁 64)

這是一首五言古詩,有六十句,全篇共三百字。次韻蘇軾遊甘露寺,畫面豐富,層次多變化。蘇轍古今時空,虛幻真實的交錯放置,加諸身世之感,前半以甘露縈繞,後半藉遺跡生情,從官場入「忽忘身在官」,結出「何時扁舟去」,首尾完整。首句「去國日已遠」連續五個仄聲字,刻意拗對,營造出一種人生失意,運途多舛的情感,不諧和的聲調,將心中窮愁憤懣、鬱勃不平之氣,一發於詩,達到奇巧的效果。

　　另外〈徐夜泊彭蠡湖遇大風雨〉五古,「……紵縞鋪前洲,瓊瑰琢遙岫。山川同莽色,高下齊一覆。淵深竄魚鼇,野曠絕鳴雛。……」(《欒城集》卷十三)風雲詭譎的形容,烘托出大風雨的氣勢。另〈次

韻子瞻將之吳興贈孫莘老〉七古：「宦遊莫向長城窟，冬冰折膠弦亦絕。吳中臘月百事便，蟹煮黃金鱸膾雪。京城舊友一分散，近憶吳興須滿頰。世事反覆如翻飛，今日共穌前益垂。……」（《欒城集》卷四）都顯現出以醜為美的文字技巧。

　　蘇轍不僅在七言古詩有一定程度呈現李杜韓風調，〔註61〕在五言古詩上面，有更多蘇體（東坡）奇健豪曠於其中。《昭昧詹言》對蘇轍師法韓愈，然而「奇崛不及又氣勢不甚遒壯」，〔註62〕又「（坡）弟能立一隊，大約以韓公為宗，而造句不及其奇崛，使才用筆奇縱不及坡及太白杜韓四家耳」〔註63〕的觀點，以他全部詩作來說，是正確的，但也不能抹煞他在少部分七古、五古作品上面傑出的表現。

　　另一種「以醜為美」的審美意涵在畫面色彩、景物取擇角度上面，有南宋「枯枝山水」以意境取勝的美感意象。重主觀精神，重視內在美感，抽離具體物象的直覺感受，發揮體道內涵，即便殘缺醜陋，若能與道相通，仍是高尚、仍是美麗，可說是保有自由的創作精神。〔註64〕

　　　秋暑尚煩襟，林泉淨客心。菊殘知節過，荷盡覺池深。疏
　　　柳搖山色，青苔遍竹陰。……（〈登嵩山十首之九過登封閭氏園〉
　　　《欒城集》卷四，《蘇轍集》冊一／頁77）

漫步登封閭氏園，林泉幽靜，頓時使人心情寧靜起來。靜謐雅淳的畫面中，「菊殘」、「荷盡」深化季節更替的印記。

　　　猗猗翠蔓長，藹藹繁香足。綺席墮殘英，芳樽漬餘馥。（〈和
　　　文與可洋州園亭三十詠——荼蘪洞〉《欒城集》卷六，《蘇轍集》冊一
　　　／頁108）

〔註61〕「（蘇轍）七言古詩在一定程度上呈現出李、杜、韓風調；蘇轍也說自己的詩歌與其兄蘇軾『多少略相若也』。」見王錫九：《宋代的七言古詩》〈峻整、雅適的蘇轍七古〉，頁249（天津人民出版社，1993年11月）。
〔註62〕方東樹《昭昧詹言》（台北：廣文書局，1962年8月）卷十二，頁41。
〔註63〕同上註。
〔註64〕曾祖蔭《中國古代美學範疇》（台北：木鐸出版社，1987年7月），頁73～74。

> 斷雲斜日不勝收，付與騷人滿目愁。父老如今亦才思，一
> 蓑風雨釣槎頭。(〈次韻子瞻題郭熙平遠二絕之二〉《欒城集》卷十
> 五,《蘇轍集》冊一／頁 296)

這種視覺焦點集中在部分、不完美的物色景象當中，容易引發人傷感的
聯想。與繁茂旺盛、生氣勃發美感的脫離，代之以殘、餘、盡、斷、斜
等獨立有表現力的意象，「化醜為美」產生一種淡、奇、新的審美效果。

〈書郭熙橫卷〉是一首題畫詩，

> 鳳閣鸞臺十二屏，屏上郭熙題姓名。崩崖斷壑人不到，枯
> 松野葛相奇欠傾。黃散給舍多肉食，食罷起愛飛泉清。皆
> 言古人不復見，不知北門待詔白髮垂冠纓。袖中短軸纔半
> 幅，慘澹百里山川橫。巖頭古寺擁雲木，沙尾漁舟浮晚晴。
> 遙山可見不知處，落霞斷雁俱微明。十年江海興不淺，滿
> 帆風雨通宵行。……(《欒城集》卷十五,《蘇轍集》冊一／頁 295)

《山谷全書‧別集》卷七〈跋郭熙畫山水〉:「郭熙元豐末，為顯聖寺
悟道者，作十二幅大屏，高二丈餘，山重水複，不以雲霧映帶，筆意
不乏。余嘗招子瞻兄弟共觀之。子由歎息終日。……觀此圖，乃是老
年所作，可貴也。元符三年九月丁亥，觀於青神蘇漢侯之所。」應黃
庭堅之請觀郭熙畫山水，當於蘇轍前後在朝時事。〔註65〕

此幅山水橫卷主題為「秋山平遠」〔註66〕「崩崖斷壑人不到，
枯松野葛相欹傾」，「崩——崖」「斷——壑」「枯——松」「野——葛」
蘇轍用冷字，傾頹的美感 意象描摹郭熙的寒林山水。「遙山可見不知
處，落霞斷雁俱微明」，描述圖畫上佈局定景，由遠至近，淡墨渲染，
古寺若隱若現，落——霞，斷——雁，遠方露出微微光線，部分取代
全體，片段示現全幅，蘇轍對繪畫美學觀察的焦點，事實上，反映出
宋代繪畫風格的一大特點。

〔註65〕《圖畫見聞志》卷四〈郭熙傳〉:「河陽溫人，今為御書藝學。」郭
　　　　熙，為宮廷畫師，工山水寒林。

〔註66〕《蘇軾詩集》卷二十八有七古〈郭熙畫秋山平遠〉，卷二十九有七絕
　　　　〈郭熙秋山平遠二首〉，轍有次韻詩。

　　「以醜爲美」所代表的旨趣在韓愈等人已有了成績，蘇轍在創作上，力圖跳脫文字形式技巧上的冶鍊和變化，將「意」與「道」的審美作爲創作準則，尤其是繪畫題材上刻意的選擇，在幽微隱末中開展含蓄淡遠的體道精神。

四、化俗爲雅

　　語言是表情達意，傳達情意，表現意念的工具。在詩歌詩體上面，除了樂府、竹枝歌，以及少數詩人如李白、杜甫、劉禹錫、白居易等人外，宋代之前，俗字俚語的運用根本是進入不了詩歌殿堂的。〔註67〕宋人有意打破詩歌雅化傾向，聲律、典故、用字、詩眼這些嚴密的限制，嘗試以淺俗、白話的文字趣味，近於口語的詩歌語言，「化俗爲雅」讓文字變得流暢明快，又充滿親切的味道。北宋蘇軾這種以俚俗語言入詩的傾向，早已顯現於詩中。宋朱弁《風月堂詩話》卷上云：「世間故實小說，有可以入詩，有不可以入詩者，惟東坡全不揀擇，入手便用，如街談巷說，鄙俚之言，一經坡手，似神仙點瓦礫爲黃金，自有妙處。」〔註68〕蘇軾提出：「用事當以故爲新，以俗爲雅」〔註69〕的口號。蘇轍在「化俗爲雅」，將俗語、方言融入語言中，也有一些不錯的表現。

　　……立談信無補，閉口出國門。棄置臥江海，閔嘿寧復言。……（〈次韻子瞻廣陵會三同舍各以其字為韻三首之二——孫巨源〉《欒城集》卷四，《蘇轍集》冊一／頁62）

　　……悲傷感舊俗，不類騷人淫。又非避世翁，閔嘿遽陽瘖。嘐嘐晨雞鳴，豈問晴與陰。……（〈次韻子瞻題張公詩卷後〉《欒

〔註67〕張師高評：「宋代由於士人生活態度與審美意識的世俗化，詩歌創作與詩論都主張『以俗爲雅』。如梅聖俞、蘇軾、黃庭堅、惠洪、楊萬里等人，用俗諺俚語，善加陶鑄點化，別開生面。尤其是蘇軾作詩，方言鄉語，以至嬉笑怒罵、里媼灶婦的常談，而且自經史四庫，旁及山經、地志、釋典、道藏，以至於稗官野史，皆以入詩。」《宋詩之新變與代雄》第陸章、〈化俗爲雅與宋詩特色〉，頁326～327，（台北：洪葉文化事業有限公司，1995年9月）。

〔註68〕《四庫全書》冊1479，頁21。

〔註69〕《東坡志林》卷九，見《三蘇全書、子部》冊五，頁249。

城集》卷八，《蘇轍集》冊一／頁 152）

「棄置臥江海，閔嘿寧復言」，「閔嘿」是口語化的語詞，發出嘿嘿的聲音，如說白的口吻。第二首，「閔嘿」一詞，對比「陽瘖」口不能言；「嘐嘐」是模擬晨雞的叫聲，用擬聲來生情說理，口語化的文字穿插其中，最易於凸顯意義，達到語言鮮活的藝術效果。

> 天之蒼蒼亦何有？亦有雲漢爲之章。人生渾沌一氣耳，嘿
> 嘿何用知肺腸。……詞鋒俊發魯連子，慚愧田巴稱老蒼。
> 是非得失子自了，一醉早醒余所望。（〈次韻劉涇見寄〉《樂城
> 集》卷八，《蘇轍集》冊一／頁 145）

「嘿嘿」是氣音，開口呼，「何用知肺腸」加添「嘿嘿」二字，有笑謔、嘲弄的意味，卻又不流於生硬、教條的論理。「慚愧田巴稱老蒼」，一般指稱沒見識、粗俗的鄉下人爲「田巴」。

如胡適就認爲，「其實所謂宋詩，只是作詩如說話而已。」〔註70〕這句話說得太過武斷，而忽略掉宋詩其他特性，但也反應出宋詩人作詩以口語入詩的普遍性，造就近於說話的詩體。

> 中歲謬學道，白鬚何由生？故人指我笑，聞道未能行。我
> 笑謝故人，唯唯亦否否。……（〈白鬚〉《樂城後集》卷三，《蘇
> 轍集》冊三／頁 912）

「我笑謝故人，唯唯亦否否」，「唯唯」、「否否」是日常對答的用語，如口語：「是」、「不是」，置於典雅的詩句中，並無突兀、窒礙之感，反於嚴肅的主題中襯顯親切近人。

宋代禪學興盛，文人精研佛典，與禪僧往來，改造後的禪宗深入民間，其機鋒、偈語，甚至文字語言的運用，都被文人廣爲運用。蘇轍「化俗爲雅」的寫作態度，讓語言通俗，生動靈活，增加蘇轍詩的多樣表現，亦豐富了宋詩的文學內容。其「搐鼻」〔註71〕一詞，蘇轍即是引用臨濟宗的頓悟法門。在〈景福順老夜坐道古人搐鼻語〉（《樂城集》卷

〔註70〕引自葛兆光《漢字的魔方》，頁 237，（香港：中華書局，1989 年 12 月）。
〔註71〕程東、薛東編《臨濟宗門禪》中所記，此種開悟法爲「鼻頭悟」。（成
　　　都：成都出版社，1993 年 3 月）頁 7。

十三）詩云：「中年聞道覺前非，邂逅仍逢老順師。搔鼻徑參眞面目，掉頭不受別鉗鎚」句，「搔鼻」爲悟道法門，在端莊的詩歌殿堂上，以形象上的粗俗，化解其說教論理的嚴肅，呈現化俗爲雅的味道。還有如化用禪宗公案，「紛然變化一彈指，不妨明鏡無纖埃」（〈雪中洞山黃蘗二禪師相訪〉《欒城集》卷十一）「此間本淨何須洗，是病皆空豈有方」（〈病退〉《欒城集》卷十四）。又如「行一坐一，眠一食一。子若念一，一亦念子。」（〈抱一頌〉《欒城後集》卷五）「若見法身，寤寐皆非。知其皆非，寤寐無非。」（〈夢齋頌〉《欒城後集》卷五）禪語入詩，也把平易通俗的偈頌富含邃深的禪意。

　　蘇轍詩中有一用語「擁鼻」，典出謝安。「能作洛下書生咏，而少有鼻疾，語音濁。後名流多學其咏弗能及，手掩鼻而吟焉。」（《世說新語‧雅量》）

　　　　端能擁鼻作微吟。（〈上元雪〉《欒城三集》卷二，《蘇轍集》冊三／頁 1178）

　　　　不學擁鼻洛陽生。（〈郭祥正國博醉吟庵〉《欒城集》卷十，《蘇轍集》冊一／頁 177）

　　　　擁鼻高吟方自得。（〈送毛滂齋郎〉《欒城集》卷十一，《蘇轍集》冊一／頁 209）

　　　　西洛能傳擁鼻吟。（〈次韻姜應明黃蘗山中見寄〉《欒城集》卷十二，《蘇轍集》冊一／頁 219）

　　　　擁鼻知逢洛下生。（〈復次韻〉《欒城集》卷十二，《蘇轍集》冊一／頁 236）

「擁鼻」〔註72〕一詞，帶點戲謔諧笑之趣，脫俗入雅，取材別開眼目，其趣味不失一般雅韻的詩篇。

　　此外，轍詩運用宋朝當代語彙的諸多特點，如俗語、方言、行話市語，使得其語言呈現多采多姿的特色。俗語詞如「爭」，「身逃爭地差

〔註72〕蘇軾詩中無「擁鼻」一詞。其他北宋詩人，出現之次數分別爲：歐陽脩 5、梅堯臣 1、王安石 1、張耒 2、陳師道 1。

云靜，名落塵寰終自慚。」（〈寒食二首之二〉）〔註73〕「在現代四川方言中，還保留著這一『欠缺』義。」〔註74〕爭、差連用，更顯欠缺義。「拚」，「宋代『拚』有舍棄、顧不得義，在宋人作品中屢見。」〔註75〕如：「今日共君拚一醉，從教人道亦高陽。」（〈次韻毛君清居探菊〉）〔註76〕「鮮翠」，乃鮮豔、明麗。「蕭疏翠竹久彌鮮」（〈臨川陳憲大夫挽詞二首之一〉），〔註77〕翠竹何以鮮，乃用蜀語，鮮翠、鮮明也。〔註78〕又，因物質文明進步，如爆竹，煙花火炮，宋人在元夕或祭祀時多用之。〔註79〕蘇轍入詩，有「復驚爆竹起春雷」（〈次韻王適元日并寄曹煥二首之二〉）〔註80〕、「楚人重歲時，爆竹鳴磔磔」（〈辛丑除日寄子瞻〉）。〔註81〕除此之外，「老」字，〔註82〕本爲形容詞，後虛化爲詞頭，其用法起源於唐代，宋代沿用。「老」字加在姓氏之前，名字上加「老」，起源更晚了。「格律猶應學老梅」（〈次韻王薦推官見寄〉）〔註83〕、「城西社下老劉君」（〈送家安國赴成都教授三絕之一〉）〔註84〕、「起坐憐老房」（〈次韻子瞻感舊〉）〔註85〕、「老兄富治行」（〈送楊孟容朝奉西歸〉）〔註86〕、

〔註73〕《欒城後集》卷三，《蘇轍集》冊三，頁912。

〔註74〕李文澤《宋代語言研究》《詞彙編》，頁63～64，「爭」條。（北京：線裝書局），以下各條檢視，均參考此書。

〔註75〕同上註，頁65，「拚」條。

〔註76〕《欒城集》卷十一，《蘇轍集》冊一，頁210。

〔註77〕《欒城集》卷十二，《蘇轍集》冊一，頁234。

〔註78〕同上註74，頁73，「鮮翠」條。《老學庵筆記》卷八，記載：「東坡〈牡丹〉詩，『一朵鮮紅翠欲流』，初不曉『翠欲流』爲何語，及游成都，問土人，才知東坡蓋用鄉語。」

〔註79〕同上註，頁94「爆仗、爆竹」條。檢索全唐詩，發現只三人用此「爆竹」一詞。劉禹錫〈畬田行〉：「爆竹驚山鬼」，元稹〈生春二十首〉：「亂騎殘爆竹」，張說〈岳州守歲二首〉：「爆竹好驚眠」。

〔註80〕《欒城集》卷十二，《蘇轍集》冊一，頁226。

〔註81〕《欒城集》卷一，《蘇轍集》冊一，頁12。

〔註82〕同上註74，頁114～116。王力《漢語史稿》中，頁223。

〔註83〕《欒城集》卷十四，《蘇轍集》冊一，頁262。

〔註84〕《欒城集》卷十五，《蘇轍集》冊三，頁298。

〔註85〕《欒城後集》卷一，《蘇轍集》冊一，頁873。

〔註86〕《欒城集》卷十五，《蘇轍集》冊一，頁287。

「定卜老泉室」（〈次韻子瞻寄賀生日〉）〔註87〕等。「兒」當詞尾的，如：
「白酒瀉鵝兒」（〈次韻子瞻飲道者院池上〉）〔註88〕、「桂酒鵝兒空自黃」
（〈次韻毛君病中菊未開〉）〔註89〕、「蜂兒終日透晴窗」（〈十月二十九
日雪四首之四〉）〔註90〕等。

　　宋人還有一些很有特色的行話語詞。〔註91〕如「道士」，又稱黃
冠、羽士。《欒城集》就有：「黃冠憔悴只躬耕」（〈陪毛君游黃仙觀〉）
〔註92〕、「草笠黃冠將蠟祀」（〈次韻和人豐歲〉）。〔註93〕「書籍」，稱
爲青編、黃奶。轍詩有「猶有青編在，它年不世情」句（〈次韻景仁
飲宋溫之南軒二首之二〉）。〔註94〕

　　蘇轍使用常言、俗語，將它們鎔鑄成自然、明快的語言風格，雖
不如兄蘇軾富於形象且精整的藝術化語言，但自然率意的出現於詩
句，爲全詩增添活潑生動的氣息。雅俗相貫通處，超越文字形象之美，
走向意蘊層面的思考。審美意識的發展，在北宋達到成熟的階段，文
人深入民間生活，化用其語言、甚至生活內容語彙，呈現端莊又不失
活潑的文學特色。

第二節　審美特徵

　　作家的詩歌作品特徵會因作品內容題材不同，和不同的表現手
法，而產生不同的文學特色。詩家作品特徵構成，一般來說，可分爲
內在因素：從詩歌創作本身，其體裁、題材、語言形式等內容。外在

〔註87〕《欒城後集》卷二，《蘇轍集》冊三，頁 899。
〔註88〕《欒城集》卷十四，《蘇轍集》冊一，頁 279。
〔註89〕《欒城集》卷十，《蘇轍集》冊一，頁 192。
〔註90〕《欒城三集》卷三，《蘇轍集》冊三，頁 1192。
〔註91〕同上註 74，頁 79，宋‧陳元靚撰《事林廣記》續集卷八《綺談市語》
　　　　有十九門行話。
〔註92〕《欒城集》卷十一，《蘇轍集》冊一，頁 200。
〔註93〕《欒城集》卷十二，《蘇轍集》冊一，頁 222。
〔註94〕《欒城集》卷六，《蘇轍集》冊一，頁 118。

因素，則從詩歌作者本身的才、氣、學、習等個人主觀的情感表現而言。〔註95〕清人薛雪《一瓢詩話》云：

> 昬快人詩必瀟灑，敦厚人詩必莊重，倜儻人詩必飄逸，疏爽人詩必流麗，……拂鬱人詩必悽怨，磊落人詩必悲壯，豪邁人詩必不羈，清修人詩必峻潔，……此天之所賦，氣之所稟，非學之所至也。〔註96〕

昬快、敦厚、倜儻、疏爽、拂鬱、磊落、豪邁、清修等不同個性的詩家，每個詩人不同的氣質，形成了風格特徵各異的詩歌面貌。

蘇轍詩歌所呈現的審美特徵，大致可分爲：淡雅、高妙以及峻整三類。

一、淡　雅

沖淡雅適，即是澹遠高雅的藝術風格，情兼雅怨，怨而不怒，哀而不傷。從作品內在特性上：作者懷抱恬淡，有高度的人格修養與氣節。作品意境呈現，深遠幽雅的情韻。

> 京師三日雪，雪盡泥方深。閉門謝還往，不聞車馬音。西齋書帙亂，南窗初日升。輾轉守床榻，欲起復不能。開戶失瓊玉，滿堦松竹陰。客從遠方來，疑我何苦心。疏拙自當爾，有酒聊共斟。(〈南窗〉《欒城集》卷三，《蘇轍集》冊一／頁49)

〈南窗〉詩，是蘇轍早年時三十一歲所作，最足以代表他那淡而有味的詩風。寫寓居京師簡淡愜意的生活，「閉門謝還往，不聞車馬音」與外在世界隔絕，「西齋書帙亂，南窗初日升」由亂中有序的生活方式顯現出悠閒的步調節奏，意境皆逼古人，無刻畫之跡。由是，其玄遠淡逸的詩風，最爲後人所稱頌。《洪邁詩話》記載：「蘇東坡好書之，以爲人間當有數百本，蓋開淡簡遠，得味外之味云。」〔註97〕《龍性

〔註95〕《文心、體性》：「然才有庸俊，氣有剛柔，學有深淺，習有雅鄭，並情性所鑠，陶染所凝，是以筆區雲譎，文苑波詭者矣。」
〔註96〕丁仲祜編訂《清詩話》下，(台北：藝文印書館，1971 年)。
〔註97〕《洪邁詩話》卷四，《宋詩話全編》冊陸，頁 5627，(南京：江蘇古籍出版社，1998 年)。

堂詩話續集》亦云：「此詩當於陶、柳門外另置一席。」〔註 98〕詩中
凸顯的思想性格，最適於了解蘇轍生性淡泊名利，又簡謹持重的特質。

> 身爲江城吏，心似野田叟。尋僧忽忘歸，飽食莫攜手。畏
> 人久成性，路繞古城後。茅茨遠相望，雞犬亦時有。人還
> 市井罷，日落狐兔走。迴風吹橫煙，燒火卷林藪。草深徑
> 漸惡，荊棘時挂肘。褰裳涉沮洳，斜絕汙池口。投荒分岑
> 寂，欹側吾自取。……歸來倚南窗，試把樽中酒。笑問
> 黃泥行，此味還同否。（〈同王適曹煥遊清居院步還所居〉《欒城
> 集》卷十二，《蘇轍集》冊一／頁 230）

此詩仍承續著上一首「南窗」詩的淡雅，表面上「心似野田叟」這種
疏懶、淡泊的心志，是悠閒生活的寫照，實際上「畏人久成性」的內
在矛盾，抒發了他鬱鬱寡歡，受政治迫害的心情。淡遠意淺的意境，
讀者宜細細咀之，則愈覺有味。由於能在靜默空靈中，才能把握住並
體認微妙之旨，這正是沖淡詩的根本。

蘇軾去世後，蘇轍帶著侄兒蘇邁兄弟，隱居潁昌，此時淡泊名利，
閒適曠達的小詩，占蘇轍詩歌晚年時期主要內容的大部份。〈初築南
齋〉：

> 我老不自量，築室盈百間。舊屋收半料，新材伐他山。盎
> 中粟將盡，橐中金亦殫。涼風八月高，扶架起南邊。首成
> 遺老齋，願與客周旋。古檜長百尺，翠築森千竿。隔牆過
> 清潁，有井皆甘泉。平生隱居念，眷眷在山川。誰言白髮
> 年，有作竟不然。我本師瞿曇，所遇無不安。諸子知我懷，
> 勉更求橡橼。堂成鋪莞簟，無夢但安眠。（《欒城三集》卷一，
> 《蘇轍集》冊三／頁 1155）

簡單自在的生活內容，「有井皆甘泉」、「所遇無不安」，心境上不爭無
欲，自然山川美景，是他退居遁隱的生活寄託。這種自由與自在的精
神氣度，就成爲淡靜雅致的生命情趣。蘇轍寫景的山水小品，最足以

〔註 98〕　《龍性堂詩話續集》，《清詩話續編》上，頁 1018，（上海古籍出版社，
1983 年）。

表現他那淡雅的詩風。

> 野步西湖綠縟，晴登北渚煙綿。蒲蓮自可供腹，魚蟹何嘗
> 要錢？（〈答文與可以六言詩相示因道濟南事作十首之三〉《欒城集》
> 卷六，《蘇轍集》冊一／頁 111）

> 飲酒方橋夜月，釣魚畫舫秋風。冉冉荷香不斷，悠悠水面
> 無窮。（同上，之四 111）

其寫景的藝術手法，以自然的觀照對景物作細膩深刻的摹畫，又帶有
耐人尋味的詩意，恬然自樂的主題，不事雕繪，純用白描，在詩人欣
羨的注目裡，看到更多動人的韻味。六言詩要寫得靈動巧妙，極為困
難。〔註99〕這兩首六言詩，音韻自然，實字寫境，閑適恬淡，蘊含王
維、孟浩然幽靜的味道。〔註100〕

蘇轍寫山水別有一番清幽淡遠的韻味。以一種淡筆，營造朦朧的
境界，使人彷彿化身入山水畫中。

> 縹緲危譙面面山，朝來雲作雨潺潺。……（〈洛陽試院樓上新
> 晴五絕之一〉《欒城集》卷四，《蘇轍集》冊一／頁 73）

> 嵩少猶藏薄霧中，前山迤邐夕陽紅。……（〈洛陽試院樓上新
> 晴五絕之二〉《欒城集》卷四，《蘇轍集》冊一／頁 73）

這是熙寧（1072）壬子八月，於洛陽妙覺寺考試舉人，還道時出嵩少
之間至許昌。蘇轍先以「縹緲」、「薄霧」、「危」、「藏」等繪畫手法，
輕描淡寫的營造背景氛圍。後以動態畫面點出主題，顯得清新可愛。

> 浪泛歌聲遠，花浮酒氣香。晚風歸棹急，細雨濕紅妝。（〈寒
> 食遊南湖三首之二〉《欒城集》卷八，《蘇轍集》冊一／頁 140）

泛舟歌聲遠，近聞花氣酒香，細雨打濕了女紅妝的意境，「紅」的視

〔註99〕 「趙翼《陔餘叢考》卷二十三『六言』條：『任昉云：六言詩始於谷
永。然劉勰云：六言七言，雜出於《詩》、《騷》。……然永六言今不
傳，至王摩詰等又以之創為絕句小律，亦波峭可喜。』」見王仲鏞箋
證：《升庵詩話箋證》（上海古籍出版社，1987 年 12 月，一版）頁
10～11。葉寘《愛日齋叢鈔》卷三：「詩之六言，古今極少。……六
言尤難工。」。

〔註100〕 參曾棗莊《三蘇傳》，頁 659，（台北：學海出版社，1996 年）。

覺印象，融攝了聽、嗅、味、觸等感官作用，顯得閑靜悠長。

清溪便種稻，秋晚連雲熟。不待見新春，西風鯽自足。(〈題
李公麟山莊圖——棲雲室〉《欒城集》卷十六，《蘇轍集》冊一／頁 313)

明‧楊升庵稱讚〈題李公麟山莊圖〉這一組詩「奇景奇句」，〔註101〕
還說：「宋詩信不及唐，然其中豈無可匹敵者？在選者眼力耳。蘇子
由〈中秋夕〉云：『巧轉上人衣，徐行度樓角。河漢冷無聲，冥冥獨
飛鵲。』〈旅行〉云：『猿狖號古木，魚龍泣夜潭。行人已天北，思婦
隔江南。』」認爲這些詩有「王維輞川遺意，誰謂宋無詩乎？」〔註102〕

蘇轍詩審美特徵顯現著沖淡、雅潔的傾向。

方回《瀛奎律髓彙評》卷二十四云：「子由詩淡靜有味，不拘字
面事料之儷，而鍛意深，下句熟。老坡自謂不如子由，識者宜細咀之
可也。」〔註103〕

王珩《欒城集序》云：「文定之文與詩，又素稱沖雅，不事艷麗。」
〔註104〕

又陳訏《宋十五家詩選、欒城詩選》云：「欒城詩沖淡雅潔，如
姑溪仙姿，有亭亭遺世之致，非塵凡所能彷彿，與長公眞堪伯仲。」
〔註105〕

另外，毛瀚豐《論蜀詩絕句、蘇子由》：「潁濱平淡有天工」、邱
晉成〈論蜀詩絕句〉：「潁濱遺集署欒城，詩味都從靜淡生。」〔註106〕

所謂「清詩要淘煉，乃得鉛中銀。」故而「欲造平淡，當自組麗

〔註101〕明‧楊愼著、王仲鏞箋證《升庵詩話》卷十二，(上海古籍出版社，
　　　　1987 年 12 月)，頁 432，第 530 條「蘇子由四絕句」。

〔註102〕《升庵詩話》卷五，頁 147～148，第 108 條「宋人絕句」。

〔註103〕《四庫全書》冊一三六六，頁 334。

〔註104〕蘇轍撰《欒城集》(據上海函芬樓景印明蜀府活字本重印)頁 4，(上
　　　　海書店，1989 年)。

〔註105〕清‧陳訏《宋十五家詩選》(據上海辭書圖書館藏清康熙刻本影印)
　　　　卷十六，頁 395，(上海古籍出版社，1995 年)。

〔註106〕引自《中華大典、文學典、宋遼金元文學分典》(江蘇古籍出版社，
　　　　1999 年)，「宋文學部二——蘇轍」，頁 746。

中來，落其華芬，然後可造平淡之境。」（《韻語陽秋》卷一）〔註107〕蘇轍和平的性格與生命情境的聯繫，顯現出豁達的人生態度，不慕名利的志向，諸詩評家對蘇轍詩歌的評論，都有一致的共識，認爲其詩都從「淡」處生，具有「沖淡雅潔」、「平淡靜雅」的審美特徵。雖《緹齋詩談》卷五：「蘇子由詩，勢平而意淺，不足起發人。」〔註108〕抱持負面意見，但這是個人對詩歌藝術形象看法的不同，並不能抹去蘇轍詩歌風格的塑造上的特色。

二、高　妙

　　「體氣高妙」是從詩歌作品的體勢和風骨上，呈現一種勁深宏高的氣韻。在蘇轍這類作品中，表現於議論及人生關懷的主題，高妙之因在於人格高超及詩歌中氣韻妙絕所致。

　　　老虎穴中臥，獵夫不敢窺。驊騮服箱駑盜驪，巡城三匝漫
　　　不知。帳中晝夢日繞壁，驚起知是黃須兒。馬鞭七寶留道
　　　左，猛士徘徊不能過。遺矢知冰去已遙，明日神兵下赤宵。
　　　荒城至今人不在，狐兔驚走風蕭蕭。（〈湖陰曲〉《欒城集》卷
　　　十，《蘇轍集》冊一／頁178）

湖陰，蕪湖，「玩鞭亭」在蕪湖縣北二十里。《輿地紀勝》卷十八：「晉王敦鎮姑孰。明帝時，敦將舉兵內向，帝密知之，乃乘八滇駿馬微行至湖陰察敦營壘。敦正晝寢，夢日環其城，驚起曰：『此必黃鬚鮮卑奴來也。』乃使五騎追帝，帝亦馳去。見逆旅賣食嫗以七寶鞭與之曰：『後有騎來，可以此示之。』俄而追者至，因以鞭示之。五騎傳玩稽留，帝僅獲免。亭名以此。」〔註109〕將，擁兵自重；君，力有未逮，

〔註107〕葛立方《韻語陽秋》，見清・何文煥輯：《歷代詩話》下，（北京：中華書局，1992年5月三版），頁483。

〔註108〕清・張謙宜《系見齋詩談》卷八，富壽蓀校點：《清詩話續編》（上海古籍出版社，1983年）頁856。

〔註109〕資料見冊一，頁826（北京：中華書局，1992年10月），又《宋本方輿勝覽》卷十五《江東路、太平州、蕪湖》勝景「玩鞭亭」下引詩：楊廷秀七律前四句：「老賊平欺晉鼎輕，一輪五色夢中驚。寶

夢中一段傳聞，把王敦、晉明帝兩人的關係微妙的化入老虎、獵夫的比擬。這一段故事，描述生動，虛實疊映，使得氣魄高妙，不流於庸俗，大處著眼，今昔照應，氣格不凡。

王士禛《池北偶談》卷十一，讚美蘇轍此詩的成功。云：「《潁濱集》中如〈魏佛貍〉、〈湖陰曲〉，亦是高作。」〔註110〕

> 謫居杜老嘗東屯，波濤遶屋知龍尊。門前石岸立精鐵，潮汐洗盡莓苔昏。野人相望夾水住，扁舟時過江西村。窗中縞練舒眼界，枕上雷霆驚耳門。不堪水怪妄欺客，欲借楚些時招魂。人生出處固難料，流萍著水出無根。旌旗旋逐金鼓發，縮笠尚待風雨痕。高齋雪浪卷蒼石，北叟未見疑戲論。激泉飛水行亦凍，窮邊臘雪如翻盆。一杯徑醉萬世足，江城氣味猶應存。（〈和子瞻雪浪齋〉《欒城後集》卷一，《蘇轍集》冊三／頁885）

蘇軾〈雪浪齋銘〉：「予於中山後圃得黑石，白脉，如蜀孫位、孫知微所畫石間奔流，盡水之變。又得白石曲陽，為大盆以盛之，激水其上，名其室曰雪浪齋云。」〔註111〕

蘇轍用筆閑淡，將黑石紋上白脈線條，想像如石間流泉，潮汐湧退，野人、扁舟、窗中、枕上營造出山水田園的景色，又時空移位到煙波浩淼的楚地，結合屈原行吟江邊的惆悵，將騷詞歌賦寄寓困頓的主題。「等待」風雨的老人，坐看激泉噴發，江水翻飛，旌旗旋逐金鼓的戰音，「激泉飛水行亦凍，窮邊臘雪如翻盆」飛水迅疾又止，欲行不得，大雪滿溢如盆水翻覆，這種動靜結合、靜處生動，可說是曲盡石理之妙。雖未若蘇軾「削成山東二百郡，氣壓代北三家村。千峰

鞭脫急非無策，何似休將日遶營。」有韓無咎詩，其中六句：「黃鬚鮮卑勇無策，自馳騎馬來窺賊。賊奴但在日遶營，起看飛塵已無跡。寶鞭不惜棄道旁，坐令老姬知興亡。」宋‧祝穆編、祝洙補訂，頁170，（上海古籍出版社，1991年12月）。

〔註110〕引自王漁洋《帶經堂詩話》（清流出版社，1976年10月10日），卷二「推較」，頁2。

〔註111〕《蘇軾文集》卷十九〈銘〉，頁574。

右卷蠡牙帳，崩崖鑿斷開土門」（〈次韻滕大夫三首之一雪浪石〉《蘇軾詩集》卷三十七）般雄偉奇崛的氣魄，「待」字的靜觀，冥合天地萬物之變，縱浪大化的精神境界，雖爲詠物，但高妙的思理反襯詩歌體氣高逸，超然而曠達。

> 晚歲事遊宦，相從未嘗足。羨君四海皆兄弟，棧中直木不容曲。臨安老令況同科，相逢豈厭樽中醾。潦倒誰憐澗底松，歲寒尚有霜前竹。聞道渠家八丈夫，它日歸耕免幽獨。
>
> （〈次韻子瞻與蘇世美同年夜飲〉《欒成集》卷五，《蘇轍集》冊一／頁 84）

「棧中直木不容曲」的信念，一直是蘇轍入仕以來的堅持。它立足於現實去追求自己的理想，對廣大人民的關懷，集中而突出的反應時代的聲音。人生的孤獨感建築在對人生的理想與執著，蘇轍與新法人士改革理念不同，不畏強權、直言敢諫，面對公平正義，勇往向前，橫在面前的阻礙和遭受的磨難，使他身心俱疲。「潦倒誰憐澗底松，歲寒尚有霜前竹」，唯有潦倒、勁寒才能襯顯以松、竹自許的傲然挺立，逆而不屈正是對抗橫阻的最佳證明，懷抱著「高節不知塵土辱，堅姿試待霜雪落」〔註112〕的精神，以昂然之姿，抬頭兀立。

先秦孔、墨等派懷抱天下爲己任的責任感，汲汲遊走於各國，力圖挽狂瀾於禮壞樂崩之際。這種憂患感和責任感，對一個知識份子「起居尚信其志，猶將不忘百姓之病也」〔註113〕的道德認知，是把對國家、對人民、對社會的責任感結合起來。這種憂國憂民的情操，來源自儒家思想「悲士不遇」和「憂生之嗟」的古老主題。〔註114〕蘇轍

〔註112〕 〈予初到筠即於酒務庭中重竹四叢杉二本及今三年二物皆茂秋八月洗竹培杉偶賦短篇呈同官〉《欒城集》卷十二，頁235。

〔註113〕 《禮記・儒行》。

〔註114〕 程千帆認爲：「在杜甫以前出現的古代文學中，以憂患感爲基調的作品是很多的。這些作品大致可分爲兩類：第一類所體現的主要是對自己及親友的命運而引起的憂患感。如宋玉、司馬遷到曹植、阮籍的憂生之嗟。第二類則是內涵更爲深廣的憂世之作，其代表人物是屈原和賈誼。」見《程千帆全集》（石家莊市：河北教育出版社，2000年）

是一個經世之材的政治家，他的政治見解和才能應是高於蘇軾的。

　　他曾自比杜甫，也企慕賈誼，在他出仕、貶謫、隱居的生活裡，儒家思想中憂懷天下的心志是從未改變的。

　　宋人揚杜抑李，而蘇轍也曾表示：「唐詩人李杜稱首，今其詩皆在，杜甫有好義之心，白所不及也。」（〈詩病五事〉）蘇轍對杜詩從思想內容意識上的肯認，對於杜甫人格和政治道德理想是極為崇敬的。這也激發出蘇轍詩歌中氣格高絕的底蘊。

　　朝廷推行新法，其中一項為「保甲法」。陳祐甫，熙寧末、元豐間為水監丞。這首詩可以看見蘇轍對於新法實施的觀察與見解。

> 我生本西南，為學慕齊魯。從事東諸侯，結綬濟南府。誰言到官舍，旱氣裂后土。饑饉費困倉，剝奪驚桴鼓。緬焉禮義邦，憂作流亡聚。君來正此時。王事最勤苦，驅馳黃塵中，勸說野田父。穰穰百萬家，一一連什伍。政令當及期，田閭貴安堵。歸乘忽言西，劬勞共誰語？（〈送排保甲陳祐甫〉《欒城集》卷五，《蘇轍集》冊一／頁87）

述蘇轍到齊州赴任，碰上「旱氣裂后土」，饑饉困窘，剝奪擄掠，齊魯禮義之邦，遭逢「憂作流亡聚」的危難。而保甲法的施行，有利於農事的運作及生產，「穰穰百萬家，一一連什伍。政令當及期，田閭貴安堵。」詩中讚美陳祐甫辛勞為民，也肯定了新法的政策。

> 陽氣先從土脈知，老農夜起飼牛飢。雨深一尺春耕利，日出三竿曉餉遲。婦子同來相嫵媚，鳥鳶飛下巧追隨。紛紜政令何曾補，要取終年風雨時。（〈春日耕者〉《欒城集》卷九，《蘇轍集》冊一／頁156）

前六句寫農村春耕景象。末二句，以為新法無助於農事，耕者所依賴的仍是天時。方回評：「能言耕夫人情物態。『利』、『遲』字尤妙。」〔註116〕查慎行評：「『利』字峭，『遲』字亦老。惟上六字能醒之，故佳。」紀昀評：「此亦清整。」又，五句從「思媚其婦」化來，六句

第九卷，〈憂患感和責任感──從屈原、賈誼到杜甫〉，頁28和34。
〔註116〕方回《瀛奎律髓》卷十，《四庫全書》冊1366，頁109。

用儲光羲意。〔註117〕

宦海浮沉的路途中，蘇轍憂國憂民的心情卻隨時顯露的。在得意時，「南國號多士，幾人洙泗風」；〔註118〕失意時，「羌虜忘君恩，戰鼓驚四隅。……防邊未云失，憂懷愧安居」；〔註119〕出使時，「天工本何心？地力不能博。遂令堯舜仁，獨不施禮樂」；〔註120〕隱遁時，「常賦雖半釋，雜科起相尋。兇年每多暴，此憂及山林」；〔註121〕題畫詩，「官是勸農官，種桑亦其所。安得陌上人，隔葉攀條語」〔註122〕山水詩「日莫江上歸，潛魚遠難捕。稻飯不滿盂，饑臥冷徹曙」〔註123〕他一生都是一個貫徹儒家思想憂懷民生疾苦，關心國家政事的讀書人。

釋道潛〈寄蘇子由著作〉云：「拔俗高標驚萬丈，凌雲逸氣藹千重。」（《參寥子詩集》卷三）〔註124〕讚美蘇轍道德深若淵谷，其人格氣度超拔萬丈，逸氣凌雲。周必大〈跋蘇子由和劉原父省上示坐客詩〉提到他閱讀蘇轍詩《欒城集》的心得：「快讀數過，溫雅高妙，如佳人獨立，姿態易見。」〔註125〕

蘇轍詩歌氣格高妙之因，在於其人格氣度的凸顯和詩歌中對國家社會憂患意識和責任感的呈現。如佳人姿態，獨樹一格。

〔註117〕 方虛谷原選、紀曉嵐批點《紀批瀛奎律髓》（台北：佩文書社，1960年8月）冊一，卷十《春日類》，頁308。

〔註118〕 〈試院唱酬十一首——次前韻〉《欒城集》卷十一，《蘇轍集》，頁208。

〔註119〕 〈次韻子瞻和淵明飲酒二十首之十〉《欒城後集》卷一，《蘇轍集》，頁879。

〔註120〕 〈奉使契丹二十八首——木葉山〉《欒城集》卷十六，《蘇轍集》，頁321～322。

〔註121〕 〈久雨〉《欒城三集》卷一，《蘇轍集》，頁1158。

〔註122〕 〈和文與可洋州園亭三十詠——南園〉《欒城集》卷六，《蘇轍集》，頁109。

〔註123〕 〈夜泊牛口〉《欒城集》卷一，《蘇轍集》，頁2。

〔註124〕 《四庫全書》冊1116，頁27。

〔註125〕 張健編輯：《南宋文學批評資料彙編》（國立編譯館主編，成文出版社印行，1978年12月），頁223。

三、峻　整

　　氣宇軒昂的豪情、精神氣力的清新，使蘇轍詩歌呈現遒勁之姿，展現主體高揚的人格特徵，不偏於柔靡，而顯得不俗。黃庭堅云：「觀黃門詩，頎然峻整，獨立不倚，在人眼前。」〔註126〕黃庭堅的見解，正可反映出蘇轍詩歌格調嶙峋不失秀逸、寬博溫潤的特點，和清新不俗的韻致。這集中在蘇轍七言古體詩上。古體詩的體制較爲龐大，運用古文氣勢「波折疊宕」以及文章筆法「排比對應」，呈現出峻峭整齊的詩風。

> 前年見君河之浦，東風吹河沙如霧。北潭楊柳強知春，樽酒相攜終日語。君家東南風氣清，謫官河壖不稱情。一廛夏口亦何有？高樓黃鶴慰平生。荊江洞庭春浪起，漢沔初來入江水。岸頭南北不相知，惟見風濤湧天地。巫峽瀟湘萬里船，中流鼓楫四茫然。高城枕山望如帶，華榱照日光流淵。樓上騷人多古意，坐望朝市無窮事。誰道武昌岸下魚，不如建業城邊水？（〈賦黃鶴樓贈李公擇〉《欒城集》卷四，
> 《蘇轍集》冊一／頁70）

李公擇（常）反對王安石變法，以其「何異王莽猥析《周官》片言，以流毒天下。」〔註127〕結果被逐出朝廷，通判滑州，改知鄂州、湖州。黃鶴樓位在湖北武昌，洞庭湖口長江、漢水、沔水一起匯入江流。蘇轍以江寬天地闊的登高，對比時間、空間的今昔之感。

　　從「黃鶴樓」起興，因「謫官河壖不稱情」，「高樓黃鶴慰平生」句，安慰李公擇安時任運，寬慰己心，爲一折。「荊江洞庭春浪起」以下八句，將人事遁入蒼茫無邊的宇宙，消解人境中的孤獨和寂寞，又爲一折。末聯，翻轉出新意，以「武昌」比「建業」，由憂思情懷轉入建功立業的豪情。層層轉折，見其遒勁有力，妥貼中又不失豪氣。

〔註126〕黃庭堅〈跋子瞻送二姪歸眉詩〉〈四部叢刊本豫章黃先生文集〉卷二十六，引自《中國文學批評資料彙編——北宋》國立編譯館主編，頁227（台北：成文出版社，1978年9月）。

〔註127〕《宋史・李常傳》，卷三四四，列傳第一百三，頁10929～10931。

侯家玉食繡羅裳，彈絲吹竹喧洞房。哀歌妙舞奉清觴，白
日一醉萬事忘。百年將種存慨慷，西取庸蜀踐戎羌。戰袍
賜錦盤鵰章，寶刀玉玦餘風霜。天孫渡河夜未央，功臣子
孫白且長。朱門甲第臨康莊，生長介冑羞膏梁。四方賓客
坐華堂，何用爲樂非笙簧。錦囊犀軸堆象床，竿叉連幅翻
雲光。手披橫素風飛揚，長林巨石插雕梁。清江白浪吹粉
牆，異花沒骨朝露香。摯禽猛獸舌齶張，騰踏腰裊聯驌驦。
噴振風雨馳平岡，前數顧陸後吳王。老成雖喪存典常，坐
客不識視茫洋。駃騟飛煙郁芬芳，卷舒終日未用忙。遊意
淡泊心清涼，屬目俊麗神激昂。君不見伯孫孟孫俱猖狂，
干時與事神弗藏。(〈王詵都尉寶繪堂詞〉《欒城集》卷七，《蘇轍
集》冊一／頁 127)

王詵乃宋初功臣王全斌之後，尚英宗女蜀國長公主，爲駙馬都尉。詩
始敘詵乃「功臣子孫」，居「朱門甲第」。

「四方賓客坐華堂」以下至「前數顧陸後吳王」，極力鋪敘詵之
珍藏「錦囊犀軸」、「竿叉連幅」、「手披橫素」、「長林巨石」，又「清
江白浪吹粉牆，異花沒骨朝露香。摯禽猛獸舌齶張，騰踏腰裊聯驌驦。」
詩句極力鋪敘珍奇異寶、名家畫作之難得一見，用字工麗，極其新巧。
極盡怡悅耳目之能事，窮奢豪侈，對比呼應王詵錦衣玉食、彈絲吹竹
的光彩，爲先人「西取庸蜀踐戎羌」、「寶刀玉玦餘風霜」汗馬功勞創
下的戰功，預先埋下警醒之意。

末尾「遊意淡泊心清涼，屬目俊麗神激昂。君不見伯孫孟孫俱猖
狂，干時與事神弗藏」以奇句收尾。勸戒王詵雖持貴冑門第的身分，
但須謹言愼行，遊意澹泊，切莫如春秋魯國的孟孫、叔孫、季孫猖狂
干預國事，招致神靈譴責、落人怨恨之下場。詩裡，前後照應有序，
安排穩當，筆力清健微婉，寬博中有秀逸之氣。

再看〈次韻劉涇見寄〉詩：

天之蒼蒼亦何有，亦有雲漢爲之章。人生渾沌一氣耳，嘿
嘿何用知肺腸。孔公孟子巧言語，剖瓢插竹吹聲簧。含宮

吐角千萬變，坐令隱伏皆形象。我生稟賦本微薄，氤氳方
寸不自藏。譬如蘭根在黃土，春風驅迫生繁香。口占手寫
豈得已，此亦未免物所將。方將寂寞自收斂，不受世俗斗
尺量。既知仍作未能止，紛云竟亦類彼莊。煎烹心脾擢胃
腎，自令鬒髮驚秋霜。嗟子獨未知此病，從橫自恃觜爪剛。
少年一見非俗物，鏗然修竹鳴孤鳳。近來直欲扛九鼎，令
我畏見比力強。提攜童子從冠者，揣摩五帝論三皇。詩書
近日貴新說，掃除舊學漫無光。竊攘瞿曇剽李耳，牽挽性
命推陰陽。狂流滾滾去不返，長夜漫漫未遽央。詞鋒俊發
魯連子，慚愧田巴稱老蒼。是非得失子自了，一醉早醒余
所望。(《欒城集》卷八，《蘇轍集》冊一／頁 145)

這是一首長達三十八句的七言古詩。此詩氣勢峻勁，以詰問為始，蒼
天有雲漢為篇章，混沌人生以肺腸知用，申論孔孟著書立說，發揚己
學，立身行道，口手齊發。前八句寫來瀟灑峻逸。後八句，寫自身處
困境，如蘭根在黃土，朝不保夕，「口占手寫」實在是不得已。轍稱
讚劉涇「少年一見非俗物，鏗然修竹鳴孤鳳」，但也擔心「從橫自恃
觜爪剛」帶來的危險。面對「竊攘瞿曇剽李耳，牽挽性命推陰陽」，
新學的穿鑿附會，將陰陽遷合性命，儒書亦如佛書，面對這一趨勢，
如狂流滾滾，而舊學卻如長夜漫漫，此是非得失要劉涇深自思量。

　　此詩善用「虛字」，承轉之間，意脈流動，一氣呵成。敘述論點
旁徵博引，從「天之蒼蒼亦何有」、「孔公孟子巧言語」、「我生稟賦本
微薄」、「嗟子獨未知此病」、「詩書近日貴新說，掃除舊學漫無光」，
天命到人世，由自己到劉涇，總結呼應北宋新學獨樹一幟的學術現
況。蘇轍對傳統儒家的堅持，在詩中深刻的展現出不俗的精神，順著
衛道而發展的豪情，讓詩句開闔起伏，不流於浮靡的哀嘆，襯顯出格
調的清新。另有〈迎寄王適〉詩。

投竄千山恨不深，扁舟夏涉氣如烝。重來疋馬君何事，歸
去飛鴻我未能。養氣經年惟脫粟，讀書終夜有寒燈。安心
且作衰慵伴，海底鯤魚會化鵬。(《迎寄王適》《欒城集》卷十二，

《蘇轍集》冊一／頁224）

心如大鵬，有「飛鴻」之志。蘇轍與王適相互提勉，安心作伴，末句
用《莊子・逍遙遊》，道體變化不拘任何形式，有朝一日，有心之人
定可大鵬展翅，一揮所長。結尾超拔，氣韻脫俗。

　　蘇轍說孟子之文：「寬厚宏博，充乎天地之間。」〔註128〕又說太
史公：「其文疏蕩，頗有奇氣。」孟子、司馬遷文氣充塞於其文而溢
乎其貌，蘇轍詩也有這種趨向。蘇軾說：「其（轍）爲人深不願人知
之，其文如其爲人。故汪洋澹泊，有一唱三嘆之聲，而其秀傑之氣，
終不可沒。」〔註129〕蘇轍詩歌風骨和蘇轍人格氣韻是緊密結合在一
起的。詩如其人，寬緩而厚博，秀傑之氣，充塞于中。

　　蘇轍詩歌審美特徵，出現在宋代詩史中重要的文人自性的發展，
文人思想與個性，展現「主體高揚」的自覺，〔註130〕「自成一家」
不隨人後的主體表現。

第三節　蘇轍詩思與意象

　　「意象」一詞，見於《文心雕龍、神思》，云：

> 故思理爲妙，神與物遊。神居胸臆，而志氣統其關鍵；物
> 沿耳目，而辭令管其樞機。……尋聲律而定墨，獨照之匠，
> 闚意象而運斤。

錢鍾書在論述唐宋時期有關「意象」時，曾說，「詩中的一象應該借助
于具體外物、運用比興手法所表達的一種作者的情思，而非那類物象本
身。明以前人如劉勰等所用的『意象』，即『意』，只是『象』的偶詞。」

〔註128〕〈上樞密韓太尉書〉《欒城集》卷二十二，《蘇轍集》冊二，頁381。
〔註129〕《蘇軾文集》卷四十九〈答張文潛縣丞書〉，頁1427。（北京：中華
　　　　書局，1986年）
〔註130〕許總：〈宋詩史嬗遞軌跡描述及其文化特性分析〉，《宋詩史》（重
　　　　慶出版社，1997年3月）頁14～15「在北宋末期與南宋中期，宋
　　　　詩史上分別出現以主體高揚與慷慨激昂爲標誌的兩座藝術高
　　　　峰。」。

〔註131〕「意」是作者主觀思想、意識、觀念，是思維的內容，「象」是客觀外界，包括自然界以及人身以外的其他社會聯繫的客體。是思維的材料，〔註132〕所謂「立意於象」。王弼《周易略例・明象篇》曾說：

> 夫象者，出意者也；言者，明象者也。盡意莫若象，盡象莫若言。言生於象，故可尋言以觀象；象生於意，故可尋象以觀意。意以象盡，象以言著。

意──象──言，三者的關係，施之於詩歌形象藝術的表達，再現讀者接受想像的再次創造。客觀存在的象，經由作者心靈深處的轉化，乃是客觀物象的主觀化表現。「象外之象，景外之景，即指客觀實像之外存在于文藝作品之內，再現於讀者想像之中的虛象。」〔註133〕這種「再產生」的功能，無異是經過「感觸」、「興發」的過程，此種思維的感染，除了物象的引發之外，詩人的內在情思與外在景象交融，其實最主要的還是詩人本身生命情境的改變與薰染，造成主觀意識的擇取，有意的興寄與譬況，形成詩歌意象上的獨特思索。唐人王昌齡在其《詩格》一書曾指出意與象的感知過程：「搜求於象，心入于境，神會于物，因心都得。」〔註134〕

　　因此客觀存在的象──形象不再只是孤立的外現，「象轉化成意象，他已經取得意和象、隱和秀、風和骨等多種規定性，內涵大大豐富」，〔註135〕文學作品中呈現出意符（意象）與意旨（心志）物我交感意涵美的內外迴旋。

〔註131〕敏澤〈錢鍾書先生談『意象』〉，《文學遺產》2000，第二期，頁 1～5。「錢鍾書先生指出，詩文不必一定有『象』，而至少須有『意』，文學語言的基本功能是達『意』，造『象』是加工結果。」「劉勰所說的『意象』，實即『意』之一字同旨。」

〔註132〕陳植鍔《詩歌意象論》（北京：中國社會科學院出版，1990 年 8 月），第二章「意象的界說」頁 15。

〔註133〕同上書，頁 25，「形象」與「意象」的區別，「意象」是作者獨特創造了自然界的「形象」。

〔註134〕清・顧龍振編輯：《詩學指南》（台北：廣文書局印行，1973 年 4 月）卷三，頁 85。

〔註135〕葉朗《中國美學史大綱》（台北：滄浪出版社，1986 年）頁 264。

「意象是一個兼屬心理學上和文學研究上的課題，在心理學方面，『意象』一詞意指過去的感受上或知覺上的經驗在腦海中（心中）的一種重演或記憶。」〔註 136〕意象凝聚著詩人的審美感情和理性思辨，不僅是表面化情與景的交融，甚至可以說是一種人格精神的對象化。如果說意象標示出詩人對「意」的哲理思考和美感聯想，那麼藉由「意象創造消解『象』的清晰性、指向性、單一性，造成模糊性、不確定性和多義性，以表現詩人豐富複雜的內心情感和思想」，〔註137〕讓詩歌呈現多角度、多層次的人生境界。

蘇轍是身兼詩人、政治家、思想家身分的文人，他深受父兄家學以及時代環境影響。他少年得志，有著「繆追春秋餘，賴爾牛馬走」〔註 138〕的胸懷和重當世之過的史筆精神，亦有蜀學淵博敦厚的思想基礎，道家、道教與禪宗思想在失意的生活中起了很大的作用。蘇轍詩歌中關於意象的運用，主要在人生各階段中思想層面的轉換與其對人生理想的影響，所產生的意識結構。以下就分三項分別論述其詩歌思想與意象運用之聯繫：

一、感傷怨慕

對故鄉山川景物的思念，事實上亦包含了對故國人情的依戀。夢中縈回不去實現個人政治理想的使命感與之幻滅的痛苦。在蘇轍的詩歌中，一個帶著滿腔熱忱的讀書人，踏出川蜀《南行集》〔註139〕中，原應是開啟他人生期待與夢想，詩句中卻不斷浮現出天地的蒼茫、無際。古來英雄豪客面對天際的寬廣，總是感到自己的渺小，建功立業的豪情以及對未來不確定的徬徨，兩者將仕途與怨慕的心情，緊密的

〔註 136〕 RENE&WELLEK 著，梁伯傑譯《文學理論》第十五章「意象，隱喻，象徵，神話」頁 278，台北：大林出版社，「意象的效果乃來自意象成為感受的『一種遺跡』，和一種『再呈演』。」
〔註 137〕 吳晟：〈中國古代意象詩的哲學探究〉，《中國古代文學新論──視角與方法》，頁 78，黑龍江人民出版社，2002 年 1 月。
〔註 138〕 〈次遠韻〉《欒城後集》卷二，《蘇轍集》，頁 895。
〔註 139〕 參看附錄二，所輯蘇轍年表記事及引詩。

環扣在一起。

（一）身世不遇的感嘆

　　早年耿介、率直的行事風格讓蘇轍飽嚐挫折。離開故鄉，懷抱奮勵之志，卻遭政治上無情的打擊，夢魘般的恐懼，在他生命裡掀起了一種「漂泊」之感，猶如一艘小舟，宇宙之大，竟不知何處安頓，何處停泊？

　　這種無助虛弱的聲音，在各階段如樂曲的主旋律一般，反覆重現著。

　　生命有限，天地無窮，人有宿命不可超越的極限。蘇轍與父兄離開蜀地，往赴京城途中，此行正是一展抱負的大好時機。孤單的船影在大江中漂流，布衣出身的三人，微渺如一葉，看那「扁舟落中流，浩如一葉飄」〔註140〕、「茫茫九地底，大水浮一葉」〔註141〕的無助。父親去世，獨抱的孤臣心情，「眇然恃一葉，此勢安可違」〔註142〕八年中，僅任陳州、齊州、南京地的小官，薄力難支大木。而烏臺詩案後的政治迫害日劇，「飄搖天地間，自視如一葉」〔註143〕、「客從筠溪來，欹仄困一葉」〔註144〕、「短舫漂浮真似葉」〔註145〕、「身似虛舟任千里」，〔註146〕貶筠州、績溪，四十七歲，年紀已過中年，仍生活在漂浮遊蕩的不安定中。

　　生命中「漂泊」與「不定」的危機感是仕人對自我價值肯定與認同的再反思。「一葉」眇然的孤獨、無助，聯繫著個人情志的表述。生命中的孤寂，正是心境上的反映，飄蕩無所依傍，不願與世合流，不屑與小人同污，揭示古代文學託物言志的傳統。

〔註140〕　〈入峽〉《欒城集》卷一，《蘇轍集》，頁7。
〔註141〕　〈荊門惠泉〉《欒城集》卷一，《蘇轍集》，頁10。
〔註142〕　〈次韻子瞻發洪澤遇大風卻還宿〉《欒城集》卷三，頁61。
〔註143〕　〈次韻答陳之方秘丞〉《欒城集》卷九，《蘇轍集》，頁164。
〔註144〕　〈滕王閣〉《欒城集》卷十三，《蘇轍集》，頁252。
〔註145〕　〈乘小舟出筠江二首之一〉《欒城集》卷十三，《蘇轍集》，頁251。
〔註146〕　〈車浮〉《欒城集》卷十三，《蘇轍集》，頁253。

　　對應於個人心理投射，出處的蹇剝困頓，「言志」為一種識察與反省的總經驗。〔註 147〕儒家思想影響詩歌意象的關鍵，在於「志於言」，言志一系之情意表抒，或意在言內，或意在言外，展現著或直敘或婉曲、明喻與暗喻的理性制約，興寄一己理想懷抱。

（二）意志消沉的頹廢

　　「酒」、「病」的意象在陳州、筠州、潁昌各階段時期，一直不斷重複交叉出現，這實是源自於出處糾葛的文人士大夫心態。蘇轍採用明喻、暗喻的寄託，怨怒當朝不能知人善用，把自己推入繁瑣的公文當中，日復一日。

> ……清談已覺忘朱夏，濁酒先防虐素秋。多病無聊唯有睡，頻頻詩句未嫌不。（〈再次韻邦直見答四首之二〉《欒城集》卷七，《蘇轍集》冊一／頁 124）

> ……老病抵摧方伏櫪，壯心堅銳正當年。……明日程文堆几案，只應衰懶得安眠。（〈試院唱酬十一首——次韻呂君見贈〉《欒城集》卷十一，《蘇轍集》冊一／頁 207）

這兩首詩，賦筆以明喻敘志，直抒心意。多病、無聊是陳州時期生活反應。

　　官職卑小，抄抄寫寫的文書工作，不過是銷磨壯心，胸懷大志的蘇轍根本無發揮之處，只得以衰懶換取安眠。「清談」、「酌酒」、「多病」、「無聊」這幾個名詞堆疊在一起，平直之意，上下銜接，顯得有些淺易而陳舊，庸俗而拖黏，點染「懶」字，雖還談不上意象設計的用心，但詩中對作官的厭倦，為五斗折腰的生活早已表露無遺。

> 身病要須閒，閒極自成趣。空虛雖近道，懶拙初非悟。偶將今生腳，遠著古人屨。大小適相同，本來無別處。（〈見兒侄唱酬次韻五首之四〉《欒城後集》卷三，《蘇轍集》冊一／頁 923）

〔註 147〕參鄭毓瑜〈詩歌創作過程的兩種模式——「詩緣情」與「詩言志」〉一文，「詩言志」指「志」之活動，代表從「物——感受——察識——反省」之後的「解決」之創作過程。《中外文學》第十一卷九期，1983 年 2 月。

「身病要須閑，閑極自成趣。」用頂眞格的語法，前後頂接，使語氣銜接加強論調。心理極端苦悶，反諷以「病」凸顯目前生活「閑逸」的需要，「閑極」自成「趣味」，這是蘇子由自我陶侃之語，顯得多諷刺。

> 里中佳客舊孫陳，我自疏慵不見人。目倦細書長掩卷，心
> 遊法界四無鄰。(〈南齋竹三絕之三〉《欒城三集》卷二，《蘇轍集》
> 冊三／頁 1175)

蘇轍晚年杜門隱居「疏慵不見人」，此言喻明志的表白，正是對政治憂讒畏譏的表現，現實面得不到抒展，只有寄情於宗教的安頓，「心遊法界」棄一切於物外，觀照自我。

　　蘇轍仕宦生涯的乖舛，表現在以下詩歌當中，如「千里故園夢魂裏，百年生事寂寥中」、「遊宦終身空處處，塵埃何日退重重」、「宦遊良誤我，老病賦懷哉」、「榮華一朝事，毀譽百年歇」。〔註148〕士大夫言志之詞，充滿淒懟哀怨之情懷，本爲一展才華，怎知仕途路上困難重重，讓人甚感灰心與失望。

（三）歸鄉的崇慕想望

　　仕進苦無機會，隱居卻又礙於生計，內心充滿著矛盾與痛苦，對政治的失意和灰心所衍生的內涵，便是「望鄉」、「思歸」的主題，蘇轍詩中，時常提起「蜀道」意象。此自我表抒的模式，蘇轍運用豐富的文化象徵系統興寄，把仕宦困頓化入思鄉情愁。「乘軺舊西蜀，出鎮復東川。……我亦相從逝，疏狂且自全。」(〈送蘇公佐修撰知梓州〉《欒城集》卷三)、「我亦漂流家萬里，年來羞上望鄉臺」(〈次韻李公擇寄子瞻〉《欒城集》卷六)

　　逃離是是非非的政治恩怨，蘇轍把情感歸入安土重遷的思鄉心態，以及念故戀群的心理動源。〔註149〕蜀地的記憶，爲生命不可分

〔註148〕〈初得南園〉《欒城後集》卷三、〈次韻道潛見寄〉《欒城集》卷九、
　　　　〈次韻子瞻過淮見寄兼簡孫奕職方三首之一〉《欒城集》卷九、〈次
　　　　韻秦觀見寄〉《欒城集》卷九。
〔註149〕王立：「中國古代文學中的思鄉主題，安土重遷爲思鄉心態的社會
　　　　成因；念故戀群，爲思鄉意念的心理動源。思想主題集聚了中國文

割的一部分，透過人類群體心靈上的復歸，家族、親情、人民的感情依傍，失意的撫慰將得到源源不絕的強化與補充。

> 病懶近來全廢學，宦遊唯是苦思鄉。粗知會計猶堪仕，貪就功名有底忙。懷舊暗聽秋雁過，夢歸偏愛曉更長。故人知我今何念？擬向東山賦首章。(〈次韻孫推官朴見寄二首〉《欒城集》卷五，《蘇轍集》冊一／頁91)

「病懶」而「廢學」，「宦遊」卻「思鄉」，互為因果關係。下兩句卻用反語寫因生計問題，故而「貪就功名」，如此違反意志的結果，便是陷入對現實的屈服，無止盡魂繫故鄉的思緒中。《詩經・東山》一章：「我徂東山，慆慆不歸。我來自東，零雨其濛。我東曰歸，我心西悲。……」敘寫歸途所見之風景與心情。蘇轍此時心境「通篇一悲字作線索」的〈東山〉最能明志，〔註150〕長夜飛度的「雁」，包裝現實理想的「夢」，都向著歸隱遁逃的心靠攏。

> 宦遊東土暫相依，政役頻煩會合稀。每恃詳明容老病，不堪羈旅送將歸。思親道路寧論遠，入蜀山河漸覺非。我有舊廬江水上，因君聊復夢魂飛。(〈送韓祇嚴戶曹得替省親成都〉《欒城集》卷五，《蘇轍集》冊一／頁88)
>
> ……雲移忽千里，世路脫重灘。西望應思蜀，東還定過韓。平川涉清潁，絕頂上封壇。出處看公意，令人欲棄官。(〈次韻子瞻送范景仁遊嵩洛〉《欒城集》卷七，《蘇轍集》冊一／頁121)

第一首寫「思親」，由「夢魂」興發對故鄉「山河」、「江水」的繫念。由故鄉景物、故舊親朋對象化的群體意識，詩人隨著價值取向的認同，感受故鄉的溫暖，從其中得到安全與快樂。第二首寫「雲」和故鄉「蜀」的聯繫。藉由自然物象的回憶，串起生命中的美好。物象媒介觸發產生的情感，是思鄉最大的心理動源。

> 誰安雙嶺曲彎彎，眉勢低臨戶牖間。斜擁千畦鋪淥水，稍

人個體生命力與社會倫理規範間複雜的聯繫與衝突。」《中國古代文學十大主題——原型與流變》(台北：文史哲出版社，1994年7月初版)，頁229、243～249。

〔註150〕《詩經評釋》(台北：台灣學生書局，1988年7月)，頁431。

分八字放遙山。愁霏宿雨峰巒濕，笑卷晴雲草木閑。忽憶
故鄉銀色界，舉頭千里見蒼顏。(〈績溪二詠〉之二《欒城集》
卷十四，《蘇轍集》冊一／頁267)

亂山環合疑無路，小徑縈回長傍溪。彷彿夢中尋蜀道，興
州東谷鳳州西。(〈奉使契丹——絕句二首之一〉《欒城集》卷十六，
《蘇轍集》冊一／頁319)

第一首藉寫「雨」、「雲」，不論陰霾的愁雨抑或悠閒笑卷的晴雲，都
覺得一種被認同的親切感，這種感動，正是與「故鄉」遷繫最重要的
思鄉內涵。次首「夢中」，雖深處夷狄外邦，亂山環合中以為困難重
重，窒礙難行，突然小徑縈回，猛然一驚似乎離回鄉熟悉的「蜀道」
不遠了。這種心繫家國的懸念，是士人無法切斷的國家情懷。

　　蘇轍以大自然地域普遍性的山、水、雲、雨景物，或「夢」、「魂」
的時空超越性等比興來寫「思念」的媒介物，藉景入情，情景相生。
同一內容意象，可以包含不同詞素的構成，如蘇轍詩中「思鄉」、「思
蜀」、「故鄉」、「蜀道」、「故園」指的都是「蜀道」意象。對歸鄉的企
慕，透過傳統文化的深層底蘊，包容文人的心理創傷和對國家的認同。

　　言志表抒在偏重主觀情志的色彩上，呈現的是詩人內心裡深沉低
迴的聲音，蘇轍以直筆，近乎絕對性的評價用語寫生活的「懶」、「慵」。
事實上，出處的猶疑不斷在掙扎、徘徊，他以傳統筆調寫歸鄉情愁，
加入知性的反省思索，在他困頓的仕宦生涯中交替出現。「感傷怨慕」
的思鄉情懷，遞相沿用〔註151〕唐詩故土、雁、夢等特定情感之詩歌
象徵，營造「歸思」的主題意象。

二、幽獨閑遠

　　蘇軾〈跋子由老子解後〉曾對蘇轍研究老子思想之深刻，感到大
為嘆服。「昨日子由寄《老子新解》，讀之不盡卷，廢卷而歎。使戰國

〔註151〕陳植鍔《詩歌意象論》一書將意象的藝術特徵，分為主觀象喻性、
　　　　遞相沿襲性、多義歧解性三種。(北京：中國社會科學社，1990年)
　　　　頁147～214。

時有此書，則無商鞅、韓非；使漢初有此書，則孔、老爲一；晉、宋間有此書；則佛、老不爲二；不意老年見此奇特。」〔註152〕蘇轍對老、莊學說的眞知灼見，透徹的解析了佛、道、儒之間的衝突差異與時人的誤解，實爲學術的一大貢獻。

蘇轍喜老莊道家的自然無爲，以及道教的養生修鍊，老子提出一系列的體道養生之法，致虛守靜、順化自然、清靜無爲、清心寡慾、服樸抱一，莊子的心齋坐忘、墮肢體、去聰明，無不是要人剝落外在桎梏、回返靈明清靜的心性本體。

兩者的修爲中融涉出生活的崇道涵蘊，將「幽獨」、「閑遠」帶入抒情寫物的幽遠意境，及以道家風範爲審美的人物意象。

（一）幽獨的自然寫景

蘇轍在登臨樓臺、遊歷山水景色中，常常透顯出一種幽、獨、遠的自然寫景，用冷靜、閑遠的筆調，創作清淡的人文格調。

> 神仙避世守關門，一世沉埋百世尊。舊宅居人無姓尹，深山道士即爲孫。天寒遊客常逢雪，日暮歸鴉自識村。君欲留身記幽寂，直將山外比羌渾。(〈和子瞻三遊南山——樓觀〉《欒城集》卷二，《蘇轍集》冊一／頁31)

寫登樓，以道家幽寂的意象興發遠離人境的深獨，蘇子由運用了意象並置手法，將「避世」「沉埋」、「舊宅居人」「深山道士」對句相組，彼此順接，疊指退避山林，隱遁世間的孤士野客。「天寒」疊加「逢雪」、「日暮」疊加「歸鴉」聯類的比興，天因「雪」益覺寒冷，而日暮因「鴉」的叫聲更顯悽涼。詩中這些名詞的堆砌，烘托出幽靜、孤獨的知性情感。

同樣的技巧放在題寫題畫詩上，分析李公麟山莊圖的寫景藝術，就處處充滿人生的睿智，與佛道的懷想。

> 岩花不可攀，翔蕊未久墮。忽下幽人前，知子觀空坐。(其十二〈雨花岩〉《欒城集》卷十六，《蘇轍集》冊一／頁314)

〔註152〕《蘇軾文集》冊五，卷六十六「題跋」，頁2072。

白龍晝飲潭，修尾掛石壁。幽人欲下看，雨霓晴相射。（其
十四〈玉龍峽〉《欒城集》卷十六，《蘇轍集》冊一／頁 315）

明楊愼《升庵詩話》曾云：「此四詩，泉既奇，詩亦稱，何異王右丞
（王維）？」〔註153〕〈雨花岩〉和〈玉龍峽〉，使用一種情景相生，
不著痕跡的巧思來塑造空靈幽深的境界，與王維詩具有禪理，以禪
入詩，表現智慧靜慮的詩歌語言具有同工異曲之妙。另外〈瓔珞岩〉
詩，用泉水噴激的形態比擬是佛祖身上的瓔珞，粒粒晶盈剔透的水
珠，透顯詩人獨特的眼光及想像。另一首〈陳彭漈〉運用「蒼壁」、
「縣泉」組合成幽山靜謐的景象，「山行見已久，指與未來人」更以
禪意作結。

明人胡應麟對楊用修（愼）所錄這組五言四首的佳評，甚有同
感。尤其〈白龍巖〉〔註154〕、〈陳彭漈〉二詩意境，深得輞川餘韻，
〔註155〕詩意空靈優美。

其他，蘇轍〈和子瞻留題石經院〉詩三首，亦爲佳作，獨顯幽獨
韻致。

其一：岧嶢山上寺，近在古城中。苦恨河流遠，長教眼力窮。

其三：孤絕山南寺，僧居無限清。不知行道處，空聽暮鍾聲。

〔註156〕

蘇軾稱蘇轍此和詩高妙，讚云：「子由詩過吾遠甚。」這是蘇軾謙
稱詞也，蘇轍寫景帶有清空、孤絕的意象，別開生面，並未眞正超勝
其兄，但也正如司空圖所謂的沖淡：「處素以默，妙機其微」，蘇轍的

〔註153〕丁仲祜編訂：《續歷代詩話》中〈子由四絕句〉，藝文印書館。

〔註154〕指的是〈玉龍峽〉。高秀芳、陳宏天點校：《蘇轍集》（北京：中華
書局，1999 年 7 月）。

〔註155〕《詩藪》外編，卷五，（北京：中華書局上海編輯所編輯，1958 年
10 月）。

〔註156〕熙寧十年八月四日，蘇軾與子由同來遊此。蘇軾詩見《蘇文忠公詩
集》卷十五，蘇轍詩見《蘇軾文集》卷六十八「題跋——記子由詩」
頁 2128，《欒城集》未收此三詩。《蘇轍集》冊四，頁 1416～1417，
收入劉尚榮撰輯《蘇轍佚著輯考》中。

五絕清麗可愛，摹形寫景的特色更顯出他那深受道家幽獨閑遠的澹然。

（二）閑遠的人物氣象

在儒家傳統觀念中，對於道行高潔，品德高妙之人，賦予大人、君子、大丈夫的稱呼，〔註157〕直至《莊子》一書，從道德標準再向上提升，創立了「至人、神人、真人」的名號。「至人無己，神人無功，聖人無名。」（〈逍遙遊〉）去除形式上與心靈上的種種限制，重反心性的自由，如同得道的「神仙」，仙骨嶙峋，道風飄飄。內心自在逍遙，外在瀟灑自然，蘇轍極為欣賞這種形而上人格昇華的人物氣象。

> 平生談笑接諸公，歸老身心著苦空。往事少能陪晤語，新詩時喜把清風。形還摩詰羸偏健，筆札西臺晚更工。笑我壯年常苦病，異時何以作衰翁。（〈贈李簡夫司封〉《欒城集》卷三，《蘇轍集》冊一／頁52）

蘇轍贈李簡夫的詩中，以「形還摩詰羸偏健」。摩詰，佛名，即為維摩詰，與釋迦牟尼同時，曾向佛弟子舍利弗、彌勒、文殊師利等講說大乘教義。

蘇轍以「形」來描述李簡夫呈現摩詰的「苦」、「空」，指的是心神上清明朗徹、心神靜謐，不沾染人世習氣，如同山谷的空曠虛無，虛而愈出。「作衰翁」，「衰」為形神的去執，剝落形貌的桎梏，無私無欲，是道家人物氣象。

> 出入三朝望愈尊，淮陽退臥避喧煩。崇高歷遍知皆妄，風俗頻邊氣獨存。世事直須勞舊德，歸心那復厭名藩。赤松作伴功雖切，白髮憂時義所敦。仁比高山年自倍，秋逢生日喜盈門。知公知命身無禱，聊為生靈舉壽樽。（〈張安道尚書生日〉《欒城集》卷三，《蘇轍集》冊一／頁53）

張方平，是蘇轍學道的導師亦是益友。張安道一生以道家思想作為生命內涵。蘇轍稱讚他「赤松作伴功雖切，白髮憂時義所敦」，張方平

〔註157〕《孟子・公孫丑上》：「君子莫大乎與人為善。」、《孟子・離婁下》：「大人者，言不必信，形不必果，為義所在。」、《孟子・滕文公下》：「此之謂大丈夫。」

修道有成，最重要的還有他憂民憂時的仁風，仁比山高，年壽自然增倍。在蘇轍的想法裡，儒家重心性仁德之義與道家因陰陽之大順的人格風範，是不相違背的。「赤松」是神仙家服用的仙草，是珍貴的長生藥，主「『形解銷化』，以達永保性命之真的目的。」〔註158〕服食養氣，內外兼修，獨顯「神氣」之美。

> 大川傾流萬物俱，根旋腳脫爭奔徂。流萍斷梗誰復數，長林巨石曾須臾。軒昂顛倒唯恐後，嗟子何獨強根株。三年一語未嘗屈，擬學文舉驚當塗。心知勢力非汝敵，獨恐清議無遺餘。扁舟歲晚告歸覲，家膳欲及羞蓴鱸。隱居高節世所尚，掛冠早歲還州閭。紛紜世事不著耳，得失豈復分錙銖。投身固已陷泥滓，獨立未免遭霑濡。君歸左右識高趣，牛毛細數分賢愚。(〈送劉道原學士歸南康〉《欒城集》卷三，《蘇轍集》冊一／頁53)

「隱居高節世所尚」劉道原掛冠求去，「隱遁歸隱」這是蘇轍一直以來欣慕卻又無法完成的夢想。紛紜世事不著耳，得失不在於心，寫其「隱居」保全其高風亮節，以老莊思想為依歸。這和蘇轍在〈和強至太傅小飲〉詩中，對人物型態美所描寫的意象，看重精神上的觀照，是相同的。

> 誰能飲酒如傾水，醉倒坐中扶不起。形骸外物已如遺，升斗任君無復避。〔註159〕

「形骸外物」，形神消解，任真自然，超越形體界限的表象，標榜道家人物精神氣象之美感。

透過詩人的心理活動，意象的創造都披上強烈的主觀色彩。蘇轍將道家清虛美學的思想概念，凸顯「精神氣韻」的視覺觀點，表面上描寫幽深靜謐、人物氣象的幽、獨，背後實透過作者的自我表現，以主觀象喻性的描寫，營造意象。

〔註158〕徐小躍著《禪與老莊》，頁14。「戰國時期，方士仙道主要倡導一種老而不死的服食之藥。」(浙江人民出版社，1992年11月)。

〔註159〕《欒城集》卷三，《蘇轍集》，頁41。

三、恬適自足

宋代禪宗思想對士大夫心理的影響，及禪悅傾向與詩歌意象的關聯，其位置放在個人存在的價值及生命的解脫上面。經歷烏臺詩案的波折，面對人生的虛幻，政治的黑暗，蘇轍所感的只有「逃遁」。沉浸在「宦遊良誤我」的感慨中，禪宗的慰藉容他隱身其中，非看破紅塵，斷絕慾念，達「出生死，超三乘，遂作佛」的境地，也並非被完全內省的道德自覺所代替，只是轉而認真而嚴肅的看待生命。東坡曾在給子由的書信中提到，蘇轍作禪語，欲移之於老兄而不可得。「子由爲人，心不異口，口不異心，心即是口，口即是心，近日忽作禪語，豈世之自欺者耶？」〔註 160〕蘇轍刻意苦心的逃遁在虛玄空明的禪學中，藉由宗教安頓自己。蘇軾勸他「其任性逍遙，隨緣放曠，但盡凡心，別無勝解。」〔註 161〕蘇轍晚年思想走向恬適自足，抨擊時政雖不再尖銳，但對社會關懷不曾稍減。

蘇轍的參禪表現的是接受禪宗心性與佛法的教化，追求現實人生的解脫與安頓，憂戚悲苦都能淡然處之。蘇軾與蘇轍不同的是，兄軾與禪師交往，大量以禪宗思想爲人生藝術的文字創作，詩中「多得不可勝數的憂生嘆老，感慨人生虛幻的內容」，「『吾生如寄耳』成爲蘇軾詩中重要的主題句，在不同的人生階段反覆出現。〔註 162〕遊戲人生的生活基調，盡力調和生活中理想與現實的差距。蘇軾兄弟之禪宗思想與其詩歌關聯，蘇軾極盡揮灑其才學，禪宗裡的棒打喝的悟機都成爲他詩歌中語言題材吸收的養料；而蘇轍用的是平實淺白，身體力行的悟道說理。

（一）禪悟的實踐內容

蘇轍在早年，熱衷於道家老莊養生與煉丹修鍊的修行生活，晚年則轉向佛理禪宗。蘇轍的禪悅取向，在詩歌中意象的選擇，是經過身

〔註 160〕《蘇軾文集》卷六十「尺牘」之二〈與子由弟十首之三〉，頁 1834。
〔註 161〕同上註，之三，元豐六年（1083 年）三月二十五日，寄子由。
〔註 162〕周裕鍇〈夢幻與真如──蘇、黃的禪悅傾向與其詩歌意象的聯繫〉，《文學遺產》，2001 年第 3 期。

心一番焠鍊而成的心理狀態。「學佛」、「心空」、「養心」、「養性」的淡泊自持，有意不斷的消解自己內在矛盾，用禪宗空無的修養契入本體心性的結構中，不從虛幻、倏忽變化的角度，反從捕捉人生澄澈脫超的心靈美感，成爲蘇轍晚年詩歌重要主題。

> 杜門本畏人，門開自無客。孤坐忽三年，心空無一物。(〈遺老齋絕句〉十二首之一《欒城三集》卷二，《蘇轍集》冊三／頁 1168)

同詩「避事已謝客，養性不看書」、「久無叩門聲，剝啄問何故」，又「我今在家如出家，萬法過前心不起」〔註163〕、「獨坐南齋久，忘家似出家」，〔註164〕詩人將主觀意念形象思維淡泊守靜遞相沿襲，創造詩歌意象，引出某種固定式的套語式景物，「杜門」、「無客」、「孤坐」、「心空」、「避事」、「養性」等語，形成蘇轍在晚年隱居潁濱時期，重要的詩歌藝術特徵。

> 少年眞力學，玄月閉書帷。老去渾無賴，心空自不知。交遊誰識面，文字略存詩。笑向諸孫說，疏慵非汝師。(〈示諸孫〉《欒城三集》卷二，《蘇轍集》冊三／頁 1171)

遺老齋中的日子恬靜而自得。年少的力學對比老去的寥賴，歲月的增長，個人識見與歷練的增加，人生智慧顯得成熟而圓融。末聯的「笑向諸孫說，疏慵非汝師」，通過以「笑」字向現實，向子孫說明「疏慵」之意實非本心，一方面有反面立意，疏慵實非得已，乃政治上的打壓與黑暗，迫使自己不得不離開官場；一方面也有側面烘托，自己無意戀位涉足政治，實由本性驅使，「疏慵」乃爲心裡的聲音，符合蘇轍自己個性和性情。「笑」字的效果延展，對應頸聯「心空自不知」對修道習禪興發的融通之意。「是以聖人乘千化而不變，履萬惑而常通者，以其即萬物之自虛，不假虛而虛物也。」〔註165〕體道者，對「絕對恆常的本體，不但不能捨棄變化的現象以求得，而且只有在運

〔註163〕〈夢中詠醉人〉《欒城後集》卷三。

〔註164〕〈南齋獨坐〉《欒城三集》卷二。

〔註165〕僧肇《不眞空論》，引自徐小躍著：《禪與老莊》(浙江人民出版社，1992 年 11 月)。

動不居的現象自身中去證入。」〔註166〕「心空」，動以求靜，必求靜於諸動，「疏慵非吾師」實爲對變化的大千世界體悟深刻之言。心空不自知，已入物與我合一的和諧境界。

禪悅之樂的影響，心的澄淨靈明，對應著蘇轍詩作，呈現一貫的思考與執著。「心似死灰鬚似雪，眼看多事亦奚爲」〔註167〕、「眼前暖熱無可道，心下清涼有餘潔」〔註168〕、「平生事瞿曇，心外知皆假」〔註169〕、「坐看心火冷成灰」〔註170〕、「心淨要令萬事空」〔註171〕、「心空莫著書千卷」〔註172〕、「心安自謂無老少」〔註173〕都是了悟禪理之語。

> 心空煩惱不須除，白盡年來罷鑷鬚。隨俗治生終落落，苦心憂世漫區區。居連里巷知安否，食仰田園問有無。我已閉門還往絕，待乘明月過君盧。(〈次喜侄邁還家韻〉《欒城三集》卷四，《蘇轍集》冊三／頁 1199)

> 試問西寺僧，云何古佛意。別無安心法，但復麨師餪。外物來無從，往亦無所至。佛法見在前，我亦從所逝。(〈和遲田舍雜詩九首之六〉《欒城後集》卷四，《蘇轍集》冊三／頁 927)

謝絕門客，杜絕往來，掃除機心巧詐，才可能擺脫虛僞的人情世故。「明月」除了相思、客愁的意象之外，另一個爲象徵圓滿無礙的心性本體。第一首詩，「心空煩惱不須除」，詩人「閉目內觀，妙見自如」〔註174〕自心與造化同往，包羅萬物，自可達心空之境。次首，主提

〔註166〕徐小躍著《禪與老莊》，第二章〈老莊本體之道與禪佛本體之空〉「僧肇根據這種理論，是要解決超越與現實、出世與入世以及聖人、神人的理想人格和精神境界。」頁 113。
〔註167〕〈立秋偶作〉《欒城後集》卷三，《蘇轍集》，頁 915。
〔註168〕〈次遲韻寄邁遜〉《欒城後集》卷三，《蘇轍集》，頁 919。
〔註169〕〈還潁川〉《欒城後集》卷三，《蘇轍集》，頁 919。
〔註170〕〈冬至日〉《欒城三集》卷二，《蘇轍集》，頁 1171。
〔註171〕〈小雪〉《欒城三集》卷三，《蘇轍集》，頁 1185。
〔註172〕〈十月二十九日雪四首之四〉《欒城三集》卷三，《蘇轍集》，頁 1192。
〔註173〕〈冬至日作〉《欒城三集》卷三，《蘇轍集》，頁 1193。
〔註174〕〈種決明〉《欒城三集》卷五，《蘇轍集》，頁 1204。

「外物來無從，往亦無所至。」佛法的修持，讓人安頓內心，內外與天地精神相往來，超越無限，整體且普遍的安心之法。

（二）心靈的安住所在

蘇軾用嘻笑怒罵的寫作態度，轉化自己精神感情上存在的分裂與痛苦，而蘇轍用的是將禪定的意念，作為避害遠禍的利器，頓入空無的禪境世界中，沉澱心靈，安頓生命。「茅屋」的意象，最足以代表蘇轍整全性靈，保全他那高潔的人格與氣節。

> ……據鞍一見心有得，臨窗相對凝通神。十年江海鬚半脫，歸來俯仰慚簪紳。一揮七尺倚牆立，客來顧我誠似君。金章紫綬本非有，綠蓑黃篛甘長貧。如何畫作白衣老，置之茅屋全吾真。(〈贈寫真李道士〉《欒城集》卷十五，《蘇轍集》冊一／頁296)

在一幅道士李得柔〔註175〕畫蘇轍人物寫真的題詩當中，蘇轍稱讚李道士畫技高超，在畫面的規模佈局上面，用心設計，其中最能表現蘇轍人格氣象的構圖，除了白布粗衣的衣著描繪，突顯的是「置之茅屋全吾真」，將自己圖像以「茅屋」當作全吾真的重要依據。

> 平昔交遊今幾人，後生誰復欸吾門。茅簷適性輕華屋，黍酒忘形敵上尊。東圃旋移花百草，西軒恨斫竹千根。舍南賴有凌雲柏，父老經過說二孫。(〈九日獨酌三首之三〉《欒城後集》卷四，《蘇轍集》冊三／頁940)

茅屋所構築的一方園林，是自我的小天地。有經濟生產的園圃，也兼有觀賞性質表意的花草、竹柏。「茅簷適性輕華屋，黍酒忘形敵上尊」，茅簷代指田園生活，適合清靜無爭的性格。事實上，「茅屋」所指稱的意象，是在封建制度下文人情操、處境的描述，表明不隨波逐流的志節。杜甫有一詩〈佳人〉，寫道：「絕代有佳人，幽居在空谷。……在山泉水清，出山泉水濁。侍婢賣珠回，牽夢補茅屋。摘花不插髮，

〔註175〕　《蘇軾詩集》卷二十九有〈贈李道士〉詩。謂道士名得柔，幼而善畫，既長讀老莊喜之，遂為道士，寫真妙絕一世。

採柏動盈掬。天寒翠袖薄，日暮倚修竹。」這是杜甫一篇名作。兩相對照，有相同的趣味，不同的是，前者直敷其意，後者用比興手法暗喻眼前遭遇的困難，卻能守節不污，他們同置「茅屋」作爲安身立命之處。再看一首〈再次前韻示元老〉：

> 豪傑多自悟，不待文王興。四方有餘師，十室豈無朋。我老不知時，早歲誰誤稱。歸來理茅屋，對客食藜蒸。遇渴即飲水，何嘗問淄繩。冠裳強包裹，毀譽如飛蠅。植根久已爾，苕穎日自升。忘我亦忘法，無冰知消冰。（《欒城後集》卷四，《蘇轍集》冊三／頁936）

也表現了歸隱後，忘毀譽，去得失的宏闊襟懷。對於早年的英雄氣盛，老年的蘇轍顯得內斂而沉穩。茅屋，雖非華屋大宅，卻也遮蔽風雨，心懷高志，居處有山林之意，又不離城市機能。歸來整理茅屋，對客人食藜蒸黍。遇渴即飲水，淡泊自適，樂天知命，又何必過問那些惱人的俗事呢？

　　「豈無山中士？高臥白茅屋」、「西山有茅屋，鉏耰本吾事」、「偶有茅簷潠水陰，近依城市淺非深」，又「茅簷有佳客，蕭蕭清風興。吾孫成均來，左右皆良朋」，﹝註176﹞「茅屋」意象，屢屢被蘇轍提及。禪悅之樂所形成之意象是一種內在智慧的光芒，透顯出蘇轍在心性本體上的自足與安樂。「茅屋」既是安頓之所，也是淡薄名利的人格顯現，更可以包含孤高的志節操守。從描述到象徵，意象內涵的豐富提供多角度詮釋方向，與多層次的心理反映。

　　蘇轍一生以仕宦報國爲己志，他的進論、策論等散文充分顯現他那儒家積極有爲的精神，反映在詩歌內涵上，其詩歌意象的運用，與本身思想有著極大的關係。蘇轍深受父親與兄長蘇軾的影響，蘇轍各階段生命歷程總是圍繞用舍出處的困頓，理想與現實之間的交戰，他

﹝註176﹞ 以上選詩見〈和鮮于子駿益昌官舍八詠——山齋〉《欒城集》卷六，頁102、〈登南城有感示文務光王適秀才〉《欒城集》卷九，頁164、〈春深三首〉《欒城後集》卷四，頁935、〈次遲韻示陳天倪秀才任孫元老主簿〉《欒城後集》卷四，頁935。

雖無蘇軾的光彩煥發，才華橫溢，但也平實沉穩、剛健豁達。使用之意象重視內在人文精神的展現，儒慕著清幽深靜、自然樸實的風格。缺點在藝術創造上缺少一些想像與熱情，多單一直線進行的思考，少一些輻合錯綜的藝術形象，詩中賦筆鋪排為要，間雜比、興的運用。但詩格如人格，正也反映出蘇轍樸質沖淡的思想內涵。

　　北宋文人意圖超越前人成就的努力，不可忽視。就蘇轍詩歌意象上的表現，同王立在《文學意象的主題史研究》一書所說：「宋人力圖超越已定型化的意象系統，除了在作品文本的句式結構語音律效果上變換翻新，詩的追求更尚理趣，且強調『點鐵成金』。因為人們已難於在意象經營本身上玩出較多新花樣，就更加細心地揀選動詞、形容詞，來使意象的連結和延伸更為精妙。」〔註177〕在下一章，將詳細分析蘇轍詩歌藝術經營及藝術設計，凸顯蘇轍詩的成就。

〔註177〕王立《心靈的圖景──文學意象的主題史研究》（上海：學林出版社，1999 年 2 月），頁34。

第六章　蘇轍詩歌之藝術經營

　　談蘇轍詩歌藝術經營，從意境營造的法式與修辭技巧的設計進入主題。

第一節　意境營造之法式與層面

　　「意境」是中國古典美學中重要的一個理論課題。「境」一詞，原爲佛教語，「在佛教哲學中，境界或境是指一種精神現象」。〔註1〕唐代詩人王昌齡《詩格》首先將「意境」與「物境」、「情境」並舉。

> 詩有三境。一曰物境，欲爲山水，則張泉石雲峰之境，極麗絕秀者，神之于心，處身于境，視鏡于心，瑩然掌中，然后用思，了然境象，故得形似。二曰情境，娛樂愁怨，皆張于意而處于身，然後馳思，深得其情。三曰意境，亦張之于意而思之于心，則得其眞矣。

唐、皎然《詩議》說：

> 夫境象非一，虛實難明。

〔註1〕　「諸天種種境界，悉皆殊妙」(《法苑珠林、六道篇》)、「神是靈威，振動境界」(《雜譬喻經》)、「斯義弘深，非我境界」(《無量壽經》)、「了知境界，如幻似夢」(《華嚴經、梵行品》)、「一切境界，本自空寂」(《景德傳燈錄、汾州無業禪師傳》)參考李浩著〈超以象外，得其環中〉，《唐詩的美學闡釋》(安徽大學出版社，2000年4月)，頁19～20。

「意境」一詞作爲文學理論評述，肇始於唐代，此時所重視的「意境」與「情境」的區別並不大，前者偏重於表現意志之眞，後者偏重於表現喜怒哀樂之情。〔註2〕當然這與後來強調主觀心志積極搜求客觀物象「心入於象，神會於物」的方式是不同的。

　　「『意境』作爲一個後起的美學範疇，是在『意象』說的基礎上形成程發展來的。」〔註3〕「意象」與「意境」，「意」字是其共同的紐帶與聯繫，前者著眼於詩歌作品中與單個象物相對的語詞，而意境則著眼於全篇的構思。〔註4〕也就是「象」是單一、獨立的，「境」是全幅、統整的。李澤厚在《美學論集》〔註5〕一書，曾提出：「意境是意──情、理與境──形、神的統一。」而清代王國維也提出：「意境即物我的結合」的觀念。簡單的說，「意境即是藝術形象，是情景交融、主觀與客觀結合產物。」〔註6〕

　　「意境」的營造牽涉到比興修辭技巧的使用，情境的外塑。在中國緣情觀的思維下，宋代詩歌藝術的表達形式，以賦爲主，「少純粹的比體、興體，由比含興，或以興攝比」，〔註7〕以賦兼比興，比興含賦的語言形式，其所傳達出之形象與情意的方式，與唐詩重神韻的格調大不相同。兩相比較，後人以對唐人的評價標準品評宋詩，使得唐、宋兩朝詩歌產生很大的落差。

　　　　唐人詩宗《風》《騷》，多比興。宋詩比興已少，明人詩皆
　　　　賦也，便覺板腐少味。(清、納蘭性德《渌水亭雜識》四）〔註8〕

〔註2〕袁行霈、孟二冬、丁放著《中國詩學通論》第三章第六節〈意境說的產生與發展〉，頁438，(安徽教育出版社，1994年12月)
〔註3〕陳植鍔《詩歌意象論》，第二章「意象的界說」，頁32。
〔註4〕同上，頁35。
〔註5〕第十三〈意境雜談〉，《美學論集》(台北：三民書局，2001年8月)頁343。
〔註6〕張少康著《文藝學的民族傳統》〈論意境的美學特徵〉，頁30，(華中師範大學出版社，2000年6月)
〔註7〕楊雅惠〈由「意境視域」探究宋詩的比興思維〉一文，頁280，第五屆中國詩學會議輪文集，彰化師範大學國文系，2000年10月。
〔註8〕《通志堂集》卷十八，引自徐中玉《意境、典型、比興編》，頁242

　　然唐詩猶自有興，宋詩鮮焉。(清、吳喬《圍爐詩話》卷一) 〔註9〕

　　宋詩率直，失比興而賦猶存。弘、嘉人詩無文理，并賦亦
　　失之。(同上卷一)

　　往往宋人詩體多尚賦而比興寡。唐詩之清麗空圓者，比與
　　興爲之也。宋詩之典實閎重者，賦爲之也。(元、劉殞《隱居
　　通義》卷七) 〔註10〕

　　學詩當先求六義，唐以前比興多，宋以來賦多，故韻味迥
　　殊。(清、潘德輿《養一齋詩話》卷一) 〔註11〕

清・吳喬《圍爐詩話》卷之四，〔註12〕提到蘇子由評論李白詩歌風格
及內容的不當。〔註13〕顯示其「宋人唯知有賦」的偏狹。吳喬云:「予
謂宋人不知有比興，不獨《三百篇》，即說唐詩也不得實。太白胸懷
有高出六合之氣，詩則寄興爲之，非促促然詩人之作也。飲酒學仙，
用兵遊俠，又其詩之興寄也，子由以爲賦而譏之，不知詩，何以知太
白之爲人乎？」〔註14〕蘇轍對李白這種縱橫擺闔天才型詩人之詩境畢
竟無法全面掌握得住的。因爲其文學思想就是以質重於形式，對於李
白喜以酒、仙、女子、遊俠起興寄託的技巧是不能苟同的。

　　宋人對意境的塑造表現出的語言形式偏重於直陳，並配合比喻、
聯想來營造詩歌趣味。此節分兩個部分來論述蘇轍對「意境」模塑的

　　　(中國社會科學出版社，1994年5月)。
〔註 9〕郭紹虞編選，富壽蓀校點:《清詩話續編》上，頁471，上海古籍出
　　　版社，1983年12月。
〔註10〕同註8，引同上書，《知不足叢書本》，引自徐中玉《意境、典型、比
　　　興編》，頁379。
〔註11〕郭紹虞編選，富壽蓀校點:《清詩話續編》上，頁2014，上海古籍出
　　　版社，1983年12月。
〔註12〕《清詩話續編》上，卷一，頁481。
〔註13〕《欒城三集》卷八〈詩病五事〉見《蘇轍集》冊三，頁1228。「李白
　　　詩類其爲人，駿發豪放，華而不實，好事喜名，不知意理之所在也。
　　　語用兵，則先登陷陣不以爲難，語遊俠，則白晝殺人不以爲非，此
　　　豈其誠能也哉？白始以詩酒奉事明皇，遇讒而去，所至不改其舊。
　　　永王將竊據江淮，白起而從之不疑，遂以放死。今觀其詩固然。」
〔註14〕吳喬《圍爐詩話》卷一，《清詩話續編》上，卷一，頁580。

藝術特徵。一爲蘇轍對意境生成的方式，一爲營造意境的層面，分別
論述。

一、「意境生成」之方式

　　蘇轍詩生成意境的方式，有三，分別爲：妙造自然、境生象外，
興象傳神，透過文字藝術的巧妙組合，讓詩歌有多層次的美感與想像。

（一）妙造自然

　　唐人反對六朝尙形似、重人工、綺靡浮艷的詩風，同時提倡要自
然天眞，直取性情，去僞存眞。所謂「自然」就是《人間詞話》裡說
的眞景物、眞情感。王國維說：「故能寫眞景物、眞感情者，謂之有
境界。」妙造自然，乃摹山繪景，營造境界，避免刻意雕琢與人爲太
工的死板匠氣，力求接近眞樸自然。這種造境，即爲鍾嶸《詩品》中
所說的「補假」說。〔註15〕

　　　　山下晨光晚，林梢露滴昇。峰頭斜見月，野市早明燈。樹暗
　　　猶藏鵲，堂開已饌僧。據鞍應夢我，聯騎昔嘗曾。（〈次韻子瞻
　　　太白山下早行題崇壽院〉《欒城集》卷一，《蘇轍集》冊一／頁 14）

這首〈次韻子瞻太白山下早行題崇壽院〉，寫黎明破曉、斜月將落，
野市人聲初沸的情景，「樹暗猶藏鵲，堂開已饌僧」靜中寓動，動中
有靜，遠近景的游移，詩中寫出了視點上下交互的空間感，巧妙的將
蘇轍懷思的情感融攝入這廣漠的天地間。

　　　　春晚百花齊，綿綿巧如織。細雨洗還明，輕風卷無跡。（〈和
　　　文與可洋州園亭三十詠──披錦亭〉《欒城集》卷六，《蘇轍集》冊一
　　　／頁 107）

百花齊放，顏色如新，交錯繽紛的色彩巧如大自然的織錦。經過細雨
的洗滌，更加燦爛炫麗，清風吹拂杳然無跡，以空寂清明的心境寫意，
把握住自然的虛靜美。

〔註15〕此「補假」說，乃與自然直尋相對而言。《詩話叢刊》（台北：弘道
　　　文化事業有限公司，1972 年 8 月）上，《詩品》卷中，頁 11。

　　……舊聞吳興勝，試問天公取。家貧囊裝盡，歲莫輕帆舉。
　　苕溪淨多石，弁嶺瘦無土。湖藕雪冰絲，山茶潑牛乳。香
　　粳飯玉粒。鮮鯽鱠紅縷。宮開水精潔，人寄畫屏住。俗吏
　　自難堪，詩翁正當與。從來思清絕，況乃病新愈。團團肘
　　後丹，暗暗胸中素。高臥鎮夸俗，清談靜煩訴。應笑杜紫
　　微，湖亭但狂顧。（〈送文與可知湖州〉《欒城集》卷八，《蘇轍集》
　　冊一／頁153）

文與可與蘇轍是表兄弟，又有姻親關係。文與可知湖州，從「苕溪淨
多石」始七句的描寫都是環繞著「人寄畫屏住」。蘇轍用俗氣而直接
的形容「湖藕雪冰絲」、「山茶潑牛乳」，藕斷猶有雪冰絲，潔白剔透，
山茶如潑牛乳，茂盛而濃密；香粳飯粒，鮮鯽紅縷，這種以鄉野粗茶、
簡樸生活的描寫，卻妙造與萬物冥和的自然趣味，自然的人化，人化
的自然，如屏中圖畫。

　　老木不忍伐，橫枝宜少除。根莖漸有託，雨露稍分餘。生
　　意初無損，開花終自如。他年諸草木，成就此幽居。（〈南堂
　　新甃花壇二首之二〉《欒城後集》卷四，《蘇轍集》冊三／頁929）

詩人創造的空境，同時也是詩人「心凝形釋」形神消解的追求。「生意
初無損，開花終自如。」將生命的真樸自由歸返自然的大化流行之中。
　　蘇轍多以「直達」〔註16〕的寫作技法敷寫「自然」之境，重視
情感自然的流露，「淺白直陳」之藝術特色，不留於呆板，反而因真
情，閑淡而有味。

（二）境生象外

　　「言有盡而意無窮」，是創造藝術意境的詩人追求的目標。在作
品有形、具體的描寫之外，尚有一個無形、抽象的空間，可供讀者想
像發揮，無限擴展詩意的內涵與美感，深刻的表現出意境的藝術特徵。
　　北宋詩壇前輩梅堯臣（1002～1060）曾有一段話：
　　　若意新語工，得前人所未道者，斯為善也。必能狀難寫之

〔註16〕吳喬《圍爐詩話》卷一有云：「宋人作詩，欲人人知其意，故多直達。」
　　　《清詩話續編》上，卷一，頁473。

景如在目前，含不盡之意見於言外，然後爲至矣。〔註17〕

「難寫之景」即指詩歌意境，它不可能完全被如實的描寫出來，要讓讀者感到言外有無窮之意，必須藉由創作主體的再次轉化。「境生象外」貼切的指出詩歌透過「象」聯想「境」，藉眼前景，呈現出景外之景，象外之象。前者爲虛，後者爲實，虛實相生，得味外之味、韻外之韻。

> 敗籬疏戶秋寒早，老人腳冷先知曉。濃霜滿地作微雪，落葉投空似飛鳥。新春未覺廩庾空，宿逋暗奪食稠少。旱田首重未言人，敢信來年眞食麥幷。（〈新霜〉《欒城後集》卷四，《蘇轍集》冊三／頁930）

「敗籬疏戶秋寒早」這是實寫，「老人腳冷先知曉」這是虛寫，霜雪不僅造成身體的寒冷，最主要的是心理上的寒冷，更增添生活的困苦，意在言外，對政府不能體恤人民、照顧農民，深刻的提出控訴，來年只能寄望於虛無，看不到光明的未來。

> 湖水清且深，新荷半猶卷。未見紅粧窈窕娘，先排翠羽參差扇。水面生風人未知，奇欠傾俯仰長先見。岸上遊人莫不歸，清香入袖涼吹面。投壺擊鞠綠楊陰，共盡清樽飱白飯。坐中飛將忽先起，輕衫出試彭門遠。百步洪西白浪翻，戲馬臺南雲岫滿。江山雄麗信宜人，風流孰似梁王苑。（〈送梁交之徐州〉《欒城集》卷八，《蘇轍集》冊一／頁142）

湖水清且深，新荷半猶卷，未見當年女紅妝，排列翠羽參差扇。眼前風流韻致都似「梁王苑」，故國風流，樓臺宮闕，歌舞昇平，卻是亡國之象。詩人藉景物旖旎的想像，將山水美景和歷史興亡聯想起來，雖寫眼前景，但不盡之意，卻在雄麗江山時間中推移。精神世界對象化「境」的描述，蘇轍將抒情與寫景提升到對立的統一，不僅包括山水形象所賦予的境界，更擴大了讀者內心的情思。

> 五老相攜欲上天，玄猿白鶴盡疑仙。浮雲有意藏山頂，流水無聲入稻田。古木微風時起籟，諸峰落日盡生煙。歸鞍

〔註17〕《六一詩話》第十二則，《歐陽脩全集》，頁1037（台北：世界書局，1988年6月）。

草草還城市，慚愧幽人正醉眠。(〈遊廬山山陽七詠──白鶴觀〉

《欒城集》卷十，《蘇轍集》冊一／頁 185)

「境生象外」，藉含蓄的手法，不完全說明白，以留下餘韻無窮的意味。「浮雲有意藏山頂，流水無聲入稻田」，景物「有意」、「無意」都是蘇轍心境的化身，面對白鶴觀，仙人、白鶴羽化登仙神話傳說的故事，詩人意欲求仙的心情反因「慚愧」二字，而化入一種澹遠出常，出于意象之外的平靜與釋懷。這種寄託遙慨之深，在仙道意象之外，而顯出詩中意境的高遠與悠然。

池上茅簷覆水低，早來秋雨尚虹霓。敗荷折葦飛鴻下，正
憶漁舟泊故溪。(〈和毛君州宅八詠──方沼亭〉《欒城集》卷十，

《蘇轍集》冊一／頁 191)

〈方沼亭〉詩，先寫實境，後寫虛境。方沼亭池水映照陽光產生的虹霓，色彩絢爛奪目。忽然鏡頭轉向千里之遙的家鄉，敗荷、折葦、飛鴻形成一幅江南圖景，「正憶漁舟泊故溪」更在虛境之外。

（三）興象傳神

皎然《詩評》卷一：「取境之時，須至險至難，始見奇句。」又：「固須繹慮於險中，采奇於象外，狀飛動之句，寫冥奧之思。」

「采奇於象外」乃是於物象形貌之外著手構思，表現詩境的精神達於傳神之美，「興象傳神」重要的是透過「興」的手法跳脫固有思考拘限，「賦形得似」不拘於物象之形而能得其物象之神，「狀飛動之句，寫冥奧之思」，把握住動態美與傳神美。〔註 18〕藉形、神的論辯達成意境的藝術效果。

春雪飄搖旋不成，依稀履跡散空庭。山藏複閣猶殘白，日
照南峰已半青。(〈次韻王適春雪二首之二〉《欒城集》卷十一，《蘇
轍集》冊一／頁 201)

物象的神采是對於形的體驗與超越。詩人不直接描繪雪的形貌，藉由

〔註 18〕參張少康著《文藝學的民族傳統》〈論意境的美學特徵〉，頁 40～44「意境的動態美與傳神美」，(華中師範大學出版社，2000 年 6 月)。

「春雪飄搖」、「依稀履跡」雪的飄散、迷濛來寫其降臨的情景。樓閣上的殘雪見出昨夜的一場春雪，側筆烘托其境，「已半青」把日出雪融襯顯得十分傳神。側面用筆，物色盡而情有餘。

> 此山巖谷不知重，赤眼浮圖自一峰。芒蹻隨僧踐黃葉，曉光消雪墮長松。石泉試飲先師錫，午飯歸尋下寺鐘。勝處轉多渾恐忘，出山惟見白雲濃。(〈再遊廬山三首之三〉《欒城集》卷十三，《蘇轍集》冊一／頁256)

廬山的美景，遠近馳名。重巒疊翠，層峰疊嶂，眼前的景色，視覺、聽覺、觸覺感官的交錯，都成為具體示現的絕佳「勝處」。蘇轍由形入神，體物得神，「出山惟見白雲濃」，寫出陶淵明「悠然見南山」無意間抬頭見山的情景，悠然忘情，情閑景遠的意境。

> 石室空無主，浮雲自去來。人間春雨足，歸意帶風雷。(〈題李公麟山莊圖——棲雲室〉《欒城集》卷十六，《蘇轍集》冊一／頁314)

浮雲自去來的悠遊，正是石室無主的心情寫照。「人間春雨足，歸意帶風雷」，雷聲一響，大地回春，萬物復甦，在閑逸中寓足飽滿的生命氣象。以「帶風雷」的「奇」寫春意，別開意境。

> 潩上名園似洛濱，花頭種種鬥尖新。共傳青帝開金屋，欲遣姚黃比玉真。秦嶺猶應篆詩句，杜鵑直恐降天神。老人髮少花頭重，起舞欹斜酒力勻。(〈次遲韻千葉牡丹二首之一〉《欒城後集》卷三，《蘇轍集》冊三／頁921)

洛陽牡丹冠天下，潩上名園似洛陽。蘇轍笑稱青帝開金屋藏名花，牡丹花色艷麗，絕色美貌可比天上仙子，詩句篇章歌頌牡丹。稀疏的頭髮上面，牡丹花顯得特別的重，「起舞欹斜酒力勻」把貴妃醉酒、欹斜搖曳的媚態都寫出，烘襯牡丹花嬌豔欲滴酣足飽醉的模樣。妙在形似之外，又非遺其形似，而是抓住形貌的神采，不即不離間，超脫形外，凸顯其精神氣韻。動態美又兼具傳神美，興象傳神。

二、「意境營造」之層面

宋人詩歌多偏重論述、敘理，賦法切直，易於開展，因此，蘇轍

營造詩歌意境的方法，就多運用賦法類比的思維進行佈局，以景入情，由情而理。詩「境」包括了自然景物和社會人生，游「藝」應物，凝神觀照下，不但提昇美感經驗的昇華，並且將將儒家美與善的內涵融合於中，展現人文精神的意境。清・翁方綱說：「唐詩妙境在虛處，宋詩妙境在實處」(《石洲詩話》卷四)〔註19〕宋詩以實景寫境，道出箇中韻味。

（一）情景相生

情景相生，景中有情，情中含景，以景寓情，以物寫心，詩人內心情感藉物象馳騁心靈的想像；而外在物象又藉詩人的情意孕育審美的的意象。

蘇轍山水歌詠的作品裡，由主、客觀結合交融的藝術構思，除了純粹歌詠山川景物之外，還帶有濃厚的思理意味。

> 清淮此日見滄浪，始覺南來道路長。窗轉山光時隱見，船知水力故軒昂。白魚受釣收寒玉，紅稻堆場列遠岡。波浪連天東近海，乘桴直恐漸茫茫。(〈次韻子瞻初出穎口見淮山〉《欒城集》卷，《蘇轍集》冊一／頁58)

熙寧四年七月，蘇軾至陳州與蘇轍相會，九月蘇軾離陳，蘇轍送至穎州。蘇軾〈穎州初別子由〉說：「秋風亦已過，別恨終無窮。」〔註20〕兄弟相別，始覺南來道路長，這離愁別恨都讓江水沾染悲傷的顏色，船隻也擬人化了。波浪連天，乘桴遠去，蒼茫的大海寫思念之深長也。

> 料峭東風助臘寒，汀瀅白酒借衰顏。滿床書卷何曾讀，數步湖光自不閑。夢想綠楊垂後浦，眼看紅杏照前山。新春漸好君歸速，不見遊人暮不還。(〈次韻文務光秀才遊南湖〉《欒城集》卷八，《蘇轍集》冊一／頁155)

文務光是蘇轍的女婿，北宋名畫家。這首詩，並不多費筆墨在摹景取象上面，而是取情為景，將情語作為景色的材料。「景物無自生，惟

〔註19〕郭紹虞編選、富壽蓀校點《清詩話續編》下（上海古籍出版社，1983年12月），頁1428。
〔註20〕《蘇軾詩集》卷六。

情所化」〔註21〕料峭東風、汀澄白酒都是映襯我這個衰顏老朽，無心於滿床書卷，正因爲這片湖光山色。「夢想綠楊垂後浦，眼看紅杏照前山」一夢、一看，一虛、一實的情景交融，讓詩人「不見遊人暮不還」的雅興，融景入情，寄情于景。

> 當年五月訪廬山，山翠溪聲寢食間。藤杖復隨春色到，寒泉頓與客心閑。巖頭懸布煎茶足，峽口驚雷泛葉慳。待得前村新雨遍，扁舟應逐好風還。(〈再遊廬山三首之一〉《欒城集》卷十三，《蘇轍集》冊一╱頁 256)

廬山的好山好水，總是讓蘇轍懷念不已，山翠、溪聲、寒泉、懸布的構圖，瀑布、流泉讓視線高低上下，聽覺上亦有強弱抑揚的變化，互相交織成音響樂章。煎茶、泛舟的寫意，「待」字的停留，顯現出詩人的流連忘返，情景之間，將愉快的心境，化作一股好風，隨風歸去。

> 西湖雖不到，甘井竊餘涼。三伏罷飲酒，桂漿攜一觴。冠者五六人，起舞互低昂。人生有離合，此歡未易忘。(〈見兒侄唱酬次韻五首之五〉《欒城後集》卷三，《蘇轍集》冊一╱頁 923)

蘇轍與兒侄輩隱居在潁昌，西湖雖未到，甘井的餘涼卻可代替。借用論語典故，「莫春者，春服既成，冠者五六人，童子六七人，浴乎沂，風乎舞雩，詠而歸。」〔註22〕情爲主、景爲賓，「身與事接而境生，境與身接而情生」，〔註23〕此詩重點在「人生有離合，此歡未易忘」的結語，心即境也，詩人的心就是一種境界，心跡與意境相即。再看一首〈南康阻風遊東寺〉：

> 欲涉彭蠡湖，南風未相許。扁舟厭搖蕩，古寺慰行旅。重湖面南軒，驚浪卷前浦。霏微雪陣散，顛倒玉山舞。一風輒九日，未悉土囊怒。百里斷行舟，仰看飛鴻度。故人念征役，一飯語平素。竹色淨飛濤，松聲亂秋雨。我生足憂

〔註21〕清‧吳喬《圍爐詩話》卷一，《清詩話續編》。
〔註22〕《論語》先進第十一。
〔註23〕明‧祝允明〈送蔡子華還關中序〉，《枝山文集》卷二，引自《中國古代文論類編》上，《意境》，頁 379，賈文昭主編，(福州：海峽出版社，1990 年)。

患，十載不安處。南北已兼忘，遲速何須數。(《欒城集》卷
十，《蘇轍集》冊一／頁185)

元豐三年（1080），由於烏臺詩案的牽連，蘇轍被貶筠州，路途中過
湖經洪州，至筠州，蘇轍欲前往東寺古廟，卻在南康遇上大風，阻擋
前進的路。「重湖面南軒，驚浪卷前浦。霏微雪陣散，顛倒玉山舞。」
一連九天的大風，百里之內，舟楫都無法成行。面對這樣的情景，讓
蘇轍有沉痛的身世之感，不禁將仕途的乖舛與大風阻擋行進聯想在一
起，景入愁腸愁更愁。上一首〈見兒侄唱酬次韻五首之五〉的「此歡
未易忘」，是害怕忘記，而此首「南北已兼忘」是有意的忘懷，忘卻
貶謫的痛苦與名利的束縛。

（二）詩中有畫

詩歌寫作中，首先採規摹佈局，將眼前物象安排配置，呈現一如
畫作般的圖面設計，將景物客觀環境和個人主觀情感相融，呈現某種
氛圍和色調。「詩中有畫」本是蘇軾讚美王維的話，王維詩歌塑意清
麗如畫，清川叢林、流水暮禽，恬淡閒適，如渲染的潑墨，濃淡相間，
層次分明，巧無匠痕。這種對描繪景物的經營用筆，受到唐、宋詩與
畫長期的會通交融，畫家和文士們紛紛將畫論與詩論彼此借鏡，追求
詩寫畫意，畫見詩情。宋畫雅致澹遠、精巧清峻，佈局定景，移以作
詩，別有一番風味。蘇轍詩歌中再現畫面的技巧，不離此風尚，賦筆
點染，勾勒景物輪廓，表現意境。

> 洞前危逕不容足，洞中明曠坐百人。蒼崖砰兀起成柱，亂
> 石散列如驚麢。清溪百丈下無路，水滿沙土如魚鱗。夜深
> 明月出山頂，下照洞口纔及唇。沉沉深黑若大屋，野老搆
> 火青如燐。平明欲出迷上下，洞氣飄亂爲橫雲。深山大澤
> 亦有是，野鳥鳴噪孤熊蹲。三人一去無復見，至今冠蓋長
> 滿門。(〈三遊洞〉《欒城集》卷一，《蘇轍集》冊一／頁8)

此詩寫詩人出蜀南下途中歷經三游洞所見，描摹出一種迷離幽深的景
象。從前、洞中，洞內、洞外藉兩相對比，由四句排比「蒼崖砰兀」

「清溪百丈」主語以及各起下句謂語「起成柱」、「下無路」，另以間雜明喻「亂石散列」「如驚麋」「水滿沙土」「如魚鱗」以表現出洞穴深度與層次與洞穴地處奇峭幽僻之地。洞中猶如壺中天地，乍看危逕不容足，實際上是別有洞天。接著，又以明暗色調來烘托洞穴附近的氛圍，「夜深」、「明月」二詞、分別宕出以下「沉沉深黑若大屋」、「野老構火青如燐」二句，因是深夜，故沉沉深黑；明月照射，所以火光青色如燐，「如」「若」字直接喻比，是塑造意象最直接體的方法，用感官意象，將視覺、觸覺結合，營造譎怪之情境，令人屏息。最後視角的移動，隨光線上下改變，「月出山頂」「下照洞口」，「深山大澤」「野鳥鳴噪」，一上一下，一下一上，加上聽覺音響的烘襯，把三遊洞塑造成人煙罕至的洞窟，末句「冠蓋長滿門」一反前境，用顯貴車服的擁擠寫遊人絡繹不絕，而仙人不再，留下許多遐想的空間。

　　圍繞著「洞」字，由自然界、現實界的寫景移向森冷鬼魅的超現實，〔註24〕凸出詩人豐富的想像力。下一首〈陪子瞻遊百步洪〉是記蘇軾自徐州移湖州過宋都途中，與蘇轍同遊之景。

> 城東泗水平如席，城頭遠山涵落日。輕舟鳴檣自生風，渺渺江湖動顏色。中洲過盡石縱橫，南去清波頭盡白。岸邊怪石如牛馬，銜尾舳艫誰敢下。沒人出沒須臾間，卻立沙投手足乾。客舟一葉久未上，吳牛回首良間觀。風波蕩潏未可觸，歸來何事嘗艱難。樓中吹角莫煙起，出城騎火催君還。（《欒城集》卷七，《蘇轍集》冊一／頁123）

此詩之佈局，從都城的一點延伸出去，首句以平視角度，「城東泗水平如席」寫平遠，次句則從仰視極目遠眺「城頭遠山涵落日」寫高遠。由遠漸近，寫舟楫搖櫓在浩渺的江上撼動色彩，第三、四句寫空間的廣闊，「輕舟」二字為下兩句蓄勢，下兩句將靜中寓動，時間動態體

〔註24〕令人想起唐朝有詩鬼之稱的李賀，擅長用自然界、現實界、超現實藉三種意象類型，造成他詩上淒冷的特殊風格。參看楊文雄《李賀詩研究》，頁156～167〈語義類型〉。（台北：文史哲出版社印行，1983年6月）

現出百步洪江流湍急，風波蕩漾的氣象，「中洲過盡」「南去清波」輕快的筆調寫「輕」舟舟行之速，也寫蘇轍昆仲同遊的愉悅之情。下兩句「岸邊怪石如牛馬，銜尾舳艫誰敢下」客觀敘景，次兩句「沒人出沒須臾間，卻立沙投手足乾」主觀寫心理感受，詩人賦筆寫景，從各角度進行分析描繪。末尾，以奇石林立，水流湍險的景色，對比人生的意境，「歸來何事嘗艱難」，詩中有畫之外，也寓涵人生的智慧，洋溢詩人經過艱難歲月之後沉澱的心情。

　　色彩應用亦為「詩中有畫」技法的展現之一。《文心雕龍‧物色》：「凡摛表五色，貴在時見；若青黃屢出，前繁而不真。」色彩貴在偶用，適時點綴，必有畫龍點睛之妙

　　　　一徑坡陀草木間，孤亭絕勝俯川原。青天圖畫四山合，白
　　　　晝雷霆百步喧。煙柳蕭條漁市遠，汀州蒼莽白鷗翻。客舟
　　　　何事來（匆心）草，逆上波濤吐復吞。（〈李邦直見邀終日對臥
　　　南城亭上二首之一〉《欒城集》卷七，《蘇轍集》冊一／頁 123）

詩中展現一幅春光明媚，景色宜人的春意圖。「孤亭」之上，草木迤邐入目一片濃淡深淺不一的綠。頷聯，一寫景，一摹聲，青天遠山四面環抱「合」字詮釋貼切，而「霆」、「喧」二字，將大自然音響和人聲交織成一首樂章。用「蕭條」、「蒼莽」孤寂、莽闊的氛圍來寫煙柳中漁市遠在青山外，汀上蒼茫白鷗翻飛，頷聯、頸聯一「青」一「白」的顏色，將濃淡深淺的藍天、煙雲、綠絲、白鷗涵括其中，巧妙的點出顏色給人的感受。視覺是豐富的，但色彩的強調卻是含蓄且隱微的。

　　　　湖色蒼蒼日向斜，煙波萬狀不容誇。畫船人去浮紅葉，石
　　　　徑僧歸躡白蛇。（〈次韻子瞻登望海樓五絕之二〉《欒城集》卷四，
　　　《蘇轍集》冊一／頁 77）

這首詩，湖色之「蒼」，「日」光之紅，顏色的點染是輕描淡寫。三、四句「紅」葉、「白」蛇對比強烈，刻意造景，用瑰麗的色彩增添詩句畫面的詩意。

　　　　山中三日雨，江水一丈高。崩騰沒州渚，淫溢浸蓬蒿。凌
　　　　晨我有適，出門舟自操。中塗已易肆，下道先容舠。雞犬

萃墳冢，牛羊逾圈牢。廚薪散流枿，囷米爲浮糟。臥席不遑卷，剝繭仍未繅。老弱但坐視，閭里將安逃。徙居共擾擾，來勢方滔滔。嗟余偶同病，哀爾爲生勞。晴日慰人願，寒風送驚濤。藩籬出舊趾，蠃蚌遺平皋。流竄非擇地，艱難理宜遭。胡爲苦戚戚，一夕生二毛。（〈江漲〉《欒城集》卷十一，《蘇轍集》冊一／頁 204）

〈江漲〉一詩，運用白描，再現畫境，大量的堆疊了名詞，造成意象的堆置，產生如連續影像般的畫面效果。詩中，寫山中大雨，積水成災，堤決防潰，淹沒洲渚，溢淫居所。「雞」「犬」與「墳冢」，「牛」「羊」與「圈牢」，「廚薪」與「流枿」，「囷米」與「浮糟」。十個字詞，蘇轍善用動詞互相連結，形成相稱或不對等的有機體，烘襯出江漲帶給人民百姓的禍害和苦痛。雞、犬與墳冢本不該同時出現，「萃」字牽強的連結二者，形成意象的突兀；牛、羊與圈牢爲同一相關的詞語，「逾」字的使用，刻意阻斷兩者聯繫，造成孤立的對等意象。廚薪「散」流枿，囷米「爲」浮糟，有用、可食的廚薪、囷米，變成無用的流枿、浮糟，同類意象的變換，顯示跳躍式的語言內涵，生動而不呆板。

洪水一夕間改變了一切所有，「臥席不遑卷，剝繭仍未繅」、「老弱但坐視，閭里將安逃。」臥席來不及捲，繭尚未煮熟抽絲，老弱毫無招架之力，無計可施，鄉里財產又能如何逃脫？詩人安置生活普遍所見之物象，敘說基本生活因洪水襲擊而遭毀壞與匱乏，帶給讀者除了歷歷如繪的驚心動魄外，更是令人如身歷其境中，感受大水的災禍。

「詩中有畫」是一種規摹佈局的寫作手法，讓詩歌「先立賓主之位，次定遠近之形，然後穿鑿景物，擺布高低。」，〔註 25〕以種種對比襯托，〔註 26〕呈現圖畫般層次井然，卻又有詩意盎然的文字意涵。

〔註 25〕 唐李成撰〈山水訣〉，見于安瀾編《畫論叢刊》上，頁 13。（台北：華正書局，1984 年 10 月）

〔註 26〕 《古典文學》第一集，頁 134。陳器文一文所舉出文學中常用的對比手法，有今昔、遠近、情景、高下、畫夜、色彩、明暗、虛實等技巧。

（三）時空安排

「對時間——空間——自我的相互關係所作的研究，與中國詩歌的解釋與評價有關係。」〔註27〕也就是，一首詩中存在著時間、空間的轉換和變化，自我的觀點，三者形成詩歌意境中重要的一個部分。蘇轍在詩歌裡利用時間觀念與空間形象之關係，寫個人、歷史與宇宙。時空的起合，指的是運用時間、空間的結合，組成一個有組織架構的體式，敘述或興起某種情感，來創造或塑造意境，達到懷古幽思或發人深省的心理過程。

舊朝遺址、故國古都、前代名賢、過往陳跡，歷史與文化底蘊的交織，都集結在時空的洪流裡，產生普遍且深刻的審美效應。朝代是時間，地點是空間，時空的結合，對於接受主體而言，文字轉譯再現心中的歷史，是今昔物換星移、世事滄桑所產生的印記。不論是戰禍兵燹、政治興替，昔是今非所殘存的舊跡，往往帶給人無限的傷情與悲嘆。

> 梁園久蕪沒，何以奉君遊。故城已耕稼，臺觀皆荒丘。池塘塵漠漠，雁鶩空遲留。俗衰賓客盡，不見枚與鄒。輕舟舍我南，吳越多清流。（〈和子瞻自徐移湖將過宋都途中見寄五首之五〉《欒城集》卷九，《蘇轍集》冊一／頁 161）

詩人站在時間的中點，看前朝舊址「梁園」，「久」字將時間向自我移動，寫一種飽經憂患的時代宿命。三、四兩句，從空間角度「故城」、「臺觀」，「已」、「皆」將時空由今推向過去，又從過去拉回現實。五、六句寫眼前景，「池塘」的廣漠，「雁鶩」的遲留，一靜、一動，動靜之間，時空的轉換，正如世事多變，時光短暫對比空間的無限。「俗衰賓客盡，不見枚與鄒。輕舟舍我南，吳越多清流。」吳越，指蘇軾罷徐州移湖州，在途中將到南都與蘇轍相會，語意一轉，主題把握當下，語境一新。次首〈和孔武仲金陵九詠——高齋〉也是從懷古的思

〔註27〕莫勵鋒編《神女之探尋》，頁 193。劉若愚〈中國詩歌中的時間、空間和自我〉一文，上海古籍出版社，1994 年 2 月。

緒中起興，融入山水遣興，將小我化入大我的時空中，以攜手共遊的
情誼，對比歷史的現實幻滅。

> 金陵嘉處自無窮，使宅幽深即故宮。樓殿六朝遺爐後，江
> 山百里舊城中。雨餘尚有金鈿落，月出長窺粉堞空。看盡
> 一城懷古地，茲遊恨不與君同。(《欒城集》卷十，《蘇轍集》冊
> 一／頁 176)

以地點論，金陵是常被歷代文人懷古的對象之一；而以朝代論，六朝
是君主荒淫、國勢衰祚的代表之一。〔註 28〕首聯「金陵」是歷史地點，
也曾為歷代宮闕所在，時空的交錯，「使宅即故宮」使它定格在孔武
仲的高齋之中。〔註 29〕昔時宮殿，今日樓臺；今日江山，昔時舊城，
今昔時空的交疊，時間與自我一致推移，寄情於一種廣漠、獨立而蒼
茫的美感經驗，站在歷史的一端，個人與歷史糾結在一起，見證歷史。
「雨」與「月」這兩種互久不變的自然物，加深詩人對永恆的感慨。
末聯，友情的可貴超越了懷古哀傷情氛，進而尋求人生美好的寄託。

　　時空技巧的運用，除了營造興亡悼往傷今的氣氛，時間和空間概
念的互換和延伸，可以經由形象和句法上得到實踐。

> 池塘草生春尚淺，桃李飛花初片片。一尊花下夜忘歸，燈
> 火尋春畏春晚。春風暗度人不知，滿園紅白已離披。江南
> 春雨少晴日，露坐青天能幾時。折花只恐傷花意，攜客就
> 花花定喜。落蕊飄香翠袖中，交柯接葉燈光裡。雨練風柔
> 雨不如，精神炫轉影扶疏。夜看飛燕勝朝日，月暗還須明
> 月珠。美人勸我殊非惡，明日雨來無此樂。醉歸不用怕山

〔註 28〕王立《中國古代文學十大主題──原型與流變》〈中國文學中的懷古
　　　　主題〉，頁 134，文史哲出版社。懷古主題常提到的朝代，多為春秋
　　　　吳國、六朝、隋代、安史之亂、南唐後蜀等，仲在感傷獲痛斥君主
　　　　荒淫。其地點，常提到的懷古對象多以帝王曾經建都為主，如姑蘇
　　　　(吳宮)、咸陽、長安(漢宮、渭水)、鄴都、洛陽(北邙山)、金
　　　　陵、汴京、臨安(錢塘、西湖)等等，其他重大事件的地點，如驪
　　　　山、赤壁，歷代帝王與名人的故居等，也是書寫題材之一。
〔註 29〕引《蘇轍年譜》，頁 204，《景定健康志》卷二十一：「高齋，舊在江
　　　　寧府志，今在行宮內。康定中葉公清臣建，胡公宿作記。」

公，馬上接䍦先倒著。(〈陪毛君夜遊北園〉《欒城集》卷十一，《蘇
轍集》冊一／頁 202)

第一句「池塘草生春尚淺」，「池塘」是空間，「春」是時序的變化，「草
生」空間範圍引發時間的聯想，池塘通過「生」字，將空間時間化了。
第二句「桃李飛花初片片」，「桃李」、「飛花」表示時間，在開花的季
節，花絮掉落飄滿整個空間，「片片」是空間意象，桃李飛花通過時
間轉化為空間概念，將時間空間化。也就是靜態的動態化，動態的靜
態化，動態、靜態之間形象的對比，微妙的組合起來，將蘇轍陪毛維
瞻遊北園所見夜晚的園林景緻，烘襯得景意無限。全詩圍繞著「春」
字，一路尋春，「尋春」、「畏春」、「春風」、「春雨」。春的意象包括空
間的位置，也包括時間的過程。

故鄉寒食荼蘼發，和香濃村巷深。飄泊江南春欲盡，山橙
仿佛慰人心。(〈山橙花口號〉《欒城集》卷十一，《蘇轍集》冊一／
頁 203)

「故鄉」是心理空間，「寒食」為時間的一點，荼蘼花開將時間和空
間結合起來，是思鄉的一種情緒。「村巷」是現實空間，詩人現居之
地，四十三歲漂泊到筠州，事實上「我」的時空起合，將彼此緊密的
連結。

「江南」是地理空間，「春」是時間，「山橙」的綻放，是時空的
終結，即思鄉的慰藉。

時間和空間與真實世界的聯繫，能以語言結構創造詩中世界，更
能有超越時空界限來完成精神世界的指涉。

亭高眾山下，勝勢不自收。岡巒向眼盡，風籟與耳謀。鳶
飛半嶺息，雲起當空遊。視身如乘風，超然忘百憂。暮歸
室中居，唯見窗戶幽。視聽隨物變，恍誰識其由？(〈和鮮
于子駿益昌官舍八詠——會景亭〉《欒城集》卷六，《蘇轍集》冊一／
頁 103)

「亭」、「山」、「岡巒」、「半嶺」互相交結出廣闊的視野空間。「乘風」、
「雲起」、「鳶飛」代表著時間象徵。詩人站在會景亭中，四面八方的

景緻全聚攏在視線之中，想像立在群山萬壑中身如乘風，令人超越現實一切忘記憂慮，「視聽隨物變，恍誰識其由？」感官知覺隨著心境的改變超越了物象的拘限，馳騁在無邊無際的心靈世界中，詩境打破時間、空間的藩籬，消弭時、空的障礙，精神世界躍入生命的大自由、大自在，而無所不在。

（四）虛實幻境

　　蘇轍以豐富的幻想和對神異之嚮往，結合中國古代神話傳說縹緲的神仙世界，建構出一個桃源仙鄉的仙境。這是蘇轍接觸道家道教、學道學仙的發揚，也是揚棄人間紅塵凡俗鄙陋，重返心靈空間自由所寫作的遊仙作品。詩裡大量使用了清虛華美的筆調和景物的堆砌，豐富的想像使得摹景狀物特出新意，引人遐思。在他一貫以平淡寫意的詩歌風格中，可以說是非常獨特的一種詩歌意境，雖無六朝時人對生命的恐懼，和及時行樂的主題思想，但掌握時空變化和登覽賞景所激發美感聯想用於筆法技巧上面，頗具匠心。

> 東來亦何求，聊欲觀海岱。海西上千里，將行勇還退。岱陰
> 即齊疆，南往曾歷塊。春深草木長，山暖冰雪潰。中巷無居
> 人，南畝釋耕耒。車徒八方至，塵坌百里內。牛馬汗淋漓，
> 綺紈聲綷縩。喧闐六師合，洶湧眾流匯。無復問誰何？但自
> 含耽愛。龍鸞畫車服，貝玉飾冠佩。驊騮趹騰驤，幡斾飛晻
> 曖。腥羶及魚鱉，瑣細或蒲菜。遊墮愧無齎，技巧窮殊態。
> 縱觀睇未已，精意殫一酹。出門青山屯，遠廓遺跡昧。登峰
> 尚壇壝，古觀寫旗隊。戈矛認毫末，舒卷分向背。雍容太平
> 業，磊落豐碑在。往事半蓬蒿，遺氓但悲慨。回瞻最高峰，
> 遠謝徂徠對。欲將有限力，一放目所逮。……（〈遊泰山四首
> ——嶽下〉《欒城集》卷五，《蘇轍集》冊一／頁96）

泰山，是古代帝王祭祀天地的地方。「黃帝以天下大定，符瑞並臻，乃登封太山禪於亭亭山，又禪於几几山。」〔註30〕在《神異典》一書

〔註30〕《古今圖書集成・神異典神仙部》（一），《博物彙編神異典》第二百
　　　二十三卷「神仙部」彙考三之十一，頁72。王秋桂、李豐楙主編《中

中描繪出遠古時代，黃帝聚集天地六合四方鬼神同於泰山舉行封禪典禮的情景。音樂伴奏，調和陰陽，日月偕行，黃帝乘坐華麗的六馬車輦，大批人馬前後並峙，浩浩蕩蕩的開拔往泰山前去。描述如下：

「帝作雲門大卷咸池之樂，乃張樂於洞庭之野，北門成日其奏也，陰陽以之和，日月以之明，和風俗也。黃帝將會神靈於西山之上，乃駕象車六，交龍畢方並轄蚩尤居前，風伯進掃，雨師掃道，鳳凰覆上乃到山，大合鬼神，帝以號鐘之琴，奏清角之音，謂崑崙山之靈封致豐大之祭，以詔後代斯封禪之禮也。」〔註31〕

蘇轍寫遊泰山，將時空拉至遠古時代，從宗教祭祀裡加入神話傳說。《尚書·堯典》記載：「歲二月東巡守，至于岱宗，柴；望秩于山川」、「望于山川，遍于群神」。起首八句，寫泰山是有名的勝景，「海西上千里，將行勇還退」、「春深草木長，山暖冰雪潰」其地勢偏險，行路不易，醞釀出一股氤氳海上仙山的氣氛。以下從「車徒八方至」始，動態的感官交叉運用，「汗淋漓」視覺、觸覺寫牛、馬拉車的艱辛，「聲綷縩」衣服摩擦的聲響聽覺、觸覺寫綺紈來往遊玩的人，大批人馬雜沓，「喧闐六師合，洶湧眾流匯」不若仙山裡眾神聚會。

下以誇張且細膩的手法接寫車隊裝飾的華美，遊客衣冠佩飾的高貴，「龍鸞畫」、「貝玉飾」隆重盛裝的前往泰山。駕著周穆王八駿之一的「驊騮」，幡斾紛飛，精細華麗的排場，浩蕩的場面，讓人讀來猶如身在天上宮闕，瀰漫在泰山山頂煙霞的照耀中。末尾，將想像拉回現實，「出門青山屯，遠廊遺跡昧。登峰尚壇壝，古觀寫旗隊。戈矛認毫末，舒卷分向背。雍容太平業，磊落豐碑在。往事半蓬蒿，遺氓但悲慨。」蘇轍與軾所遊所見廊壇遺跡，碑石猶存，對歷史的感嘆，對時空的恐懼，無異是幻遊仙境與實際人生心理距離的眞實反映。

次首詩，寫神遊太虛，仙境神人遺世獨立之精神狀態。

……勝觀殊未已，往足詎能收。下坂如浮舸，登崖劇上樓。

華民國信仰資料彙編》（台北：台灣學生書局，1989 年 11 月）
〔註31〕同上《古今圖書集成·神異典神仙部》，頁 71。

－325－

強行腰傴僂，困坐氣噓咻。鳥語林巒靜，花明澗谷幽。濯溪
驚野老，伐路駭他州。中散探深去，文淵到處留。聽琴峰下
寺，弄石水中洲。溪冷泉冰腳，山高霧遶頭。石潭清照骨，
瀑水濺成鉤。仙廟鳴鐘磬，神官秉鈇鉞。養生聞帝女，服氣
絕彭鏗。故宅猶傳尹，先師不喜丘。居人那識道，過客謾停
驂。巖谷誠深絕，神仙信有不？雲居無几杖，霞珮棄鑴鏤。
豹隱連山霧，龍潛百尺湫。門開誰與叩，桃熟浪傳偷。紺髮
清無比，方瞳凜不侔。會須林下見，乞取壽年修。拔去和雞
犬，相隨若斾旒。乘風遺駬褭。長嘯賤笙篌。從騎衣皆羽，
前驅鬣盡虯。安能牽兩足，暫得快雙眸。自昔辭鄉樹，南行
上楚舟。萬江窮地脈，三峽束天溝。雲暗鄠都晚，波吹木櫃
秋。尋溪緣窈窕，入洞聽颼飀。……（〈次韻子瞻減降諸縣囚徒
事畢登覽〉《欒城集》卷一，《蘇轍集》冊一／頁13）

天仙居地，幽深縹杳，遠離人境，蘇轍把蘇軾受命出府至寶雞虢郿盩
厔四縣，謁太平宮而宿於南谿谿堂並南山而西，至樓觀大秦寺延生觀
仙遊潭等地遊覽，途見有關孔明、姜太公、董卓、道士張守真、尹喜、
玉眞公主等人之遺跡舊物，〔註32〕將飛昇成仙的想望化成一個人間仙
境。蘇轍並未身歷其境，但掌握住幽緲、凌虛的氛圍，極力鋪陳白描，
圖形寫貌猶如「崑崙之圃」、「閬風之苑」。

「強行腰傴僂，困坐氣噓咻」攀爬上行弄得詩人腰酸背痛，氣喘
噓噓，正因為是「勝觀殊未已，往足詎能收」，殊勝美景的吸引，前
往的腳步一刻也不能停止。「鳥語林巒靜，花明澗谷幽。濯溪驚野老，
伐路駭他州。」此四句頗有王維「人閑桂花落」的「動中襯靜」之意。
賦筆含興，溪「冷」泉「冰」，山「高」霧「遶」，更進一步主觀意想，
突出視覺和觸覺形象，石潭清照「骨」，瀑水濺成「鉤」，冷字營造出
神祕而幽深的神仙境地。

「乘風遺駬褭。長嘯賤笙篌。從騎衣皆羽，前驅鬣盡虯」駕著駿
馬乘風御行，高歌長嘯鄙俗音。隨從羽衣飄舉，馬鬣飛揚前趨，種種

〔註32〕《蘇軾詩集》卷三。

想像，激勵著詩人的腳步，讓蘇轍忘卻登覽山峰的辛苦。

　　對照《神異典》中對「崑崙之圃」、「閬風之苑」的描寫：「有城千里，玉樓十二，瓊華之闕，光碧之堂。九層元室，紫翠丹房，左帶瑤池，右環翠水。其山之下弱水九重，洪濤萬丈，非飆車羽輪不可到也。所謂玉闕暨天綠臺承霄，青琳之宇、紫朱之房連琳絲帳。明月四朗，戴華勝佩，虎章左侍，仙女右侍，羽童寶蓋，沓映羽旂，廇庭軒砌之下，植以白環之樹，丹剛之林，空青萬條，瑤幹千尋，無風而神籟自韻，琅琅然皆九奏八會之音也。」〔註33〕無異於蘇轍詩境中那塊離塵脫俗的仙境。虛幻之間，寄託著詩人苦悶的心情，和心靈對自由的嚮往。

> 山中廟堂古神女，楚巫婆娑奏歌舞。空山日落悲風吹，舉手睢盱道神語。神仙潔清非世人，瓦盎傾醪薦麏脯。子知神君竟何自？西方真人古王母。飄然乘風遊九州，褐渡西海薄中土。白雲為車駕蒼虯，駗乘湘君宓妃御。天孫織綃素非素，衣裳飄飀薄煙霧。泊然沖虛眇無營，朝食屑玉嚥瓊乳。下視人世安可據？超江乘山去無所。巫山之下江流清，偶然愛之不能去。湍崖激作相喧豗，白花翻翻龍正怒。堯使大禹導九州，石隕山隊幾折股。山前恐懼久無措，稽首山下苦求助。丹書玉笈世莫窺，指示文字相爾汝。鑿山洩江幸無苦，庚辰虞余實相禹。功成事定世莫知，空山俄頃千萬古。……（〈巫山廟〉《欒城集》卷一，《蘇轍集》冊一／頁7）

《山海經》中記載了各種形形色色的山神，其中巫山神女的「朝雲暮雨」更是為人所知。首句賦筆起興鋪敘安排，主角神女的出現。空山、日落、悲風都是為真人王母出現的所作的伏筆。蘇轍用虛渺、輕盈、神遊等的意象來形容這位美麗的仙女。神女詩不作猥瑣艷詞，徘徊神境，彷彿仙縱，作莊語，特顯靈秀之氣。

　　《莊子》提出神人的境界：「藐姑射之山，有神人居焉，肌膚若冰雪，綽約若處子，不食五穀，吸風飲露，乘雲氣，御飛龍，而遊乎四海之外，其神凝，使物不疵癘，而年穀熟。」提升了人的價值和境

〔註33〕同註30，引自《古今圖書集成・神異典神仙部》（一），頁29。

界，居高臨下，御風而行。

但這一大段並不是〈巫山廟〉塑造神女的傳統主題，蘇轍他借用大禹治水的神話，將道家神女驅遣神怪為人民造福的新形象，「擘山洩江幸無苦，庚辰虞余實相禹」、「神君聰明無我責，為我驅獸攘龍蛟」，一反神女性愛主題，而從神仙助民的主題上切入，寫神女的功蹟和超凡，此過人之思實本蘇軾〈神女廟〉詩。如下：

> 大江從西來，上有千仞山。江山自環擁，詼詭富神姦。深淵黿鼉橫，巨豁龍蛇頑，旄陽斬長蛇。……上帝降瑤姬，來處荊巫間。神仙豈在猛，玉座幽且閒。飄蕭駕風駟，弭節朝天關。倏忽巡四方，不知道里艱。古粧具法服，邃殿羅煙鬟。百神自奔走，雜沓來趨班。雲興靈怪聚，雲散鬼神還。……（《蘇軾詩集》卷一）

王文誥《蘇文忠公詩編注集成》卷一：「以治水作骨」、「敘神女在不即不離之間」。紀昀評《蘇文忠公詩集》卷一：「神女詩不作艷詞，亦不作莊論，是本領過人處。」〔註34〕蘇轍受蘇軾影響，可見一番。

寫神女，蘇轍偏向描摹女性神態、衣飾、面貌，而寫神仙則以行徑、風姿、為著墨之處。

> 靈王太子本讀書，縱談縠洛參諸儒。生來不見全盛初，老成遺訓誰楷模。心知漸失文武餘，蕭然直入山中居。山間吹笙鳳凰呼，升天白日乘龍車。周人聚觀拜路隅，明月為佩雲為裾。歸來千歲孰在無，赤松老彭自為徒。上侍玉宸臨九區，炬赫不類山澤癯。依山作邑賢大夫，夜中焚香溯空虛。我欲從之駕肩輿，秋風八月來徐徐。（〈寄題登封揖仙亭〉《欒城後集》卷三，《蘇轍集》冊三／頁908）

「王子喬，周靈王太子晉也。好吹笙，作鳳鳴，遊伊、洛之間，道人浮丘公接以上嵩高山。」〔註35〕全詩採實筆白描，前八句寫王子喬入

〔註34〕參見曾棗莊《蘇詩彙評》上，頁27～28。
〔註35〕《廣列仙傳》，頁74。王秋桂、李豐楙主編，《中華民國信仰資料彙編》。

山修道，後八句寫其飛昇成仙。揖仙亭上，詩人虛想仙人行徑，以明月爲佩、雲彩爲裾，依山作邑賢大夫，在這種虛實幻境之間，實際上是寓託著蘇轍求道的情懷。

> 洞門蒼鮮合，逼仄不容身。傳有虛明處，中藏窈窕人。吹笙橋上月，拾翠洞南春。往往來山下，蕭然雨洒塵。（〈仙遊潭五首──玉女洞〉《欒城集》卷二，《蘇轍集》冊一／頁33）

以烘雲託月法，在虛幻迷濛的仙境，蒼鮮滿布人煙鮮至，洞口甚小差擬可過；吹笙寫神女的悠閒，拾翠寫神女的法力，輕手一揮，綠意滿眼。全詩未對玉女作細部描繪，卻隱然出現一個靈秀窈窕的佳人。蘇轍寫仙遊潭的景色，再寫玉女的神態，藉神寫形，化虛寫實。

蘇轍繼承詩歌傳統的藝術手法營造意境，賦筆鋪排造境、化境，使其詩歌達到「意」與「境」諧的目的。

第二節　詩歌修辭藝術之呈現

一首好的詩作，不可缺少優良的藝術技巧，賈島「二句三年得，一吟雙淚流」；杜甫「新詩改罷自長吟」「語不驚人死不休」；袁枚也說：「一詩千改始心安」。孟郊「詩囚」〔註36〕的自喻、李賀背古囊覓句，〔註37〕賈島騎毛驢推敲的故事、都說明歷來詩人作詩不易。探討詩人詩歌修辭藝術成就，是認識詩人的重要步驟。

蘇轍詩歌的修辭藝術，表現在文字設計、意象凸顯、文句靈動、聲韻音響等四個方面，以下分四點詳細論述。

〔註36〕孟郊〈冬日〉云：「……萬事有何味，一生虛自囚。不知文字利，到死空遨遊。」「孟郊爲唐代詩人中境遇最悲苦，生活最潦倒者，……詩歌之創作反而成爲生命之慰藉。」參見尤信雄《孟郊研究》，頁178，（台北：文津出版社印行，1984年3月）。

〔註37〕見李商隱〈李賀小傳〉云：「恆從小奚奴，騎距驢，背一古破錦囊，遇有所得，即書投囊中。及暮歸，太夫人使婢受囊出之，見所書多，輒曰：『是兒要當嘔出心始已耳』。」見《李義山詩文全集》冊六「卷之八」，頁438，馮浩箋注，（台北：台灣商務印書館，1965）。

一、奇特解會的設計

詩歌之所以能形成特色，必須數量多、品質佳，而且運用得好，才能說是「特色」。蘇轍詩歌宗韓，受梅、歐、蘇影響，〔註38〕形成以宋詩特色「以文爲詩」、「以議論爲詩」、「資書以爲詩」的奇特解會。

（一）以文為詩

「詩、文同源而相似處不少，大抵所異者在於辭藻，韻律。」〔註39〕詩主韻律，講聲（音律美）、情（辭藻美）、文（形式美）；文章無韻，爲散型的句式，重在文氣頓挫流轉，產生疊宕、開合、縱橫恣肆的文風。運用文章作法化入詩歌的技巧，是宋詩顯著的特色，而早在杜甫、韓愈的作品就已呈現詩、文互相影響的文學現象。宋、陳師道《後山詩話》：引黃魯直語：

> 詩文各有體，韓以文爲詩，杜以詩爲文，故不工爾。（《歷代詩話》）〔註40〕

當時，宋人仍普遍認爲詩體與文體是兩種不同體類的觀念，因此詩文混作，並進而以古文筆法運入詩中，便破壞了文學原有的體格。

宋・陳善《捫虱新話》卷三，則針對世人對韓愈「以文爲詩」的認識，「退之詩押韻之文耳，雖健美富贍，而格不近詩。」，〔註41〕他提出另一種見解，探其根源，強調詩文合和產生的藝術形式技巧，可以打破韻、散之間的界限。

> 韓以文爲詩，杜以詩爲文，世傳以爲戲。然文中要自有詩，

〔註38〕清・葉燮《原詩》下云：「韓愈爲唐詩之一大變，其力大，其思雄，崛起特爲鼻祖。宋之梅、歐、蘇、王、黃，皆愈爲之發其端。」見丁仲祜《清詩話》下（台北：藝文印書館，1971 年），頁 5。

〔註39〕柯萬成〈韓愈「以文爲詩」的問題〉，《孔孟月刊》第二十八卷，第五期，「詩文由語言所寫成，彼此的基點如語法、文法必有一定的相同，都可以敘事、寫景、抒情、議論。」

〔註40〕清・何文煥輯《歷代詩話》（漢京文化事業有限公司，1983 年 1 月 1 日），頁 303。

〔註41〕《苕溪漁隱叢話前集》上集卷十八，頁 116。（台北：世界書局，1966 年 4 月）。

　　詩中要自有文，亦相生法也。文中有詩，則句語精確；詩

中有文，則辭調流暢。(《捫虱新話》卷之三)〔註42〕

詩與文之間彼此吸收優點長處，能夠新變成更具特色的詩歌語言。陳

善又指出：「謝玄暉曰：『好詩圓美流轉如彈丸』。此謂詩中有文也。」

詩人「以文爲詩」體現出高度自由的語言形式，驅使文字打破格律、

押韻，將主體深刻且豐富的精神感受，實現在「圓美流轉」的藝術手

法上面。詩、文乃爲兩種不同文學體類，打破文體疆界，超越比較材

料的侷限，彼此截長補短，互相借用，形成宋詩「破體」變異的努力。

〔註43〕

　　古文筆法，指的是詩人運用古文章法或結構形式於詩歌當中，產

生一種文章筆調的詩歌風格。事實上，「首創宋代詩風的北宋歐陽脩，

已有『以文爲詩』的傾向。」〔註44〕也就是，北宋詩壇早已存在著以

古文創作筆法帶入詩歌的寫作方式之中了。方東樹稱蘇轍「只用退之

格」的詩歌筆法，「以文爲詩」作爲詩歌創作藝術手法，始於韓愈，

第一個認識到韓愈這種技巧的是歐陽脩，其影響下的北宋詩壇，如蘇

舜欽、梅堯臣、王安石、蘇軾、黃庭堅等人，不同程度自覺的吸收與

開創新的境界。〔註45〕蘇轍是唐宋古文八大家之一，亦是歐陽脩的學

〔註42〕　《筆記大觀》四編，頁 1883。

〔註43〕　張師高評《宋詩之新變與代雄》，頁 157，第參章〈破體與宋詩特色
　　　　之形成——以「以文爲詩」爲例〉(台北：洪葉文化事業有限公司，
　　　　1995 年 9 月)。

〔註44〕　吉川幸次郎《宋詩概說》，頁 15，(台北：聯經，1988 年) 而「以文
　　　　爲詩」的淵源，可以遠紹屈原〈離騷〉以文爲經，以詩爲緯，以詩
　　　　爲緯。杜甫首創「以文爲詩」，管世銘〈讀雪山房唐詩鈔、五古凡例〉
　　　　曾稱：「杜工部五言詩，盡有古今文字之體」以散文入詩的破體技巧，
　　　　影響後來的韓愈、宋初的歐陽脩、梅堯臣、王安石、蘇軾、黃庭堅、
　　　　以及江西詩派，甚至清代的浙詩、桐城、同光體等。參張師高評：《宋
　　　　詩之新變與代雄》，頁 173～174。

〔註45〕　郭鵬：〈「以文爲詩」辨——關於唐宋詩變中一個文學觀念的檢討〉
　　　　文提出：「韓愈和北宋諸人「以文爲詩」的特殊性在於它們的詩與散
　　　　文關係是自覺的和整體的。所謂自覺是指語言表達面臨著古文所代
　　　　表的漢語語文壇遞之潮，所謂整體是指散文化影響到詩歌的聲律、

生。蘇轍正是在宋詩豐富多采的創作實踐基礎上，建立他的詩歌特色。

蘇轍自己曾說：「子瞻文奇，吾文但穩，吾詩亦然。」〔註46〕軾文的「奇」，與轍文的「穩」，〔註47〕是蘇軾、蘇轍兩人文章呈現的風格特色，也是詩歌特色。「文」之特色，是不以押韻爲常態、以參差的散句爲主，即使用排偶，也是自然、不嚴格，以敘事說理爲長。〔註48〕

蘇轍自以爲其文章寫作與詩歌有共同的傾向，即是文章力求穩當妥貼，論理經當，詩歌如同文章一般，「不拘字面事料之儷，而鍛意深」，〔註49〕受當時文壇以及自己寫作風格，自然，詩篇形式內容之說理抒懷會受到文章義法的影響。

蘇轍「以文爲詩」的藝術技巧，表現在篇法、章法、句法、字法上。

1. 古文篇法的借鏡〔註50〕

（1）詩序長如散文

「序」屬論說文的贈序類。詩序，有提示內容、簡括主題和補充說明的功用，一篇好的序文，猶如一篇好的散文。

蘇轍詩歌中以敘長如散文，如：〈蔡州壺公觀劉道士〉〔註51〕七

興象、文詞、理致等各個層面。」《北京大學學報》（哲學社會科學版），頁75，1999年第一期，第三十六卷。

〔註46〕賀貽孫《詩筏》，頁七，「余謂：詩文奇，難矣；奇而穩，尤難。」吳大受刪訂，吳興叢書，北京文物出版社，1992年2月（木板刷印）。查《欒城遺言》，蘇籀《雙溪集三、附遺言》，《叢書集成初編》冊一四九三，頁215「子瞻之文奇，予文但穩耳。」無下句。

〔註47〕蘇軾喜莊子，故坡文多微妙語，「遠想出宏域，高步超常倫」（《藝概、文概》，頁30，華正書局，1988年9月）蘇轍喜老子，老子云：「信言不美，美言不信」，轍文不重藝術形式的鍛鍊，少奇，但重視內容的議論陳述，故穩。清‧劉熙載云：「余謂百世之文，總可以『奇』、『穩』二字判之。」（《藝概、文概》，頁31）

〔註48〕趙義山、李修生主編〈散體文的產生、發展與體式特徵〉，《中國分體文學史、散文卷》第一章、第二節，頁8。

〔註49〕方回《瀛奎律髓彙評》卷二十四之評語。《四庫全書》冊一三六六。

〔註50〕參看張福勛〈談談宋人的「以爲文詩」〉一文，談到宋人的「以爲文詩」，其表現形態約略可概括爲八種。《文科教學》，（大陸，1995年1月）頁55～57。

律，五十六字，序長三百零五字，近六倍之多。寫劉道士的來歷，其與歐陽脩的交誼，及蘇軾兄弟憶與其交遊之事。〈次韻石芝〉〔註52〕詩，爲七言古詩，一一二字，序文一零四字。〈蹇師嵩山圖〉〔註53〕詩，七絕，二十八字，序長則有一百六十八字。〈追和張公安道贈別絕句〉〔註54〕詩，七絕二十八字，序長二百零五字，近七倍之差。〈東軒長老〉〔註55〕二絕，七絕二首，序長二零四字。其他如：〈施崇寧寺馬〉〔註56〕詩、〈雨中秋絕句二首〉〔註57〕詩、〈題李公麟山莊圖〉〔註58〕詩、〈滎陽唐高祖太宗石刻像〉〔註59〕詩、〈贈景福順長老二首〉〔註60〕詩、〈逍遙堂會宿二首〉〔註61〕詩、〈和李誠之待制燕別西湖〉，〔註62〕等詩前的詩序，如小品的散文，讀之有味。

（2）詩篇長如散文

詩歌字數特別多，承轉之間，運用古文筆力和體制，將古文散形、自由的特性於詩歌當中。司馬光古文作品〈諫院題名記〉，共一百六十八字，范仲淹名篇〈岳陽樓記〉共二百六十九字，因此宋人動輒數百字的詩歌，以文爲詩的傾向，在篇章形式上十分明顯。

如：〈次韻子瞻減降諸縣囚徒事畢登覽〉〔註63〕五言、一百句，〈除夜泊彭蠡湖遇大風雨〉〔註64〕五言、六十八句，〈石鼓〉〔註65〕

〔註51〕《欒城後集》卷一，《蘇轍集》，頁882～883。
〔註52〕《欒城後集》卷一，《蘇轍集》，頁884。
〔註53〕《欒城後集》卷一，《蘇轍集》，頁886。
〔註54〕《欒城三集》卷一，《蘇轍集》，頁1167。
〔註55〕《欒城集》卷十二，《蘇轍集》，頁223。
〔註56〕《欒城後集》卷四，《蘇轍集》，頁928～929。
〔註57〕《欒城三集》卷三，《蘇轍集》，頁1182。
〔註58〕《欒城集》卷十六，《蘇轍集》，頁312。
〔註59〕《欒城集》卷十五，《蘇轍集》，頁297。
〔註60〕《欒城集》卷十一，《蘇轍集》，頁215。
〔註61〕《欒城集》卷七，《蘇轍集》，頁128。
〔註62〕《欒城集》卷五，《蘇轍集》，頁89。
〔註63〕《欒城集》卷一，《蘇轍集》，頁13。
〔註64〕《欒城集》卷十三，《蘇轍集》，頁254。
〔註65〕《欒城集》卷二，《蘇轍集》，頁23。

七言、六十句，〈次韻子瞻遊甘露寺〉〔註66〕五言、六十句，〈郭綸〉
〔註67〕五言、五十八句，〈巫山廟〉〔註68〕七言、四十七句，〈息壤〉
〔註69〕七言、四十句，這些都如同是一篇小短文。

2. 古文章法的運化

蘇轍將古文章法運用到詩歌上面，共有排比、層遞、斷續、頂眞、
詰問提引等古文特色。

（1）排　比

用結構相似的句法，連綴若干句型相等，而句意不等的文句，來
強調同一範圍的事象，構成一小組的排句，來強化語氣的辭格，爲「排
比」。〔註70〕

> 連山障吾北，二室分西東。東山幾何高，不爲太室容。西
> 山爲我低，少室見諸峰。……（〈望嵩樓〉《欒城後集》卷一，《蘇
> 轍集》冊三／頁886）

以「東山」如何，「西山」如何，寫出望嵩樓登高遠眺，極目景緻極
佳。

> 飛鳥不知穴，山鹿不知流。薛子善飲酒，口如汲水虹。……。
> 人滿地已盡，一介不可留。謂子試飲水，一酌不再求。……
>
> （〈次韻子瞻題薛周逸老亭〉《欒城集》卷二，《蘇轍集》冊一／頁22）

「不知」句，點明主題，薛周善飲酒。「一、不」句的連著，強調「不
可留」、「不再求」的歸隱遁逃，予人深刻的印象。

> 三十始去家，四十初南遷。五十復還朝，白髮正紛然。……
>
> （〈送楊孟容朝奉西歸〉《欒城集》卷十五，《蘇轍集》冊一／頁287）

以三個時間句型，將楊孟容半生的政治生涯簡述，時間排比、遞進，
一一回憶過去，有總結時間的效果。

〔註66〕《欒城集》卷四，《蘇轍集》，頁64。
〔註67〕《欒城集》卷一，《蘇轍集》，頁1。
〔註68〕《欒城集》卷一，《蘇轍集》，頁7。
〔註69〕《欒城集》卷一，《蘇轍集》，頁9。
〔註70〕黃永武《字句鍛鍊法》，頁107，（台北：洪範書店，1998年3月），
　　　　黃慶宣《修辭學》，頁469（台北：三民書局，1986年12月）。

送君守山陽，羨君食淮魚。送君始鍾陵，羨君江上居。憐
君喜爲吏，臨行不欷歔。……（〈程之元表弟奉使江西次前年送
赴楚州韻戲別〉《欒城集》卷十六，《蘇轍集》冊一／頁305）

「送君」、「羨君」帶著戲謔口吻的語氣，凸顯表弟「喜」做官的心態。
兩次反覆，以起下句「憐君」主題的開展。

馬有千里足，所願百里程。馬心自爲計，安用終日行。……
（〈表弟程之邵奉議知泗州〉《欒城集》卷十六，《蘇轍集》冊一／頁
305）

「馬有千里足」、「馬心自爲計」，以千里馬的資質、才幹和意志，馬
足、馬心兩相排比，勉勵表弟黽勉努力，當一個好官。

（2）層　遞

兩個以上的事物，句形相似而涵意輕重有序的句子，爲層遞。用
來加強主題推展，並造成聳動的視聽印象。〔註71〕

金粟如來瘦如臘，坐上文殊秋月圓。……至人養心遺四體，
瘦不爲病肥非妍。誰人好道塑遺像，鮑皮束骨筋扶咽。……
彼人視身若枯木，割去右臂非所患。何況塑畫已身外，豈
必奪爾庸自全。眞人遺意世莫識，時有遊僧施缺錢。（〈楊惠
之塑維摩像〉《欒城集》卷二，《蘇轍集》冊一／頁25）

詩人提出「至人」之名，藉詰問引起下文「誰人」「彼人」之詞，以
匠工對形貌的摹塑，取捨形神的道理，至人、誰人、彼人之語的堆疊
層遞，達到烘托「眞人」面目的效果。其中詩句裡，虛詞的轉折，彼
此連接承遞，形成散文句法的運用。再看次首〈王維吳道子畫〉亦是。

吾觀天地間，萬事同一理。……壯馬脱銜放平陸，步驟風
雨百夫靡。美人婉娩守閑獨，不出庭户修容止。女能嫣然
笑傾國，馬能一蹴致千里。優柔自好勇自強，各自勝絕無
彼此。誰言王摩詰，乃過吳道子。……（《欒城集》卷二，《蘇
轍集》冊一／頁25）

起首總題分應，論證「優柔、好勇，各自絕勝無彼此」之理。「壯馬」

_____

〔註71〕同上註，《字句鍛鍊法》，頁123；《修辭學》，頁481。

「美女」、「一蹴千里」「傾城傾國」，兩個類疊，分別以對句排比遞進，達到行文論述的效果。

> 種棠經歲便成科，秋雨調勻氣漸和。才力有餘嫌事少，風情無限覺詩多。長松更老仍添節，古井雖深自不波。宴坐山房人豈識，一尊聊且慰蹉跎。(〈次韻毛君感事書懷〉《欒城集》卷十，《蘇轍集》冊一／頁189)

蘇轍分三個層次遞進，褒揚毛維瞻的人格之美。從「種棠」不須費力，經歲便可長成，乃謂常人之資；進而「才力」有餘，嫌事太少，無可發揮之處，爲中人之資；至「老松」，無論經驗、能力均在眾人之上，仍奮勵不懈，如松老猶添新節，「古井」雖深，卻不隨風起波，謙沖溫和。事物排列從淺到深，由小到大，從輕到重，顯現遞進的層次感。

另如〈吳道子畫四眞君〉[註72]一詩，眞人、俗士對比呼應，烘襯今昔隱淪其中的脫俗之人；〈盧鴻草堂圖〉[註73]中，實境、虛境畫面的交錯，方外、現世的強調，兩兩推進，都造成堆疊層遞。

（3）斷　續

前後語句不相連接，斷斷續續，形成古文錯落有致的美感。

> 君不見景靈六殿圖功臣，進賢大羽東西陳。能令將相長在世，自古獨有曹將軍。嵩高李師掉頭笑，自言弄筆通前身。百年遺像誰復識，滿朝冠劍多偉人。據鞍一見心有得，臨窗相對疑通神。十年江海鬚半脫，歸來俯仰慚簪紳。一揮七尺倚牆立，客來顧我誠似君。金章紫綬本非有，綠蓑黃篛甘長貧。如何畫作白衣老，置之茅屋全吾眞。(〈贈寫真李道士〉《欒城集》卷十五，《蘇轍集》冊一／頁296)

古有功臣將相，今有嵩高李師；百年偉人何在，今有白衣老道士，依時間斷續，分別用抑筆和揚筆來讚揚李道士人物畫像的功力。先言「百年遺像誰復識」抑筆，再以「據鞍一見心有得」來稱讚人物畫的傳神。「十年江海鬚半脫」宦海浮沉的抑筆，「綠蓑黃篛甘長貧」自足於江

[註72]《欒城集》卷四，《蘇轍集》，頁76。
[註73]《欒城集》卷十五，《蘇轍集》，頁302。

海的安貧樂道，話語不待敘述完整，便嘎然停止，語氣不相連接，就在斷續間一揚一抑，突顯畫像人物的真性情，文氣顯得頓挫曲折。再看一首〈次韻劉貢甫學士畫松石圖歌〉：

> 長松大石生長見，竭遊塵土嗟空羨。寒翠關心失舊交，榮華過眼驚流電。破繒買得古畫圖，遺墨參差隨斷線。螺枝倒掛風自舞，直幹孤生看面面。故山舊物遠莫致，愛此隨人共流轉。物生真偽竟何有，適意一時寧復辨。少年所好老成僻，傍人指笑嗟矜衒。京城宅舍松石稀，買費百金猶恐賤。（《欒城集》卷三，《蘇轍集》冊一／頁 50）

松石圖乃古畫，以百金買得。一以「少年所好老成僻」自己喜好，一以「京城宅舍松石稀」，做為室內裝飾之用。全詩由主線「松石」的實筆，入古畫圖「松石」的虛筆；再由支線今之「舊交之失」的實筆，對比故山「舊物」的虛筆寫法，實虛交錯，形成詩歌脈絡斷續，曲折有致。

> 相從萬里試南餐，對案長思首蓿盤。山栗滿籃兼白黑，村醪入口半甜酸。久聞牛尾何曾試，竊比雞頭意未安。故國霜蓬如碗大，夜來彈劍似馮驩。（〈次韻王適食茅栗〉《欒城集》卷十，《蘇轍集》冊一／頁 187）

首聯寫對案上首蓿盤長思；頷聯跳接白黑、甜酸的視、味覺感官滋味，切進食茅栗的主題；頸聯與上不相接續，虛想牛尾、雞頭和首句「思」字聯繫；尾聯旁入他意，寫霜蓬如碗大，詩人如劍客馮驩躍躍欲試的心情。不相連續的意脈，主要為造成戲劇張力，增添食茅栗的想像空間。

　　其他如〈諸子將築室以畫圖相示之一〉，律詩八句，「無、有」、「斫、存」、「百間、三歲」、「安居、歌哭」反筆突接使前後不相續，每一轉折，抑揚中見頓挫，形成詩句節點，特出氣調；〈西塞風雨〉一詩，營造出風雨中安與不安的交戰，斷續間益顯有味。

　　劉熙載《藝概》曾說：「大蘇文一瀉千里，小蘇文一波三折。」蘇轍詩文有同樣的筆法，詩歌語層層轉折，本可一語道盡，卻紆徐而出，抑揚頓挫，體氣高妙，論理見地，識見獨到。

　　（4）頂真使文句緊湊

「頂眞格利用上下句的相同語詞，作爲『中心觀念』，使上下的意識流貫穿起來。」〔註74〕也就是同一段文字中，前句的結尾字，和後句的起頭字相同，前後銜接，貫串而下，使得語氣順勢連貫，造成文句緊湊，富有張力。另外，在一句之內，句式斷連點前後字相承接，也是一種頂眞，密集交合，讀來急促有力，加強上下的語氣關係。

1. 於一詩中，前後句上下詞連接，使用頂眞格：

空船獨宿無與語，月滿長江歸路迷。路迷鄉思渺何極？長怨歌聲苦淒急。……（〈竹枝歌〉《欒城集》卷一，《蘇轍集》冊一／頁6）

多防出多欲，欲少防自簡。（〈和子瞻調水符〉《欒城集》卷二，《蘇轍集》冊一／頁33）

散裘瘦馬不知路，獨向西城尋隱君。隱君白髮養浩氣，高論驚世門無賓。（〈寄范文景仁〉《欒城集》卷八，《蘇轍集》冊一／頁138）

闕角孤高特地迷，迷藏渾忘日東西。（〈揚州五詠——摘星亭〉《欒城集》卷九，《蘇轍集》冊一／頁173）

外物不可必，惟此方寸心。心中有樂事，手付瑟與琴。（〈次韻答張耒〉《欒城集》卷九，《蘇轍集》冊一／頁165）

試問山中人，二室竟誰雄？雄雌久已定，分別徐亦空。（〈望嵩樓〉《欒城後集》卷一，《蘇轍集》冊三／頁886）

醫來視六脈，六脈非昔比。（〈風雪〉《欒城三集》卷一，《蘇轍集》冊三／頁1160）

以上所舉例句中，各詩前句結尾字「路迷」、「欲」、「隱君」、「迷」、「心」、「雄」、「六脈」等詞，與後句開端字相同，前後相連，使語句讀來有一氣呵成之感。頂眞格的運用，讓詩氣順勢而下，詩句緊緊相扣顯得勁健有力。

〔註74〕黃慶萱《修辭學》第二十六章「頂眞」，頁500，（台北：三民書局，1986年12月）。

2. 於一句之內，頂眞格的使用：

> 明年築城城似山，伐木爲堤堤更堅。(〈中秋見月寄子瞻〉《欒
> 城集》卷八，《蘇轍集》冊一／頁 148)

> 以柳貫魚魚不傷，貫不傷魚魚樂死。(〈和子瞻鳳翔八觀八首─
> ─石鼓〉《欒城集》卷二，《蘇轍集》冊一／頁 23)

七言詩的節奏爲：4-3，4-3，故而「明年築城」的尾端字「城」，與「城
似山」起端字「城」相連接，形成緊密的結構體，和以下例句五言詩
有同樣的妙處。五言詩音節節奏爲：2-3，2-3，第一首〈詛楚文〉，「詛
楚」的「楚」字與「楚如桀」的「楚」字，於停頓處重複呼出，在音
節重要關鍵點再次強調，讀來緊湊且生動。一首詩中，上下兩句有同
樣的句式，使得詩句能夠擺脫單調而見變化。

> 詛楚楚如桀，詛秦秦如紂。(〈詛楚文〉《欒城集》卷二，《蘇轍集》
> 冊一／頁 24)

> ⋯⋯種竹竹生筍，種稻稻亦成。浩歌歸來曲，曲終有遺聲。
> (〈次韻子瞻感舊見寄〉《欒城集》卷十二，《蘇轍集》冊一／頁 221)

> 采芹芹已老，浴沂沂尚寒。(〈送李憲司理還新喻〉《欒城集》卷
> 十二，《蘇轍集》冊一／頁 232)

> 學道道可成，無心心每足。(〈除夜〉《欒城後集》卷四，《蘇轍集》
> 冊三／頁 931)

一句之內「頂眞格」的使用，加強了詩句之間高度的關係，而且上、
下兩句「頂眞」的運用，強化了詩句關鍵字的緊密結構，更能突顯詩
歌意義，並且形成文句緊湊，強而有力的詩歌氣勢。

（5）詰問提引

「詰問提引」是蘇轍「以文爲詩」詩歌技法議論化的展現。詰問，
以提問引起詩句意義的開展與鋪張，作爲導入主題、申論述理、留與
餘韻的手法，可以造成氣勢勁健、弘深有力。

> 京東分東西，中劃齊魯半。兄來本相從，路絕一長嘆。⋯⋯
> 誰言窮陋邦？得此唱酬伴。⋯⋯賢豪眞勉強，功業畏綿緩。
> 伊余獨何爲？舊籍西南貫。竊祿未遑歸，自笑嗟已懦。⋯⋯

（〈次韻子瞻病中贈提刑假繹〉《欒城集》卷五，《蘇轍集》冊一／頁 92）

蘇轍以連續問句法，提問來對自己與東坡之間，互相扶持，同與進退。
「誰言窮陋邦？得此唱酬伴」竟然在此蠻荒偏僻的山野，還能找到此一
唱和酬酢的友伴，實數難得，寫出與蘇軾的患難真情。「伊余獨何為？
舊籍西南貫。」自寫身世，感嘆當年春風得意，如今卻流落他鄉，蘇轍
對蘇軾「老病卻一事無成」的主題，二次詰問，勁健有力的提出對其遭
遇的反思，終了提出「方當四海寒，戀此一寸炭」為東坡打氣鼓勵。

> ……肩輿尚肯追春色，鼓缶何妨傲夕暉。所至成家即安隱，
> 武昌誰乞釣魚磯？（〈次韻門下呂相公同訪致政馮宣猷〉《欒城後
> 集》卷一，《蘇轍集》冊三／頁 876）

用「武昌誰乞釣魚磯」的詰問，對自己若能安時處順，所到之處都能
安穩自適，那「釣魚磯」上姜太公、莊子、韓信等曾經因等待時機，
求遇賢主的機會就不必乞求。末句提引，是呼應詩句中「隱」的主題
思想，予人餘韻不絕。

> 少年無大過，臨老重復止。自言衰病根，恐在酒盃裏。……
> 連床聞動息，一夜再三起。沂流俯仰得，此病竟何理？平
> 生不尤人，未免亦求己。非酒猶止之，其餘真止矣。飄然
> 從孔公，乘桴南海涘。……（〈次韻子瞻和陶公止酒〉《欒城後集》
> 卷二，《蘇轍集》冊三／頁 895）

「此病竟何理？」的提問，申述蘇軾身體的病痛因飲酒過量造成，而
飲酒的原因，又因欲借酒澆愁，故病根深入難以治癒。此為蘇轍雷州
之作，他勸告東坡不可再飲酒，連仕途的追求，也因道不行而應乘桴
而去。「平生不尤人，未免亦求己」的前因後果，在詰問中一路進逼，
申論之間，蘇軾兄弟有生之年於海濱的最後一別，都因對抗惡劣環境
的「理於何來」的詰語，顯得盪氣迴腸。

另外如：〈所寓堂後月季再生與遠同賦〉詩，[註75]「何人縱尋斧，
害意肯留桂？」以桂比人，導入主題，夾敘夾議。對寓居雷州「小堂劣

[註75] 《欒城後集》卷二，《蘇轍集》冊三，頁 897。

容臥，幽閣粗可躡」的生活，抒發議論。又〈守歲〉詩，﹝註76﹞「誰能守？」「欲語誰？」「彼安知？」的三次詰問，氣勢強健，立論有力。

3. 古文句法的凸顯

（1）化偶句為單句

詩歌裡，本應對偶的句子，但從詞性、平仄、句子結構、節奏上面，卻彼此不相對應，明顯的將上下兩句，合為一句，故為化偶句為單句，明顯的有散文化的特徵。

> 三間洌水小茅屋，不比麻田新草堂。問我秋來氣如火，此間何事得安康？（〈答吳和二絕〉之一《欒城後集》卷二，《蘇轍集》冊三／頁903）

> 誰唱殘春蝶戀花，一圍粉翅壓枝斜。美人欲向釵頭插，又恐驚飛鬢似鴉。（〈萬蝶花〉《欒城三集》卷三，《蘇轍集》冊三／頁914）

第一、二首詩，均為七言絕句。第一首詩，一、二句，「三間洌水」、「不比麻田」前後詞性完全不同，三、四兩句亦同，平仄也不相對。第二首，亦有相同的句式。對偶的復句，故意化為單句，造成不對。

> ……我徐聽其說，未離翰墨場。平生氣如虹，宜不葬北邙。少年慕疑文，奇姿揖昂昂。衰罷百無用，漸以圓斫方。隱約就所安，老退還自傷。（〈次韻子瞻和淵明擬古九首〉之四《欒城後集》卷二，《蘇轍集》冊三／頁902）

這首詩，前後兩兩，詞性亦不對等，句式節奏上2-3的常式，改為1-4，1-2-2的變式，「我/徐聽其說，未離/翰墨場」、「平生/氣如虹，宜/不葬/北邙」、「衰罷/百無用，漸/以圓斫方」，少了詩歌韻律上的節奏迴環，多了換氣、快慢，一氣渾轉的頓挫之感。

> 我生猶及見大門，弟兄中外十七人。兩家門戶甲相黨，正如潁川數孫陳。嗈嗈鳴雁略雲翰，風吹散落天一垠。歸來勉強整毛羽，飲水啄粒傷群離。東西隔絕不敢恨，死生相失長悲辛。蕭蕭華髮對妻子，往往老淚流衣巾。……（〈程

﹝註76﹞《欒城三集》卷一，《蘇轍集》冊三，頁1151。

八信孺表弟剖符單父相遇穎川歸鄉待闕作長句贈別〉《欒城三集》卷

二，《蘇轍集》冊三／頁 1173)

本應爲對偶，從詞性、句子結構、句式節奏上面分析，卻彼此不相對，上下兩句爲複句，一轉合爲單句。有意的避開屬對，呈現散文化的句子，是「以文爲詩」的例證。

（2）改變句律，打破常規節奏

以七言句爲例，七言的句律一般爲 4-3，即 2-2-3 的節奏。蘇轍詩〈孔平仲著作江州官舍小庵〉 (註77) 詩，就改變其常規節奏，近似口語的節點。

閉口妄言中／自飽，安心度日／更誰參。……我／亦／一軒／容膝／住，散裘／粗飯／有／餘甘。(〈孔平仲著作江州官舍小庵〉《欒城集》卷十一，《蘇轍集》冊一／頁 211)

久雨得晴／唯恐／遲，既晴求雨／來／何時？……不知／天公／誰／怨怒，棄置／下土／塵與泥。丈夫／強健／四方／走，婦女／齷齪／將／安歸？……(〈次韻子瞻吳中田婦嘆〉《欒城集》卷五，《蘇轍集》冊一／頁 81)

第一首詩爲 5-2，4-3，2-2-2-1，2-2-1-2 的節奏，第二首詩爲 4-3 或 2-2-3 的常式，2-2-2-1 與 2-2-1-2 的變式，都打破原有的音韻節奏，造成散文化的句律。

以五言爲例，常律爲 2-3。

穉柏／如／嬰兒，冉冉／三尺／長。……人來／顧汝／笑，誦我／此／篇章。(〈廳前柏〉《欒城三集》卷三，《蘇轍集》冊三／頁 1192)

改變後的節奏：2-1-2、2-2-1、2-2-1、2-1-2。

我／歸客／箕穎，晝日／長掩關。僕夫／忽告／我，門／有萬里賓。問／其所從來，笑／指南天雲。(〈龍川道士〉《欒城三集》卷三，《蘇轍集》冊三／頁 1187)

其節奏爲：1-2-2、2-3、2-2-1、1-4、1-4。

〔註77〕《欒城集》卷十一，頁 211。

去／住／本由天，毋求／亦無避。相期／明且哲，大雅／
亦／如此。(〈悟老住慧林〉《欒城三集》卷三，《蘇轍集》冊三／頁
1189)

其節奏爲：1-1-3、2-3、2-3、2-1-2。

公／居潁水上，德／與潁水清。身閑／道轉勝，內足／無
復營。(〈趙少師自南都訪歐陽少師於潁州留西湖久之作詩獻歐陽公〉
《欒城集》卷四，《蘇轍集》冊一／頁 68)

改變後的節奏爲：1-4、1-4、2-3、2-3。

以上詩句，擯棄詩歌韻律之美，打破句式常規，造成奇崛險怪之
風。

（3）句式參差

因爲感情的變化，固定的四言、五言、七言已不能完全表達情感
內容、心境口氣的起伏變化，故而加減字數，雜用三、五、七言，自由
伸縮，靈活變化的散文句式。「句式參差」的古文筆法入詩，比較明顯
的是樂府新題的作品，體式自由，不拘限字句。白居易〈新樂府序〉(《白
集》卷三)，〔註78〕所謂「篇無定句，句無定字，繫於意不繫於文。」

君不見武安前堂立曲旃，官高利厚多憂患。又不見夏侯好
妓貧無力，簾箔爲衣人莫識。兩人操行雖不同，辛苦經營
實如一。不如君家激水石中流，聽之有聲百無憂。……(〈和
子瞻東陽水樂亭歌〉《欒城集》卷五，《蘇轍集》冊一／頁 85)

這是一首藉水樂亭歌詠人物品格的詩。以七言爲主，十字、九字、七
字交叉出現，「君不見」、「又不見」、「不如」、「正如」，靈活的增減文
字，音節錯落有致，產生音樂性的美感。再看〈和子瞻煎茶〉詩：

……君不見閩中茶品天下高，傾身事茶不知勞。又不見北
方俚人茗飲無不有，鹽酪椒薑誇滿口。我今倦遊思故鄉，
不學南方與北方。銅鐺得火蚯蚓叫，匙腳旋轉秋螢光。何
時茅簷歸去炙背讀文字，遣兒折取桔竹女煎湯。(《欒城集》

〔註78〕朱金城箋校《白居易箋校》一，卷第三，頁 136，(上海古籍出版社，
1988 年 12 月)。

　　卷四，《蘇轍集》冊一／頁 79）

在這首詩中，以七言爲基調，雜有七言、九言、十言，至十一言、十二言等多種的變化，句式長短參差，音節錯落，造成波瀾起伏，完美的表達了作者借茶思鄉，這種濃郁、深重的情感。

　　　鳥依山，魚依湖，但有所有無所無。輕舟沿泝窮遠近，肩
　　　輿上下更傳呼。……（〈次韻子瞻遊孤山訪惠勤惠思〉《欒城集》
　　　卷四，《蘇轍集》冊一／頁 66）

首句，三、三、七的音韻節奏，打破原有常規。此變化的開端，突破凝滯單板的整齊格律，產生歌行的韻味。

　　又如〈次韻孔武仲三舍人省上〉：「君不見西都校書宗室叟，東魯高談鼓瑟手。偶然同我西掖垣。……」（《欒城集》卷十五）又：「君不見景靈六殿圖功臣，進賢大羽東西陳……」（〈贈寫眞李道士〉《欒城集》卷十五）十字、七字的長短不齊。蘇轍詩「句式參差」常用在敍事，對現實社會的揭露和反映。

　　文句長短錯落，參差不齊，讀來顯得自然有力，比起整齊劃一，平鋪直敍的句律，容易形成奔放、流動的氣勢，一變唐人以來用對句、對偶，整飾順氣的特點。

4. 古文虛字的摻用

　　以虛詞入句，造成詩歌散文化，轉折提點，流暢文氣，是宋詩中普遍的現象，也爲蘇轍詩中常用的修辭技法。

　　　宋人喜以現成語、虛字眼，鍊入詩用。（《一瓢詩話》）

　　　宋人實有以文爲詩者，于其用虛字作轉關提頓及排直敍事
　　　處，注目便知。（《靜居緒言》）〔註79〕

一般而言，中國文字中，字、詞分實、虛。實字、實詞常用於散文當中，虛字在詩歌裡極爲少見。這裡的「虛字」專指一些疑問詞、副詞及語氣詞。王力先生在他的《中國詩律研究》一書，歸納了詩、文語

〔註79〕《清詩話續編》下，頁 1644，郭紹虞編選，富壽蓀點校。（上海古籍
　　　　出版社，1983 年 12 月）。

氣詞的使用狀況，表示：

> 散文喜歡偶數的結構，所以要加「而」字，詩句喜歡奇數的結構，所以不要「而」字。再者，詩句是儘量避免連介詞的，所以「而」「予」等字非常罕用。

> 至於（近體詩）語氣詞，大致都和散文相同，但詩句中儘量少用。比較起來，「哉」字最為常見，「乎」、「歟」、「耶」、「也」、「矣」等字最為罕見。〔註80〕

古體詩和近體詩的語法，古體詩中常見而近體詩所罕見的語法有六種形式，根據王力的研究，「有些句子簡直就和散文的結構一般無二」，因此所得的結論：古詩的語法，漢散文的語法大致相同，「凡寫古風，必須依照古代散文的語法。」〔註81〕故而，運用虛字入詩，形成的散文化句型也是一種必然的結果。蘇轍擅寫古體，運用虛字於詩歌純熟自然，不見釜琢，為其一特色。

1. 哉

> 江南氣暖冬未回，北風吹雪真快哉。……（〈雪中洞山黃蘗二禪師相訪〉《欒城集》卷十一，《蘇轍集》冊一／頁211）

> ……亭亭孤立孰傍緣，至哉道師昔云然。（〈次韻子瞻書黃庭內景卷後贈蹇道士拱辰〉《欒城集》卷十六，《蘇轍集》冊一／頁306）

> ……咄哉後來心，當與初心期。（〈傷足〉《欒城集》卷十六，《蘇轍集》冊一／頁322）

> 彼哉安知我，爭埽習禮跡。……（〈次韻子瞻和淵明飲酒二十首之十五〉《欒城後集》卷一，《蘇轍集》冊一／頁879）

其他又如：「嗟哉古君子，至此良獨難。……無託中自得，嗟哉彼誠賢。」（〈寄題孔氏顏樂亭〉）〔註82〕、「……鄙夫不信醫，私智每自賢。

〔註80〕王力語，上下兩例分見此書，頁259、頁280，參黃美鈴〈歐陽脩和北宋以文為詩詩風的形成〉《中華學苑》卷49，1997年1月。

〔註81〕王力《中國詩律研究》，頁495～497〈古體詩的語法〉，並參看柯萬成〈韓愈「以文為詩」的問題〉一文的分析。《孔孟月刊》第二十八卷，第五期，1990年1月。

〔註82〕《欒城集》卷十三，《蘇轍集》冊一，頁251。

咄哉已往咎,終身此韋弦。」(〈記病〉), 〔註83〕 又「得雪流土中,及泉盡魚躍。美哉豐年祥,不代炎火灼。」(〈十一月十三日雪〉) 〔註84〕

　　「哉」是語氣詞,常用於句尾,是古文寫作易見的用法。蘇轍此三詩,「彼哉」、「美哉」、「咄哉」語氣詞於詩歌中,虛字的頓挫容易造成詩歌以文為詩的句法。

2. 矣

……曾聞圯上逢黃石,久矣留侯不見欺。(〈蔡州壺公觀道士〉《欒城後集》卷一,《蘇轍集》冊一／頁882) 七律

……得之苟有命,老矣聊息肩。……西歸信已乎,永雜孫陳編。(〈聞諸子欲再質卜氏宅〉《欒城後集》卷三,《蘇轍集》冊三／頁910)

……自段此生今已矣,世間何物更如斯。(〈諸子將築室以畫圖相示三首之三〉《欒城後集》卷四,《蘇轍集》冊三／頁937) 七律

……居然盜天功,信矣斯人智。……(〈西軒種山丹〉《欒城三集》卷三,《蘇轍集》冊三／頁1195)

另外在〈寄張芸叟〉一詩:「老矣張芸叟,親編樂府詞。」〔註85〕「老矣」的口吻如同說話一般,以口語的語氣詞起筆,詩味少。又〈次韻子瞻和陶雜詩十一首〉其五:「往來七年間,信矣夢幻如。」〔註86〕元符三年(1100)五月蘇氏兄弟遇赦之後,蘇轍的和詩。對人生猶似夢幻的感嘆,「信矣」,化用古文文氣停頓處的關鍵點,引人注意。

3. 而

斂然不求人,而我自曇恥。(〈次韻子瞻和淵明飲酒二十首之十九〉《欒城後集》卷一,《蘇轍集》冊三／頁880)

城西百步而近,杏花半落草香。(〈上巳〉《欒城三集》卷五,《蘇轍集》冊三／頁1204)

〔註83〕 《欒城三集》卷三,《蘇轍集》冊一,頁1195。
〔註84〕 《欒城後集》卷三,《蘇轍集》冊一,頁908。
〔註85〕 《欒城三集》卷二,《蘇轍集》冊三,頁1181。
〔註86〕 《蘇轍佚著輯考》,《蘇轍集》冊四,頁1419。

> ……夜燈照帷，未曉而起。……聞阿那律，無目而視。決
> 明何爲？適口乎爾。(〈重藥苗二首之二種決明〉《欒城三集》卷五，
> 《蘇轍集》冊三／頁 1204)
>
> ……有客叩門，賀我堂成。揖客而笑，念我平生。……(〈堂
> 成〉《欒城三集》卷五，《蘇轍集》冊三／頁 1205)

中國古典詩歌應少用虛字、虛詞，以凝鍊語言，增加文字張力。蘇轍
則喜用虛字，其他如「乃」、「豈」、「亦」、「聊」等轉折詞，詩中更是
常見。

> 懶思久廢詩，病腸不堪酒。強顏水石問，濫蹟賓主後。不
> 知白浪翻，但怪青山走。莫隨使車塵，豈畏嚴城斗。(〈同子
> 瞻泛汴泗得漁酒二詠之二〉《欒城集》卷七，《蘇轍集》冊一／頁 125)
>
> 芳心竟未已，新萼綴枯槎。誰言石榴病，乃久占年華。鄰
> 家花最盛，早發豈容遮。殘花已零落，婀娜子如瓜。(賦園
> 中所有十首之四)《欒城集》卷二，《蘇轍集》冊一／頁 29)

第一首，「不知」、「但怪」虛詞的運用，語意曲折有味。次首，「竟」、
「乃」、「豈」、「已」疊相更進，頓挫之間，更覺虛字設計對詩歌音韻
及意涵轉換的美妙。

　　「以文爲詩」的特色，主要用在古詩，主題多爲「說理」、「議論」。
方東樹《昭昧詹言》卷十一云：「詩莫難于七古，……觀韓、歐、蘇
三家，章法剪裁，純以古文之法行之，所以獨有千古。」這裡所指的
「蘇」是蘇軾，但也是蘇轍詩歌章法剪裁的技巧之一。

（二）以議論為詩

　　「語言散文化，可以直接說理、發表議論，以及崇尚才氣和學
問。」，﹝註87﹞蘇轍詩歌「以文爲詩」的結果，散形化的句式、虛字
的停點，設問的遒健有力、文氣的舒張開闊，都適合於用來議論。以
「議論」爲特色的宋詩，與宋代理學爲思想中心的發展，是有密切關

﹝註87﹞高玉〈「以文爲詩」述評〉，《湖北民族學院學報》(哲學社會科版)，
　　　　頁 62，2000 年，第十八卷，第三期。

係的。漢儒治經，重視名物訓詁，宋儒治經，則偏重闡釋義理，談論
性命爲核心。

北宋中期，文壇領袖歐陽脩、尹洙、梅堯臣和蘇舜欽等人詩文革
新運動的大力推行影響下，有了顯著的成效。尤其，「歐陽脩的創作
理論和韓愈一脈相承，在詩歌方面，他善於以詩論政，反映現實鬥爭，
成爲宋詩『議論』開風氣之先者。」〔註88〕

雖然「理過其辭，淡乎寡味」，〔註89〕但發表議論是否就不是一
首好詩？關於這點，沉德潛《說詩晬語》卷下說：

> 人謂詩主性情，不主議論，似也而亦不盡然。試思二雅中
> 何處無議論。杜老古詩中，奉先詠懷北征八哀諸作，近體
> 中蜀相詠懷諸葛諸作，純乎議論。但議論須帶情韻以行，
> 勿近傖父面目耳。〔註90〕

杜甫〈自京赴奉先縣詠懷〉，開頭就有一段議論，它的特點：「一、全
篇有很多形象的描寫，這些議論是同形象的描寫結合著的。二、這些
議論不是概念，是通過比喻等藝術手法來表達。」〔註91〕律詩〈蜀相〉
八句，前四句寫景，後四句議論，議論中表現強烈情感，前後相應，
產生了動人的力量。

王夫之《薑齋詩話》卷下，也認爲詩中議論若能曲寫心第，亦是
一首好詩。「謝太傅於毛詩取『訏謨定命，遠猷辰告』以此八句如一
串珠，將大臣經營國事之心曲寫出次第，故與『昔我往矣，楊柳依依，
今我來思，雨雪霏霏』，同一達情之妙。」〔註92〕謝安認爲《詩、大

〔註88〕郝廣霖〈宋詩「議論」探源與評述〉，《山東教育學院學報》，頁49，
　　　　2001年第三期。
〔註89〕鍾嶸《詩品序》，見《詩話叢刊》（弘道文化事業有限公司，1972年
　　　　8月）上。
〔註90〕丁仲祜編訂《清詩話》（藝文印書館，1971年）下，《說詩晬語》，頁
　　　　8。
〔註91〕周振甫著《詩詞例話》「詩中議論」（長安出版社，76年9月），頁
　　　　114。
〔註92〕丁仲祜編訂《清詩話》（台北：藝文印書館，1971年）下，《薑齋詩
　　　　話》，頁5～6。

雅、抑》八句如一串珠，珠圓玉潤，字字珠璣，語中雖爲議論，但能傳達臣子忠於國事，曲盡心意的抒情精神可說是媲美高度寫景的佳句。

議論須帶情韻而行，才算是好詩。宋人「以議論爲詩」形成與唐人風格迥異的詩風，開拓自己的一片天空，蘇轍詩以「議論入詩」的詩歌不少，是蘇轍詩歌另一個寫作的修辭藝術特色。

1. 借景寓意

議論可以在形象完整的基礎下，獲得詩意的強化與凸顯，配合抒情、寫景、敘事交錯運用，情理並茂，不見理障，但有理趣。〔註93〕

> 蜻蜓飛翾翾，向空無所著。忽然逢飛蚊，驗爾饑火作。一
> 飽困竹稍，凝然反冥寞。若無飢渴患，何貴一簞樂。(〈題王
> 生畫三蠶蜻蜓二首之二〉《欒城集》卷十五，《蘇轍集》冊一／頁 296)

這是首題畫詩，寫蜻蜓因捕食飛蚊，而困於竹稍當中。「若無」是假設語氣，其實是反語，就是因爲蜻蜓有飢渴患，導致被圍拘困的下場。畫面於題外生意，生物追求生命需求的必要，在意境的塑造下，多了一些知性的傳達。

> 兩山相負爲峰麓，流水重重注溪谷。遊人上尋流水源，未
> 覺崎嶇病雙足。山深下視雲漫漫，徑垂石底千屈盤。松林
> 陰森白日靜，忽驚人世如奔湍。客行不避苦寒出，僧定端
> 居不下席。人生嗟與草木同，置身所在由初植。堂中白佛
> 青髻鬟，氣象沖淡非人間。坐令遠客厭奔走，徑欲逐室依
> 空山。木魚根根夜將旦，星斗欹斜掛山半。行役有程未可
> 留，將出山門復長嘆。(〈次韻子瞻遊道場山何山〉《欒城集》卷
> 五，《蘇轍集》冊一／頁 81)

蘇轍寫景，山、水、雲、石，抒發他洞澈人生內涵的思理。由「靜」，「忽驚人世如奔湍」，「人生嗟與草木同」，靜觀思索中，非窮盡物象之美，而是將議論說理化入山水景物。虛靜間，對塵俗的摒棄，深刻

〔註93〕張師高評〈破體與宋詩特色之形成〉(二)，《宋詩之新變與代雄》第
四章，頁 204～205，(台北：洪葉文化有限公司，1995 年 9 月)。

體會身不由己的無奈。借景物的悠悠自適，詩人將自身處於自然造化規律的沖和，寄至味於淡泊的時代審美風尚。

這種感悟天心，深體自得的作品，在三教融合的時代思潮中，自然的融合於詩歌創作，表達人生經驗、生命哲理，是必然的趨勢。

> 身如草木順陰陽，附火重裘百日強。漸喜微和解凝烈，半酣起舞意倉忙。吾兄去我行三臘，千里今宵共一觴。世事只今人自解，苦寒須盡酒如湯。(〈次韻仇池冬至日見寄〉《全宋詩》卷八七三 10160)

宋人的冷靜、反思有別於唐人的熱情、感性。觀察萬事萬物，感受到「和」與「烈」的微妙關係，世事自解，唯有「化酒如湯」。酒，等同醉、愁，卻須消解生命苦痛於一般，即要化濃烈於淡然，無味清淡的滋味正可容納一切濃郁的苦醉。

> 細嚼花鬚味亦長，新芽一粟葉間藏。稍經臘雪侵肌瘦，旋得春雷發地狂。開落空山誰比數，烝烹來歲最先嘗。枯枝葉硬天真在，踏遍牛羊未改香。(〈茶花二首之二〉《欒城集》卷十，《蘇轍集》冊一／頁 194)

前六句寫初春茶花抽芽綻放，到紛紛湧出，一發不可收拾的過程，「狂」字用得巧妙，意象全出。主觀印象的強調，「誰比數」、「最先嘗」，將茶花香味、姿色，烘襯得清絕可人。末聯，不論是霜雪的摧殘還是牛羊的踏踐，茶花都不改其香。以花爲人，花的冰雪傲骨，正是蘇轍藉以自況的物象。

> 病夫毛骨日凋槁，愁見米鹽惟醉倒。忽傳騷客賦寒梅，感物傷春同懊惱。江邊不識朔風勁，牆頭亦有南枝草。未開素質夜先明，半落清香春更好。臨家小婦學閑媚，靚粧唯有長眉掃。孤芳已與飛霰競，結子仍先百花老。苦遭橫笛亂飛英，不見遊人醉芳草。可憐物性空自如，羞作繁華助芒昊。(〈次韻秦觀梅花〉《欒城集》卷十三，《蘇轍集》冊一／頁 243)

蘇轍跳脫一般描寫梅花的堅忍傲立的姿態，傷逝春光的懊惱，同梅孤芳、清香的特性爲人遺忘而叫人氣惱。藉由南枝草的強出頭、鄰家小

婦淡掃蛾眉，寓意梅花的品格和氣質的清新脫俗，無法爲任何事物所取代，可惜物性空自如，卻無人知曉。

「以議論爲詩」的「借景寓意」，通篇先寫景，或敘事，中間興發議論，末尾以寓理作結。

2. 以敘為議

「以敘爲議」，以敘述、描繪當作議論的手法，爲宋人詩歌散文化形式的原因之一。

> 男兒生可憐，赤手空腹無一錢。死喪三世委平地，骨肉不得歸黃泉。徒行乞丐買墳墓，冠幘破敗衣履穿。矯然未肯妄求取，恥以不義藏其先。辛勤直使行路泣，六親不信相尤怨。問人何罪窮至此？人不敢尤其怨天。孝慈未省鬼神惡，兄弟寧有木石頑。善人自古有不遇，力行不廢良謂賢。
>
> (〈贈馬正卿秀才〉《欒城集》卷六，《蘇轍集》冊一／頁 111)

馬正卿於嘉祐六年（1061）曾隨蘇軾離京師赴鳳翔任。蘇軾有詩：「馬生本窮士，從我二十年。日夜忘我貴，求分買山錢。」（〈東坡八首〉）〔註94〕起端首句，「男兒生可憐」既是敘事，也帶議論。以下五句，寫現實窘迫、其身世可憐；「矯然未肯妄求取」四句，貧中見孝、義，讚揚其內在精神。「問人何罪窮至此」二句，馬氏，委順自然，後二句，評馬正卿似不得於孝慈與兄弟。終句，蘇轍感嘆「善人自古有不遇，力行不廢良謂賢」，「不遇」是善人的下場，但稱美其「力行不廢」，激憤於言表。

> 誰言寸膚像，勝力妙人天。欲療眾生病，陰扶濟世賢。身微須覆護，眼淨照幾先。豈爲成功報，猶應歷劫緣。(〈滎陽唐高祖太宗石刻像〉《欒城集》卷十五，《蘇轍集》冊一／頁 297)

寓形、神之辨於敘事寫物之中。寫「勝力妙人天」、又跳接濟世救人之語，又接「眼淨照幾先」，再轉佛家緣生緣滅的道理。意脈跳躍，

〔註94〕此詩作於元豐四年（1081 年），蘇軾四十五歲。詩序云：「余至黃州二年，日以困匱，故人馬正卿哀余乏食。」《蘇軾詩集》卷二十一，（《蘇軾年譜》）上，頁 96。

語似不接而意接。全篇結構以「神會」領略人物傳神之美妙與神韻，非形器可求。故能結合表現對象的氣質和主觀情趣，探賾鉤深，再現理趣。

> 習氣不易除，書魔閒即至。圖史紛滿前，展卷輒忘睡。古今浩無垠，得失同一軌。前人已不悟，今人復如此。悠然嫠婦優，嗟哉肉食鄙。掩卷勿重陳，慟哭傷人氣。(〈閒居五詠——讀書〉《欒城後集》卷四，《蘇轍集》冊三／頁 933)

興亡、盛衰乃一事之兩面，蘇轍「以敘爲議」悟得讀書的要義，藉此抒發「古今浩無垠，得失同一軌」的眞知灼見，可惜前人不悟，今人不明，敘事裡，針貶其間，直筆一出，健勁有力。

> 少年喜爲文，兄弟俱有名。世人不妄言，知我不如兄。篇章散人間，墮地皆瓊英。凜然自一家，豈與餘人爭？多難晚流落，歸來分死生。晨光迫殘月，回顧失長庚。展卷得遺草，流涕濕冠纓。斯文久衰弊，涇流自爲清。科斗藏壁中，見者空嘆驚。廢興自有時，詩書付西京。(〈題東坡遺墨卷後〉《欒城三集》卷二，《蘇轍集》冊一／頁 1181)

直筆敘述，情感眞實流露。兄弟生離死別，蘇轍看見東坡遺留的墨卷，睹物思人，深刻的表達對蘇軾的崇仰和敬佩。從世俗的眼光，我不如兄；晚年多難，政治鬥爭，以致流落他鄉，一見東坡遺草，倍感哀戚。歷史會還原事情眞相與之公斷，給予合理的交代。蘇轍在描述獲得蘇軾的墨卷，喜出望外，一方面也藉此對兄弟兩人所受的政治傷害，予以評論。

> 截竹爲杖瘦且輕，石堅竹破誤汝行。削木爲杖輕且好，道遠木折恐不到。閩君鐵杖七尺長，色如黑虯氣如霜。提攜但恐汝無力，撞堅過嶮安能傷。柳公雖老尚強健，閉門卻掃不復將。知公足力無險阻，憐公未有登山侶。回生四海惟一身，袖中長劍爲兩人。洞庭漫天不覺過，半酣起舞驚鬼神。願公此杖亦如此，適意遨遊日千里。歸來倚壁示時人，海外蒼茫空自記。(〈和子瞻鐵拄杖〉《欒城集》卷十一，《蘇轍集》冊一／頁 205)

全詩藉著對拄杖的批評和關懷，寄寓著兄弟之間深厚的情誼。詩前八句，比較了竹杖、木杖、鐵杖三種拄杖的優劣、特性。竹杖輕巧方便，但不耐用；木杖輕便好用，但路遠恐怕摧折損壞；而柳眞齡（安期）送給蘇軾的鐵拄杖，顏色黑滑氣如霜雪，堅固耐用，缺點是稍有重量。〔註95〕夾敘夾議，「洞庭漫天不覺過，半酣起舞驚鬼神」寫的是蘇軾〈鐵拄杖〉詩中：「便尋轍跡訪崆峒，徑渡洞庭探禹穴。披榛覓藥採芝菌，刺虎縱蛟膢蛇蝎」〔註96〕四句，突顯蘇軾筆力深厚，瑰瑋驚人，〔註97〕氣勢攝魄。一面論述鐵杖對東坡的意義，一面預想東坡踏遍大江南北的豪情壯志。最後四句，願此杖伴隨蘇軾遨遊千里，兄弟親愛不言可喻。

3. 一篇警策

「一篇警策」的議論詩不論寫物或敘事，都以達到針貶時政，垂鑑後世為目的。

> 黃雀下，黃雀飛。禾田熟，黃雀肥。群飛蔽空日色薄，逡巡百頃禾爲稀，翾翾巧捷多且微。精丸妙繳舉輒違，乘時席勢不可揮。一朝風雨寒霏霏，肉多翅重天時非，農夫舉網驚合圍。懸頸系足膚無衣，百箇同缶仍相依，頭顱萬里行不歸。北方居人厭羔豵，咀嚼聊發一笑歡。（〈筠州二詠——黃雀〉《欒城集》卷十，《蘇轍集》冊一／頁196）

詩人以「黃雀」，討人可愛的外形，卻是破壞農作物的殺手爲主軸，鋪寫這種內外不一的奸臣小道。一大群黃雀飛來，百頃農田稻禾全部一掃而空，「乘時席勢不可揮」這正是社會中某些人物的寫照，乘時得勢，危害百姓，人人欲得而快之，酒食飯飽、魚肉鄉民的下場是「懸頸系

〔註95〕張道《蘇亭詩話》卷五《補注類》：《老學庵叢談》：「東坡響簧鐵杖長七尺，重三十兩，四十五節，嵇康造。」引自曾棗莊《蘇詩彙評》，頁883。

〔註96〕《蘇文忠公詩集》卷二十〈鐵拄杖〉。

〔註97〕黃庭堅《豫章先生文集》卷八〈跋東坡鐵拄杖詩〉：〈鐵拄杖〉詩雄奇，使李太白復生，所作不過如此。平時士大夫作詩送物，詩常不及物。此詩及〈鐵拄杖〉均爲瑰瑋驚人。

足膚無衣」。這與蘇轍〈筠州二詠〉另一首〈牛尾貍〉中描寫「引箸將舉訊何由，無功竊食人所仇」，狡詐險惡，貪婪盜食的牛尾貍是一樣的，對於社會上「無功竊食」的貪狠之徒，是毫不留情譏評抨擊的。

> 七歲立談明主前，江湖晚節弄漁船。鬥雞誰識城東老，喪馬方知塞上賢。生計未成歸去詠，草書時發醉中顛。當年不解看齊物，氣踴如山誰見憐。(〈送姜司馬〉《欒城集》卷十一，
> 《蘇轍集》冊一／頁 205)

這位姜司馬「七歲立談明主前」比起十九歲進士及第的蘇轍，更可謂是少年得志，可惜晚節流落到還只是「司馬」一職，弄漁舟於江湖之上。《東城老父傳》〔註 98〕中，賈昌七歲，矯捷過人，解鳥語音，年少時以鬥雞取悅唐玄宗，賜予金帛，為五百小兒長。可惜姜司馬未懂得如賈昌以鬥雞諂媚上位者，以致長期仕途困頓，沉淪下僚。蘇轍對於「少年高論苦崢嶸」體會甚深，「塞翁失馬，焉知非福？」與其強出頭，陷於勝負的迷思，不如當個不爭奪，齊萬物、離是非的人。雖是對姜司馬的嘆息，其實寓涵著深切的警醒之意。

> 忘身先要解忘名，分別須央起不平。請看早朝霜入屨，何如臥聽打衙聲。(〈次韻毛君山房即事十首之五〉《欒城集》卷十，
> 《蘇轍集》冊一／頁 195)

人事的紛端肇因於分別心的起念，對「名」的拘執，莊子的齊物，物我為一、上下一齊的觀念，就是「忘身」，離憂去禍的良藥。三、四句將唐音移入宋調，全詩警語似的詩句，直揭思理的主題。

> 諸子才不惡，功名舊有言。窮愁念父母，心力盡田園。志在要須命，身閑且養源。遊魚脫淵水，何處有飛翻？(〈示諸子〉《欒城三集》卷二，《蘇轍集》冊三／頁 1170)

〈示諸子〉詩，直接提出「志在要須命，身閑且養源」的論題。「命」

〔註98〕本篇出《太平廣記》卷四百八十五，作者陳鴻用意深遠，以窺測唐玄宗時，君主好享樂，見政治之息荒。語之：「生而不用識文字，鬥雞走馬勝讀書。賈家小兒年十三，富貴榮華代不如。」選入葉楚傖主編，胡倫清編註：《唐傳奇小說選》，頁 113～120（台北：正中書局，1984 年 6 月）。

定的觀念，乃是蘇轍一生看盡政治生涯動盪起伏的結語，亦是勉勵子孫切莫強求功名的教誨。何不退一步養「源」，放懷得失，追求身心的豁達通透。若「遊魚脫淵水」，人一但離本心，失去自然淳樸的真性情，如魚失淵水，何處可以飛翻、存活呢？蘇轍語重心長的殷殷話語，顯現出耐人尋味的人生哲學。

（三）資書以為詩

　　宋人飽讀詩書的關係，駕馭文字的功力，趨遣典故的能力，都比前代詩人來得強。詩歌當中不論賣弄文字、戲謔調笑，或是自我消遣，都是宋人於眾多題材的詩歌類型中，最富幽默、趣味，也是易顯現詩人才學的方式。本章「文字遊戲」，為蘇轍詩歌主題類型之一，可以分為逞才炫學、排悶遣懷兩方面來論述。

1. 逞才炫學

　　逞才炫學，主要以賣弄文字技巧，逞其學問知識來表現個人的才華能力。蘇轍有不少這種作品。

　　第一首，題詠扇子，扇子的功用就是搧風。蘇轍從扇子的來歷，聯想到中國與異邦日本的不同，從此也得知，宋代中、日文化交流的情形。

> 扇從日本來，風非日本風。風從扇中出，問風本何從。風亦不自知，當復問太空。空若是風穴，既自與物同。同物豈空性，是物非風宗。但執日本扇，風來自無窮。（〈楊主簿日本扇〉《欒城集》卷十三，《蘇轍集》冊一／頁260）

詩一共用了八個「風」字，圍繞著「扇」字，「扇」亦重複了三次。詩人運用頂真格式的「聯珠格」，二、三句「風非日本風。風從扇中出」、六七句「當復問太空。空若是風穴」、八、九句「既自與物同。同物豈空性」，疑問句的開頭，一問一答，一論一思，「風」、「空」、「同」上下句的呼應連續，一連使用三次，使得氣脈連貫，一氣呵成，彷彿扇子搧動的風流轉於空氣間，聲調諧暢，風韻天成。其寫作風格，類似打油詩的趣味，缺少詩歌嚴密的平仄用字，卻多了些調笑和親切。

　　「風」與「空」由扇子所衍生的哲學思考，巧妙的將兩個相同韻部的字放在一起。讀來不覺突兀，反而對其妙理感到佩服。

　　下一首〈江州周寺丞泳夷亭〉也運用同樣的文字變化，吸引了讀者的目光。

> 行過廬山不得上，溢江城邊一惆悵。羨君山下有夷亭，千巖萬壑長相向。山中李生好讀書，出山作郡山前居。手開平湖浸山腳，未肯即與廬山疏。道州一去應嫌遠，千里思山夢中見。青山常見恐君嫌，要須罷郡歸來看。(〈江州周寺丞泳夷亭〉《欒城集》卷十一，《蘇轍集》冊一／頁204)

詩中連用了八次「山」字。從「廬山」、「山下」、「山中」、「出山」、「山前」、「廬山」、「思山」到「青山」，山字的重出，形成一種回還反覆的趣味。蘇轍〈東湖〉詩「讀書廬山中，作郡廬山下，平湖浸山腳，雲峰對虛榭。」（卷十）自注：唐、李勃隱居廬山，泉石奇勝，及為九江太守始營東湖，風物可愛。蘇轍將周寺丞比為李勃，「山」的各種面向都照應到，峰巒重疊，層層疊出。

　　詩文作家都避免數字再現或文字重複，蘇轍特以重出技巧逞能，[註99] 除了一句中重出一字，「風非日本風」、「出山作郡山前居」之外，〈楊主簿日本扇〉十二句重出「風」八次，〈江州周寺丞泳夷亭〉亦重出「山」八次，幾乎句句重出某一字，但並不顯得累贅，重出的妥貼與巧麗，反使詩句生動。

　　〈舟次大雲倉回寄孔武仲〉詩，數字的重出，一方面是有意的設計，一方面也突顯詩人孤單、寂寞的心情，以一襯多，增強感人的力量。

> 一風失前期，十日不相見。君帆一何駛，去若乘風箭。我舟一何遲，出沒蔽葭菼。甖中有白糟，床上有黃卷。妻孥不足共，思子但長嘆。池陽重相遇，撫手成一粲。先行復草草，回首空眷眷。人生類如此，遲速亦何算。一見誠偶然，四海良獨遠。相期廬山陰，把臂上雲巘。(《欒城集》卷十，《蘇轍集》冊一／頁178)

[註99] 黃永武：《字句鍛鍊法──鍊字的方法》「重出以逞能」，頁183～191。

此「一」字，代指一整全的數字概念，第三句的「君帆一何駛」，第五句的「我舟一何遲」，都是採倒裝句法將「一帆」、「一舟」突出「一」字，強調渺小、孤獨，倒裝使得語氣弛張，原本同行的舟楫一速一遲，在風雲變色的風浪中，處境顯得岌岌可危。「一粲」重逢而喜出望外，「一見」相約同登廬山，讀者隨著詩人文字的設計，一緊一放，心情始而緊張，終而舒展。

再看一首〈馬上見賣芍藥戲贈張厚之二絕之一〉。

　　春風欲盡無覓處，盡向南園芍藥中。過盡此花眞盡也，此
　　生應與此花同。(《欒城集》卷八，《蘇轍集》冊一／頁 141)

「盡」字重出，將春去、花謝、人老的主題，都在一「盡」字中寫出，雖是戲贈，讀來令人沉吟不已。其他，如〈雙鳧觀〉：「王喬西飛朝洛陽，飄飄千里雙鳧翔。鳧飛遭網不能去，惟有空屨鳧已亡。……」，「鳧」字重複出現，點出詩題主旨〔註100〕、〈佛池口遇風雨〉：「長江五月多風暴，欲行先看風日好。此風忽作東南來，陰雲如湧撥不開。……」「風」的重出，〔註101〕有暴雨欲來風滿樓的意味，除此之外，還有句型重複的例子，如：

　　送君守山陽，羨君食淮魚。送君使鍾陵，羨君江上居。憐
　　君喜爲吏，臨行不歆歊。紛紛出歌舞，綠髮照瓊梳。……(〈程
　　之元表弟奉使江西次前年送赴楚州韻戲別〉《欒城集》卷十六，《蘇轍
　　集》冊一／頁 305)

　　去時江水拍山流，去後江移水成磧。(〈望夫臺〉《欒城集》卷
　　一，《蘇轍集》冊一／頁 6)

「去時──去後」、「送君──羨君」，同樣句型的重複，足以造成詩文上的美境和音韻節奏上的回環。

　　漁父漁父，水上微風細雨。青簑黃蒻裳衣，紅酒白魚莫歸。
　　莫歸莫歸歸莫，長笛一聲何處。(〈效韋蘇州調嘯詞二首之一〉《欒
　　城集》卷十三，《蘇轍集》冊一／頁 257)

〔註100〕　《欒城集》卷一，《蘇轍集》冊一，頁 12。
〔註101〕　《欒城集》卷十，《蘇轍集》冊一，頁 179。

　　歸雁歸雁，飲啄江南南岸。將飛卻下盤桓，塞北春來苦寒。
　　苦寒苦寒寒苦，藻荇欲生且住。(〈效韋蘇州調嘯詞二首之二〉《欒
　　城集》卷十三，《蘇轍集》冊一／頁 257)

這兩首歌行作品，具有民歌風味，末尾「紅酒白魚莫歸，莫歸莫歸歸
莫」、「塞北春來苦寒，苦寒苦寒寒苦」使用聯珠格的體式，三次「莫
歸」與「苦寒」的強調，最後「歸莫」、「寒苦」的頓疊，前後字對調，
反而增加了對詞句的印象，達到諷刺、嬉弄的效果。民歌具有自然、
純樸的味道。

2. 排悶遣懷

　　對於文字遊戲，以「戲題」、「戲贈」、「戲作」、「戲詠」爲題的遊
戲詩，在蘇軾、蘇轍兄弟有爲數不少的詩作。「東坡之所謂『戲』，多
是欲哭無聲，怒極反『戲』之作。可以說是寓莊于諧，寓嚴肅深刻之
主旨于戲謔放浪之形。」〔註102〕清人方東樹《昭昧詹言》卷十一評
蘇軾詩說:「雜以嘲戲，諷諫諧謔，莊語悟語，隨興生感，隨事而發，
此東坡之獨有千古也」。〔註103〕蘇轍的遊戲之作，大致上也是秉持著
這種態度，在調笑戲謔中寄寓著嚴肅的人生意義，深刻紀錄著人生的
不圓滿，藉輕鬆的口吻，抒發內心深沉的苦痛。

　　熙寧三年（1070）蘇轍任陳州學官，熙寧六年（1073）改齊州
掌書記。自陳州至齊州生活型態大不相同，一閑一忙，蘇轍自我解
嘲。

　　庠齋三歲最無功，羞愧宣王祿萬鍾。猶欲談經誰復信，相
　　招執籥更須從。陳風清淨眠眞足，齊俗強梁懶不容。久爾
　　安閑長自怪，此行磨折信天工。(〈自陳適齊戲題〉《欒城集》卷
　　五，《蘇轍集》冊一／頁 87)

張方平知陳州（今河南淮陽），辟蘇轍爲陳州教授。蘇轍〈初到陳州〉
詩云:「來陳爲懶計，傳道愧虛名。」三年中，學官生活雖清閑，然

〔註102〕木齋著:〈蘇軾「以文爲詩」論〉，見氏著《蘇東坡研究》第十章，
　　　　頁 324，(廣西師範大學出版社，1998 年 8 月)。
〔註103〕《昭昧詹言》卷十一，頁 3，(台北:廣文書局，1962 年 8 月)。

其生活卻常處在「糜費廩粟常慚羞」(〈次韻子瞻見寄〉)清貧窘困的地步。蘇轍在陳州學道士服氣法，與友人攜手相遊，對於自己食祿萬鍾，面臨「猶欲談經誰復信」的「無功」感到羞愧。後到齊州(山東濟南)，齊州大旱，政役頻煩，「宦遊東土暫相依，政役頻煩會合稀」(〈送韓祇嚴戶曹得替省親成都〉)豈是忙字可言。「眠眞足」、「懶不容」一清淨，一繁忙的轉變，自怪長久太過安逸清閑，此行的「磨折」正式磨練自己的最佳機會，殊不知，此苦中作樂之語，實牢騷滿腹，學官或書記官職卑小，無可發揮，不過是爲維持生計，等待機會。

　　熙寧十年(1077)與王鞏會面，劇飲之間，對自己失意落寞及友人還京，借酒澆愁。

　　　　聞君歸去便招呼，笑語不知清夜徂。結束佳人試銀甲，留連狂客惱金吾。燭花零落玉山倒，詩筆欹斜翠袖扶。暫醉何年依錦瑟，東齋還復臥氍毹。(〈聞王鞏還京會客劇飲戲贈〉《欒城集》卷七，《蘇轍集》冊一／頁133)

痛飲中有佳人翠袖相伴，仍難掩懷才不遇的情懷。蘇轍在〈次韻王鞏自詠〉曾云：「粗免趨時頭似葆，稍能忍事腹如囊」，語出《漢書》，〔註104〕面對時事，牢騷甚盛，不滿之情，溢於言說，歡樂的場面，不過讓人落入更痛苦的深淵。元豐元年(1078)蘇轍遷書南京判官，與王鞏相逢，相約至王廷老家痛快飲酒，看〈次韻王鞏同飲王廷老度支家戲詠〉詩：

　　　　白魚紫蟹早霜前，有酒何須問聖賢。上客遠來工緩頰，雙鬟爲出小垂肩。新傳大曲皆精絕，忽發狂言亦可憐。莫怪貧家少還往，自須先辦買花錢。(《欒城集》卷八，《蘇轍集》冊一／頁149)

「有酒何須問聖賢」，古來不得志的文人騷客莫不以酒澆胸中塊壘，麻痺自己，「忽發狂言亦可憐」，發狂言而可憐，可知其志不得時。四十歲的蘇轍，仍在貧苦潦倒中度過。

〔註104〕　「頭似葆」語出《漢書》卷六十三〈武五子傳・燕刺王旦〉：「當此之時，頭如蓬葆，勤苦至矣。」注：「草叢生曰葆。」

其他以排遣爲主題的，有〈戲題三絕之一〉詩：

> 懊惱嘉榮白髮年，逢人依舊唱陽關。渭城朝雨今誰聽，硎
> 鼓跳踉一破顏。(《欒城三集》卷三，《蘇轍集》冊三／頁 1183)

送別題材不斷有新的內容，「陽關曲」的別意傷感千古不變，離筵傳
唱的聲音依舊，蘇轍用「懊惱」二字，來寫唐人、米嘉榮〔註 105〕不
斷繚繞迴盪的送行之歌，徒增人生離別、世事無常之喟嘆。此時的遠
在甘肅的陽關已成西夏領地，河山變色，暮年老朽的蘇轍是否蘊含對
建功立業的力不從心？「硎鼓跳踉一破顏」打破感傷的曲調，反面立
意，淚盡陽關，只見瀟灑和超脫。

〈戲題三絕之二〉，看淡人生離愁的蘇轍，慨嘆人事積極有爲卻
不爲所用的悲苦。

> 謝傅淒涼已老年，胡琴羌笛怨遺賢。使君於此雖不俗，挽
> 斷髭鬚誰見憐。

胡琴羌笛幽怨的聲響中，謝傅大半時光都消磨在邊旅爭戰行役當中。
王德仲的「不俗」，在於他不隨俗載沉，兀然不屈的人格，贏得蘇轍
的敬重。對於王德仲，「挽斷髭鬚誰見憐」正說明政治的現實與無奈，
政治鬥爭，殺機隱伏，鞠躬盡瘁又有誰憐惜？此「憐」字，上接「怨」
字，調笑間，要人記取前賢教訓，以道家之道收斂光芒、韜光養晦，
潔身自好。

〈久旱府中取虎骨投邢山潭水得雨戲作〉詩，冷眼觀看世間變化
無常，豈是表面現象？

> 邢山潭中黑色龍，經年懶臥泥沙中。嵩陽山中白額虎，何
> 年一箭肉爲土。龍雖生，虎雖死，天然猛氣略相似，生不
> 益人死何負。虎頭枯骨今石堅，投骨潭中潭水旋。龍知虎
> 猛心已愧，虎知龍懶自增氣。山前一戰風雨交，父老曉起
> 看麥苗。君不見岐山死諸葛，真能奔走生仲達。(《欒城三集》

〔註 105〕米嘉榮爲歌者。劉禹錫〈與歌者米嘉榮〉云：「唱得涼州意外聲，
　　　　舊人唯數米嘉榮。近來時世輕先輩，好染髭須事後生。」《全唐詩》
　　　　第十一冊，卷三六五，頁 4116。

卷一，《蘇轍集》冊三／頁 1162）

久旱不雨，潁昌府中取虎頭骨投邢山潭水，得雨，戲作。此詩取譬巧妙，邢山潭中黑色龍、嵩陽山中白額虎，兇猛的氣勢不相上下。虎骨投入黑色潭水，詩人化用想像，戲將雨風交相比如龍虎兩方激戰，虛實之間，末尾兩句，諸葛亮一死，徐仲達而這豈是諸葛亮的功勞，嘲天降甘霖非虎頭骨之功，排悶遣懷之餘，蘇轍遊戲文字，笑談人生。

> 細竹寒花出短籬，故山耕耒手曾持。宦遊暫比鳧鷖集，歸
> 計長遭句僂欺。歌舞夢回空歷記，有朋飛去自難縻。悠悠
> 後會須經歲，冉冉霜髭漸滿頤。（〈戲次前韻寄王鞏二首之二〉《欒
> 城集》卷八，《蘇轍集》冊一／頁 150）

元豐元年（1078），王鞏（定國）離徐州來南京，旋又回京師，蘇轍作詩送之。王鞏乃宋名相王旦之孫，與蘇軾兄弟友好。蘇轍的仕宦生涯好比鳧鷖聚集般能找到有志一同，志趣相投的朋友，感到十分慶幸，但也對短暫的相聚，深感惋惜。相見遙遙無期，再會之日，預期已是「冉冉霜髭漸滿頤」髮白蒼蒼的老人了。言詞間，透露出人生的不確定感，也對自己未來感到憂心。

〈城中牡丹推高皇廟園遲适聯騎往觀歸報未開戲作〉

> 漢朝名園甲潁昌，洛川珍品重姚黃。雨餘往看初疑晚，春
> 盡方開自不忙。爭占一時人意速，養成千葉化功長。老人
> 終歲關門坐，花落花開已兩忘。（《欒城後集》卷四，《蘇轍集》
> 冊一／頁 934）

姚黃，宋牡丹新品，號稱花王，是難得一見的珍貴品種，風靡洛陽城內，歐陽脩〈洛陽牡丹記〉列為第一。〔註106〕遲、适聯騎前往觀看

〔註106〕歐陽脩〈洛陽牡丹記〉：「姚黃者，千葉黃花，出於民姚氏家。此花之出，於今未十年，姚氏居白司馬坡，其地屬河陽，然花不傳河陽傳洛陽，洛陽亦不甚多，一歲不過數朵。……錢思公嘗曰：人謂牡丹花王，今姚黃真可為王。」，見《歐陽脩全集》卷三，《居士外集》二，頁 127～128（河洛圖書出版社）。又，宋·蔡絛《鐵圍山叢談》卷六：「姚黃檀心碧，蟬生異花卉，獨號花王，雖有其名，亦不時得，率四三歲一開，開或得一兩本而已。遇其一必傾城，其人若狂

牡丹花的丰姿，可惜花還未開。蘇轍得知眾人的失望，對於姚黃的態度是隨緣的，春盡方開，目前「不忙」，眾人爭相觀看，正好促成千葉開花的最佳助力，相對於競相爭看的急迫和積極，對比反襯蘇轍恬淡、悠閑的心態。晚年避居潁川，杜門隱遁，花開花落早已了然於心，澹然釋懷了。

《欒城遺言》中提到蘇轍在潁川種牡丹，「造物不違遺老意，一枝頗似洛人家」（〈同遲賦千葉牡丹〉《欒城三集》），牡丹花開，「敬想文潞公、富鄭公、司馬溫公、范忠宣公，皆看花耆德偉人也，風流追憶不逮，後生茫然爾。」〔註 107〕牡丹花雖艷麗，對蘇轍來講，再嬌美的外貌也比不上「姚黃性似天人潔」〔註 108〕般，令人憐愛和珍惜了。從牡丹的脫俗和自在，笑看忙忙碌碌的芸芸眾生。

> 年年九日憂無菊，今歲床空未有糟。世事何嘗似人意，天
> 公端解惱吾曹。今龜解去瓶應滿，玉液傾殘氣尚豪。門外
> 白衣還到否，今時好事恐難遭。（〈閏八月二十五日菊有黃花圍
> 中粲然奪目九日不憂無菊而憂無酒戲作〉《欒城三集》卷三，《蘇轍集》
> 冊三／頁 1183）

大觀四年（1110），蘇轍已是七十二歲的老人，重九照例賞花飲酒，蘇轍不憂無菊，卻憂人生無酒。看似嗜酒如命，骨子裡豪氣干雲，可惜生不逢時，受制於現實的壓力。「世事何嘗似人意」世事總是違背人意，陶淵明的隱士風範，影響後代讀書人的儒士精神，蘇轍戲作無酒的憂慮，不就是對此的呼應？末兩句，嘆命運多舛，九死一生的老人，痛苦回憶都在一「戲」字。人生的許多無可奈何，都化作雲淡風輕，過眼雲煙了。

而走觀，餘花縱盛勿視也。」。
〔註107〕蘇籀《欒城遺言》，見《叢書集成初編》冊1493《雙溪集》，頁223，（北京：中華書局）。
〔註108〕〈補種牡丹二絕之一〉：「野草凡花著地生，洛陽千葉種難成。姚黃性似天人潔，糞壤埋根氣不平。」《欒城三集》卷三，頁1191。

二、意象凸顯的規劃

藉著「示現」、「通感」、「擬人」、「對襯」、「誇張」以上這五種的技巧，可以加強意象浮現。「什麼樣的語言才能有效的語言才能有效的地造就意象？這是意象主義所提出的一個重要的問題。意象主義者的答案是：運用具體的語言可以使讀者不斷的感受到自然物體的存在。」〔註 109〕

（一）示　現

「具體示現」指的是將一種抽象的概念或意念，以具體如圖畫般的寫作技巧，窮形盡相，如實的重現讀者眼前，使人如身歷其境的眞實感受。

> 芡葉初生皺如縠，南風吹開輪脫縠。紫苞青刺攢蝟毛，水
> 面放花波底熟。森然赤手初莫近，誰廖明珠藏滿腹。剖開
> 膏液尚模糊，大盎磨聲風雨速。……（〈西湖二詠——食雞頭〉
> 《欒城集》卷五，《蘇轍集》冊一／頁 91）

「雞頭」是植物名，可食。其嫩葉翠綠透明輕皺如紗，春風中熟透的果實如車輪離開中心的圓木，紫色花苞帶有青刺還有毛，放入鍋底，令人垂涎三尺。這是一首寫吃「雞頭」的詩，先寫雞頭外形，再寫烹煮的過程。「赤手」凸顯食客迫不及待的心情，也表現出好菜剛上桌的景象。由「觀看」、「猜想」到動手「剖開」一步步引誘著讀者的味覺和期待，「大盎磨聲風雨速」視、聽、觸覺的共用，「速」字傳神的傳達出大快朵頤的模樣。另一首〈子瞻惠雙刀〉白描的手法，如實再現雙刀的光芒和不凡。

> 彭城一雙刀，黃金錯刀鐶。脊如雙引繩，色如青琅玕。開
> 匣飛電落，入手清霜寒。引之置膝上，凜然愁肺肝。……（《欒
> 城集》卷八，《蘇轍集》冊一／頁 155）

如蘇轍一貫用法，先寫形、寫神、寫意。這把雙刀有金黃色的刀鐶，

〔註 109〕參梅祖麟、高友工〈論唐詩的語法、用字與意象〉一文，頁 104，「如：知、覺、見等。」，見《中外文學》第一卷，第十期，1973 年 3 月。

刀脊有兩條引繩，刀面青碧晶亮。拿起雙刀舞弄，刀光上下翻飛如閃
電似的落下，放在手上清泠寒冽攝人心魄。如此一把鋒利輕巧之好
刀，本欲斬鯨鯢、戮犀兕，然有志竟不從，落得刈蓬蒿、鋤田植芳蘭，
不禁愁人肺肝。詩人極力摹形寫貌，將靜態圖面加入動態演示，意象
突出。描繪平實卻又不失自然。

　　於菟絕繩去，顧兔追龍蛇。奔走十二蟲，羅網不及遮。……
（〈守歲〉《欒城集》卷一，《蘇轍集》冊一／頁18）

　　樓臺城上半明滅，燈火橋頭初往還。（〈披仙亭晚飲〉《欒城集》
卷十二，《蘇轍集》冊一／頁221）

第一首詩，寫舊歲換新歲的年月更替。時間是抽象名詞，迎新除舊，
如何表示歲月的交替關係及過程。蘇轍巧妙的將中國生肖排行寫入，
用「兔追龍蛇」，事實上，兔在前，龍蛇在後，後者取代前者，應是
龍蛇追兔。兔追龍蛇，有欲抓住時間的尾巴做最後努力的意圖，但卻
已是徒勞無功的無奈。天羅地網也攔不住時間向前流逝的事實。化抽
象為具體，圖畫形象鮮明生動。

　　次首，強調夜晚的時間，「燈火」為主詞。光線「明滅」是形容
詞，也可作動詞，一明一滅，一亮一暗，點點燈火，閃閃爍爍，「往
還」二字生動的點亮遠近兩地的光龍，具體的示現了光的變化。

　　……一麾下口亦何有？高樓黃鶴慰平生。荊南洞庭春浪
起，漢沔初來入江水。岸頭南北不相知，惟見風濤湧天地。
巫峽瀟湘萬里船，中流鼓楫四茫然。高城枕山望如帶，華
榱照日光流淵。……（〈賦黃鶴樓贈李公擇〉《欒城集》卷四，《蘇
轍集》冊一／頁70）

此首寫黃鶴樓的景色。樓相傳始建於三國吳黃武二年，故址在今湖北
省武昌蛇山黃鵠磯，臨長江。傳說仙人子安曾駕黃鶴過此。由近處洞
庭春浪寫至遠景漢沔入江，仰角寫南北岸頭風濤湧天地，俯視寫巫峽
瀟湘萬里船。由眼前所見，推想千里之外的景色，不從黃鶴樓本身入
手，從反面寫入黃鶴樓，「春浪」、「江水」、「風濤」、「瀟湘」心理距
離所產生的美感正足以彌補地理距離引發的人生悲歡。

雲生如涌泉，雲散如翻水。百變一憑欄，悠悠定誰使。(〈和
文與可洋州園亭三十詠——望雲樓〉《欒城集》卷六，《蘇轍集》冊一
／頁 105)

雲朵形體上的變換，「如涌泉」、「如翻水」這是十分具象的形容，具
有形象動感及視覺美感。千奇百樣，變幻自如，舒展包覆，翻騰飛卷
的圖畫，叫人目不暇給。

(二) 通　感

　　在日常生活經驗裡，視覺、聽覺、觸覺、嗅覺、味覺，往往可以
彼此打通或交通，眼、耳、口、鼻、身，各個官能的領域可以不分界
限，叫做通感。〔註 110〕通感的作用，即是藉由感官的輔助，或感官
之間彼此的借用、挪用，造成意象突顯的一種修辭技巧。先看一首：

初喧墮深谷，稍放脫重隘。跳沫濺霏微，餘瀾洶澎湃。⋯⋯

(〈過韓許州石淙莊〉《欒城集》卷四，《蘇轍集》冊一／頁 77)

水中有石曰淙。〈過韓許州石淙莊〉前四句描寫水的動態。「喧」是聽
覺、「墮」是觸覺。詩人對於這一泓泉水的第一印象，便是聲音的吵
雜，絮絮叨語，之後轉而視覺的直落，衝破重重阻石，水的噴濺，濺
起點點水花，「觸覺」的加入，微微涼意，讓水似乎與人有了接觸，
彼此產生親近的聯繫。

蟹眼煎成聲未老。(〈次韻李公擇以惠泉答章子厚新茶二首之一〉

《欒城集》卷六，《蘇轍集》冊一／頁 112)

這首詩寫煎茶的過程。明代許次紓《茶疏》〔註 111〕說：「水一入銚(一
種燒水用的壺)，便須急煮。候有松聲，即去蓋，以消息其老嫩。蟹
眼之後，水有微濤，是為當時。」〔註 112〕「蟹眼」形容剛燒滾的水，

〔註 110〕錢鍾書《七綴集》(台北：書林出版社，1990 年 5 月)，頁 67。
〔註 111〕《筆記小說大觀》五編，〈湯候〉，頁 2131。
〔註 112〕姚國坤、王存禮、程啓坤著《中國茶文化》，頁 130，掌握燒水的敘
　　　　述，明・張源《茶錄》中道：「湯有三大辨十五小辨：一曰形辨，
　　　　二曰聲辨，三曰氣辨。⋯⋯(形辨)如蝦眼、蟹眼、魚眼、連珠等，
　　　　皆為萌湯。(第一階段稍滾的水)」(台北：洪葉文化事業有限公司，
　　　　1995 年 1 月)。

是靜態視覺意象，「煎茶」〔註114〕是動態視覺意象。要煎好茶，首要煮好水，用「聲」去辨別水燒到什麼時候才是恰到好處。由視覺移轉到聽覺的作用，借用「聲未老」的「聽覺」聲響來判斷泡茶燒水的程度，眼、耳之間官能相互動作。

通感，感官的感通，具體的形容是感官移就。本應用視覺感官改用聽覺或觸覺，或彼此間交換使用。

江流傾轉力不勝，左齧右吐非自由。（〈息壤〉《欒城集》卷一，《蘇轍集》冊一／頁9）

第一首詩，「江流傾轉」是動態視覺，「齧」、「吐」為觸覺，江流奔流滔滔，左右奔移，蘇轍以擬人化的動作，將對大自然景物的視覺挪移為人觸覺咬合的畫面，左右晃蕩的波流與人口中左右咀嚼的動作相比附，十分生動。

雨添山色翠將溜，日轉松陰晚更長。（〈次韻子瞻病中遊虎跑泉僧舍二首之二〉《欒城集》卷五，《蘇轍集》冊一／頁84）

晨暉轉簾影，微風響松末。（〈試罷後偶作〉《欒城集》卷十一，《蘇轍集》冊一／頁209）

珍重幽蘭開一枝，清香耿耿聽猶疑。（〈幽蘭花〉《欒城集》卷十三，《蘇轍集》冊一／頁241）

五官各有所司，好的知覺感受應來自生活中。第一首，前一句，「山色因雨的迷濛讓翠綠山巒失去光澤。」「溜」的使用讓視覺轉向觸覺，靜態的山色頓時如有了生命般生動起來。日「轉」松陰，陽光照映下，時間在無聲中前進，「更長」讓觸動時間關鍵的光影，延伸了夜的深度和視覺想像。次首，即是此法的再次運用。

「轉」字牽動時間的流逝與轉變，一層一層的爬上簾影，又一步

〔註114〕註同上，頁 127，「古代所說的煮茶，包括兩道工序，即燒水和煎茶。……（煮水中的）一沸、二沸是燒水，三沸當是煎茶。古人煮茶，先在鍑內把水燒開，加上些鹽，再放入碾碎的茶末，進行烹煮。」蘇轍在〈和子瞻煎茶〉詩中談到：「煎茶舊法出西蜀，水生火候猶能諳。相傳煎茶只煎水，茶性仍存偏有味。」（《欒城集》卷四，頁78）。

一步退下，由白天到夜晚，兼有觸覺、聽覺的「風」轉爲吹動「松樹枝頭」搖晃的視覺畫面，聲音、觸感、樹影三者，緊緊環繞成感官的連結刺激，突顯蘇轍在試院試罷後夜晚的景色。

　　第三首，「香」訴諸於嗅覺印象，「聽」訴諸於聽覺印象，鼻與耳本是不同器官，香氣用「聽」字來描述，對蘭花視覺的顏色、香氣的幽芳向聽覺挪移，這是極爲巧妙的設計。似乎感官全身的關節通脈，都因花香的清芬，而互相打開，彼此有了交集。

　　　　山多來有赭，江遠靜無聲。歌吹風前度，樓臺雨後明。（〈和
　　　孔武仲金陵九詠──覽輝亭〉《欒城集》卷十，《蘇轍集》冊一／頁
　　　175）

聲音爲抽象的聽覺表現，「度」字，將「聽覺」過渡轉變爲「視覺」作用，巧妙的把第一句，顏色爲主的視覺意象，和第二句聽覺爲主的描寫結合起來。

　　又〈夫人閣〉詩：

　　　　御溝遶殿細無聲，飛灑彤墀曉氣清。開到石榴花欲盡，陰
　　　陰高柳一蟬鳴。（〈學士院端午帖子二十七首〉《欒城集》卷十六，
　　　《蘇轍集》冊一／頁 326）

「御溝」曲折蜿蜒繞著殿廊，「細而無聲」，這是視覺移向聽覺的寫作技巧，細膩的描寫出學士院的寧靜和幽深。後面三句都是對這意象的延伸和擴展。

（三）擬　人

　　「以物爲人」就是擬人化，把物比喻爲人，具有人的思想和感情，使景物特出新意及個性，而變成突出的意象。

　　　　小雨無端添別淚，遙山有意助顰眉。（〈次韻王鞏九日同送劉莘
　　　老〉《欒城集》卷七，《蘇轍集》冊一／頁 132）

「無端」是突然、無預警的；「有意」則是刻意有心。原本只是一場意外的小雨，卻在有情人蘇轍的眼中，全變得具有情緒思想的個體。小雨點兒「添」離別的眼淚，遠山故意彎曲的弧線，以使看起來如同

緊皺眉頭的表情，來應和詩人送別好友劉莘老（摯）的不捨之情。讀
來，不覺莞爾。

> 峴首重尋碑墮淚，習池還指客橫鞭。（〈送王湢郎中知襄州〉《欒
> 城集》卷三，《蘇轍集》冊一／頁 54）

峴山在湖北襄陽。「碑墮淚」，物是不可能墮淚，面對記載羊怙功績的
石碑，詩人感動得落淚。主體「碑」的眼淚實是詩人的感傷，但因為
是「石碑」的眼淚才更顯得令人動容。「習池還指客橫鞭」，「習池」
以霸氣的口吻指責訪客，這都是「以物為人」塑造景物突出個性上的
成功。

> 清泉浴泥滓，粲齒碎冰霜。（〈踏藕〉《欒城集》卷五，《蘇轍集》
> 冊一／頁 89）
>
> 暑簟臥清風，寒樽對佳客。（〈和鮮于子駿益昌官舍八詠——巽堂〉
> 《欒城集》卷六，《蘇轍集》冊一／頁 102）

第一句，「浴」、「碎」是擬人化的感覺動詞。主詞「清泉」，動詞「浴」，
受詞「泥滓」，清泉用泥滓來洗浴，特顯蓮葉田田的池裡「清泉」之
清。下句，「粲齒碎冰霜」句型相同，「碎」化被動為主動。

〈巽堂〉一詩，「臥」、「對」二字，主詞為「暑簟」、「寒樽」，以
物為主，反面來寫，意象鮮明。

> 驚風鬱飆怒，跳沫高睥睨。（〈和子瞻自徐移湖將過宋都途中見寄
> 五首之二〉《欒城集》卷九，《蘇轍集》冊一／頁 161）

上下兩句以連續兩個動詞「飆」、「怒」，「睥」「睨」來形容「驚風」、
「跳沫」，表現出動物、人類情緒上憤鬱地、高傲地的生氣、斜視看
人的神態。這是摹景寫物極近傳神的句子。相對於下句江流的深情，
莫雨的纏綿酣醉，是兩種不同情調的境界。

> 江流入海情無限，莫雨連山醉似泥。（〈次韻鮮于子駿遊九曲池
> ——摘星亭〉《欒城集》卷九，《蘇轍集》冊一／頁 173）

「莫雨連山醉似泥」綿綿雨絲氤氳下的遠山，這幅景象如同「喝醉酣
醉如泥」的人，沉悶的空氣中帶著一絲頹廢的氣息。

（四）對　襯

　　《老子》云：「有無相生，難易相成，長短相形，高下相傾，音聲相和，前後相隨。」（第二章）萬事萬物都是由相對立、相對等的概念，兩相比較下而產生種種的變化，在文學的寫作技巧上，單寫一種事物，往往不容易顯現出其特色，若以「對比」或「襯映」的方式設計，就可以突激浮現出「意象」，予人深刻的印象。如：

　　　　食粟半空民望足，深耕疾耨肯忘君。（〈次韻張問給事喜雨〉《欒
　　　　城集》卷十五，《蘇轍集》冊一／頁292）

農民對生活的慾望不高，只要糧倉中穀糧半滿就已知足。人民靠天吃飯，位居弱勢被動的地位。哲宗二年（1087）蘇轍權戶部侍郎，四月上〈因旱乞許群臣面對言事箚子〉：「旱勢未止，夏麥失望，秋稼未立，數月之後，公私無繼，群盜蜂起，勢有必至。」﹝註115﹞此詩紀錄因下了一場雨暫時解決荒旱的心情。「肯忘君」之「忘」對比「望」字，忘記君主，因為生活無著，「寄望」上天憐憫解決衣食問題。全詩讀來令人悲痛至極，雖不言苦，但其苦已躍然紙上。

　　　　飄搖天地間，自視如一葉。（〈次韻答陳之方祕丞〉《欒城集》卷
　　　　九，《蘇轍集》冊一／頁164）

　　　　……三年生筍遍，一徑引風長。但恐翁彌老，筇枝懶復將。

　　　　（〈移竹〉《欒城後集》卷三，《蘇轍集》冊三／頁923）

第一首以天地之廣，無窮無盡，來烘托一身之小，大小相襯映，這懸殊的比例，將蘇轍心裡朝夕不保、孤獨困頓之情，溢於字句。與杜甫「乾坤一腐儒」句用意相同。

　　　　第二首，「三年」時間縱的延續，對比「一徑」空間的橫的開展，時空延展，將移竹一事融合歲月流逝、花的開謝、世事的滄桑。讓人事無常的主題，更為鮮明。

﹝註115﹞《欒城集》卷四十一〈戶部侍郎論時事八首〉：「臣謂宜因此時明降
　　　　詔書，許百官面奏公事，上以盡群情之異同，下以閱人才之賢否。」
　　　　《蘇轍集》冊二，頁718。

以數字為對比映襯的技巧，是蘇轍詩中突顯意象的另一種手法。

　　年更六十七，旬滿三百六。俯仰定何為，萬事如轉轂。……

　　　　（〈除夜〉《欒城後集》卷四，《蘇轍集》冊一／頁 931）

一年過去，正好滿三百六十個日子，但這不是主要意旨。詩人用數字
「六十七」和「三百六」來襯映下句「萬事」如轉輪般，隨時間流逝
一圈一圈不停運轉的人事物理，才是他用心所在。用數字表現景物視
線的開闊。

　　十年一見都如夢，莫怪終宵語笑喧。（〈雪中會孫洙舍人飲王氏

　　　西堂戲成三絕之一〉《欒城集》卷六，《蘇轍集》冊一／頁 117）

十年歲月悠悠，好不容易見一次面，恍如夢中。「十」對比「一」，十
年一見，叫人格外珍惜。蘇轍與蘇軾相見，總是聚少離多。蘇軾〈初
別子由至奉新作〉〔註116〕處處敘離情，蘇轍呼應，願長共相守。

　　四年候公書，長視飛鴻背。十日留公談，欲作白蓮會。……

　　一尊談笑間，萬事寂寥外。欲同千里行，奈此一官礙。何

　　年真耦耕，舉世無此大。（〈次韻子瞻行至奉新見寄〉《欒城集》

　　卷十三，《蘇轍集》冊一／頁 246）

時間產生的距離正是考驗情誼最佳的試金石。兄弟間四年之久的書信
往來，望穿秋水，換得十日相聚的時光。「十日」之短，對比「四年」
之長，短暫的會面，令人倍覺珍貴。以下兩處，便順著此種急於抓住
時間的感覺作為發揮。如「一尊」對「萬事」，眼前相坐對飲，「一」
字統結兩人的交集，凝住時光，任憑過去、未來無定數的「萬事」，
都拋諸腦後。而轍欲從兄「千里」之相隨，卻因「一官」有形的束縛，
又將兩人拉至兩地。數字和量詞適當的結合，藉由數字對比映襯擴大
了文字的內涵。

　　秦川不為廣，南山不為高。嵯峨真興閣，傑立凌風飆。危

　　檻俯翔鳥，跳簷落飛猱。上有傲世人，身衣白鶴毛。下視

　　市井喧，奔走何嗷嗷。蕭然倚楹嘯，遺響入雲霄。……（〈和

────────────────────

〔註116〕《蘇軾詩集》卷二十三。《輿地紀勝》卷二十六《江南西路、隆興
　　　府、縣沿革、奉新縣》：「在府西百二十里。」原名新吳。

子瞻鳳翔八觀八首──真興寺閣〉《欒城集》卷二,《蘇轍集》冊一／
頁 26)

烘雲托月的映襯,兩兩對比,「秦川不爲廣,南山不爲高」、「上有傲
世人,身衣白鶴毛。下視市井喧,奔走何嗷嗷。」「秦川」、「南山」
的烘襯都不能增加真興寺閣的寬廣和高巍,突顯出此山寺位置的「嵯
峨」。上句從視線廣度寫起,下句從位置高度著墨。「上」、「下」的對
比,有形的高低與無形的精神層次的標舉,使用背景的映襯顯映意象。

堂上平看江上山,晴光千里對憑欄。海門僅可一二數,雲
夢猶吞八九寬。……(〈揚州五詠──平山堂〉《欒城集》卷九,《蘇
轍集》冊一／頁 172)

平山堂爲歐陽脩在揚州建造的建築物。第一句寫由堂內觀賞江面風
光,放射出去的視線角度,第二句寫由對面陽光朗照,收束對人的視
覺焦點,一往一返,提起下聯「一二數」、「八九寬」,襯托出「平山
堂」視野的開闊。

(五)誇 張

造意上的誇大,與實情不合,造成誇張效果,致使意象被突顯出
來。

柳條穿頰洗黃金,鱠縷堆盤雪花積。(〈觀捕魚〉《欒城集》卷
五,《蘇轍集》冊一／頁 90)

「黃金」指的是陽光,並不是真的金子,而「雪花」是數量詞,非多
天積雪的指稱。柳條透過金色的光線吹拂過臉頰,豐收的漁獲如雪花
般堆積在盤子上面。因爲誇張效果,致使柳條、鱠縷放大它細長纖柔、
肥美碩大的特徵,讓意象突顯出來。

磨轉春雷飛白雪,甌傾錫水散凝酥。(〈宋城宰韓秉文惠日鑄茶〉
《欒城集》卷九,《蘇轍集》冊一／頁 163)

「伴隨嗜好的發達,茶葉有逐次粉體化的傾向,在末茶流行的宋代,
可以看見臼──碾──磨道具的變遷。」〔註 117〕喫茶是宋人生活的

─────────────

〔註 117〕參見許賢瑤編譯《中國古代喫茶史》,頁 142,(臺北:博遠出版有限

一部分，文人磨轉茶磚發出春雷的聲響，「飛白雪」，指的是末茶最高級的上品。根據徽宗《大觀茶論》：「點茶之色以純白爲眞，青白爲次。」當時茶瓶崇尚鉛錫，許次紓《茶疏》說：「茶注以不受他氣者爲良，故首銀次錫。上品眞錫，力大不減。」〔註118〕詩寫茶葉、煮水的器具，誇大茶末的形象，喫茶講究的用具來看，使得品茶的意象突出，意境也隨之高雅起來。

> ……初疑丘山裂，復恐蛟蜃鬥。鼓鍾相轟隆，戈甲互磨叩。雲霓黑旗展，林木萬弩鷇。曳柴眩人心，振旅擁軍後。或爲羈雌吟，或作倉兕吼。眾音雜呼吸，異出殊圈臼。……（〈除夜泊彭蠡湖遇大風雨〉《欒城集》卷十二，《蘇轍集》冊一／頁 254）

風雨來襲時，詩人以爲是丘壑崩塌，蛟蜃纏鬥，又如兩軍交峙，鐘鼓震天，戈甲兵器磨叩，「雲霓黑旗展，林木萬弩鷇」黑壓壓的一片烏雲，似乎林木間藏有萬枝弓箭蓄勢待發，又猶如有怪獸怒吼、吟嘯，各種聲響雜著呼吸，令人心驚膽顫。這是一段非常精彩的描寫文字，把風雨交加時天崩地裂，風雨的狂暴、呼嘯的意象，完全呈現出來。

> ……歸時日已莫，正值江月黑。顧視天水井，坐恐星斗溼。
>
> （〈遊金山寄揚州鮮于子駿從事邵光〉《欒城集》卷九，《蘇轍集》冊一／頁 174）

把天空想像爲一座天井，坐在星空底下「溼」字當然是不合理的誇大，但由於詩人把整個視線感情投注其中，呈現一股天地蒼闊震攝心弦的臆想，使得天寒露重，這種坐恐星斗溼的心情，也眞實起來。〔註119〕

公司，1991 年 2 月），另蘇軾《蘇文忠公詩集》卷三十有〈次王夷仲茶磨〉：「前人初用茗飲時，煮之無問葉與骨。寖窮厥味白始用，復計其初碾方出。計盡功磨至于磨，信哉智者能創物。破槽折杵向牆角，亦其遭遇有伸屈。歲久講求知處所，佳者出自衡山窟。巴蜀石江強鐫鑿，理疏性軟良可咄。予家江陵遠莫致，塵土何人爲披拂。」。

〔註118〕《筆記小說大觀》五編，《茶疏》「甌注」條，頁 2131。

〔註119〕現代詩人鄭愁予名篇〈天窗〉，也寫出相似意境的作品，兩相對照，倍覺有趣。其中一段：「每夜，星子們都來我的屋瓦上汲水，我在井底仰臥著，好深的井啊。」《鄭愁予詩集》（台北：志文出版社，1987 年 5 月。

生兒盡龍虎，封國裂山河。(〈曾子宣郡太挽詞二首〉《欒城集》

卷十三，《蘇轍集》冊一／頁 242)

生兒不可能爲龍虎，封國也不可能讓山河崩裂，這都是誇張手法，襯
顯出曾布母親偉大與不凡。

燕山如長蛇，千里限夷漢。首銜西山麓，尾掛東海岸。(〈燕

山〉《欒城集》卷十六，《蘇轍集》冊一／頁 319)

蘇轍奉使契丹時燕雲十六州壯麗的景色。「燕山」如一條長蛇蜿蜒，阻
隔契丹和宋地之交通。「首」銜西山麓，「尾」掛東海岸，超出視線的
範圍，誇張了燕山的遼闊，目的是突顯夷、漢間一道有形、無形的藩
籬，比起之前寫的「遊目萬里間，遠山如伏羔」〔註120〕來得意象鮮明。

長空雁過疑相答，虛幌螢飛坐恐燒。(〈次韻張耒學士病中二首

之二〉《欒城集》卷十六，《蘇轍集》冊一／頁 327)

大火直南方，萬物委爐炭。微雪吐涼月，中夜初一浣。……

(〈夏夜對月〉《欒城三集》卷一，《蘇轍集》冊三／頁 1166)

第一首「虛幌螢飛坐恐燒」，螢火蟲聚集火光瑩瑩，讓詩人懷疑恐怕
會燒起來。這是誇張的臆想。次首，夏天酷熱，將陽光比喻成「大火」，
萬物身置於爐炭中，形象化的誇張法，藉物象的特徵加以誇大描述，
以激起讀者由視覺「火」傳達出「熱」觸覺的感覺意象。

三、文句靈動的法則

（一）用動詞

　　王安石有一首詩：「春風又綠江南岸」，「綠」字下得極好，有名
詞「綠」顏色的孤立意象，又有動詞「綠」延伸、擴大的動感，表現
力的轉移動態畫面，兼具有視覺、動作的雙重享受。最初，王安石寫
的是：「春風又到江南岸」，又改成「過」，覺得不好，又改成「入」、
「滿」，這樣改了不下十來個字才改定爲「綠」。〔註121〕這個字生動

〔註120〕〈和子瞻鳳翔八觀八首——眞興寺閣〉《欒城集》卷二，頁 26。
〔註121〕洪邁：《容齋續筆》卷八，《筆記小說大觀》(台北：新興書局，1979
　　　　年) 二十九編，二。

的表現春意盎然的景色，成為千古名句。可見「動態意象的造就」善用動詞，可使文字靈動有味。蘇轍這首〈遜往泉城穫麥〉就運用這種動作語法。

> 冷淘槐葉冰上齒，湯餅羊羹火入腹。（《欒城後集》卷四，《蘇轍集》冊三／頁 936）

「冷淘」、「槐葉」是主語，「冰」予人寒冷的感覺是從外在環境而來。感受季節的冷，是名詞，又可移轉為使動動詞，因時間引起的變化，冷沁心扉。「湯餅」「羊羹」為兩個物性名詞，「火」為名詞，轉化為形容詞，形容食物當時狀況「熱呼呼」，也可以解釋為動詞，如「火」一般「燙口」入腹。「冰」、「火」是名詞，「它的用法既表動態之行為又表現靜態的『感覺』，具有立體靜態的意象又有力轉移的動態美」，〔註 122〕詩句裡主語──動詞──賓語的關係，詞性功能的轉移，履見於中國古典詩歌的。

> 西來白水滿南池，走馬池邊日落時。橋底荷花無限思，清香乞與路人知。（〈河上莫歸過南湖二絕之一〉《欒城集》卷八，《蘇轍集》冊一／頁 145）

> ……紅燭遙憐風雪暗，黃封微瀉桂椒香。光明坐覺幽陰破，溫暖深知覆育長。……（〈次韻子瞻十一月旦日鎖院賜酒及燭〉《欒城集》卷十六，《蘇轍集》冊一／頁 309）

「表示知覺的動詞跟表示感覺的動詞一樣也能加強物性或情緒狀態的領會。」〔註 123〕第一首，前兩句是表現意象，「走」字帶出時間的進行，表時間和空間聯繫起來，將焦點集中在「荷花」身上。花是主角，「知」字知覺性動詞加強了物性的感受，「易主為客」。本為人前去賞花，卻變成花香滿溢欲人知，人退居被動，尤其「乞」字更為傳

〔註 122〕參梅祖麟、高友工〈論唐詩的語法、用字與意象〉一文，分析「動作語法」部分，「任何一個動作必須牽涉到一個主動者與一個受動者。常見的中、英文句子都能表達這一最自然的自然現象『力』的移轉。」頁 33～34，見《中外文學》第一卷，第十期，1973 年 3 月。

〔註 123〕參梅祖麟、高友工〈論唐詩的語法、用字與意象〉一文，頁 104，「如：知、覺、見等。」，見《中外文學》第一卷，第十一期。

神，花渴求人的駐足，也包括人對花的憐愛，委曲而動人。

　　第二首詩，其行進節奏，依循著詩人主觀意識前進。第三句的「覺」加深了「光明」與「幽陰」間的「破」所表現的寧靜感，第四句的「知」加強了「溫暖」而至「覆育」之「長」表現出的動態感。

　　這種知覺性的動詞與詩句帶判斷性的語氣，在蘇轍詩裡是常見的，應與宋人喜發議論有關。蘇轍對景物的掌握，情景氛圍的塑造，大量使用動詞來達成描摹形容的效果。

　　　　走馬紅塵合，開懷野寺存。南山抱村轉，渭水帶沙渾。(〈次
　　　韻子瞻麻田青峰寺下院翠麓亭〉《欒城集》卷二，《蘇轍集》冊一／頁
　　　28)

前兩句由主觀及客觀語態組合。「走馬」、「開懷」是詩人主觀意志，「紅塵」、「野寺」是客觀環境，「合」、「存」乃物我的合一，屬於靜態的動詞。子由因遊賞而走入紅塵，詩人因野寺存在而開懷。下兩句，一連動態變化，把具象的畫面轉變爲活動的影像。南山「抱」村「轉」，渭水「帶」沙「渾」，南山、渭水的擬人化，讓動詞將客觀自然界透過主觀自我的想像，更具戲劇性。在〈和孔教授武仲濟南四詠〉中寫〈北渚亭〉：

　　　　……雲放連山瞻嶽麓，雪消平野看春耕。臨風舉酒千鐘盡，
　　　步月吹笳十里聲。……《欒城集》卷五，《蘇轍集》冊一／頁88)

「放」字的開，宕起連綿的雲朵接續層層疊疊迤邐的山峰；「消」字的合，內聚景色的消長，白皚皚一片轉眼成春綠，上下句「放」、「連」、「瞻」、「消」、「看」、「耕」一連六個動詞，用「瞻」、「看」聚焦，加強了視覺效果。兩句寫景，兩句寫意，快意暢然「舉」酒一飲而盡，「步」月「吹」笳十里聲，月與人的距離在十里外，笳聲傳至十里外，「步」得跨越十里，「吹」得送達十里，誇張的想像，四句一開一合，一去一回，生動而有味。再看同一組詩作〈檻泉亭〉

　　　　連山帶郭走平川，伏澗潛流發湧泉。淘淘秋聲明月夜，蓬
　　　蓬曉氣欲晴天。……《欒城集》卷五，《蘇轍集》冊一／頁89)

首句一連三個動詞接名詞，動詞的牽引下，「連」、「帶」、「走」步調

一步一步的加快，顯得急促而匆忙。流泉由平面、地底至「發」字，有了立體的意象。爲三、四句夜晚與白日的背景，提供了奔湧不絕的氣勢和勁力。

而下一首題畫詩詠物手法，則以連續性的動態手法來描寫圖面。

> ……峰巒映巖竇。巨石連地軸，飛布瀉天漏。縈山一徑通，過水微橋構。山家煙火然，遠寺晨鐘叩。……（〈畫學董生畫山水屏風〉《欒城三集》卷三，《蘇轍集》冊三／頁1193）

遠近明暗、高低錯落的山水風景，運用「映」、「連」、「瀉」、「縈」、「過」等動詞的移就，特寫巨石之大，飛瀑之瀉，以淡雅的筆觸，將古雅的畫，營造出悠邃深遠的情調。蘇轍白描鋪敘的手法，細膩的將平面山水景色，形象化的描繪，再現眼前。最後巧妙的以「叩」字聲響的激盪，以聲音的設計淡化視覺高低起伏造成的不安定的動態感，留下餘音繞樑，不絕於耳的迴盪消弭「聲」、「色」之間造成的離散，模糊彼此，而聯接意象彼此投射。

（二）巧比擬

生動的比擬，巧妙的形容，能夠更傳神的表達詩句意涵，達到言有味而意無窮。如此首描寫石鼓的詩，就運用了巧妙的比喻技巧。

> 字形漫汗隨石缺，蒼蛇生角龍折股。亦如老人遭橫暴，頤下髭禿口齒齟。（〈和子瞻鳳翔八觀八首——石鼓〉《欒城集》卷二，《蘇轍集》冊一／頁23）

石鼓文字隨石體本身的殘破磨損而顯得斷缺不全。斷筆殘畫的線條，看起來就像是蛇多了角，龍折了股，也像老人遭到強橫無理的對待，面頰上的鬚髭禿了，牙齒也掉落得參差不齊。這種視覺畫面的營造，生動的刻畫石鼓文字的斷裂缺筆，傳神的比擬，令人留下深刻的印象。

> 黃狐驚顧嘯儔侶，飛鳥先起如蒼鷹。須臾立旆布行伍，有似修蟒橫岡陵。（〈和子瞻司竹監燒葦園因獵園下〉《欒城集》卷二，《蘇轍集》冊一／頁36）

蘇軾召都巡檢於獵園下，燒葦準備火攻獵物。動物受到驚嚇，紛紛防

備起來，驚嘯呼叫引起同類的警覺，黃狐、飛鳥，一高一低的動作，產生立體的視覺效果，參加獵捕的隊伍，一字排開，步步進逼，動員備戰，「有似修蟒橫岡陵」巧妙的形容，將一觸即發的追捕，短暫停留於風雨前的寧靜，以引發讀者後面更為激烈的想像。蘇轍未參與會獵，但生動的描繪使紙上具有聲色，颯颯獵獵，彷彿身臨其境。

> 歲月潛消日裏冰。(〈遊淨因院寄璉禪師〉《欒城集》卷三，《蘇轍集》冊一／頁47)

> 忽然風卷歸何處？百里陰晴反掌間。(〈洛陽試院樓上新晴五絕之一〉《欒城集》卷四，《蘇轍集》冊一／頁73)

時間無聲無息的流去，好比冰塊在陽光照射下，瞬間的溶化，「日裏冰」形容時間的稍縱即逝，增添詩句鮮活的美感。

「反掌間」來形容天氣陰晴不定，變化快速，猶如反掌般容易，蘇轍善於把握特徵，比喻極具巧思，語意明確，淡雅而有韻味。

> 性似好茶常自養，交如泉水久彌親。(〈次韻李公擇以惠泉答章子厚新茶二首之二〉《欒城集》卷六，《蘇轍集》冊一／頁112)

章惇自湖州寄新茶與李公擇，李公擇以天下第二泉——無錫「惠山泉」贈答。李公擇與章惇兩人交情篤厚，以品茶相知。煎煮一杯好茶需要熟練和經驗，性情的涵養正如茗飲的煎煮「功夫」，必須講究細節，在茶香的疏瀹滌清當中，心性得以滌蕩清明，平和而寧靜。交情如同惠山泉清田甘冽，久留不敗。蘇轍巧用茶道來比喻修身養性之境，以及兩人的情誼。

> 大野將凍河水微，慨然臨流送將歸。登舟上帆手一揮，脫棄朋友如敝衣。……(〈送韓宗弼〉《欒城集》卷五，《蘇轍集》冊一／頁99)

古來友朋相別，總是離情依依，不捨之情溢於言表。如李白：「孤帆遠影碧空盡，唯見長江天際流」(〈黃鶴樓送孟浩然之廣陵〉)、高適：「嗟君此別意何如，駐馬銜杯問謫居。巫峽啼猿數行淚，衡陽歸雁幾封書」(〈送李少府貶峽中王少府貶長沙〉)、王維「勸君更盡一杯酒，西出陽關無故人」(送元二使安西) 等。「脫棄朋友如敝衣」一句，淺

白直語，眞切近性，發前人之未發，令人眼睛一亮，蘇轍的瀟灑，實爲少見。

> 一官來往似秋燕，薄俸包裹如春蠶。（〈送李鈞郎中〉《欒城集》
> 卷八，《蘇轍集》冊一／頁153）

「包裹」一詞，來形容內心生命的扭曲、心靈的煎熬、仕途的掙扎、生活的拮据，由外在形體有限的束縛，寫進內心無形的痛苦，含括多層次語意，比喻適當，如實描繪。

（三）多翻疊

「用翻筆產生新意，使原意翻上一層，出人意表的句子，叫做翻疊。」〔註124〕

> 試盡風波萬里身，到官山水卻宜人。君知晏子恩仍厚，還
> 與從來舊卜鄰。（〈次韻子瞻初到杭州見寄二絕之二〉《欒城集》卷
> 四，《蘇轍集》冊一／頁65）

身於萬里之外的蘇軾，受盡官場排擠迫害，風波不斷，遠離京城，本以爲遠貶他鄉前途未卜，一片茫然。「到官山水卻宜人」第二句翻轉出新意，到了杭州發現這裡簡直是人間天堂，遠離中央，逍遙快意，物產富庶，風景宜人，意新語新，文字生動有變化。

> 春雪漫天密又稀，勾芒失據走靈威。故欺貧窶冬裘盡，巧
> 助遨遊酒盞飛。……（〈次韻子瞻二月十日雪〉《欒城集》卷五，《蘇
> 轍集》冊一／頁82）

「當句的翻疊，在形式上頗接近矛盾的語法。」〔註125〕雪花漫天「密又稀」，這是矛盾的語法。春雪帶來雨水灌溉，本應歡愉迎接，轍反過來說它「故欺貧窶冬裘盡」又翻過去說「巧助遨遊酒盞飛」。雪對農民來說是悲，因爲「冬裘盡」故「欺貧」，可是另一方面，雪對士紳豪門是雅事，因觥籌交錯「助遨遊」。「又密又稀」情感上是多重的，

〔註124〕黃永武《字句鍛鍊法──怎樣使文句靈動》〈翻疊〉，頁50，（台北：洪範書店，1998年3月）。
〔註125〕黃永武《中國詩學設計篇》，頁102，（台北，巨流圖書公司，1999年9月）。

內容是複雜的，勾芒失去應有的分寸，一悲一喜，藉矛盾而曲折達意。

> 溪淺復通橋，過者猶恨懶。賴有沙上鷗，常爲獨遊伴。（〈和
> 文與可洋州園亭三十詠——過溪亭〉《欒城集》卷六，《蘇轍集》冊一
> ／頁107）

溪淺便於過橋，過者卻因懶而猶恨，「懶」字否定前意，原意再上一
層。因爲獨遊無伴，所以不願過橋，事實上感觸心緒的是缺少一個知
心交遊，但慶幸還有沙上鷗。這種正反往復的意思，又復疊上一層新
意。又〈逢章戶掾赴澧州〉：

> 江船不厭窄，船窄始宜行。風裏長先過，灘頭一倍輕。……
> （《欒城集》卷十三，《蘇轍集》冊一／頁253）

「不厭窄」是反話，窄難於通行，若「船窄始宜行」那江面寬闊，也
就沒有不能行進的，不論寬、窄都可自由來去。一般人思考都是向前
看，若向後看，結果也一樣，何不反面立思，凸顯生命朗闊的意象。

> 河牽一線流不斷，雨散千絲卷卻來。（〈將至南京雨中寄王鞏〉）
> 《欒城集》卷七，《蘇轍集》冊一／頁131）

> 袖中短軸纔半幅，慘澹百里山川橫。（〈書郭熙橫卷〉《欒城集》
> 卷十五，《蘇轍集》冊一／頁295）

> 外物固難必，清名竟安頓。（〈思賢堂〉《欒城後集》卷一，《蘇轍
> 集》冊三／頁887）

第一首，寫雨點落下時的形態。雨絲如密，河連著雨線似乎接續不斷，
風吹雨散卻卷又來，翻疊前句。第二首詩，以小寫大，尺幅山水，袖
中短軸卻是百里山川橫，翻疊一筆，空間界限頓時推展開來，不須殊
筆陳述，景物自現。第三首，以內、外兩者相較，「固」將外物這種
外在不可抗力的束縛，特別拈出。下句，「竟」字反轉前語，推翻原
意更上一層。以後句推翻前句，以後意疊映前意，兩意相映，情趣倍
增，也使詩句靈動，嗟嘆益深。

（四）重往復

黃永武先生界定「往復」的意義爲：「以一正一反、或一抑一揚、

一縱一擒，一開一合的句法，使辭意往而復返、回環生趣，統名之爲「往復」。﹝註126﹞詩歌或其他藝術形式一樣，若以一開一合所形成的張力、阻力，適足以展現作品的生命力。

> 江上孤峰石爲骨，望夫不來空獨立。去時江水拍山流，去後江移水成磧。……（〈望夫臺〉《欒城集》卷一，《蘇轍集》冊一／頁 6）

望夫臺上的望夫石：「江移岸改安可知，獨與高山化爲石。」婦人思念丈夫太過殷切，化作一座枯石，於懸崖邊上日夜等待，不論「去時」，不論「去後」，江流千年改變，都不會動搖婦人的心志。這一開一合的描述，更顯婦人對愛情的堅貞與可貴。

> 誰言襄陽苦，歌者樂襄陽。（〈襄陽古樂府二首之二〉《欒城集》卷一，《蘇轍集》冊一／頁 11）

> 以柳貫魚魚不傷，貫不傷魚魚樂死。（〈和子瞻鳳翔八觀八首——石鼓〉《欒城集》卷二，《蘇轍集》冊一／頁 23）

第一首詩將「苦」、「樂」對舉，，正反往復，開啓下句詩人眼中的喜樂悲苦的社會寫眞。次首，上下兩句，各以頂眞格突顯主角「魚」的存在。蘇轍寫「石鼓」上的文字，形體雖模糊但意思可知，有「楊柳貫魴魴鱮」句。周宣王爲仁君，將帥用命，軍民樂其死，「以柳貫魚」「魚不傷」——「貫不傷魚」「魚樂死」，上、下是一正一反，往復中傳達君民之間的信任與愛戴。

> 鼓山之陽石爲鼓，叩之不鳴懸無虡。以爲無用百無直，以爲有用萬物祖。置身無用有用間，自託周宣誰敢侮？（〈石鼓〉《欒城集》卷二，《蘇轍集》冊一／頁 23）

行文反覆，是用正反筆法揉合，從《老子》有、無的意義中化出。

> 可憐杜門久，不覺杜門非。床銳日日銷，髀肉年年肥。……
> （〈閑居五詠之一——杜門〉《欒城後集》卷四，《蘇轍集》冊三／頁 933）

﹝註126﹞黃永武《字句鍛鍊法——怎樣使文句靈動》〈往復〉，頁 45，（台北：洪範書店，1998 年 3 月）。

蘇轍杜門隱居，外人看似「可憐」，蘇轍自己卻覺得輕鬆自在。不覺「非」意，在「是」與「非」的表象下，詩人用「床銳日日銷，髀月年年肥」來證明自己抉擇的正確。一正一反，詩人內心更覺堅定。

> 樓觀飛翔山斷際，松筠陰翳水來源。(〈題都昌清隱禪院〉《欒城集》卷十三，《蘇轍集》冊一／頁 253)

> ……簷間翠樾雕疏盡，卻放牆東好月來。(〈和毛君八詠──翠木越亭〉《欒城集》卷十，《蘇轍集》冊一／頁 191)

「山斷際」正是「水來源」，斷續間頗有王維詩：「行到水窮處，坐看雲起時」，抑揚之感，絕處又逢生，細加低吟，便感幽覺，情韻迴盪不已。下面〈翠樾亭〉詩，「盡」、「來」，樓簷盡處，好月升起，一緊一放，一開一合之間，辭意往返，意象深刻。

> 蜀中酴醾生如積，開落春風山寂寂。已憐正發香晻曖，猶愛未開光的皪。半垂野水弱如墜，直上長松勇無敵。……(〈次韻和人詠酴醾〉《欒城後集》卷四，《蘇轍集》冊一／頁 932)

酴醾，〔註127〕「半垂野水弱如墜，直上長松勇無敵」上句寫其柔弱如墜，下句寫其攀爬附生的勇猛，一從單一個體所呈現的特性，一從「酴醾生如積」，一抑一揚為迴環，在柔弱處內含剛強，在剛強處顯現嬌柔。

四、音韻節奏的效果

音響節奏是中國古典詩歌在聽覺上的一種美感印象。

中國文字的特性是單形、單音、單義。一字一音節，五字、七字之中，音節各異，抑揚頓挫，以見聲情之美。若五字、七字之中，有雙聲或疊韻字，聲母、韻母的重覆，在聽覺意象上，有停頓、回環效果，容易引起讀者的注意，形成一種焦點印象。在歷代詩人詩歌作品中不乏雙聲疊韻字，除了造成音韻上的美感，多次出現的字彙，在詩人的心理上，事實上為一種隱喻的語言，是一種心理反映，由此，以

〔註127〕酴醾，與蘭、牡丹同列一品九命。宋・張翊《花經》以九品九命升降次第。見於《筆記小說大觀》五編，頁 1641。

蘇轍詩當中出現字頻最多的前三位，〔註 128〕「逡巡」、「崢嶸」、「紛紜」、和「幽憂」四個詞彙，試著勾勒出蘇轍詩歌生命的基調。

（一）欲行又止的心理焦慮

　　蘇轍詩歌裡，使用次數最多的疊韻字爲「逡巡」一詞。共有三十三首詩，〔註129〕三十三句詩文之多，出現頻率占第一位。「逡巡」，《說文解字》：「逡，復往來也。」又：「巡，視行也」，「逡巡」二字，指的是要行不進的樣子。這種反反覆覆，擾攘不安的情緒，正勾繪出蘇轍他一生的心情。

　　　　……我今老病思退藏，生子安得尚激昂。不見伯父擅文章，
　　　逡巡議論前無當。(〈和子瞻喜虎兒生〉《欒城集》卷五，《蘇轍集》
　　　冊一／頁 92)

蘇轍第三子虎年生，叫虎兒，名遠，後改爲遜。蘇轍希望蘇遠長大後

〔註 128〕 參看黃永武〈李商隱的遠隔心態〉，《中國詩學──思想篇》，頁 81 ～94，(台北：巨流圖書公司，1996 年 12 月)。

〔註 129〕 除以上引用，其他提到「逡巡」二字的，尚有：「逡巡文字樂」(〈送王震給事知蔡州〉)、「逡巡破黃封」(〈送王廷老朝散知虢州〉)、「逡巡笑談間」(〈送魯有開中大知洺州次子瞻韻〉)、「逡巡戶牖間」(〈送程建用宣德西歸〉)、「落筆逡巡看儇直」(〈次韻劉貢父省上示同會二首之一〉)、「下客逡巡愧知己」(〈送歐陽辯〉)、「敲門訪我何逡巡」(〈送葆光寒師遊廬山〉)、「逡巡就搖落」(〈題李公麟山莊圖──延華洞〉)、「臨溪照水久逡巡」(〈奉使契丹二十八首之九──會仙館二絕之二〉)、「逡巡下清蹕」(〈學士院端午帖子二十七首之一──皇太妃閣五首之一〉)、「榮謝隔逡巡」(〈故樞密簽書贈正議大夫王彥霖挽詞二首之二〉)、「逡巡自失去」(〈子瞻和陶公讀山海經詩欲同作而未成夢中得數句覺而補之〉)、「沐浴周遍繞逡巡」(〈潁川城東野老〉)、「挽衣把臂才逡巡」(〈程八信孺表弟部符單父相遇潁川歸鄉代闕作長句贈別〉)、「逡巡見屠剖」(〈土牛〉)、「舌上逡巡絳雪消」(〈食櫻·詠二首之二〉)、「燒場入室才逡巡」(〈秋旅〉)、「逡巡輒復覺」(〈早睡〉)、「逡巡不爲虐」(〈次韻子瞻廣陵會三同舍各以其字爲韻之一〉)、「逡巡小舟十斛重」(〈西湖二詠〉)、「逡巡要奪館」(〈次韻子瞻病中贈提刑段繹〉)、「逡巡溜河漢」(〈和韓宗弼暴雨〉)、「出沒逡巡初莫畏」(〈雜興二首之一〉)、「逡巡密雪自飛揚」(〈雪中會飲李倅鈞東軒三絕之一〉)、「清朝留客語逡巡」(〈揚州五詠之五僧伽塔〉)、「逡巡百頃禾爲稀」(〈筠州二詠之二──黃雀〉)、「逡巡揖虞夏」(〈和王適寒夜讀書〉)。

以伯父蘇軾為榜樣，仗筆直言。但是瞬間轉變的政壇，在他心理升起一種莫名的恐懼與憂慮，元豐元年（1078），他前往南京赴任，江上陵谷景色變換，想到任簽判小官，如飛鶴投籠，羞見青天，抑鬱不得志。

> ……杯中淥酒一時盡，衣上白露三更寒。扁舟明日浮古汴，回首逡巡陵谷變。……南都從事老更貧，羞見青天月照人。飛鶴投籠不能出，曾是彭城坐中客。（〈中秋見月寄子瞻〉《欒城集》卷八，《蘇轍集》冊一／頁 148）

蘇轍對自己從政的興趣和個性曾做了分析：

> 我性本疏懶，父母強教之。逡巡就科選，逮此年少時。幽憂二十年，懶性祇如茲。偶然踐黃閣，俯仰空自疑。……（〈次韻子瞻和淵明飲酒二十首之一〉《欒城後集》卷一，《蘇轍集》冊三／頁 878）

本性疏懶，父母的期望下，他少年得志，卻因入官場中，屢次的遷貶和打擊，讓他幽憂二十年。雖是「年來亦見用，何益世枯槁。逡巡事朝謁，出入自媚好。」（之十一）雖被朝廷任用，但個人才華無法揮展，受制於結私營黨媚好的黨派恩怨，欲進又止的心理焦慮，反覆縈繞於內心深處。

> ……來時邂逅得相攜，歸去逡巡應復從。莫驚憂患爾來同，久知出處平生共。……（〈同子瞻次過遠重字韻〉《欒城後集》卷二，《蘇轍集》冊三／頁 901）

> 鉏田種紫芝，有根未堪採。逡巡歲月度，太息毛髮改。（〈次韻子瞻和淵明擬古九首之九〉《欒城後集》卷二，《蘇轍集》冊三／頁 901）

元符元年（1098），兄弟受到排擠，兩人同貶嶺南，萌生退隱江湖之意，蘇轍祈願能與兄軾憂患共度，種田歸鄉，故有「逡巡歲月度」的退縮心理。這種徘徊在仕隱之間的焦慮，在蘇轍詩疊韻詞佔最多的主題。

（二）自我實現的期待破滅

其次，「崢嶸」出現十四次，占第二位，「崢嶸」是疊韻字。《說

文解字》：「嶸，山青嶸也。」崢嶸，指山勢凜冽高峻，或才能特出。
蘇轍一生雖當過高官，可是大半時間都是在謫居生活中度過。想年少
時仁宗朝上窺見皇恩，「早歲西廂跪直言，起迎天步晚臨軒」，〔註130〕
那種少年得志的意氣風發，原本應爲「前山積雪慕崢嶸」（〈次韻子瞻
與安節夜坐三首之一〉）的積極，卻與「苦」於出頭，成了一種對照
的嘲諷。

　　少年高論苦崢嶸，老學寒蟬不復聲。（〈次韻子瞻與安節夜坐三
　　首之二〉《欒城集》卷十一，《蘇轍集》冊一／頁213）

　　滯留江湖白髮生，西歸猶苦凍崢嶸。（〈河冰稍解喜呈王適〉《欒
　　城集》卷十四，《蘇轍集》冊一／頁276）

　　高論何崢嶸，微言何渺茫！（〈次韻子瞻和淵明擬古九首之四〉
　　《欒城後集》卷二，《蘇轍集》冊一／頁902）

仁宗親自至崇政殿策試所舉賢良方正、直言極諫之士，蘇轍極言諍
諫，指責仁宗，自我實現的機會，因他太過激切直言，舖下他未來坎
坷的道路。〈堂成〉詩：

　　……明窗修竹，惟我與兄。蔭映茅茨，吐論崢嶸。猖狂妄
　　行，以得此名。老而求安，匪以爲榮。（《欒城三集》卷五，《蘇
　　轍集》冊三／頁1205）

對「吐論崢嶸」蘇轍自比爲「猖狂妄行」，老而求安，非以高論爲榮，
政爭的迫害，逼使人心境之轉變，可以窺見得知。〔註131〕

────────────────────

〔註130〕〈去年冬轍以起居郎入侍邇英講不逾時遷中書舍人雖忝冒愈深而
　　　　瞻望清光與日俱遠追記當時所見作四絕句呈同省諸公〉之三，《欒
　　　　城集》卷十五，《蘇轍集》，頁292。

〔註131〕其他論「崢嶸」的詩句，還有：「徂年近已失崢嶸」（〈河冰復結復
　　　　次前韻〉）、「科第崢嶸聲自重」（〈次韻子瞻送陳睦龍圖出守潭
　　　　州〉）、「九鼎崢嶸夏禹餘」（〈八璽〉）、「胸次崢嶸落筆端」（〈題李
　　　　十八黃龍寺畫壁〉）、「官職漸崢嶸」（〈送張師道楊壽祺二同年〉）、
　　　　「元勳各崢嶸」（〈趙少師自南都訪歐陽少師於潁州留西湖久之作
　　　　詩獻歐陽公〉）、「崖巚遞崢嶸」（〈遊太山四首之一初入南山〉）、「歲
　　　　月何崢嶸」（〈次韻子瞻見寄〉）、「崢嶸歲自長」（〈送趙山秘書還錢
　　　　塘〉）。

（三）苦悶挫折的內心世界

「紛紜」、「幽憂」各十次。「紛紜」是疊韻字，《說文解字》：「從糸分聲，馬尾韜也。」紛紜，引申而為多而雜亂。「幽憂」既是雙聲，又是疊韻，《說文解字》：「幽，隱也。憂，愁也。」指的是深重的憂勞。

　　紛紜世事不著耳。（〈送劉道原學士歸南康〉《欒城集》卷三，《蘇轍集》冊一／頁 53）

　　紛紜政令曾何補，要取終年風雨時。（〈春日耕者〉《欒城集》卷九，《蘇轍集》冊一／頁 156）

「是非朝野忽紛紜，得喪芳菲一開謝。」（〈次韻子瞻夜字韻作中秋對月二篇一以贈王郎一以贈子瞻其二〉）〔註 132〕、「官局紛紜簿領迷，生緣瑣細老農齊。」（〈官居即事〉）〔註 133〕是是非非的政治，非正直之士所樂見。〔註 134〕看他：

　　遙知因渙汗，遠出散幽憂。（〈次韻子瞻減降諸縣囚徒事畢登覽〉《欒城集》卷一，《蘇轍集》冊一／頁 13）

　　五斗塵勞尚足留，閉門聊欲治幽憂。（〈次韻邦直見答二首之二〉《欒城集》卷七，《蘇轍集》冊一／頁 124）

內心對政治、前途的苦悶與挫折，在蘇轍詩中，反覆出現。如：「幽憂隨秋至，秋去憂未已。」（〈登南城有感示文務光王適秀才〉《欒城集》卷九）、「幽憂如蟄蟲，雷雨驚奮豫。……往來七年間，信矣夢幻如。……」（〈次韻子瞻和陶雜詩十一首其五〉《蘇轍集》）〔註 135〕

〔註 132〕《欒城集》卷十，頁 186，《全宋詩》卷八五八，頁 9952。

〔註 133〕《欒城集》卷十一，頁 202，《全宋詩》卷八五九，頁 9964。

〔註 134〕除上引詩之外，尚有：「多難弭紛紜」（〈大行皇太后挽詞二首之二〉）、「車騎紛紜追過客」（〈次韻子瞻壽州城東龍潭〉）、「冰雪紛紜真性在」（〈宛丘二詠之二〉）、「諸儒經術鬥紛紜」（〈和頓主簿起見贈二首之一〉）、「漂灑正紛紜」（〈雨中陪子瞻同顏復長官送梁燾學士舟行歸汶上〉）、「紛紜竟亦類彼莊」（〈次韻劉涇見寄〉）。

〔註 135〕除上引用詩句，之外尚有：「幽憂二十年」（〈次韻子瞻和陶淵明飲酒二十首之一〉）、「登臨散幽憂」（〈雨中遊小雲居〉）、「逐客例幽憂」（〈浴罷〉）、「幽憂賴我無」（〈索居三首之一〉）、「陶令幽憂付一酣」（〈再和三首之三〉）、「幽憂脫沉痼」（〈和王鞏見寄三首之一〉）。

　　政爭、私怨、週而復始的傾壓迫害，眞正是士人最大的悲哀。紛紜糾葛不斷的政治情仇，與隨時處在憂思不安的環境，對於永無可解的衝突和對立，蘇轍的一生長期就在苦悶挫折中度過，逼使他晚年不得不杜門隱居，謝絕一切對外往來，以求自保。

　　「逡巡」一詞，使用次數最多，表述著他政治仕途裡欲行又止的心理焦慮。「崢嶸」意念的屢次受挫，使之自我實現的期待破滅，而「紛紜」、「幽憂」的交疊，象徵詩人苦悶挫折的內心世界，勾勒出蘇轍坎坷的官場生涯。藉由蘇轍詩歌這些重覆出現的雙聲、疊韻，反映出創作者內心的情感與思想，形成一種心理投射的審美效果。

　　蘇轍詩歌之藝術經營，分爲意境營造的法式與修辭藝術的呈現，經由上述兩者的結合，有助於了解蘇轍如何承繼前人成就，並開創的成果。「意境營造」，其一，探討意境生成之方式，包括了妙造自然、境生象外和興象傳神。其二，意境營造之層面，包含情景相生、詩中有畫、時空安排、虛實幻境等。「藝術修辭的呈現」，蘇轍詩歌呈顯「以文字爲詩」、「以議論爲詩」、「資書以爲詩」的宋詩特色，並且能善用中國文字具形、聲、義的特點，加強音律節奏，形成表述心理情感的一種方式。

第七章　蘇轍與蘇軾唱和詩歌之比較

　　學術研究上，對於蘇軾詩歌的研究，不知凡幾，但對蘇轍與蘇軾兩人詩作分析，卻是極少。以下，試從形式與內容兩方面來比較蘇軾、蘇轍兩人詩歌特點。

第一節　蘇轍、蘇軾之詩歌體製、數量之比較

　　蘇軾詩歌所用參考版本，包括曾棗莊先生《三蘇全書》〔註1〕（北京：語文出版社）中《蘇軾詩集》所錄、《蘇軾詩集》（清王文誥、馮應榴輯註）、《全宋詩》第十四冊（北京大學），以曾棗莊編輯之《蘇軾詩集》爲定本，共有 2814 首詩。蘇轍詩歌參考版本依陳宏天、高秀芳點校《蘇轍集》四冊（北京大學）、《全宋詩》第十五冊（北京大學），以及曾棗莊先生所編《三蘇全書》中《蘇轍集》輯佚參考，以曾棗莊先生編輯之《蘇轍集》爲定本，共得 1842 首。

〔註 1〕《三蘇全書》由曾棗莊、舒大剛主編，（北京：語文出版社，2001 年），《蘇軾詩集》版本繁多，較常見者，有：清・王文誥、馮應榴輯注《蘇軾詩集》三冊，（台北：學海出版社，1985 年 9 月）、《蘇文忠公詩編註集成》共六冊。蘇轍《欒城集》應由蘇轍本人收錄，爭議較少。但陳宏天、高秀芳點校，劉尚榮輯佚之《蘇轍集》與《全宋詩》相差詩篇數，仍有二十二題，三十九首。曾棗莊先生之《三蘇全書》之《蘇轍詩集》與《全宋詩》相同。

統計蘇轍、蘇軾他們在古詩〔註2〕、律詩〔註3〕、絕句〔註4〕、樂府〔註5〕及三、四、六言〔註6〕等詩歌體製的創作數目上，圖表如下：

〔註2〕「唐代以後，詩分為兩大類：（一）古體詩，（二）今體詩。古體詩是繼承漢魏六朝的詩體，今體詩是唐代新興的詩體。今體詩在字數、韻腳、聲調、對仗各方面都有許多研究，與古體詩截然不同。古體詩分為兩類：（一）五言古詩，簡稱五古，（二）七言古詩，簡稱七古。」王力《詩詞格律概要》，頁1，（北京出版社出版，1979年10月）。

〔註3〕「五言律詩簡稱五律，五言八句，並要求三、四兩句和五、六兩句分別作對仗。七言律詩簡稱七律，七言八句，並要求三、四兩句和五、六兩句分別作對仗。（但亦可變通）律詩要求偶句押平韻、奇句末一字用仄聲，首句押韻與否均可。」徐宗濤《詩詞曲格律綱要》，頁7，（天津人民出版社，2000年9月）。

〔註4〕「五言絕句是五言四句，簡稱五絕。七言絕句是七言四句，簡稱七絕。絕句要求偶句（二、四）押平韻，第三句末用仄聲。首句押韻與否，聽便。」同註3，頁6。

〔註5〕對於「樂府」的看法，不同時代有不同看法。蕭滌非《樂府詩詞論藪》〈關於樂府詩〉一文提到：「（1）兩漢。兩漢以前無所謂樂府，樂府這一名稱是西漢初年才出現的。樂，就是音樂，府，就是官府。所以如果要特微地說，那便是一個兼民歌的音樂機構。（2）六朝。六朝人把那些曾經在樂府裡合過樂的詩，叫做樂府。這樣一來，樂府便由機構的名稱一變而為一種詩體的名稱，便和《詩經》、《楚辭》詞賦等同為一種文學體裁。（3）唐代。唐人所謂樂府，已撇開音樂，而注重內容實質，指的是一種現實主義的詩，或者說指的是一種『諷刺文學』。（4）宋元以後。到了宋元，在一定程度上又恢復了六朝人的純音樂觀點，他們往往把當時合過樂的『詞』，也叫做樂府。」（頁3～6，齊魯書社出版發行，1985年5月）本節，所指稱的「樂府」，採唐人觀點，包括「樂府舊題」的寫作，以及「因意命題」的新樂府，關懷國事民生的寫實詩篇。參廖美雲《元白新樂府研究》（台北：學生書局，1989年6月）又，蕭滌非認為樂府與一般古詩的區別，有三：一，樂府是受過音樂洗禮的詩，古詩則是「徒詩」。二、樂府多敘事，所謂緣事而發，故具有社會性、故事性，古詩則一般為個人的抒情。三、樂府通俗自然，常用方言口語，古詩則比較典雅，後來更趨雕琢。（《樂府詩詞論藪》，頁13～14）賀裳《載酒園詩話》卷一，提出「樂府、古詩不宜並列」說，以樂府微而顯的敘述功能非古詩可以替代。（《清詩話續編》，頁216）而《昭昧詹言》卷二十一亦云：「樂府詩不宜雜古詩體，恐散樸也。」頁35。

〔註6〕胡應麟《詩藪》將古體劃分為雜言、五言及七言三大類。雜言則包括有《詩經》三百篇、離騷、鐃歌曲、郊祀歌曲、樂府及漢唐以來

	五言古詩	七言古詩	五言律詩	七言律詩	五言絕句	七言絕句	三言詩	四言詩	六言詩	其他：（樂府、謠諺、雜言、聯句等）	共計
蘇轍	353	156	282	588	95	311	0	22	11	24	1842
蘇軾	665	281	230	667	123	722	1	19	17	89	2814

	古詩	律詩	絕句	五言（古、律、絕）	五言百分比	七言（古律、絕）	七言百分比
蘇轍	509	870	406	730	39.6%	1055	57.2%
蘇軾	945	897	845	1018	36.2%	1670	59.4%

從以上這兩個表格，可以歸納出以下各點：

1. 蘇軾、蘇轍兄弟擅長寫七言詩，蘇軾七絕多於七律，蘇轍七律多於七古。

2. 蘇轍使用五言詩的比例較蘇軾多，而蘇軾使用七言詩的比例較蘇轍多。

3. 蘇軾擅長眾體，不論古詩、律詩或絕句，古詩稍多，佔第一位，律詩其次。

4. 蘇轍以律詩最多，七言律詩是五言律詩的兩倍，古詩其次。

綜觀，近體詩，古體詩、樂府，及其他各體的特點：

明·陸時雍《詩鏡總論》：「詩四言優而婉，五言直而倨，七言縱而暢，三言矯而掉，六言甘而媚，雜言芬葩，頓跌起伏。」（《續歷代詩話》）〔註7〕

之古詩。近代學者，蕭滌非〈什麼是律詩〉一文亦認為：「古體詩沒有一定的句式，三言、四言、五言、六言、七言等句式都有，作者可以自由選用。」（《樂府詩詞論藪》，頁378，齊魯書社出版發行，1985年5月）本節，為突顯出蘇軾和蘇轍兩人在體製上的偏好，以及突出對其他雜言體詩，如三言、四言、六言等寫作的特殊性，故分開計算數目，以清楚得知其差異。

〔註7〕丁福保輯《歷代詩話續編》下（台北：木鐸出版社，1983年9月初

　　明‧謝榛《四溟詩話》:「凡五七言造句，以情會景，可長者工而健，可短者簡而妙，若良匠選材，長短各適其用爾。」(《續歷代詩話》)〔註8〕

　　清‧胡應麟《詩藪》云:「四言簡質，句短而調未舒，七言浮靡，文繁而聲易雜，繁簡之衷，文質之要，蓋莫尚於五言。」〔註9〕

　　《詩藪‧內編‧近體中七言》「五言律宮商甫協，節奏未舒，至七言律暢達悠揚，紆徐委折，而近體之妙始窮。」〔註10〕近體之難，莫過於七律。

　　清‧錢泳《履園譚說》:「七古以氣格為主，非有天姿之高妙，筆力之雄健，音節之鏗鏘，未易言也。」(《清詩話》下)〔註11〕

　　清‧吳喬《圍爐詩話》:「七律造句比五言為難，以其近于流俗也。」(《清詩話續編》上)〔註12〕

　　七言詩，為最容易發揮抒情寫意，曲盡心聲。絕句限於四句，又更難於曲寫心意。

　　施補華《峴傭說詩》曰:「東坡最長於七古。沉雄不如杜，而奔放過之;秀逸不如李，而超曠似之，又有文學以濟其才，有宋三百年，無敵手也。」〔註13〕

　　蘇軾的才華震古鑠今，融攝各家眾體於無形，是宋詩壇的代表之一;蘇轍在詩歌上也有不錯的表現，以下章節就其內容探討之。

　　版)，頁 1402。

〔註 8〕 同上註，頁 1224。

〔註 9〕 《詩藪》內編卷五(北京:中華書局上海編輯所編輯，1958 年 10 月)頁 21。

〔註10〕 同上註，頁 78。

〔註11〕 丁仲祜編訂《清詩話》下，《履園譚說》，頁 2，(藝文印書館，1971 年)。

〔註12〕 郭紹虞編選、富壽蓀校點《清詩話續編》，頁 543，(上海古籍出版社，1983 年 12 月)。

〔註13〕 丁仲祜編訂《清詩話》下，《峴傭說詩》，頁 13，(藝文印書館，1971 年)。

第二節　蘇轍、蘇軾唱和詩歌之異同

　　蘇軾（東坡）與蘇轍（子由）這一對兄弟，是中國文學史上兩顆閃耀的星光。兩人同為古文八大家之一，東坡，詩、詞、書、畫堪稱四絕；子由，在經學、史學上的研究令人稱讚佩服。蘇軾、蘇轍生長背景相似，生活閱歷、人生際遇有許多共同點，仕宦出處也都同與進退。

　　少年時代，蘇軾、蘇轍均接受良好的家學薰陶，都曾拜道士張易簡為師。宋仁宗嘉祐二年（1057），同科進士及第，蘇軾時年二十二，蘇轍十九，名動京師，之後，同應制科試入等。神宗朝，因反對王安石變法，先後離開朝廷，「烏臺詩案」同遭貶謫（東坡謫黃州，子由乞納在身官以贖兄罪，謫筠州）。哲宗元祐年間，前後擔任過中書舍人與翰林學士的職務，蘇轍曾位居副相。元祐八年，高太后崩，哲宗親政後，同被遠貶至嶺南。他們都是少年得志，政治理念相近，政治生涯大起大落，一路行來，相互扶持，正如《宋史・蘇轍傳》云：「轍與兄進退出處，無不相同。患難之中，友愛彌篤，無少怨尤，近古罕見。」〔註14〕

　　雖然如此，但蘇軾與蘇轍在行事、個性上卻是截然不同的兩種典型。

一、背景差異

（一）讀書方法不同

　　在蘇轍〈和子瞻讀道藏〉詩：

　　道書世多有，吾讀老與莊。老莊已云多，何況其駢傍。（《欒城集》卷二，《蘇轍集》冊一／頁 35）

而蘇軾〈讀道藏〉中，則以：

　　乘閒竊掀攬，涉獵豈暇徐。至人悟一言，道集由中虛。（《蘇軾詩集》卷四）

蘇轍採取精讀方式來研讀道家經典，認為熟讀《老子》、《莊子》，已

〔註14〕《宋史・蘇轍傳》卷三三九，列傳第九十八，頁 10821～10835。

經足夠，努力鑽研定有所得，不須旁涉太多。蘇軾則以略讀方式，廣博的閱覽，「乘閒」、「竊攬」的心情，自視甚高，不需終日勤苦，隨意翻覽頓悟有得。

（二）個性不同

蘇轍〈聞子瞻將如終南太平宮谿堂讀書〉：

> 著書雖不急，實與百世謀。……試探篋中書，把卷揖前修。
> 恍如反故鄉，親朋自相求。蔚如甕中糟，久熟待一篘。為文
> 若江河，豈復有刻鏤？（《欒城集》卷二，《蘇轍集》冊一／頁28）

蘇軾的態度則是聊為一日樂，慰此百年愁。

> 我誠愚且拙，身名兩無謀。始者學書判，近亦知問囚。……
> 對之食不飽，餘事更遑求。近日秋雨足，公餘試新篘。……
> 秋風迫吹帽，西阜可縱游。聊為一日樂，慰此百年愁。（〈和
> 子由聞子瞻將如終南太平宮谿堂讀書〉《蘇軾詩集》卷四）

蘇轍胸懷大志，欲讀書立言揚名後世，「著書雖不急，實與百世謀」，若著書立說有成，親朋相求的場面將是人生得意之時，故蘇轍學術論著較蘇軾多。蘇軾卻不如此觀想，他自認是愚且拙，著重於眼前的生活，「對之食不飽，餘事更遑求」認為食不暇給，遑論著書？把握當下的快樂時光是當前首要之務。

（三）處世態度不同

所以曾棗莊先生在比較蘇轍「無憂符」和蘇軾「調水符」後，評論：「蘇軾是一個既能吃苦，又會享樂的人，他的調水符就表現了他會享受的一面。『子由幼達』，清心寡慾，故能提出欲望低則憂慮少的主張。」[註15]

> 欺謾久成俗，關市有契繻。誰知南山下，取水亦置符。古
> 人辨淄澠，皎若鶴與鳧。吾今既謝此，但視符有無。常恐
> 汲水人，智出符之餘。多防竟無及，棄置為長吁。（〈愛玉女

[註15] 曾棗莊《蘇轍評傳》，頁 65（台北：五南圖書出版公司，1995 年 6 月）。

　　　　洞中水既致兩瓶恐後復取而為使者見紿因破竹為契使寺僧藏其一以
　　　　為往來之信戲謂之調水符〉《蘇軾詩集》卷五）

　　　　多防出多欲，欲少防自簡。君看山中人，老死竟誰謾？渴
　　　　飲吾井泉，飢食甀中飯。何用費卒徒，取水負瓢罋。置符
　　　　未免欺，反覆慮多變。授君無憂符，階下泉可嚥。（〈和子瞻
　　　　調水符〉《欒城集》卷二，《蘇轍集》冊一／頁33）

蘇軾喜以好水泡茶，又恐僕人欺詐隨意交差，故以符取水爲信。「恐」
字點出其憂慮，原因在於成全自己的嗜好與品味。「多防出多欲，欲
少防自簡」，蘇轍從心性淡泊及少思寡欲來思考，要蘇軾能夠放下一
切有心刻意的作爲與對待，多防備因多慾念，多欲念就多憂慮。故曾
氏有蘇軾以嗜欲爲先，重視眼前生活享樂，而蘇轍則平淡寡欲，較重
視精神上的追求。

　　蘇轍老成持重，謹慎心細，蘇軾豪放不羈，鋒芒畢露；蘇轍做事
務實，沉穩內斂，蘇軾才氣高絕，雄恣氣盛；蘇轍聰慧早熟，安靜淡
泊，蘇軾則是靈敏易感，浪漫多情。蘇轍像個嚴謹的學者，蘇軾卻是
個才氣縱橫的才子，一內、一外，一收、一放，因此表現在詩歌風格
及寫作技巧上面，就產生兩種不同的文學面貌。

二、蘇轍、蘇軾唱和詩歌比較

　　蘇轍與蘇軾互相題詠與唱和的詩歌，「同題分詠」總計有三十題，
大量集中在仁宗朝嘉祐四年至五年，蘇洵父子出蜀赴京的《南行集》，
以及蘇軾任鳳翔簽判期間與蘇轍在京侍父往來的《岐梁唱和詩集》，
蘇轍有〈次韻姚孝孫判官見還岐梁唱和詩集〉詩。神宗熙寧年間，因
反對新法外放，而有陳、杭唱和詩，齊、密唱和詩，徐州、南都唱和
詩，元豐時期，烏臺詩案同遭貶謫，有黃、筠唱和詩，哲宗元祐年間
同時在京任職，唱和不斷，紹聖時期又同遭貶嶺海，留下惠、筠唱和
詩，儋、雷唱和詩等。〔註16〕

──────────

〔註16〕參廖志超《蘇軾、蘇轍兄弟唱和詩研究》，頁 349，國立台灣師大國

「和韻詩」有三體：一曰依韻，謂在同一韻部中而不必用其字也。二曰次韻，謂和其原韻，而先後次第皆因也。三曰用韻，謂用其韻，而不必論先後。〔註17〕宋人和詩風氣極盛，宋‧洪邁《容齋隨筆》卷十六，則提出：「古人酬和詩，必答其來意，非若今人爲次韻所局也。」〔註18〕唱和詩，和「意」不和「韻」的詩歌理論前提下，在蘇軾、蘇轍兄弟唱和詩裡，已跳脫出傳統包袱的限制，不見拘泥於聲韻的束縛。如此逞才使能，盡情發揮，才能一較高下，分辨其風格殊異。

此節的「唱和詩」採廣義說法，除了有和韻的和詩、次韻的次韻詩、同題分詠之外，兄弟兩人描寫的是同一事物，先後所寫的詩歌，都納入此範圍內。

以下，例舉山水詩、詠物詩、社會詩、詠史詩、詠懷詩及其他，分別作一比較。

（一）山水詩

蘇轍的山水詩，大量集中在出蜀南行途中，及貶遷時赴任路途中所紀錄的山川景物。大部分與蘇軾唱和的山水詩，都未曾親身經歷，只是依靠想像和神遊與之同作。宋人有遊山玩水的風俗習慣，〔註19〕蘇軾是箇中能手，他留下爲數不少膾炙人口的山水詩作。「昔余少年，從子瞻遊，有山可登，有水可浮，子瞻未始不襄裳先之。有不得至，爲之悵然移日。」（〈武昌九曲亭記〉）〔註20〕而蘇轍則是較少刻意登高攬勝、遊賞玩樂，出蜀前足跡甚至還未踏出眉州，〈初發嘉州〉詩：「余生雖江陽，未省至嘉樹」（《欒城集》卷一），晚年更是隱遁不出，閉門杜客。因此，每一次的紀遊，事實上也是他心境上的一種變化。

文研究所碩士論文，1997。

〔註17〕張思齊《宋代詩學》第二章《詩意說》，頁35，引用明代詩學家徐師曾的說法。（湖南人民出版社，2000年11月）。

〔註18〕洪邁《容齋隨筆》卷十六〈和詩當和意〉一節。

〔註19〕參宋‧孟元老《東京夢華錄》（台北：漢京文化事業有限公司，1984年3月30日）。

〔註20〕《欒城集》卷二十四，《蘇轍集》冊二，頁406～407。

1. 《南行集》山水詩集中表現：

　　嘉祐四年（1059），蘇洵父子三人同行，離眉州出蜀至嘉州、戎州、忠州、夔州、過巫山出峽，至江陵，觀息壤，游渚宮，發洲陽至襄陽，自江陵至京師。

（1）初次出處猶疑

兄弟兩人對仕與隱的糾結、猶疑，在〈洲陽早發〉中可以見出。

> 春氣入楚澤，原上草猶枯。北風吹栗林，梅蕊颯已無。我行亦何事？驅馬無疾徐。楚人信稀少，田畝任蓁蕪。空有道路人，擾擾不留車。悲傷彼何懶？歡息此亦愚。今我何為爾，豈亦愚者徒？行行楚山曉，霜露滿陂湖。（《欒城集》

卷一，《蘇轍集》冊一／頁 10）

蘇轍「悲傷彼何懶？歡息此亦愚。今我何為爾，豈亦愚者徒？」，面對赴京途中，行行止止的旅程，一大早啓程的舉動，引發蘇轍「我行亦何事？」的反覆思索，為何而去？何事而往？愚否？一個個的問號，縈繞於心。

> 富貴本先定，世人自榮枯。囂囂好名心，嗟我豈獨無？不能便退縮，但使進少徐。我行念西國，已分田園蕪。南來竟何事，碌碌隨商車。自進苟無補，乃是嬾且愚。人生重意氣，出處夫豈徒。永懷江陽叟，重藕春滿湖。（《蘇軾詩集》卷二）

蘇軾所感慨的雖是「富貴本先定，世人自榮枯」、「南來竟何事，碌碌隨商車」，對不可確知的未來，充滿疑慮，但是他表現出的是積極、盡力而為的心情。「囂囂好名心，嗟我豈獨無？不能便退縮，但使進少徐。」「好名」之心，不能退縮，即使只有一點希望，也不可放棄。

　　蘇軾可愛之處，就在他能勇於表達自己，不輕易向環境妥協和投降，保持著高昂的信念，支持自己選擇的路。蘇軾、蘇轍兄弟相互影響，前途雖不可知，但可期待。

（2）寫景內容之偏重

　　蘇轍詩歌描述景色之仔細，如〈初發嘉州〉：

> ……巉巉九頂峰，可愛不可住。飛舟過山足，佛腳見江滸。

> 舟人盡斂容，競欲揖其拇。俄頃已不見，烏牛在中渚。移
> 舟近山陰，壁峭上無路。云有古郭生，此地苦箋註。區區
> 辨蟲魚，爾雅細分縷。……（《欒城集》卷一，《蘇轍集》冊一／
> 頁2）

而蘇軾則以：

> ……故鄉飄已遠，往意浩無邊。錦水細不見，蠻江清可憐。
> 奔騰過佛腳，曠蕩造平川。（《蘇軾詩集》卷一）

也許是蘇轍離開故鄉，每一個景點都成為他獵取的鏡頭。名聞天下的
凌雲大佛，腳趾之大，可以容納一桌筵席。烏牛山上的爾雅臺，又有
郭璞著書之勤，墨水染黑了江中的墨魚。細膩確切的敘述，讓人如身
歷其境。蘇軾則以「錦水」、「蠻江」快筆帶過。又如：

> 江流日益深，民語漸已變。岸闊山盡平，連峰遠非漢。慘
> 慘瘴氣青，薄薄寒日暖。……（〈過宜賓見夷中亂山〉《欒城集》
> 卷一，《蘇轍集》冊一／頁2）

> 江寒晴不知，遠見山上日。朦朧含高峰，晃蕩射峭壁。橫
> 雲忽飄散，翠樹紛歷歷。行人挹孤光，飛鳥投遠碧。……（〈過
> 宜賓見夷牢亂山〉《蘇軾詩集》卷一）

蘇轍擅長用精細、如實的描述，蘇軾較常用模糊、概括的筆法書寫景
色。而後者詩，讀來易引人空間景象的遐想，語言亦張力十足，故較
有趣味。

又〈戎州〉一詩，兩人注目的焦點亦大不相同。

> ……漢虜更成市，羅紈斬不遠。投氈撿精密，換馬瘦孱顏。
> 兀兀頭垂髻，團團耳帶環。夷聲不可會，爭利苦間關。（《欒
> 城集》卷一，《蘇轍集》冊一／頁3）

> ……往時邊有警，征馬去無還。自頃方從化，年來亦款關。
> 頗能偷漢布，但未脫金鐶。何足爭強弱，吾民盡玉顏。（《蘇
> 軾詩集》卷一）

過宜賓亂山至戎州，蘇轍關心的是「民語漸已變」、「夷聲不可會」、
「頭垂髻，耳帶環」，在乎人文特色的掘發，比較各地風俗語言的

不同，對異族人民關心，學究氣息較重；而蘇軾著重自然風光的捕捉，有著詩人浪漫敏感的氣質，好惡直揭，對獠人獰陋言之。二十歲出頭的少年郎，不免才高氣盛，蘇轍的性情則顯得較爲敦厚。少年時期，蘇轍的山水詩歌，慢筆描摹，勾勒細緻，工筆意味濃厚，引用古史資料，行路與閱讀互相應證。蘇軾以形象化的描寫，大筆皴披，勾勒幾筆，顯現其神韻之美，形式多變化，驅使文字，瀟灑自然。

2. 山水詩藝術手法

山水詩，包括兄弟兩人遊山玩水和唱和山水的作品。

「望夫臺」爲忠州一景。

> 江上孤峰石爲骨，望夫不來空獨立。去時江水拍山流，去後江移水成磧。江移岸改安可知？獨與高山化爲石。山高身在心不移，慰爾行人遠行役。(〈望夫臺〉《欒城集》卷一，《蘇轍集》冊一／頁6)

> 山頭孤石遠亭亭，江轉船回石似屏。可憐千古長如昨，船去船來自不停。浩浩長江赴滄海，紛紛過客似浮萍。誰能坐待山月出，照見寒影高伶俜。(〈望夫臺〉《蘇軾詩集》卷一)

蘇軾、蘇轍兩人均「藉形寫意」，對背景江石、江水、高山的描摹各有所偏重，都是爲了襯顯「望夫」的孤寂和等待。蘇轍針對無言的孤峰高山與形削骨立的女子融合爲一，以旁觀者的地位，望著江水來去，抓住實境上「石」與「骨」的相似，比擬其堅貞、不移的形象。蘇軾不刻畫望夫，以側筆烘托，著重描述動態的景象「船去船來」、「紛紛過客」，這都圍繞著一「待」字，是主觀者的意識，過境千帆皆不是的惆悵，反而更能烘染女子形單影隻的落寞。蘇轍賦筆「望夫」，蘇軾興筆「坐待」，後者留與讀者更多的餘味。

> 江上寒沙薄如席，一夕墳起成高丘。江流傾轉力不勝，左蟇右吐非自由。南郡城南獨何者？平地生長殊不休。當中屋背不盈尺，深入百丈皆石樓。古人不知下有怪，發破不掩水漲浮。傳言夏鯀塞洪水，上帝愛此無敢偷。竊持大畚

負長鑱，刺取不已帝使流。禹知水怒非塞止，網捕百怪雜
蜃鰍。掘壕入土不計丈，投擲填壓聲鳴啾。一時既定憂後
世，恐此竊出壞九州。神人已死無復制，故以此土封其頭。
發之輒滿不可既，意使靈物長幽囚。前年大旱千里赤，取
土盈掬雨不收。誰言咫尺舊黃壤，中有千歲龍與虯？高山
萬仞猶可削，嗟此何獨生如疣。天長地遠莽無極，雖有缺
壞誰能瞗？我疑天意固有在，患世多事窮鑴鎪。埏陶鼓鑄
地力困，久不自補無爲憂。世無女媧空白石，磊磊滿地如
浮漚。耕田鑿井自無已，息壤無幾安能酬。(〈息壤〉《欒城集》
卷一，《蘇轍集》冊一／頁9)

帝息此壤，已藩憂臺。有神司之，隨取而培。帝敕下民，
無敢或開。惟帝不言，以雷以雨。惟民知之，辛帝之怒。
帝茫不知，誰敢以告。帝怒不常，下土是震。使民前知，
是役於民。無是墳者，誰取誰干。惟其的之，是以射之。(〈息
壤詩〉《蘇軾詩集》卷二)

《輿地紀勝》卷六十四〈江陵府〉上〈景物上、息壤〉：「《山海經》
云：『鯀竊帝之息壤，以堙洪水。』《溟洪錄》：『江陵府南門，有息壤
焉。唐元和中，裴宇牧荊州，掘之，得石城，與江陵城同，中徑六尺
八寸，徙棄之。是年霖雨不止，遂埋焉。』」

息壤，古代相傳能不斷生長的土壤。蘇轍〈息壤〉清楚交代了息
壤的來龍去脈。從眼前景，融合《山海經》神話和民間傳說，寫鯀、
禹、神人，再寫「前年」眼前事，終以申論(我疑天意固有在，患世
多事窮鑴鎪)作結。在蘇轍的詩中，如此想像妙奇，筆力雄健，不可
多見，夾敘夾議，氣格恢弘。蘇轍留心史聞佚事，將之入詩，頗有司
馬遷詩史之志。

蘇軾自注：「《淮南子》：鯀堙洪水，盜帝之息壤，帝使祝融殺之
於羽淵。金荊州南門外，有狀若屋宇，陷入地中，而猶見其脊者，旁
有石，記云，不可犯。畚鍤所及，輒復如故。又頗以致雷雨，歲大旱，
屢發有應。」東坡以四言詩，呈現荊州南門外所見息壤遺跡景況，此

詩非蘇軾力作。紀昀評《蘇文忠公詩集》卷二：「四言詩可以不作。」
〔註21〕

　　長江三峽的美景，一向為人所津津樂道。兄弟兩人均有〈入峽〉
詩。

> 舟行瞿唐口，兩耳風鳴號。渺然長江水，千里投一瓢。峽
> 門石為戶，鬱怒水力嬌。扁舟落中流，浩如一葉飄。呼吸
> 信奔浪，不復由長篙。捩柂破潰旋，畏與亂石遭。兩山蹙
> 相值，望之不容舸。漸近乃可人，白鹽最雄高。草木皆倒
> 生，哀叫悲玄猿。白雲繚長袖，零落如飛毛……。(《欒城集》
> 卷一，《蘇轍集》冊一／頁7)

蘇轍此詩描寫入瞿塘峽口風光，描繪細膩，歷歷在目。起首便掌握住
入峽的氣勢，長江千里匯聚眾流，地勢險要，山陵巍峨，風大得似乎
在哀嚎。緊抓住長江的湍急、奔流，過峽危險之特徵。「渺然長江水」
四句，寫長江之水在夔門受阻，水流因不暢通，因鬱怒而嬌狂。「扁
舟落中流」四句，奔浪在呼吸間，形容水流之急快，不復撐篙度江。
「捩柂破潰旋」四句，江中狹窄，江面亂石林立，「兩山蹙相值，望
之不容舸」，兩山迫近，幾乎不容小船通過。行舟的心情忐忑不安，
終於可以鬆一口氣，「漸近乃可人」以下，視野擴及兩岸山壁，白鹽
山的高聳，草木倒生，玄猿悲叫，白雲如毛，縈迴繚繞。擬人化的形
象，鬱怒水力嬌，比之像潑撒的驕女，白雲繚長袖，雲彩有情，讀來
格外有味。此詩顯現蘇轍早年詩歌峭拔、工麗的風格，刻意鍛鍊之跡。

　　蘇軾〈入峽〉詩，用險韻作長律，首二句虛籠以作起局。〔註22〕

> 自昔懷幽賞，今茲得縱探。長江連楚蜀，萬派瀉東南。合
> 水來如電，黔波綠似藍。餘流細不數，遠勢競相參。入峽
> 初無路，連山忽似龕。縈紆收浩渺，蹙縮作淵潭。風過如
> 呼吸，雲生似吐含。墜崖鳴窣窣，垂蔓綠毿毿。冷翠多崖

〔註21〕見《蘇詩彙評》上，頁38。
〔註22〕汪師韓《蘇詩評選箋釋》卷一，曾棗莊主編：《蘇詩彙評》上，頁11，
　　　　《蘇文忠公詩集》卷一（四川文藝出版社，2000年1月）。

竹，孤生有石楠。飛泉飄亂雪，怪石走驚驂。絕澗知深淺，

樵童忽兩三。……《蘇軾詩集》卷一）

詩的一開始，蘇轍以長江入峽著手，偏於一角，蘇軾以全幅角度縱看，
以「長江」六句總挈，寫入峽、絕澗、氣候、嘆息。「入峽初無路」
四句，比擬生動巧妙，無路——連山——似龕——縈紆——收——浩
渺——蹙縮——淵潭，這一收一放之間，紆曲轉折，迴繞逼蹙，曲盡
長江三峽的百折千回。

蘇轍精細的描寫，深入的體會，讀來讓人有身歷其境之感。

我家江水初發源，宦游直送江入海。聞道潮頭一丈高，天
寒尚有沙痕在。中泠南畔石盤陀，古來出沒隨濤波。試登
絕頂望鄉國，江南江北青山多。羈愁畏晚尋歸楫，山僧苦
留看落日。微風萬頃靴文細，斷霞半空魚尾赤。是時江月
初生魄，二更月落天深黑。江心似有炬火明，飛焰照山棲
鳥驚。悵然歸臥心莫識，非鬼非人竟何物。江山如此不歸
山，江神見怪驚我頑。我謝江神豈得已，有田不歸如江水。

（〈遊金山寺〉《蘇軾詩集》卷七）

長江欲盡閬無邊，金山當中唯一石。潮平風靜日浮海，縹
緲樓臺轉金碧。瓜州初見石頭城，城下波濤與海平。中流
轉柁疑無岸，泊舟未定僧先迎。山中岑寂恐未足，復將江
水遶山麓。四無鄰家群動息，鐘聲鏗鍠答山谷。鳥鳶力薄
墮中路，惟有胡鷹石上宿。誰知江海多行舟，遊人上下奪
巖幽。老僧心定身不定，送往迎來何時竟。朝遊未厭夜未
歸，愛山如此如公稀。不待遊人盡歸去，恐公未識山中趣。

（〈和子瞻金山〉《欒城集》卷四，《蘇轍集》冊一／頁63）

熙寧三年，蘇軾寫了〈上神宗皇帝書〉、〈擬進士對御試策〉等文，直
言批評新法，引起當道的不滿。蘇軾自請外任，熙寧四年冬十一月，
赴杭州途經鎮江。金山寺是有名的古剎，金山矗立於長江中。全詩二
十二句，先寫金山寺山水形勝，接寫登臨後江月、江景，後結此遊的
感嘆。時間分白天、日落前、日落後，以及夜深的情景。層次分明，
遞遞進逼。

　　前六具有實有虛，有靜有動，起首二句，開門見山「我家」點出思鄉的主題，而「宦遊」直下入江，帶出金山寺的地理位置，從故鄉眉州至鎮江，順長江一路而下，汪師韓《蘇詩評選箋釋》云：「起二句將萬里程、半生事一筆道盡」。「古來」時空的交疊，聚焦於「望」字。遠景故鄉的虛想，近景實寫江面波光麟瓰、霞光燦爛，日落月升，時間快速的轉移，正是蘇軾歸鄉心情的反照。末尾，出人意外的「江心似有炬火明」，陰火潛燃的景象，非人非鬼幻想由心生的意念，激起回鄉的急切。江神顯靈示警，似乎在責怪自己，貪戀山水美景卻不歸臥江湖，更見歸隱乃是天意。「豈得已」三字，「如江水」盟誓，非不歸隱，實因蘇軾的身不由己，寫來眞切、痛楚。

　　首（我家）、「望」、尾（歸）一氣呵成，以「思鄉」貫串主題，反映出作者對政治現實及政治生涯的厭倦。是蘇軾七言古詩的代表之作。

　　蘇轍〈和子瞻金山〉唱和詩，寫金山寺不寫寺景，點出寺廟位置，敘寫登眺望遠高曠遠渺的情景。蘇轍和詩承續東坡遊覽遺緒，把長江激浪拍天、波濤出沒，體現原詩中蒼茫浩大的特色，並未翻轉蘇軾詩中歸思之意。自古以來，仕途困頓的百感交集，寄託在這一片海天一色的天地間。蘇轍未能親身到此一遊，著力鋪寫寬闊無際的長江景觀，江流、鐘聲、烏鳶、胡鷹，回應一「幽」字。老僧「心定身不定」的妙喻，將遊人送往迎來，人世來來去去的無常、無定，都應和著思鄉歸隱的脈絡。

　　蘇軾以宦遊不歸，江神示警來警醒頑冥不靈的我，主觀意識濃厚，蘇轍以遊覽登臨的樂趣，第三者角度勸蘇軾「識」山中趣，拋開思歸，徹底、認眞、盡興的遊山玩水。相比之下，蘇軾詩顯現強烈的、個人化的藝術感受力。蘇軾此詩興象超妙，情景如繪，跳出刻畫摹寫的窠臼，另闢蹊徑，首尾呼應，想像豐富，是相當出色的山水作品。

　　再看詠百步洪詩。

　　　城東泗水平如席，城頭遠山涵落日。輕舟鳴櫓自生風，渺
　　　渺江湖動顏色。中洲過盡石縱橫，南去清波頭盡白。岸邊

怪石如牛馬，銜尾舳艫誰敢下。沒入出沒須臾間，卻立沙
頭手足乾。客舟一葉久未上，吳牛回首良間關。風波蕩潏
未可觸，歸來何事嘗艱難。樓中吹角莫煙起，出城騎火催
君還。(〈陪子瞻遊百步洪〉《欒城集》卷七，《蘇轍集》冊一／頁 123)

轍詩重點在「陪」字，以客觀、第三者角度看風景。從遠而近，由內
而外，單純的描寫眼前景物，並在詩末加入離別的感懷，仍貫徹他最
擅長的白描勾勒山川景物。

長洪斗落生跳波，輕舟南下如投梭。水師絕叫鳧雁起，亂
石一線爭磋磨。有如兔走鷹隼落，駿馬下注千丈坡。斷絃
離柱箭脫手，飛電過隙珠翻荷。四山眩轉風掠耳，但見流
沫生千渦。嶮中得樂雖一快，何異水伯夸秋河。我生乘化
日夜逝，坐覺一念逾新羅。紛紛爭奪醉夢裏，豈信荊棘埋
銅駝。覺來俯仰失千劫，回視此水殊委蛇。君看岸邊蒼石
上，古來篙眼如蜂窠。但應此心無所住，造物雖駛如吾何。
回船上馬各歸去，多言譊譊師所呵。(〈百步洪二首之一〉《蘇
軾詩集》卷十七)

蘇軾以主觀的我，化身為百步洪，因此寫來格外生動。連用了十個譬
喻，詩中並非單純寫景描物，而是以洪水的形象隱喻時間的飛逝和人
世的險惡。故而學者認為，蘇軾是北宋山水詩少數富於哲理的大家之
一。〔註23〕蘇轍在這方面的成就，就不如蘇軾。

　　蘇轍描寫山水重「實」景，善於白描，蘇軾則側重「虛」境，大
膽豐沛的創造力，成為重要特色。東坡善用虛詞、虛境、妙想將詩境
呈現一種奇思妙想的趣味。蘇軾、蘇轍兄弟兩人早年摹畫山水的藝術
表現，多呈現一種工巧鍛鍊的功夫。

（二）詠物詩

　　詠物詩類以題詠物像、建築物、動植物等為討論的範圍。
　　先看兄弟兩人描寫建築物的〈雙鳧觀〉一詩：

〔註23〕陶文鵬〈蘇軾山水詩的諧趣奇趣和理趣〉，見於黃永武、張高評編著
　　　　《宋詩論文選輯》（三），（高雄：復文書局，1988 年 5 月）。

王喬西飛朝洛陽，飄飄千里雙鳧翔。鳧飛遭網不能去，惟有空屨鳧已亡。誰知野鳥不能化，豈必雙屨能飛揚。鳧神屨怪當有在，搔首野廟春風長。（〈雙鳧觀〉《欒城集》卷一，《蘇轍集》冊一／頁12）

王喬古仙子，時出觀人寰。常為漢郎吏，厭世去無還。雙鳧偶為戲，聊以驚世頑。不然神仙跡，羅網安能攀。紛紛塵埃中，銅印紆青綸。安知無隱者，竊笑彼愚奸。（〈雙鳧觀〉《蘇軾詩集》卷二）

蘇轍詩以「鳧」字反覆出現的趣味性來題詠。從雙鳧觀的神話故事，抒發議論。蘇軾的觀點，亦從王喬登仙為出發點，「雙鳧偶為戲，聊以驚世頑。」

以詠物來陳述個人觀點，是蘇軾兄弟詠物詩類共同的藝術手法。

野人獻竹䶅，腰腹大如盎。自言道旁得，采不費置網。鴟夷讓圓滑，渾沌慙瘦爽。兩牙雖有餘，四足僅能髣。逢人自驚蹶，悶若兒脫襁。念此微陋質，刀几安足枉。就禽太倉卒，羞愧不能饗。南山有孤熊，擇獸行舐掌。（〈竹䶅〉《蘇軾詩集》卷五）

野食不穿囷，谿飲不盜盎。嗟䶅獨何罪？膏血自為囷。陰陽造百物，偏此愚不爽。肥癡與瘦黠，稟受不相髣。王孫處深谷，小若兒在襁。超騰避彈射，將中還復枉。一朝受羈系，冠帶相賓項饗。愚死智亦擒，臨食抵吾掌。（〈次韻子瞻竹䶅〉《欒城集》卷二，《蘇轍集》冊一／頁34）

詠竹䶅，蘇軾從它的外形（腰腹、皮毛、牙齒、四足）、神態上（逢人自驚蹶，悶若兒脫襁），歸入議論「念此微陋質，刀几安足枉」，摹寫肥腯醜濁之狀，[註24]與熊羆之物相較，死不足惜。蘇轍雖為詠物，卻寓物而論，「陰陽造百物，偏此愚不爽。肥癡與瘦黠，稟受不相髣。」對於蘇軾鄙陋竹䶅，不予認同，「采不費置網」，嗟其「何罪」之有？

〔註24〕宋・許顗《彥周詩話》，云：「東坡作〈竹鼠留鼠詩〉，模寫肥腯醜濁之態，讀之亦足想見風彩。」見《歷代詩話》一，頁395。

天地陰陽造化萬物，各有其性，不論肥癡或瘦點，但終究「愚死智亦擒」，歸結百物似乎都難逃脫人為的掌控與主導，歸入哲理的思維。蘇軾賦形詠物，後點出萬物愚鈍資質之差異，自有淘汰之道；蘇轍通篇議論，藉物論理，物本平等，不分優劣。

　　熙寧四年（1071）歐陽脩以太子少師致仕（告老），休居潁州，蘇軾、蘇轍同去探訪，並得以觀賞歐陽脩所藏的這塊石屏。

> 石中枯木雙扶疏，粲然脉理通肌膚。剖開左右兩相屬，細看不見毫髮殊。老槹剝落但存骨，病松憔悴空留鬚。丘陵迤邐山麓近，雲烟澹靄風雨餘。我驚造物巧如此，刻畫瑣細供人須。公家此類尚非一，客至不識空嗟吁。案頭紫雲抱明月，床上寒木翻飢烏。賦形簡易神自足，鄙棄筆墨皆勤劬。天工此意與人競，雜出變怪驚群愚。世間淺拙無與敵，比擬賴有公新書。自注：月石硯屏及石上寒林棲烏，皆公詩所賦。（〈歐陽公所蓄石屏〉《欒城集》卷三，《蘇轍集》冊一／頁 57）

蘇轍直接切入主題，針對石屏風上面的石紋肌理所形成之圖畫意境加以描繪。石紋上自然呈現的線條、紋理，把自然景緻一一再現。寒林慘淡，老槹剝落，丘豁連綿，煙雲隱現於風雨之中，刻畫瑣細，令人驚訝造物之天工，非人工繪畫所能比擬。蘇轍對物態的掌握，主以「賦形」為要，「賦形簡易神自足，鄙棄筆墨皆勤劬」，更不須再加任何筆墨點染就能傳達石屏的神態。

　　蘇轍通篇以實筆摹繪，東坡詩卻以無為有，以實寫虛。石屏紋理連結孤松意象；畢宏、韋偃的身世，結合虢山之地；甚至石屏上孤松為兩人幽魂孤憤之作，更要歐陽少師作詩安慰這兩位「不遇」的畫師。

> 何人遺公石屏風，上有水墨希微縱。不畫長林與巨植，獨畫峨嵋山西雪嶺上萬歲不老之孤松。崖崩澗絕可望不可到，孤煙落日相溟濛。含風偃寒得真態，刻畫始信天有工。我恐畢宏韋偃死葬虢山下，骨可朽爛心難窮。神機巧思無所發，化為煙霏淪石中。古來畫師非俗士，摹寫物象略與詩人同。願公作詩慰不遇，無使二子含憤泣幽宮。（〈歐陽少

師令賦所蓄石屏〉《蘇軾詩集》卷六）

蘇軾詩，首句以詰問標出石屏風的不俗，「水墨希微的縱跡」間接的引起讀者的興味。紀昀說：「借事生波，忽成奇弄。」〔註25〕屏風上石紋顯現出的松痕，便因此聯想出唐玄宗、肅宗時畢宏、韋偃兩個善於畫松的人來，同時又想到此二人以不遇而含憤抑鬱，骨沒神存，神機巧思幻化爲煙霏而入石中。經過這一點染，蘇軾雖未對屏風上多加著墨，卻以借畫師構圖，精神超越實體物像的層次，將極平凡的題材便成一首動人的好詩。蘇詩造句上的健勁，令人嘆絕，第四句「獨畫峨嵋山西雪嶺上萬歲不老之孤松」共十六字，「長句磊砢，筆力具有虬松曲盤之勢」，〔註26〕冠絕古今。

　　對石屏上「天工」的讚嘆，蘇轍從實處入手，蘇軾從虛處入手，前者正面述說，無出新意，後者側面烘托，奇特的想像，更顯韻致。

> 石君得書法，弄筆歲月久。經營妙在心，舒卷功隨手。惟茲逸群氣，扶駕須斗酒。作堂名醉墨，揮灑動牆牖。安得酌酒池，淋漓看濡首。但取繼張君，莫顧顛名醜。（〈石蒼舒醉墨堂〉《欒城集》卷三／頁47）

> 人生識字憂患始，姓名麤記可以休。何用草書誇神速，開卷惝怳令人愁。我嘗好之每自笑，君有此病何能瘳。自言其中有至樂，適意不異逍遙遊。近者作堂名醉墨，如飲美酒消百憂。乃知柳子語不妄，病嗜土炭如珍羞。君於此藝亦云至，堆牆敗筆如山邱。興來一揮百紙盡，駿馬倏忽踏九州。我書意造本無法，點畫信守煩推求。胡爲議論獨見假，隻字片紙皆藏收。不減鍾張君自足，下方羅趙我亦優。不須臨池更苦學，完取絹素充衾裯。（〈石蒼舒醉墨堂〉《蘇軾詩集》卷六）

石蒼舒，字才美，善於草隸書法，人稱得「草聖三昧」。〈石蒼舒醉墨堂〉詩，蘇軾就圍繞著「醉墨」的名字上翻騰。題名爲「堂」，看似爲詠物，卻是談論書法。蘇軾第一句的牢騷話，和他當時與新法派意

〔註25〕紀昀《蘇文忠公詩集》卷六，《蘇詩彙評》，頁205。
〔註26〕汪師韓《蘇詩選評箋釋》卷一，《蘇詩彙評》，頁205。

見相佐遭放逐，任職鳳翔卻又得不到賞識，暗用項羽輕視文字典故，識字本是多餘，更何況是龍飛鳳舞的草字。從自己談到對方，蘇軾詩高明之處就在其「不即不離」、「變化頓挫」，「愁」字明寓貶意，其實爲暗伏石蒼舒草書功力深厚，「我嘗好之每自笑，君有此病何能瘳」爲反說其意的「罵題格」，〔註27〕藉批評字詞明貶暗褒，「病」乃深於書藝，耽溺成癖。「我書意造本無法」以下四句，看似蘇軾自我否定，其實對石君的推崇是頗爲自負。末尾四句，「不減鍾張」用王羲之語讚美石蒼舒可與鍾繇、張芝相比，「下方羅趙」用張芝「下方羅趙有餘」典收束「我書」，得意自己的書法不俗。末用張芝苦學書法典故。抒情、議論、敘事融爲一體，「反用典故」，妙趣橫生，得見蘇軾善於波瀾起伏，正說反說的文字魅力。

相對比蘇轍的〈石蒼舒醉墨堂〉詩，不出蘇軾以「作堂名醉墨」爲題旨，借題發揮。摻用人稱「草聖」張芝事典，氣調平緩溫和。詩中闡述蘇轍對書法創作「石君得書法，弄筆歲月久」，需要時間的磨鍊，和書法構思「經營妙在心，舒卷功隨手」，妙乎一心的藝術理論。人的「逸氣」加上「斗酒」的助興，緊扣「醉墨」，突顯書法氣韻生動爲追求的最高境界。

又蘇軾、蘇轍兄弟有〈石鼓〉唱和詩。〈石鼓歌〉爲韓愈代表力作，《峴傭說詩》〔註28〕云：「退之一副筆墨，東坡一副筆墨。古之名家，必自具面具如此。」蘇轍〈石鼓〉詩，描寫生動，筆力雄健，以敘事見長，其創作有別於韓愈、蘇軾寫作風格，故自有一副筆墨。

（三）題畫詩

詠物詩的另一個題材便是題畫詩。蘇轍曾多次表示自己學習蘇軾，「予兄子瞻少而知畫，不學而得用筆之理。轍少聞其餘，雖不能深造之，亦庶幾焉。」〔註29〕

〔註27〕紀昀評《蘇文忠公詩集》卷六，《蘇詩彙評》，頁181。
〔註28〕《清詩話》下，頁13。
〔註29〕蘇軾〈四菩薩閣記〉，《蘇軾文集》冊四。

蘇軾、蘇轍兄弟兩人在題畫詩創作及思考上有相同處：

> 昔者子輿病且死，其友子祀往問之。跰㢴鑒井自嘆息，造物將安以我爲。今觀古塑維摩像，病骨磊嵬如枯龜。乃知至人外生死，此身變化浮雲隨。世人豈不碩且好，身雖未病心已疲。此叟神完中有恃，談笑可卻千熊羆。當其在時或問法，俛首無言心自知。至今遺像兀不語，與昔未死無增虧。田翁里婦那肯顧，時有野鼠銜其髭。見之使人每自失，誰能與詰無言師。（〈維摩像唐楊惠之塑在天柱寺〉《蘇軾詩集》卷四）

> 今粟如來瘦如腊，坐上文殊秋月圓。法門論極兩相可，言語不復相通傳。至人養心遺四體，瘦不爲病肥非妍。誰人好道塑遺像，鮐皮束骨筋扶咽。兀然隱几心已滅，形如病鶴竦兩肩。骨節支離體疏緩，兩目視物猶炯然。長嗟靈運不知道，強翦美須插兩顴。彼人視身若枯木，割去右臂非所患。何況塑畫已身外，豈必奪爾庸自全。眞人遺意世莫識，時有遊僧施缽錢。（〈和子瞻鳳翔八觀八首——楊惠之塑維摩像〉《欒城集》卷二，《欒城集》冊一／頁25）

很明顯的，東坡、子由兩兄弟對「維摩像」的描述，都是從老、莊道家審美精神爲出發點。蘇軾引用《莊子·大宗師》子祀、子輿的故事，「假於異物，託於同體，忘其肝膽，遺其耳目，反覆終始，不知端倪。」這些形貌醜陋，肢體殘缺的畸人，已能超脫生死、安時處順，哀樂不能入。把形體看作是寄託精神的異物，何種形體都能安然處之。因此，兩人在描述上以精神上的神采美，而忽視形體上「病骨磊嵬如枯龜」、「形如病鶴竦兩肩」枯槁、病瘦的外貌。

蘇軾「乃知至人外生死」，但卻神氣自足「此叟神完中有恃」，可惜田翁里婦不知塑像之美，任野鼠銜其髭鬚，令人悵然。蘇轍「至人養心遺四體」，而且目光炯然有神采「兩目視物猶炯然」，以世人莫識，投缽賞錢，而未駐足停留欣賞之作結。

蘇軾、蘇轍的寫作思想相似、藝術技巧也相仿，議論英爽，筆力

深厚。

> 目盡孤鴻落照邊，遙知風雨不同川。此間有句無人識，送
> 與襄陽孟浩然。(〈郭熙秋山平遠二絕之一〉《蘇軾詩集》卷二十九)

> 亂山無盡水無邊，田舍漁家共一川。行遍江南識天巧，臨
> 軒開窗兩茫然。(〈次韻子瞻題郭熙平遠二絕之一〉《欒城集》卷十
> 五，《欒城集》冊一／頁 296)

此為，蘇轍次韻蘇軾題郭熙平遠詩作。前兩句都是呼應「平遠」二字。
郭熙《林泉高致集、山水訓》云：「自近山而望遠山，謂之平遠。」
蘇軾「目盡孤鴻落照邊，遙知風雨不同川」，視點上下交錯；蘇轍「亂
山無盡水無邊，田舍漁家共一川」，視點平面呈現。清・王概《芥子
園畫傳》提到：「平遠之致沖融，此處皆為通幅大結。」〔註 30〕如何
突破題畫的陳舊敘述，唯有「取之象外」。繪畫所能呈現的不僅是畫
面上的線條、墨色、深淺濃淡而已，在意境和內涵上的推想，保留並
容納多重的空間與留白。蘇轍「行遍江南識天巧，臨軒開窗兩茫然」
稱讚郭熙高超的藝術技巧，如讓人見到自然真實的江南美景，是真，
是畫，令人目亂神迷了。蘇軾「此間有句無人識，送與襄陽孟浩然」
句，不從風景的寫真入手，唐代詩人孟浩然擅寫山水詩歌，透過轉筆
經營，開拓出更豐富的內涵。意在象外，象外有象，蘇軾的詩歌更能
引起一連串山水圖畫的聯想，拓展郭熙畫作的深度和廣度。

> 溪山雪月兩佳哉，賓主談鋒夜轉雷。猶言不見戴安道，為
> 問適從何處來。(〈雪溪乘興〉《蘇軾詩集》卷三十三)

> 亟往遄歸真曠哉，聾人不信有驚雷。雖云不必見安道，已
> 誤扁舟犯雪來。(〈次韻題畫卷四首——雪溪乘興〉《欒城後集》卷
> 一，《欒城集》冊一／頁 874)

蘇軾以「適從何處來」的問句，呼應題旨「乘興」，蘇轍卻以「已誤
扁舟犯雪來」翻轉原意，「誤」字的趣味，有既來之則安之的「適性」。
在「不見」與「不必見」之間，是「乘興」而來「隨性」自在。

〔註30〕傅抱石《中國繪畫理論》(台北：里仁書局，1995 年 4 月)，頁 200。

毫端偶集一微塵，何處溪山非此身。狂客思歸便歸去，更
求敕賜枉天眞。(〈四明狂客〉《蘇軾詩集》卷三十三)

失腳來遊九陌塵，故溪何日定抽身？便同賀老扁舟去，已
笑西山鄭子眞。(〈次韻題畫卷四首──四明狂客〉《欒城後集》卷
一，《欒城集》冊一／頁874)

賀知章，會稽永興人，自號四明狂客，晚節尤爲放蕩不羈。蘇軾
「更求敕賜枉天眞」，因爲有所「求」便會「枉」減損內心天眞的說法，
似乎不如蘇轍「已笑西山鄭子眞」，用「已」字的先知，來得巧妙。

蘇轍題王詵畫卷，不論是〈雪溪乘興〉、〈四明狂客〉都多了一些
自在與瀟灑。次韻詩因爲後作，因此多了一些優勢，但也多了一些限
制。因此「同中求異」的自覺，更顯重要。蘇轍長於思理，這是他詩
歌當中寫得較好的部分。另外一首題李伯時畫御馬〈好頭赤〉詩，亦
獲得好評。

山西戰馬饑無肉，夜嚼長稭如嚼竹。蹄間三丈是徐行，不
信天山有坑谷。豈如廄馬好頭赤，立仗歸來臥斜日。莫教
優孟卜葬地，厚衣薪槱入銅歷。(〈戲書李伯時畫御馬好頭赤〉《蘇
軾詩集》卷三十)

沿邊壯士生食肉，小來騎馬不騎竹。翩然赤手挑青絲，捷
下巔崖試深谷。牽入故關榆葉赤，未慣中原暖風日。黃金
絡頭依圉人，俯聽北風懷所歷。(〈次韻子瞻好頭赤〉《欒城集》
卷十六，《欒城集》冊一／頁306)

賀裳《載酒園詩話》評價蘇轍此詩，曰：「〈和子瞻好頭赤〉一篇，眞
勝子瞻。不惟音節入古，且言外感慨悲涼，有吳子泣西河，廉公思趙
將之意。大蘇集中未見有是。」〔註31〕故，蘇轍乃以「意」勝。

當然在蘇軾、蘇轍之間，對題畫詩「同題」詩中內容的表達或觀
念，也有想法不一致的地方。其不同處，如：

老馬側立鬃尾垂，御者高拱持青絲。心知後馬有爭意，兩
耳微起如立錐。中馬直視翹右足，眼光未動心先馳。僕夫

〔註31〕見《清詩話續編》上，頁430。

旋作奔佚想，右手正控黃金羈。雄姿駿發最後馬，回身奮
鬣真權奇。圉人頓轡屹山立，未聽決驟爭雄雌。物生先後
亦偶爾，有心何者能忘之？畫師韓幹豈知道，畫馬不獨畫
馬皮。畫出三馬腹中事，似欲譏世人莫知。伯時一見笑不
語，告我韓幹非畫師。（〈韓幹三馬〉《欒城集》卷十五，《欒城集》
冊一／頁 295）

潭潭古屋雲幕垂，省中文書如亂絲。忽見伯時畫天馬，朔
風胡沙生落錐。天馬西來從西極，勢與落日爭分馳。龍膺
豹股頭八尺，奮迅不受人間羈。元狩虎脊聊可友，開元玉
花何足奇。伯時有道真吏隱，飲啄不羨山梁雌。丹青弄筆
聊爾耳，意在萬里誰知之。幹惟畫肉不畫骨，而況失實空
留皮。煩君巧說腹中事，妙語欲遣黃泉知。君不見韓生自
言無所學，廄馬萬匹皆吾師。（〈次韻子由書李伯時所藏韓幹馬〉
《蘇軾詩集》卷二十八）

提到韓幹畫馬，我們都會聯想起杜甫題畫詩〈丹青引贈曹將軍霸〉云：
「畫師韓幹豈知道，畫馬不獨畫馬皮。」杜甫評價韓幹畫馬：「幹為畫
肉不畫骨，忍使驊騮氣凋喪」。後人解讀的結果，不應以杜甫此詩貶低
韓幹，或可以另一角度視為此詩為稱美韓幹的另一表現方式。〔註32〕

　　蘇轍分別描述「老馬」、「中馬」、「最後馬」的形態和動作，御者
駕馳著馬匹，似乎各有心事，於是抒發圖畫「物生先後亦偶爾，有心
何者能忘之」的象外意，把馬匹、僕夫以及圉人內心的獨白與心理思
想的解剖，娓娓道來，這都是畫面上所沒有呈現的。「畫馬不獨畫馬
皮，畫出三馬腹中事」，蘇轍推崇韓幹畫馬知神妙，而感嘆「似欲譏
世人莫知」。蘇軾〈次韻子由書李伯時所藏韓幹馬〉：「幹惟畫肉不畫
骨，而況失實空留皮。煩君巧說腹中事，妙語欲遣黃泉知。」東坡不
認同蘇轍的「巧說」，他認為韓幹「而況失實空留皮」呼應子由「畫
馬不獨畫馬皮」，而讚美蘇轍是了解韓幹畫馬的知音。

〔註32〕石守謙〈「幹惟畫肉不畫骨」別解〉，《風格與世變》（台北：允晨文
　　　化股份有限公司，1996 年），頁 55～85。

　　從蘇軾詩中得知，李伯時不但收藏韓幹《三馬圖》，還臨摹了此圖。蘇轍最後二句，說明李公麟對自己觀畫的讚語，默而許之，蘇軾則借此次韻詩對李公麟高超的畫技，絕妙的構思，重新詮釋的嶄新面貌予以肯定和讚揚。〔註33〕

　　又〈王維吳道子畫〉，王維、吳道子孰為優劣？

　　　……吳生雖妙絕，猶以畫工論。摩詰得之於象外，有如仙翮謝籠樊。吾觀二子皆神俊，又於維也斂衽無間言。（〈鳳翔八觀——王維吳道子畫〉《蘇軾詩集》卷四）

　　　……勇怯不必同，要以各善耳。……女能嫣然笑傾國，馬能一踐至千里。優柔自好勇自強，各自勝絕無彼此。誰言王摩詰，乃過吳道子？……（〈和子瞻鳳翔八觀八首——王維吳道子畫〉《欒城集》卷二，《欒城集》冊一／頁24）

「吾觀天地間，萬事同一理」事物的理則，存在一體兩面，蘇轍是以兼容並包的思想來涵括的。王維開創文人畫，渲染寫意的詩畫風格，吳道子擅長人物畫，畫風剛健、氣韻雄壯。〔註34〕同題〈王維吳道子畫〉蘇軾的看法則是：「吳生雖妙絕，猶以畫工論。摩詰得之於象外，有如仙翮謝籠樊。」文人畫與畫工的差別，除了能描繪人物形貌外，最重要的是能「得之於象外」的神意韻味的傳達。文人畫突破形似得妙於心，故而王維能深得蘇軾的讚服。蘇轍則針對兄軾提出不同的意見，他認為不論王維軟美的文人畫風，或吳道子陽剛的繪畫風格，「優柔」或「剛傑」的畫風，各自有其特色，「勇怯不必同，要以各善耳」不必揚此抑彼，強分出高下。

　　方東樹《昭昧詹言》卷十二：「（軾）神品妙品，筆勢奇縱。神變

〔註33〕衣若芬〈蘇轍「韓幹三馬」及其次韻詩〉，《宋代文學研究叢刊》第三期，1997年7月。提到，北宋哲宗元祐二年（1087年）蘇轍的〈韓幹三馬〉，有六首次韻詩。除蘇軾外詩，還有王欽臣、劉攽、蘇頌和黃庭堅。他們直接受到蘇軾觀點影響，皆於詩中加重了描述李公麟畫馬的比例和藝術地位。

〔註34〕《歷代名畫記》卷一，頁19，〈論畫六法〉「唯觀吳道玄之跡，……氣韻雄壯，幾不容於縑素。」

氣變，渾脫溜亮。一氣奔赴中，又頓挫沉鬱。」東坡善體物情，故妙出不絕。虛實形容，能盡妍態。子由善觀物象之變，曲盡其意，雖未能超越蘇軾，亦有勝出之作。

（四）社會詩

蘇洵對兩個兒子的教誨甚深，影響頗大。父親曾告誡蘇軾說：「先生之詩文，皆有為而作，精悍確苦，言必中當世之過，鑿鑿乎如五穀必可以療飢，斷斷乎如藥石必可以伐病。」（《鳧繹先生詩集敘》）〔註35〕蘇轍也曾回憶說：「予幼師事先君，聽其言，觀其行事。今老矣，由志其一二。」（〈藏書室記〉《欒城三集》卷十）兄弟兩人一生對「救時」、「濟世」之社會責任與道德正義，終身謹記，銘志不忘。在關懷社會、政治批評上堅持自己的理想，針砭時政，考察民生，總是與人民站在第一線上。

〈夜泊牛口〉是充滿實錄精神與現實關懷的作品。

> 行過石壁盡，夜泊牛口渚。野老三四家，寒燈照疏樹。見我各無言，倚石但箕踞。水寒雙脛長，壞褲不蔽股。日莫江上歸，潛魚遠難補。稻飯不滿盂，饑臥冷徹曙。安知城市歡，守此田園趣。祇應長凍饑，寒暑不能苦。（《欒城集》卷一，《欒城集》冊一／頁2）

> 日落江霧生，繫舟宿牛口。居民偶相聚，三四依古柳。負薪出深谷，見客喜且售。煮蔬為夜飧，安識肉與酒。朔風吹茅屋，破壁見星斗。兒女自咿嚘，亦足樂且久。人生本無事，苦為世味誘。富貴耀吾前，貧賤獨難守。誰知深山子，甘與麋鹿友。置身落蠻荒，生意不自陋。今予獨何者，汲汲強奔走。（《蘇軾詩集》卷一）

蘇轍用冷靜而銳利的觀察，像是個攝影機靜態的掃過屋舍、人民，其顏色、神態、服裝、收成、食物，歸結出食不飽、衣不暖飢寒交迫的生活，而須守此田園「趣」，此「趣」的內容，竟是「長凍饑」，豈一

〔註35〕語見《三蘇全書》冊十三，頁461。

「苦」字能解？蘇軾的觀點亦同，不同的是用人性溫暖的一面，反面立意，寫「安識」，因爲不「識」，故而「兒女自咿嚘，亦足樂且久」。以「樂」襯「苦」，對當地人「樂且久」的注語，不啻爲蘇軾反省自我的領悟。人生本應無事，卻苦於對現世的追求，流露出對自樂的羨慕之情。

所謂「君臣上下有惻怛之心，忠厚之政」的仁宗治世，人民的生活就是籠罩在「壞褌不蔽股」、「稻飯不滿盂」、「朔風吹茅屋，破壁見星斗」之中。蘇轍直言，蘇軾婉曲，蘇轍痛陳民隱，言詞較蘇軾嚴峻。兩人從不同角度切入，方面不同，面目各異。

王安石變法，變法派人士自出心意，趨炎阿附，排斥異己，打壓他黨，蘇轍與蘇軾同爲舊黨，蘇轍對新黨人物藉著柳與松的對比，進行激烈的諷刺。

> 柳湖萬柳作雲屯，種時亂插不須根。根如臥蛇身合抱，仰視不見蜩蟬喧。開花三月亂飛雪，過牆度水無復還。窮高極遠風力盡，棄墮泥土顏色昏。偶然直墮湖中水，化爲浮萍輕且繁。隨波上下去無定，物性不改天使然。南山老松長百尺，根入石底蛟龍蟠。秋深葉上露如雨，傾流入土明珠圓。乘春發生葉短短，根大如指長而堅。神農嘗藥最上品，氣力直壓鍾乳溫。物生稟受久已異，世俗何始分愚賢。

（〈柳湖感物〉《欒城集》卷三，《欒城集》冊一／頁 51）

蘇轍認爲，樹根淺而枝葉徒茂的柳，好比那些變法派人物。其特性爲：一、本性不定，缺少自主性「種時亂插不須根」。二、「化爲浮萍輕且繁」心性隨便，趨炎附勢。三、「隨波上下去無定，物性不改天使然」，做事見風轉舵、隨波逐流，主體毫無見識。而「南山老松長百尺」正爲舊黨人士正直不阿，憂國憂民的形象。

自注：「嘗見野人言，柳花入水爲浮萍，松上露墮地爲仙茅，陰乾服之益人。古方云十斤鍾乳，不如一斤仙茅。」最後以鍾乳、仙茅微婉的仙家道語，不分賢愚作結。

憶昔子美在東屯，數間茆屋蒼山根。嘲吟草木調蠻獠，欲

與猿鳥爭啾喧。子今憔悴眾所棄，驅馬獨出無往還。唯有柳湖萬株柳，清陰與子供朝昏。胡爲譏評不少借，生意凌挫難爲繁。柳雖無言不解慍，世俗乍見應憮然。嬌姿共愛春濯濯，豈問空腹修蛇蟠。朝看濃翠傲炎赫，夜愛疏影搖清圓。風翻雪陣春絮亂，蠹響啄木秋聲堅。四時衰盛各有態，搖落悽愴驚寒溫。南山孤松積雪底，抱凍不死誰復賢。

（〈次韻子由柳湖感物〉《蘇軾詩集》卷六）

蘇軾呼應蘇轍松柳比擬。「柳雖無言不解慍」以下六句，日寫柳的嬌姿、濃翠，夜繪柳的疏影清圓，春、秋各有丰姿，應受世人的喜愛。下轉以「風」、「雪」的動盪，「開花三月亂飛雪」句，來描述柳絮如雪飄飛。「南山孤松積雪底，抱凍不死誰復賢」，結句批駁尖銳，若不能困厄中堅持到底，如何稱得上「賢」？紀昀《蘇文忠公詩集》卷七評：「與子由詩一意，特有激而反言之，其詞未免失之尖薄。」〔註36〕

再看一首〈畫魚歌〉。吳人以長釘加杖頭，以伩畫水取魚，爲之畫魚。

天寒水落魚在泥，短勾畫水如耕犁。渚蒲披折藻荇亂，此意豈復遺鰍鯢。偶然信手皆虛擊，本不辭勞幾萬一。一魚中刃百魚驚，蝦蟹奔忙誤跳擲。漁人養魚如養雛，插竿冠笠驚鵜鶘。豈知白梃鬧如雨，攪水覓魚嗟已疏。（〈畫魚歌〉）
《蘇軾詩集》卷八）

潛魚在淵安可及？垂餌投竿易如拾。橫江設網雖不仁，一瞬位移收百十。畫魚何者漫區區，終日辛勤手拮据。已嫌長網不能遍，肯信一竿良有餘。鯤鯢駭散蛟龍泣，獲少驚多亦何益！願從網罟登君庖，碎首屠鱗非所惜。（〈和子瞻畫魚歌〉《欒城集》卷四，《欒城集》冊一／頁80）

熙寧五年，於湖州道中，蘇軾寫此詩刺當時徵收既多刑法又嚴，擾讟人民。新法盛行如「短鉤畫水」，王、呂輩壞壞法亂制，人民在改革

〔註36〕《蘇詩彙評》上，頁226。

中未蒙其利，先受其害。〔註37〕「渚蒲披折藻荇亂，此意豈復遺鰍鯢」、「一魚中刃百魚驚，蝦蟹奔忙誤跳擲」原本安民為首要之務，然新法如麻不但沒有解決民困反而擾民，「攪水」之中，一片烏煙瘴氣。譚元春評：「力入巧出，有血滴而無骨見。」〔註38〕

　　一開始，「潛魚在淵安可及？垂餌投竿易如拾」直陳投竿垂釣深淵裡的魚，易如反掌，蘇轍以變法派「已嫌長網不能遍」不能全面推行新法政令，哪能代之以一竿垂餌便束手作罷，責備當政者的「不仁」。末尾四句，蛟龍與其隨鯤鯢驚駭哀泣，不如「願從網罟登君庖」二句，寄寓著深刻悲天憫人、憂國懷民的情感。蘇轍詩比起蘇軾面對現狀的的無奈，透過一層，語極深摯，氣象闊大，痛指民隱，不嫌于盡。

　　同年，蘇軾作〈監試呈諸試官〉，蘇轍有和作〈和子瞻監試舉人〉。

> ……緬懷嘉祐初，文格變已甚。千金碎全璧，百衲收寸錦。……維時老宗伯，氣壓群兒凜。……至今天下士，微管幾左衽。……爾來又一變，此學初誰諗。權衡破舊法，芻豢笑凡飪。高言追衛樂，篆刻鄙曹沈。（《蘇軾詩集》卷八）

> ……朝廷發新令，長短棄前獲。緣飾小學家，睥睨前王作。聲形一分解，道義因附託。安行燕衢路，強挽就縻縛。縱橫施口鼻，爛熳塗丹堊。強辯忽橫流，漂蕩終安泊。憶惟法初傳，欲講面先作。新科勸多士，從者盡高爵。徘徊始未信，衒誘終難卻。……（《欒城集》卷四，《欒城集》冊一／頁78）

蘇軾論文章之變，嘉祐時，文變弊得，得歐陽脩力反於古。又王安石一變科舉之法，變之衰矣。蘇轍則針對王安石科舉新法激烈批評，義

〔註37〕參汪師韓《蘇詩評選箋釋》卷二：「時新法盛行，故即『短鉤畫水』以為喻。所言『此意豈復遺鰍鯢』與『一魚中刃百魚驚』者，似皆指新法之病民。王、呂輩壞法亂制，豈異拔渚蒲而亂藻荇哉！」《蘇詩彙評》上，頁298。

〔註38〕袁宏道評閱譚元春選《東坡詩選》卷二譚元春評。引自曾棗莊主編《蘇詩彙評》（四川文藝出版社），頁298。

正辭嚴，舉證歷歷，如縱橫家滔滔江河，一發不可收拾。

〈荔支嘆〉，以進貢荔支之事，反映社會現狀。

> 十里一置飛塵灰，五里一堠兵火催。顚阬仆谷相枕籍，知是
> 荔支龍眼來。飛車跨山鶻橫海，風枝露葉如新採。宮中美人
> 一破顏，驚塵濺血流千載。永元荔支來交州，天寶歲貢取之
> 涪。至今欲食林甫肉，無人舉觴酹伯游。我願天公憐赤子，
> 莫生尤物爲瘡痏。雨順風調百穀登，民不飢寒爲上端。君不
> 見武夷溪邊粟粒芽，前丁後蔡寵相加。爭新買寵各出意，今
> 年鬥品充官茶。吾君所乏豈此物，致養口體何陋耶。洛陽相
> 君忠孝家，可憐亦進姚黃花。(〈荔支嘆〉《蘇軾詩集》卷三十九)

> 蜀中荔支止嘉州，餘波及眉半有不。稻糠宿火卻霜霰，結
> 子僅與黃金侔。近聞闤尹傳種法，移種成都出巴峽。名園
> 競擷絳紗苞，蜜漬瓊膚甘且滑。北遊京洛墮紅塵，篛籠白
> 曬稱最珍。思歸不復爲蓴菜，欲及炎風朝露勻。平居著鞭
> 苦不早，東坡南竄嶺南道。海邊百物非平生，獨數山前荔
> 支好。荔支色味巧留人，不管年來白髮新。得歸便擬尋鄉
> 路，棗栗園林不須顧。青枝丹實須十株，丁寧附書老農圃。

(〈奉同子瞻荔支嘆〉《欒城後集》卷二，《欒城集》冊三／頁 891)

哲宗紹聖二年（1095），蘇軾正被貶至廣東惠州（今惠陽）。本詩由漢、
唐時代官吏進貢荔枝，媚上邀寵，因而殘害百姓。「十里一置飛塵灰」
以下四句，寫漢和帝交州進荔枝，「飛車跨山鶻橫海」以下四句，寫
唐玄宗四川進荔枝。爲了承諛阿上，不惜人民「顚阬仆谷相枕籍」、「驚
塵濺血流千載」，悲慘之狀令人驚心動魄。感嘆如漢唐羌（伯游）上
書加以勸阻，卻無人聞問，願天勿生「尤物」，一指荔枝，一指美人，
刺上位昏庸之主。寫到宋代進貢茶葉、牡丹，對前朝、當朝的名臣丁
謂、蔡襄、錢惟演的「爭新買寵各出意」，可憐忠孝家亦加入此殘虐
百姓的行列，痛陳激切。雖爲詠物，藉物抒發，夾敘夾議，褒貶其中，
與史針補，「眞太史公之文」。〔註39〕

〔註39〕方東樹《昭昧詹言》卷十二（台北：廣文書局，1962 年 8 月）。

　　此時的蘇轍，由元祐年間高居副相，門下侍郎貶職，出知汝州、再貶袁州，三貶分司南京、筠州居住，紹聖二年，五十七歲，貶居筠州。「荔枝」爲歷代水果珍品，蘇轍鋪敘荔枝從嘉州、閩、成都、巴峽、京、洛移居的過程，到東坡貶竄嶺南，焦點還是荔枝。轍詩呼應蘇軾痛斥當朝無道的主題，權臣當政，官吏無不阿諛逢迎，上貢荔枝，以迎合在位者的需求，因此叮嚀老農要對青枝丹實善加照顧。正面附和，反面譏刺，在藝術技巧上，蘇轍詩有力圖開創之處。

　　其他描述政治黑暗、生活痛苦的詩歌，還有如：〈和子瞻開湯村運鹽河雨中督役〉詩。

　　　　居官不任事，蕭散羨長卿。胡不歸去來，滯留愧淵明。鹽事星火急，誰能卹農耕。薨薨曉鼓動，萬指羅溝坑。天雨助官政，泫然淋衣纓。人如鴨與豬，投泥相濺驚。……（〈開湯村運鹽河雨中督役〉《蘇軾詩集》卷八）

　　　　興事常苦易，成事常苦難。不督雨中役，安知民力殫！年來上功勳，智者爭雕鑽。山河不自保，疏鑿非一端。譏訶西門豹，仁智未得完。方以勇自許，未卹衆口歎。天心閔劬勞，雨涕爲汍瀾。不知泥淖中，更益手足寒。……（〈和子瞻開湯村運鹽河雨中督役〉《欒城集》卷四，《欒城集》冊一／頁79）

蘇軾敘事爲主，寫人民於大雨滂沱中，如牲畜般在泥濘的運河溝渠裡工作。王文誥稱其「皆雨中實事，其文如經，其筆如史」。〔註40〕蘇軾對自己不棄官歸隱，目睹人民在大雨中勞役，開運河運鹽，身處泥濘地上如鴨、豬的慘況，感到自責。蘇轍善用反話，苦中作樂「天心閔劬勞，雨涕爲汍瀾」，天地因憐憫，故下雨悲泣。諷刺當朝只好藉古人興嘆，「仁智未得完」幽西門豹一默。

　　兄弟兩人個性耿直中正，力排衆議，直言不諱，批評政治的精神是一致的，切重當世之過也是不遺餘力。大致上說來，早年兩人對政治批評嚴峻，蘇軾在烏臺詩案後，文風不再激訐。而蘇轍在晚年對於

〔註40〕王文誥《蘇文忠公詩集》卷八。

人民關注不斷，痛陳民隱之苦。

蘇軾兄弟，都是曠世之才，但並不憤世嫉俗，如同清、劉熙載《藝概、文概》提到的：「太史公文，悲世之意多，憤世之意少，是以立身常在高處。」〔註41〕對政治的批判，對社會人生的關懷，都是懷著憂國憂民、悲天憫人的情操，對人生抱持著樂觀的態度，接受政治社會嚴厲的考驗，坦率認真而堅持。

（五）詠史詩

以歷史人物、事件、古蹟的歌詠，為本節「詠史詩」史題詩類論述的重點。

〈野鷹來〉一詩，為古樂府題新作。

> 野鷹來，雄雉走。蒼茫荒榛下，毰毸大如斗。鷹來瀟瀟風雨寒，壯士臺中一揮肘。臺高百尺臨平川，山中放火秋草乾。雉肥兔飽走不去，野鷹飛下風蕭然。嵯峨呼鷹臺，人去臺已圮。高臺不可見，況復呼鷹子。長歌野鷹來，當年落誰耳。父生已不武，子立又不強。北兵果南下，擾擾如驅羊。鷹來野雉何暇走，束縛籠中安得翔？可憐野雉亦有爪，兩手捽鷹猶可傷。（〈襄陽古樂府——野鷹來〉《欒城集》卷一，《欒城集》冊一／頁11）

> 野鷹來，萬山下。荒山無食鷹苦饑，飛來為爾繫絲絲。北原有兔老且白，年年養子秋食菽。我欲擊之不可得，年深兔老鷹力弱。野鷹來，城東有臺高崔巍。臺中公子著皮袖，東望萬里心悠哉。心悠哉，鷹何在！嗟爾公子歸無勞，使鷹可呼亦凡曹，天陰月黑狐夜嗥。（〈襄陽古樂府——野鷹來〉《蘇軾詩集》卷二）

襄陽城東二十里有劉表的呼鷹臺。據《水經注》，東漢末劉表（142～208）嘗於襄陽歌〈野鷹來曲〉。劉表好謀而無決，不能廣納建言，知人善用，他死後其子劉琮則投降曹操。蘇轍感嘆：「父生已不武，

子立又不強。北兵果南下，擾擾如驅羊。」並藉「鷹」的兇猛、果決的特性對比劉表父子如野雉般，任人宰割，甚至連野雉還不如。雖喜歌〈野鷹來曲〉卻不是什麼鷹，野雉面對獵鷹尚能一搏，劉琮卻不戰而降。藉詩亦感嘆對邊塞夏、契丹外族態度的軟弱與無能。蘇軾的野鷹少了一分銳氣，「年深兔老鷹力弱」，多了一分登臺慨歎之情。

清‧賀裳《載酒園詩話》云：「二蘇《野鷹來》，大蘇尤俊邁，如『嗟爾公子歸無勞，使鷹可呼亦凡曹』。然子由『可憐野雉亦有爪，兩手搤鷹猶可傷』，藉以誚劉琮兄弟，猶覺有意。蓋此題本爲襄陽樂府也，而坡公坦率，潁濱幹略，亦具見矣。」〔註42〕蘇轍對歷史的識見及幹練的政治才華，由此可窺一二。

〈磻溪石〉詩：

> 呂公年以莫，擇主渭河邊。跪耳留雙膝，臨溪不計年。神專能陷石，心大豈營鱣。不到磻溪上，安知自守堅？（《欒城集》卷一，《欒城集》冊一／頁 15）

> 墨突不暇黔，孔席未嘗煖。安知渭上叟，跪石留雙骭。一朝嬰世故，辛苦平多難。亦欲就安眠，旅人譏客懶。（《蘇軾詩集》卷三）

姜太公爲得明君佐世，垂釣於渭水之濱，經年跪在石頭上，留下腳脛痕跡一事。蘇軾首聯用班固〈答賓戲〉：「孔席不煖，墨突不黔」典，孔子遊學四方，講論仁政，無暇安居；墨子心存救世，汲汲奔走忙碌，終年辛勞。姜尚輔佐武王伐紂而王天下，就國途中，道宿行遲，引人所譏笑，故夜衣而行，藉寫仕宦之勞。

蘇轍就「神專能陷石」來追懷周文王得賢相終治天下。這塊「磻溪石」，代表姜尚的「自守堅」，從「呂公年以莫，擇主渭河邊」寫歷史上賢臣將相的知遇之恩。就歷史觀點上，蘇轍的寫法，較能突出姜太公歷史地位，突顯渴望蒙獲賞識的心情，風格平淡。蘇軾勝長則是從藝術表現上，旁蒐羅奇，引用典故，縱橫恣肆。所以再看〈鄘塢〉詩。

〔註42〕《清詩話續編》上，頁 430。

董公平昔甚縱橫，晚歲藏金欲避兵。當日英雄智相似，燕南趙北亦爲京。(〈郿塢〉《欒城集》卷一，《欒城集》冊一／頁 15)

衣中甲厚行何懼，塢裏金多退足憑。畢竟英雄誰得似，臍脂自照不須燈。(〈郿塢〉《蘇軾詩集》卷三)

漢末天下大亂，董卓屠殺人民，收括財富，藏在郿塢他的家裡。蘇轍從正面實寫，縱橫一時的梟雄，藏金欲避追殺。與古來英雄一樣，董卓伺機而動，不論燕南趙北亦可爲京，凸顯據地稱王的野心。其立論平穩，以敘爲議。蘇軾則側面虛寫，殺人無數的董卓，穿厚甲衣服、防人暗殺，最後被呂布殺死。「誰得似」，諷刺古來有誰如他？董卓死後肚內油脂流出，守軍將士在他肚臍裡裝上燈蕊可以照上好幾天，一語道破其殘暴和民怨，想像豐富，形象生動，令人不寒而慄。陳師道《后山詩話》：「蘇詩始學劉禹錫，故多怨刺。」〔註43〕此爲一例。

郭綸本河西弓箭手，屢戰有功，朝廷卻不賞。自黎州都監官滿，貧不能歸，今權嘉州監稅。〔註44〕

郭綸本蕃種，騎鬥雄西戎。流落初無罪，因循遂龍鍾。嘉州已經歲，見我涕無窮。自言將家子，少小學彎弓。常遇西鄙亂，走馬救邊烽。手挑丈八矛，所往如投空。平生事苦戰，數與大寇逢。昔在定川寨，賊來如群蜂。萬騎擁酋帥，自謂白相公。揮兵取其元，模糊腥血紅。戰勝士氣振，赴敵如旋風。萤萤氈裘將，不信勇且忠。遙語相勸誘，一矢摧厥胸。短兵接死地，日落沙塵蒙。馳歸不敢息，馬口銜折鋒。誰知八尺軀，脫命萬死中。忽聞南蠻叛，羽檄行忽忽。將兵赴危難，瘴霧不辭衝。行經賀州城，寂寞無人蹤。攀堞莽不見，入據爲築墉。一旦賊兵下，百計燒且攻。三日不能陷，救至遂得通。崎嶇有成績，元帥多異同。有功不見賞，憔悴落巴賓。已矣誰復信，言之氣恟恟。予不識郭綸，聞此爲斂容。一夫何足言，竊恐悲群雄。此非介

〔註43〕見清・何文煥輯《歷代詩話》一，頁 306。
〔註44〕蘇軾〈郭綸〉詩自注。

子推，安肯不計功？郭綸未嘗敗，用之可前鋒。(〈郭綸〉)(《欒
城集》卷一，《欒城集》冊一／頁 1)

蘇轍共五十八句，大量的白描，圖繪河西弓箭手郭綸這個英雄人物。
郭綸出生蕃種，驍勇善戰，曾參與宋夏定川寨之役，賊來如群蜂，只
見他一馬當先，揮兵取敵人首級；又平定嶺南儂智高賀州城（今廣西
賀縣）叛變，屢建奇功，卻不見封賞，極寫懷才不遇，英雄失路之悲，
揭露朝廷的賞罰不公，爲郭綸的遭遇不平而鳴。從郭綸的身世、才能、
戰功，一一詳加細數，敘事詳盡，行文曲折見長。蘇轍具有詩史的自
覺，爲歷史事件裁判褒貶。

〈郭綸〉一詩，蘇軾只用了八句總括郭綸的事蹟，可謂妙於概述。
　　河西猛士無人識，日暮津亭閱過船。路人但覺驄馬瘦，不
　　知鐵槊大如椽。因言西方久不戰，截髮願作萬騎先。我當
　　憑軾與寓目，看君飛矢集蠻氈。(〈郭綸〉《蘇軾詩集》卷一)

首聯寫出英雄失意，「猛士」卻「無人識」。「日暮津亭閱過船」，很能
傳達出賦閑無用、風光不再的感慨。頷聯但覺「驄馬瘦」、不知「鐵
槊大」的對比，當年的英姿威武和當今的潦倒失意作一鮮明的對照。
全詩抑揚頓挫，強烈的將一個英雄的今、昔層層對照呼應。

詛楚文，即戰國中晚期時，楚國攻打秦國，秦昭襄王命宗祝向神
靈禱告，祈求降禍於楚師的一篇詛咒文。〔註45〕
　　崢嶸開元寺，彷彿祈年觀。舊築掃成空，古碑埋不爛。詛
　　書雖可讀，字法嗟久換。詞云秦嗣王，敢使祝用瓚。先君
　　穆公世，與楚約相捍。質之於巫咸，萬葉期不叛。今其後
　　嗣王，乃敢搆多難。刳胎殺無罪，親族遭圍絆。計其所稱
　　訴，何啻桀紂亂。吾聞古秦俗，面詐背不汗。豈惟公子卬，
　　社鬼亦遭謾。遼哉千載後，發我一笑粲。(〈鳳翔八觀——詛楚

〔註45〕陳昭容〈從秦系文字演變的觀點論〈詛楚文〉的眞僞及其相關內容〉，
　　「〈詛楚文〉三石在南宋以後皆不知去向（周伯琦語），唯有拓本流
　　傳。」，又「〈詛楚文〉之最早出土者是巫咸石，其出土年代約在蘇
　　軾嘉祐六年（西元 1061 年）作〈鳳翔八觀詩〉的前幾年。」，見《中
　　央研究院歷史語言研究所集刊》，第六十二期，1993 年 4 月。

文〉《蘇軾詩集》卷三）

詛楚楚如桀，詛秦秦則紂。桀罪使信然，紂語安足受。牲
肥酒醪潔，夸誕鬼不祐。鬼非東諸侯，豈信辨士口。碑埋
祈年下，意繞章華走。得楚不付孫，但爲劉季取。吾聞秦
穆公，與晉實甥舅。盟鄭絕晉歡，結楚將自救。使秦詛楚
人，晉亦議其後。諸侯迭相詛，禍福果誰有。世人不知道，
好古無可否。何當投涇流，渾濁蓋鄙醜。（〈和子瞻鳳翔八觀——
——詛楚文〉《欒城集》卷二，《欒城集》冊一／頁24）

蘇軾開頭交代石碑的來源，在開元寺土下方，秦穆公葬於祈年觀下，陵
墓在開元寺東南數十步處。〔註46〕碑上的字跡雖可讀，但字法歷代已有
所改變。「詞云秦嗣王，敢使祝用瓚。」以下十句，乃「詛楚文」內容，
記載秦穆公與楚成王相結盟誓，永誌同好，不料楚國後嗣君王殘忍無
道，種種惡行不啻於桀、紂。「吾聞古秦俗」四句，紀昀評：「秦之無道，
何須謾罵？藉一小事作點綴，筆墨脩然。」〔註47〕蘇軾對秦古俗已有「面
詐背不汗」之聞，故對「詛楚」作爲不但懷疑，而且以一笑置之。

蘇轍〈詛楚文〉一詩，以秦、晉、楚、鄭四國糾葛的關係爲論述
的脈絡。秦、晉爲姻親關係，秦、晉交兵，是「晉實負秦，秦無負於
晉」，秦的理虧不過是「背令狐之盟，召白狄之伐」。《左傳》裡「呂
相絕秦」將一切罪過推給秦國，其後秦、楚關係發生變化，秦襄王也
仿之作了篇〈詛楚文〉。〔註48〕戰國間各國爲彼此權勢、利益明爭暗
鬥，「諸侯迭相詛，禍福果誰有」，誰是誰非？從歷史觀察的緣由因革，
一句「鄙醜」就可概括其是非曲直難分因果的關係。

又如〈秦穆公墓〉詩：

……昔公生不誅孟明，豈有死之日而忍用其良。乃知三子
殉公意，亦如齊之二子從田橫。……（〈鳳翔八觀——秦穆公

〔註46〕《蘇軾詩集》上，頁105～106。
〔註47〕紀昀評《蘇文忠公詩集》卷四，見《蘇詩彙評》，頁117。
〔註48〕參張師高評《古文觀止鑑賞》上，〈呂相絕秦〉一文。（台南：南一
　　　書局，1999年）。

墓〉《蘇軾詩集》卷四）

……當年不幸見迫脅，詩人尚記臨穴惴。豈如田橫海中客，
中原皆漢無報所？……盡力事康公，穆公不爲負，豈必殺
身從之遊，夫子乃以侯嬴所爲疑三子。……三良洵秦穆，
要自不得已。（〈和子瞻鳳翔八觀——秦穆公墓〉《欒城集》卷二，《欒
城集》冊一／頁 27）

其論述在本文第三章「歷史懷古」的主題已論述。胡仔《苕溪漁隱叢
話》後集卷三：「余觀東坡〈秦穆公墓〉詩意，全與〈三良〉詩意相
反，蓋是少年時議論如此。」〔註 49〕吳子良《荊溪林下偶談》卷三〈東
坡穎濱論三良事〉：「東坡、子由二詩不同，愚謂子由之說稍近。君子
進退存亡，要不失其正，豈苟爲匹夫之諒哉？」〔註 50〕蘇轍年輕時就
展露他獨到的史才和史識。

　　蘇轍詠史論事精確，而蘇軾則重在筆力新奇。〈詛楚文〉、〈秦穆公
墓〉，爲兄弟兩人年少之作。蘇轍時年二十五歲，年紀之輕，就對歷史
事件有如此客觀、冷靜的分析與判斷。他在政治上的興趣與理解，比
起蘇軾而言，有較精闢的看法與批判能力。詠史詩，不僅要眞、善，
亦含有美的特質。蘇軾旁徵博引，聯想豐富，筆勢奇縱，常有出人意
外之詞。蘇轍詠史，前因後果互相照應，客觀分析，延續儒家詩教傳
統，詩寓褒貶，高揭揚善懲惡的史家意識，爲兩人一致的目標。

（六）詠懷詩

　　「最早以詠懷爲題，始於阮籍。」〔註 51〕內心情志的抒懷，爲

〔註 49〕蘇軾晚年謫惠州，作〈和陶詠三良〉，其議論「三良」問題，見解已
　　　異於前，獲前人之讚賞。王文誥案：此乃有意自爲翻案。「此生太山
　　　重，忽作鴻毛遺。三子死一言，所死良已微。賢哉晏平仲，事君不
　　　以私。我豈犬馬哉，從君求蓋帷。殺身固有道，大節要不虧。君爲
　　　社稷死，我則同其歸。顧命有治亂，臣子得從違。魏顆眞孝愛，三
　　　良安足希。仕宦豈不榮，有時纏憂悲。所以靖節翁，服此黔婁衣。」
　　　見《蘇軾詩集》，頁 2184。
〔註 50〕《蘇詩彙評》上，頁 131。
〔註 51〕林麗娟《杜甫詠懷詩研究》，頁 45，（高雄：文化出版社，1991 年 11

詠懷詩的精神所在，題材包括思理、情志、或是現實生活的反映，緊連作者自身的懷抱及不遇之感。

> 相攜話別鄭原上，共道長途怕雪泥。歸騎還尋大梁陌，行人已渡古崤西。曾爲縣吏民知否，舊宿僧房壁共題。遙想獨遊佳味少，無言騅馬但鳴嘶。(〈懷澠池寄子瞻兄〉)(《欒城集》卷一，《欒城集》冊一／頁12)

> 人生到處知何似，應似飛鴻踏雪泥。泥上偶然留指爪，鴻飛那復計東西。老僧已死成新塔，壞壁無由見舊題。往日崎嶇還記否，路長人困蹇驢嘶。(〈和子由澠池懷舊〉)《蘇軾詩集》卷三)

仁宗嘉祐六年（1061）蘇軾初仕鳳翔府（今屬陝西），蘇轍送他到鄭州，回汴京開封就寫下這首〈懷澠池寄子瞻兄〉詩。蘇轍十九歲時，曾被委任爲澠池縣主簿，但未赴任就中了進士。〔註52〕「曾爲縣吏民知否，舊宿僧房壁共題」蘇軾兄弟曾在澠池縣的僧寺投宿，又寫了詩句題在壁上。蘇轍對於自己的年少功名是頗爲在意的，卻也隱隱間感嘆行路之艱難，並緬懷兄弟共患難之情。

蘇軾這首和作，「造理前人所未到」，〔註53〕成爲傳頌千古之佳作。在前四句富哲理意味的議論，人生不論讀書、功名、應舉、作官，東奔西跑所留下的痕跡不過如雪泥鴻爪般，轉眼間就消失無蹤。「僧死」、「壁壞」，甚至「騅馬死而蹇驢嘶」都回應著「雪泥鴻爪」的偶然無常。安慰蘇轍旅途之苦都熬過來，如今有何難關過不了？兄弟兩人如今已中進士，前途一片光明，凡事都要向前看。蘇軾詩中少了感嘆，而多了積極奮進的精神。

早年，蘇軾仕途之路比蘇轍來得平順，沉淪下僚的蘇轍人生觀偏向道家的出世淡泊，蘇軾則顯現盡其在我的儒家積極入世。

> 飛簷臨古道，高榜勸遊人。未即令公隱，聊須濯路塵。茅

〔註52〕此詩，「曾爲縣吏民知否」句下，自注：「轍嘗爲此縣簿，未赴而中第。」《蘇轍集》，頁12。
〔註53〕劉壎《隱居通義》卷十，引自曾棗莊《蘇詩彙評》，頁65。

茨分聚落，煙火傍城闉。林缺湖光漏，窗明野意新。居民惟白帽，過客漫朱輪。山好留歸展，風迴落醉巾。他年誰改築，舊製不須因。再到吾雖老，猶堪作坐賓。（〈南溪有會景亭，處眾亭之間，無所見，甚不稱其名。予欲遷之少西，臨斷岸，西向可以遠望，而力未暇，特為製名曰招隱。仍為詩以告來者，庶幾遷之〉《蘇軾詩集》卷四）

隱居吾未暇，何暇勸夫人。試飲此亭酒，自慚纓上塵。林深開翠幕，岸斷峻巖闉。送雪村酤釅，迎陽鳥哢新。竹風吹斷籟，湖月轉車輪。霜葉飛投坐，山梅重壓巾。欲居常有待，已失嘆無因。古語君看取，聲名本實賓。（〈次韻子瞻招隱亭〉《欒城集》卷二，《欒城集》冊一／頁34）

蘇軾罷知鳳翔府任。對於長官的刁難，〔註54〕遊覽勝景、自放山水之間就成為心靈寄託的重要支柱。「招隱」亭的建築，代表東坡身在朝廷心存江湖的進退之道，雖然如此，此隱非真正的想要歸隱遁居，他於南溪竹林隱蔽的的茆堂，命名曰避世堂，說出：「高人不畏虎，避世已無心」〔註55〕的豪言，自僊遊潭回來卻寫下「國恩久未報，念此慚且泚」〔註56〕雄心不已的壯懷逸志。

蘇轍看淡名利，他曾說「清名驚世不益身」（〈次韻子瞻溪陂魚〉卷二），子由評估「隱居」的不可能，就從心理上的建設開始，末二

〔註54〕《陳公弼傳》：「軾官於鳳翔，實從公二年。方是時，年少氣盛，愚不更事，屢與公爭議，至形於顏色，已而悔之。」又宋‧邵博撰：《聞見後錄》，《四庫全書》冊1039，頁290，卷十五謂：「陳希亮，字公弼，天資剛正人也，嘉祐中知鳳翔府。東坡初擢制科，簽書判官事。吏呼蘇賢良。公弼怒曰：『府判官何賢良也！』杖其吏不顧」。又謂「東坡作府齋醮、禱祈諸小文，希亮必塗墨改定，數往反。」又為公弼作〈凌虛臺記〉：「公弼覽之，笑曰：『吾視蘇明允猶子也，某猶孫子也。平日故不以辭色假之者，以其年少暴得大名，懼夫滿而不勝也，乃不吾樂耶！』」〈招隱亭〉與〈凌虛臺〉作於同時。
〔註55〕〈南溪之南竹林中新構一茆屋予以其所處最為深邃故名之曰避世堂〉《蘇軾詩集》卷四，頁184。
〔註56〕〈自僊遊回至黑水見居民姚氏山亭高絕可愛復憩其上〉《蘇軾詩集》卷五，頁192。

句，以外在聲名本是「賓」烘襯內心性靈的自由才是「主」的意旨，
讓人感受到平和中超然的人格主體。

> 熟視空堂竟不言，故應知我未天全。肯來傳舍人皆說，能
> 致先生子亦賢。脫屣不妨眠糞屋，流澌爭看浴冰川。士廉
> 豈識桃椎妙，妄意稱量未必然。(〈張先生〉《蘇軾詩集》卷二十)

> 得罪南來正坐言，道人閉口意深全。天遊本自有眞樂，羿
> 彀誰知定不賢。構火暾暾初吐日，飛流滾滾旋成川。此心
> 此去如灰冷，肯更逢人問復然。(〈次韻子瞻贈張憨子〉(《欒城
> 集》卷九，《欒城集》冊一／頁170)

蘇軾詩序云：「黃州有一張憨子，不知其名，陽狂垢污，寒暑不能侵。
常獨行市中，夜或不知其所止。往來者欲見之，多不能致。」《文集》
中也提到，其身穿一布褐，數年不換，竟無穢污之氣。〔註57〕張先生
行止怪異，蘇軾反覆思量，未能得其本意。趙令時說：蘇詩「用朱桃
椎事。高士廉備禮請見，與之語，不答，瞪目而去。士廉再拜曰：『祭
酒其使我以無事治蜀耶！』乃簡條目，州遂大治。」〔註58〕蘇軾取隱
士相見不言之意爲詩，眞切學也。

　　蘇轍次韻詩則出之其了悟。元豐三年(1080)，因蘇軾文字獄案，
蘇轍即將離開南京前往筠州。詩起言，他的「得罪」正因爲「多言」，
故道人的閉口正是保全自己的方法。順任天性，聽任自然才有「眞
樂」，以規矩範式，違背自然的行爲，必定不好。世事無常，轉瞬間
微火可以變爲初日，飛泉變爲滾滾大川，誰能預知未來？今日座上
客，明日階下囚，此心此去「如灰冷」，面對喜怒無常的當政者，也
不須太過計較了。面對政治打壓，蘇轍倒能以豁達成就幽獨的心境。

　　融合儒釋道的理性精神，這種特徵是宋人立足於儒家思想，又援
引佛老，成爲「新儒學」表現的形式，把儒學提昇至思辯哲學的層次，
突出思理方式和理論特點。〔註59〕兄弟學問淵廣，博辯思精，「三教

〔註57〕《蘇軾文集》卷七十二，頁2295。
〔註58〕趙令時《侯鯖錄》卷八，見《四庫全書》冊1037，頁414。
〔註59〕參許總〈理學與宋代文學觀念〉，《宋明理學與中國文學》，頁273～

合一」彼此調和消融，不論宇宙人生的抽象哲理，人生事態的思考體會，「移情入理」的創作思維，使得詩歌更具深刻的意義。

> 風高月暗雲水黃，淮陰夜發朝山陽。山陽曉霧如細雨，炯炯初日寒無光。雲收霧卷已亭午，有風北來寒欲僵。忽驚飛雹穿戶牖，迅駛不復容遮防。市人顛沛百賈亂，疾雷一聲如頹牆。使君來呼晚置酒，坐定已復日照廊。悅一所見皆夢寐，百種變怪旋消亡。共言蛟龍厭舊穴，魚鱉隨徙空陂塘。愚儒無知守章句，論說黑白推何祥。惟有主人言可用，天寒欲雪飲此觴。（〈十月六日記所見〉《蘇軾詩集》卷六）

> 君不見天高后土黃，變化出入唯陰陽。旋凝細霧作飛雹，復遣雷震追日光。可憐萬物甚細微，坐聽百變隨顛僵。深根固蔕無計逃，倏來忽返安能防。平生未見實驚耳，稍遠不知如隔牆。君看歌舞醉華屋，下有纍紲排兩廊。眼前苦樂尚懸絕，空中造化知有亡。我居宛丘厭凝洹，雪翻海水填陂塘。但知膏澤利牟麥，恣食餅餌真嘉祥。山陽所記亦何事，有酒胡不盡一觴！（《欒城集》卷四，《欒城集》冊一／頁61）

全詩主要次韻兄軾赴任杭州通判途中所遇〈十月十六日所見〉，此詩「憤語無痕」，〔註60〕面對著東坡貶遷中「市人顛沛百賈亂」、「百種變怪旋消亡」對時政的刺抑，蘇轍寄寓天地中的渺小，寫一種探索宇宙人間的超越秩序之情思。首聯以《易傳》與《莊子》，立論陰陽消長之道遍於天地之間，萬物生化，源於天地。「作飛雹」、「追日光」來描述道之機變倏忽，後以四句賦筆，從對萬化流行、變動不居的經驗體證，應乎人生一切現象，終將化入大自然「道」的循環。全詩圖象不在一物一象，而是將「我」置位於存有的結構中，暗示天地造化的宇宙運轉規律。這比興已不侷限於物象所呈現的歷史興亡的喟嘆，

283，（南昌：百花洲文藝出版社，1999 年 9 月）宋代理學，一方面劃清儒家與佛老的理論界線，一方面又採取援佛引老入儒的手法，豐富儒學理論的體系。

〔註60〕紀昀評「愚儒無知守章句」以下四句，曾棗莊主編：《蘇詩彙評》上，《蘇文忠公詩集》卷六，頁213，（四川文藝出版社）。

而轉進於遁入天地大化的意涵範疇。

　　這種以宇宙觀點看人生，從大我來看世界的胸襟，若非有淵博的才學識見是不可爲的。此首〈次韻子瞻題孫莘老墨妙亭〉詩，爲蘇轍次軾詩同韻的另一佳作。

　　　　蘭亭繭紙入昭陵，世間遺跡猶龍騰。顏公變法出新意，細筋入骨如秋鷹。徐家父子亦秀絕，字外出力中藏稜。嶧山傳刻典刑在，千載筆法留陽冰。杜陵評書貴瘦硬，此論未公吾不憑。短長肥瘦各有態，玉環飛燕誰敢憎。吳興太守眞好古，購買斷缺揮縑繒。龜趺入座螭隱壁，空齋晝靜聞登登。奇縱散出走吳越，勝事傳說誇友朋。書來乞詩要自寫，爲把栗尾書溪藤。後來視今由視昔，過眼百世如風燈。它年劉郎憶賀監，還道同時須服膺。（〈孫莘老求墨妙亭詩〉《蘇軾詩集》卷八）

　　　　高岸爲谷谷爲陵，一時豪傑空飛騰。身隨造化不復返，忽若野雀逢蒼鷹。當年碑刻最深固，風吹土蝕消無稜。遺文漫滅雨中跡，翠石斷裂春後冰。古墳欲毀野廟廢，行人不去征鞍憑。書生耽翫立風雪，飢驢厭苦疲奴憎。愛之欲取恨無力，旋揉翠墨濡黃繒。不如好事孫太守，牛車徙置華堂登。遶牆羅列耀珪璧，罷燕起讀留賓朋。卻思遺跡本安在？原隰處處荒榛藤。田夫野老誰復顧，鬼火夜照來寒燈。廢興聚散一如此，反使涕泗沾人膺。（《欒城集》卷四，《欒城集》冊一／頁72）

趙翼《甌北詩話》卷五《蘇東坡詩》曰：「坡詩不尙雄傑一派，其絕人處在乎議論英爽，筆鋒精銳，舉重若輕，讀之不甚用力而力已透十分，此天才也。」[註61] 蘇軾因亭中「石刻」起興，自秦篆〈嶧山〉、褚摹〈蘭亭〉，以迨顏、徐諸家，各家既多，體格不一，所謂「短長肥瘦」、「玉環飛燕」各自有態，統總概括之詞，藉不取杜詩「瘦硬通神」之說，以見筆鋒。[註62]「吳興太守眞好古」句，至此方入題旨，

〔註61〕郭紹虞編選、富壽蓀校點：《清詩話續編》上，《甌北詩話》卷五，頁1195，（上海古籍出版社，1983年12月）。

〔註62〕參翁方綱《石洲詩話》卷一，《清詩話續編》下，頁1377。胡仔《苕溪漁隱叢話》後集卷六，云：「東坡學徐浩書，浩書多肉，用筆圓熟，

「後來視今由視昔，過眼百世如風燈」一聯，起結句，將墨妙亭書法瑰寶有形的物象，帶入更深一層的人生感懷。

此獨到的書法見地是蘇轍無法超越的，故蘇轍詩歌主題焦點放在「當年碑刻」開放接續流動的時間與空間裡。前半段蘇轍建構天、人間秩序境界表現。「高岸爲谷谷爲陵」首句頂眞效果的句法，將主語、謂語重組反置，生成視境意象的離合動靜，高岸──谷，谷──陵，視點上下的轉換，興發時空的瞬息消長。「身隨造化不復返」，自然觀的觀照下，人消融在這一片蒼茫的天地中，「忽若野雀逢蒼鷹」巧妙的比喻，此種直線性的思維兼具審視對當下迴環的否定與生命短暫的無奈。兩個名詞「野雀」、「蒼鷹」對應，小、大之別，一己孤立的被動角色與霸世一方的主制宰控者，兩者比附著「小我──生物我」、「大我──大自然」之意象。

後半段，「遺文」、「古墳」、「行人」、「書生」、「飢驢」的堆疊，此「隔」句以靜制動宕開古今時空的宏闊。「遺跡」留存，「荒榛枯藤」、「田夫野老」、「鬼火寒燈」淒迷荒涼的氣氛，連結「廢興聚散」使得此詩已脫文藝理論的抒發，而思發興亡感慨的理性精神。書評議論雖不如蘇軾，但別開境界，氣格不俗。

禪、道思想成爲他們政治逆境中解脫苦難和自我排遣的精神支柱，曠達樂觀的人生觀，最能反映在兩人嶺南的貶謫生涯。

> 瘴霧三年恬不怪，反畏北風生體疢。朝來縮頸似寒鴉，焰火生薪聊一快。紅波翻屋春風起，先生默坐春風裏。浮空眼纈散雲霞，無數心花發桃李。倏然獨覺午窗明，欲覺猶聞醉鼾聲。回首向來蕭瑟處，也無風雨也無晴。(〈獨覺〉《蘇軾詩集》卷四十一)
>
> 咄咄書空中有怪，內熱搜膏發癉疥。羹藜飯芋如固然，飽飯安眠眞一快。午雞鳴屋呼不起，欠伸吉貝重衾裏。此身南北付天公，竹杖芒鞋即行李。夜長卻對一燈明，上池溢

故不取此語。」

> 流微有聲。幻中非幻人不見，本來日月無陰晴。（〈次韻子瞻
> 獨覺〉）（《欒城後集》卷二，《欒城集》冊三／頁 898）

蘇軾、蘇轍兄弟不貪戀權位，宦遊四方雖有些身不由己，但離開傾軋之
地，未嘗不是因禍得福？紹聖四年（1097），是蘇軾一生最窮厄的時期，
蘇軾渡海至海南儋州，蘇轍在雷州，兩人隔海相望。蘇軾〈獨覺〉詩，
首以貶居瘴霧三年的恬適，反襯於此時反畏北風的心情。「春風」的比
喻，轉苦爲樂，東坡最令人佩服之處就是，他能將所有痛苦以各種形式
轉化消解，故能說出「浮空眼纈散雲霞，無數心花發桃李」、「回首向來
蕭瑟處，也無風雨也無晴」瀟灑豁達之句，透露道家自在消遙的心境。

　　蘇轍和蘇軾的際遇差不多，心境和隨遇而安聯繫在一起。讚頌羹
藜飯芋、飽飯安眠等生活細瑣帶來的快意，蘊含著心靈本體的自足安
寧。「此身南北付天公，竹杖芒鞋即行李」身無長物，瀟灑來去。「幻
中非幻人不見，本來日月無陰晴」引用佛經中如夢幻泡影的譬喻，俯
視眾流，不僅能樂天知命，而且表現出超越名利的人格精神。

　　東坡、子由的詩歌充滿著恬淡自得的超然，處靜而達，縱大浪中
無驚無懼的名士本色。再看蘇軾〈謫居三適〉的〈午窗坐睡〉：

> ……我生有定數，祿盡空餘壽。枯楊不飛花，膏澤回衰朽。
> 謂我此爲覺，物至了不受。謂我今方夢，此心初不垢。非
> 夢亦非覺，請問夷希叟。（《蘇軾詩集》卷四十一）

> ……心無出入異，三昧亦何有？晴窗午陰轉，坐睡一何久？
> 頹然擁褐身，剝啄叩門手。褰帷顧我笑，疑我困宿酒。不
> 知吾喪我，冰消不遺壽。空虛無一物，彼物自枯朽。……（〈次
> 韻子瞻謫居三適——午窗坐睡〉）（《欒城後集》卷二，《欒城集》冊三
> ／頁 900）

禪、道超脫通透思想的落實，使蘇軾、蘇轍獲得精神上的莫大安慰。
幾經政治波折，面臨生死關頭，蘇軾已看開其中的是非曲直、以及權
力的醜惡卑劣，「我生有定數」，外物至我，不須得意，更不須失意，
物情物我的超脫自得，已將天地精神與之緊密結合。蘇轍「心無出入
異，三昧亦何有」心無出入，更何論得與失？禪、道的虛、空、無物，

正是順化天地自然，其志潔，其行廉，皭然泥而不滓，可與日月爭光。

兄弟以禪、道互勉，共度艱厄，談笑風生，不覺困頓。手足之間，親愛無形。黃庭堅〈上蘇子瞻書〉就說：「昨傳得寄蘇子由詩恭儉而不迫，憂思而不怨，可願乎如南風報德之絃，讀之使人凜然增手足之愛，欽仰欽仰！」〔註63〕

（七）其　他

其他，如樂府舊題的同題共作，寫茶、聽琴、遊仙、贈別、限韻等詩，題目同，主題思想及表現技巧，差異如何。

嘉祐五年（1060）蘇轍、蘇軾兩人出蜀地，跟隨父親遊歷襄陽，古樂府舊題〈襄陽樂〉的創作，從稱頌劉太守，隱含著對現今政治的期待，反映個人內心的期望。

> 誰言襄陽苦？歌者樂襄陽。太守劉公子，千年未可忘。劉公一去歲時改，唯有州南漢水長。漢水南流峴山碧，種稻耕田泥沒尺。里人種麥滿高原，長使越人耕大澤。澤中多水原上乾，越人爲種楚人食。火耕水耨古常然，漢水魚多去滿船。常有行人知此樂，來買槎頭縮項鯿。（〈襄陽古樂府二首之二──襄陽樂〉《欒城集》卷一，《欒城集》冊一／頁11）

> 使君未來襄陽愁，提戈入市裏甌窶。自從甌窶南渡沔，襄陽無事多春遊。襄陽春遊樂何許，峴山之陽漢江浦。使君朱斾來翻翻，入道使君似羊杜。道邊逢人問洛陽，中原苦戰春田荒。北人聞道襄陽樂，目送飛鴻應斷腸。（〈襄陽古樂府三首之三──襄陽樂〉《蘇軾詩集》卷二）

《通典》曰：「裴子野《宋略》稱晉安侯劉道產爲襄陽太守，有善政，百姓樂業，人戶豐贍，蠻夷順服，悉緣勉而居。由此歌之，號《襄陽樂》。」〔註64〕

蘇轍首以對句「苦」與「樂」，凸顯「樂」字的主題。從襄陽太

〔註63〕見《豫章黃先生文集》卷十九，《四部叢刊初編集部》冊54，頁194。

〔註64〕宋・郭茂倩編撰《樂府詩集》二，第四十八卷，《清商曲辭》五，頁703（台北：里仁書局，1981年3月）。

守劉道產「一去歲時改，唯有州南漢水長」寫其政清民和，百姓富足，安居樂業。以「漢水南流峴山碧」、「漢水魚多去滿船」，來鋪陳出耕耨種植，衣食無虞的景象，故而「常有行人知此樂，來買槎頭縮項鯿」，引人心嚮往田園之樂。

　　蘇軾從「未來」、「自從」二句，切入襄陽的過去未來。晉安侯治襄陽有功，晉羊怙曾治理襄陽，死後襄陽百姓感念他的功勞，在他平生遊賞之地，建碑立廟，後來至此悼念的人常常感而流淚，所以杜預便稱石碑為墮淚碑。歷年襄陽太守的努力營造出襄陽之「樂」，「道邊逢人問洛陽，中原苦戰春田荒。北人聞道襄陽樂，目送飛鴻應斷腸。」虛寫「聞」、「問」之事，將「苦」與「樂」兩相對比，與蘇轍重在「種稻耕田」空間上的鋪陳直述，充分表現詩人自由而新奇的想像，主觀色彩濃厚的抒情成就。看蘇轍兄弟對煎茶的見解。

> 蟹眼已過魚眼生，颼颼欲作松風鳴。蒙茸出磨細珠落，眩轉遶甌飛雪輕。銀瓶瀉湯誇第二，未識古人煎水意。君不見昔時李生好客手自煎，貴從活火發新泉。又不見今時潞公煎茶學西蜀，定州花瓷琢紅玉。我今貧病常苦饑，分無玉椀捧蛾眉。且學公家作茗飲，塼爐石銚行相隨。不用撐腸拄腹文字五千卷，但願一甌常及睡足日高時。(〈試院煎茶〉《蘇軾詩集》卷八)

> 年來病懶百不堪，未廢飲食求芳甘。煎茶舊法出西蜀，水聲火候猶能諳。相傳煎茶只煎水，茶性仍存偏有味。君不見閩中茶品天下高，傾身事茶不知勞。又不見北方俚人茗飲無不有，鹽酪椒薑誇滿口。我今倦遊思故鄉，不學南方與北方。銅鐺得火蚯蚓叫，匙腳旋轉秋螢光。何時茅簷歸去炙背讀文字，遣兒折取枯竹女煎湯。(〈和子瞻煎茶〉《欒城集》卷四，《欒城集》冊一／頁78)

宋代為我國飲茶文化的高峰，朝野上下，不僅進貢、求貢頻仍，民間喫茶、鬥茶之風氣亦盛。品茗飲茶為文士尋常雅事，除了注重煎水、茶葉的羅、碾，對於有關的茶事、茶技、茶藝、器具的選用，都有深

刻的體會。〔註65〕這組唱和詩，蘇軾詩爲原作。〈試院煎茶〉從煮水
候湯程度的不同，點茶程序的注重，水質的擇取，帶出古人煎茶不煎
水的主題。前人李約煎茶強調必用活火，文潞公煎茶也以西蜀茶法，
茶甌器皿的配合，每一個步驟都攸關能否煮出一杯好茶的重要因素。
由此可見蘇軾對飲茶的品味及講究功夫，已臻乎藝術的境界了。不學
盧仝搜索枯腸，只願睡足直至日高時，是多麼愜意暢快了。

　　蘇軾詩細膩的描繪出茗飲的精緻與閒雅，其藝術技巧難以超越，
故蘇轍的和詩，從「相傳煎茶只煎水」起意，另轉他方唱和。北宋興
國初，遣使北苑造團茶，所製造的龍鳳團餅茶爲上品。〔註66〕仁宗時
蔡襄又創造出小龍團，價值以金計。〔註67〕蘇轍認爲南方茶，口味獨
特，不爲龍鳳茶所專美。北方茗飲摻入鹽薑雜和調味，和故鄉四川的
習俗相仿，〔註68〕並且「誇滿口」，樂於接受不同口味。蘇轍比較南、
北製茶、喫茶的不同，並肯定南、北區域特殊性之價值。蘇轍有獨到
的見識，不附和眾人所愛，迎人之說。最後以「茶」帶入「思歸」，
歸入和蘇軾日日睡足的心願，安享恬淡自得的田野生活。

　　　江流浩浩群動息，琴聲琅琅中夜鳴。水深天闊音響遠，仰
　　　視牛斗皆縱橫。昔有至人愛奇曲，學之三歲終無成。一朝
　　　隨師過滄海，留置絕島不復迎。終年見怪心自感，海水震
　　　掉魚龍驚。翻回蕩滿有遺韻，琴意忽忽從此生。師來迎笑

〔註65〕參石韶華〈綠陰繁花的高峰期——宋代的詠茶作品〉，《宋代詠茶詩》
　　　　第二章第三節，頁35，（台北：文津出版社，1996年9月）孟元老
　　　　的《東京孟華錄》「朱鵲門外巷」一條記載：「出朱雀門東壁，亦人
　　　　家。……以南東、西兩教坊，餘皆居民或茶坊，街心市井，至夜尤
　　　　盛。」（台北：漢京文化事業有限公司，1984年3月）。
〔註66〕《宣河北院貢茶錄》，引《中國茶文化》，頁31。
〔註67〕歐陽脩《歸田錄》中記述：「茶之品莫貴於龍鳳，謂之團茶。……蔡
　　　　君謨爲福建路轉運使，使造小片龍茶以進，其品絕精，謂之小團，
　　　　凡二十餅，重一斤，其價值金二兩，然金可有，而茶不可得。」《歐
　　　　陽脩全集》下，卷五，頁96（河洛圖書出版社）。
〔註68〕許賢瑤編譯〈茶贅言——中國茶的食葉法與雜和法〉，《中國古代喫
　　　　茶史》，頁44，（台北：博遠出版有限公司，1991年2月）蘇軾的出
　　　　生地四川，也有攙入鹽薑的習俗。

問所得，撫手無言心已明。世人囂囂好絲竹，撞鐘擊鼓浪謂榮。安知江琴韻超絕，擺耳大笑不肯聽。（〈舟中聽琴〉《欒城集》卷一／頁3）

彈琴江浦夜漏永，斂袵竊聽獨激昂。風松瀑布已清絕，更愛玉珮聲琅璫。自從鄭衛亂雅樂，古器殘缺世已忘。千年寥落獨琴在，有如老仙不死閱興亡。世人不容獨反古，強以新曲求鏗鏘。微音淡弄忽變轉，數聲浮脆如笙簧。無情枯木今尚爾，何況古意墮渺茫。江空月出人響絕，夜闌更請彈文王。（〈舟中聽大人彈琴〉《蘇軾詩集》卷一）

這兩首詩，同為七古，題同，主旨亦同，兄弟倆人稱頌父親蘇洵的琴藝高超，崇尚古樂，而不滿世俗之樂。蘇轍詩押韻字用唇、齒、舌音，非開口宏大的音響效果，來突顯出深夜江中悠遠清揚的琴聲。其寫法由舟中聽琴，聯想到伯牙滄海學琴，琴技絕妙，可惜世人不知，「世人囂囂好絲竹，撞鐘擊鼓浪謂榮。安知江琴韻超絕，擺耳大笑不肯聽。」點明主旨，語氣平緩溫和。

蘇軾將詩押韻的音響分為喉音的激昂清壯和唇音濛渾不清，融合為琴聲高低起伏的摹聲效果。由聽琴而生發議論，「自從鄭衛亂雅樂，古器殘缺世已忘。千年寥落獨琴在，有如老仙不死閱興亡。世人不容獨反古，強以新曲求鏗鏘。」句式長短縱橫，恣肆奔放，語氣鏗鏘有力，與蘇轍的詩風形成鮮明的對照。

兄弟都有〈留題仙都觀〉詩，一為五古，一為七古，都從「仙」字起意。

道士白髮尊，面黑嵐氣染。自言王方平，學道古有驗。道成白晝飛，人世不留窆。後有陰長生，此地亦所占。並騎雙翔龍，霞綬紫雲襜。揚揚玉堂上，與世作豐歉。（〈留題仙都觀〉《全宋詩》卷八七三／頁10161）

山前江水流浩浩，山上蒼蒼松栢老。舟中行客去紛紛，古今換易如秋草。空山樓觀何崢嶸，真人王遠陰長生。飛符御氣朝百靈，悟道不復誦黃庭。龍馬虎駕來下迎，去如旋

風摶紫清。眞人厭世不回顧，世間生死如朝暮。學仙度世
豈無人，餐霞絕粒長苦辛。安得獨從逍遙君，泠然乘風駕
浮雲，超世無有我獨存。(〈留題仙都觀〉《蘇軾詩集》卷一)

山中道士面黑髮白，一開始，蘇轍便掌握住道士的特徵，由此開展出
以下四句「自言王方平」，王方平飛昇成仙，再四句「後有陰長生」，
陰長生亦修煉飛昇而去。兩位仙人至今仍主管著人世間的豐收歉作。
遊仙的主題，不離現實面的客觀對應。而蘇軾則以感嘆眼前景物，開
頭四句，遼闊的畫面結合人事變換，顯得悲涼哀傷。接著寫「空山樓
觀何崢嶸，眞人王遠陰長生。」王方平、陰長生羽化升仙的傳說，從
人世、仙鄉，上天、入地境界的融合，轉入哲理性的思考，「眞人厭
世不回顧，世間生死如朝暮。學仙度世豈無人，餐霞絕粒長苦辛。」
人生刻促，生命短暫，但仙不可學，「餐霞絕粒長苦辛」學仙之道十
分辛苦，他希望能像莊子一樣，泠然乘風駕雲，追求精神上的自由和
解脫，獲得生命的逍遙。蘇軾以主觀的懷想，強調精神生命的修養與
重要，比蘇轍單純的敘事，來得深刻許多。

　　張方平爲蘇氏一門踏入仕途最主要的敲門磚。張方平嘗試蘇軾兄
弟以制科文字。蘇轍曾從公數年，對於張方平的認識與感情，表現在
此詩明顯與蘇軾不同。

識公歲已深，從公非一日。仰公如重雲，庇我貧賤跡。公
歸無留意，我處念平昔。少年喜文字，東行始觀國。成都
多遊士，投謁密如櫛。紛然眾人中，顧我好顏色。猖狂感
一遇，邂逅登仕籍。爾來十六年，鬢髮就衰白。謀身日已
謬，處世復何益。從來學俎豆，漸老信典冊。自知百不堪，
偶未三見黜。譬如溝中斷，誰復強收拾。高懷絕塵土，舊
好等金石。庠齋幸無事，樽俎奉清識。居然遠憂患，況復
取矜式。汪洋際海深，淡泊朱弦直。徇時非所安，歸去亦
何失。道存尚可卷，功成古難必。還尋赤松子，獨就丹砂
術。恨無二頃田，伴公老蓬蓽。(〈送張公安道南都留臺〉《欒城
集》卷三，《欒城集》冊一／頁55)

與張安道熟稔，前後五年相處的時間，蘇轍鉅細靡遺的詳述彼此認識的經過。早年仰慕張公的大名，又受其提拔，感念知遇之恩，得以登上仕籍。回想十六年的政治生涯中，屢次見黜，心灰意冷。轉回主題，寫張安道「高懷絕塵土，舊好等金石」身懷逸志超絕塵土，以金石之堅的心意保全自己，「居然遠憂患」，其淡泊、汪洋的人格典範，值得加以學習，最後歸入學道修煉，願隨張公歸田遁隱。詩中多處轉折，雖是贈別詩，其實是寫自己的遭遇和感慨。

> 我公古仙伯，超然羨門姿。偶懷濟物志，遂為世所縻。黃龍遊帝郊，簫韶鳳來儀。終然反溟極，豈復安籠池。出入四十年，憂患未嘗辭。一言有歸意，闔府諫莫移。吾君信英睿，搜士及葑茨。無人長者側，何以安子思。歸來掃一室，虛白以自怡。游於物之初，世俗安得知。我亦世味薄，因循鬢生絲。出處良細事，從公當有時。（〈送張安道赴南都留臺〉《蘇軾詩集》卷六）

蘇轍共寫了四十句，蘇軾用二十句。蘇軾首先以仙翁來稱許張方平，出入四十年，憂患未離，卻能以道家「清虛」、「守白」的虛靜功夫，安樂自得。稱頌張公處事態度的沖和不爭與睿智大度，使他能悠遊於紛雜的政局全身而退，「我亦世味薄」以下四句，與蘇轍同調，均歸入贈別詩中崇慕與跟隨的結語模式。

再看限韻的唱和詩作。

> 江陵昔相遇，幕府稱上賓。再見明光宮，峨冠揖縉紳。如今三見子，坎坷為逐臣。朝遊雲霄間，欲分丞相茵。暮落江湖上，遂與屈子鄰。了不見慍喜，子豈真可人。邂逅成一歡，醉語出天真。士方在田里，自比渭與莘。出試乃大謬，芻狗難重陳。歲晚多霜露，歸耕當及辰。（〈廣陵會三同舍各以其字為韻仍邀同賦──劉莘老〉《蘇軾詩集》卷六）

> 莘老奮徒步，首與觀國賓。儼然自約束，被服韨與紳。黽勉丞相府，接跡與臺臣。顧嫌任安躁，未忍烈坐茵。推置冠豸豸，謂言我比鄰。三晉固多士，骯髒存斯人。竄責不敢辭，

狂言見天眞。南方異風俗，強食魚尾莘。應同賈太傅，抱屈恥自陳。猶有痛哭書，受釐定何辰？（〈次韻子瞻廣陵會三同舍各以其字為韻——劉莘老〉《欒城集》卷四，《欒城集》冊一／頁63）

朋九萬《烏臺詩案、揚州贈劉摯孫洙》記事：「熙寧四年（1071）蘇軾赴杭州通判。到揚州，有劉摯爲坐臺官言事，謫降湖南，並一般館職孫洙、劉攽皆在揚州。偶然相聚數日，軾作詩三首，各用『逐人』字爲韻。內云詩寄劉摯，因循不能寫寄本人，後曾與孫洙詩一首寫寄孫洙。」〔註69〕劉摯，字莘老，故用「莘」字韻。蘇軾詩是原作。此詩爭用筆之曲直，〔註70〕「暮落江湖上，遂與屈子鄰」，屈原放逐於湘潭之間，非其有罪。今劉摯亦謫官湖南，故言與屈子相鄰近。以屈原與之相提，意謂著，劉摯因批評新法而責降，劉摯所言爲當，譏諷朝廷新法不便。又「士方在田里，自比渭與莘。出試乃大謬，芻狗難重陳。」莊子詆毀孔子，言孔子所言皆先王之陳跡，譬如陳之芻狗，難再重陳。蘇軾譏刺當朝執政大臣王安石，在田里時自比太公、伊尹，一但執政，出而大謬戾，不可再用。乃藉歌詠劉莘老，諷刺朝廷新政不當。

蘇轍的唱和詩，因限字限韻，故難度較高。詩旨大致是跟隨蘇軾之意申論，爲劉摯抱屈。「顧嫌任安躁，未忍烈坐茵」用漢武帝時任安，因太子戾巫蠱事，下獄被腰斬事件，〔註71〕說明新法人士的處境可危。劉摯應同賈誼一樣，感嘆屈原才華不受重視，傷心哭泣，亦是蘇轍同情劉摯貶謫，朝廷不能知人善用的悲慨。

軾擅從虛處著手，轍則從實處入手。同題之作，因難見巧，側重的主題不同，易見其高明。蘇轍長於史論類，尤其是詠史詩，或是題畫詩中論事說理，都能顯現蘇轍獨到的見解。鋪敘排比的章法設計，

〔註69〕《叢書集成初編》冊785。
〔註70〕紀昀評《蘇文忠公詩集》卷六，引《蘇詩彙評》上，頁217。
〔註71〕漢武帝征和元年發生巫蠱事件，征和二年江充掘蠱太子宮，立太子斬殺江充，發兵抗拒。當時任安北軍使者護軍，接受太子發兵的命令，卻閉門不出。事件平息後，任安以「坐觀成敗」、「有貳心」獲罪被斬。

轉折之間，益顯文氣頓挫抑揚，有一唱三嘆之感；而詩中說理議論之
精到與深析，更顯氣格不凡。如：題畫詩〈王維吳道子畫〉、〈和子瞻
好頭赤〉、〈四明狂客〉；詠史詩類如，〈詛楚文〉、〈秦穆公墓〉等，堪
稱佳作。蘇軾詩形象塑造、文字技巧皆佳，旁人不易突破，蘇轍乃別
出心意，以「意」勝兄。

　　宋人的唱和詩，多和韻不和意，互相唱酬如同作詩比賽。蘇軾、
蘇轍兄弟之間相互較量，追求創意，刻意從不同角度談詩論理。唱和詩，
要完全不同，十分困難。首唱者，先擇取了韻腳、語詞、主題、觀點，
後唱者要別出心裁，必須在詞彙、立意、詩趣上追求新變，才能並駕齊
驅，甚至後來居上。先唱、後唱兩相比較，就容易分出高下了。

　　蘇軾的作品「如萬斛泉源，不擇地而出」，但又能「行於所當行，
止於所不可不止」、「出新意於法度之中，寄妙理於豪放之外。」程千
帆先生說：「宋詩到了蘇軾，才走上了真正有唐人的道路。」〔註72〕
「其尤不可及者，天生健筆一枝，爽如哀梨，快如并剪，有必達之隱，
無難顯之情，此所以繼李、杜後為一大家也。」（《甌北詩話》卷五）
〔註73〕蘇軾詩飽含個人特色，形象鮮明，屢出新意。

　　蘇轍從陳子昂、李白、杜甫、王維等的淳古淡泊之聲，從韓愈、
歐陽脩、梅聖俞處學來的清瘦，其詩沒有激亢昂揚、缺少激越澎湃的
熱情奔放，呈現一種古健、剛直的風格。

　　從整體來說，蘇轍略遜蘇軾。「子由才氣不如兄，而有醇醪飲人
之致。」（《圍爐詩話》卷之五）〔註74〕「子由訓承名父，師事難兄，
文章之傳有繇來矣。其間磨光濯色，獨成一家言，清淑焱攸之致，松
風送響，山牟流霞，正不必如乃父之鑱峭、兄之雄傑也。」（田雯《潁
濱題辭》），〔註75〕以「淡雅」為主的詩風，也正是蘇轍詩歌創作偏重

〔註72〕《程千帆全集》第十一卷，頁424〈讀宋詩隨筆〉，莫勵鋒編，（石家
　　　　莊市：河北教育出版社，2000年）。
〔註73〕《清詩話續編》上，頁1195，趙翼「蘇東坡詩」。
〔註74〕《清詩話續編》上，頁632。
〔註75〕引自《中華大典、宋遼金元分典》冊二，頁744。

處。清‧賀裳：「雖亦遠於唐音，實宋詩之可喜者也。吾暱之殆甚於老坡，長律尤多可喜。」〔註76〕實爲中肯之論。張耒〈贈李德載〉詩，論及二蘇云：「長公波濤萬頃海，少公峭拔千尋麓。」蘇軾詩力求風格多樣化，奇巍多姿，而蘇轍則以幽深秀雅，淡靜生意。

　　劉勰說得好：「各師成心，其異如面。」（〈體性〉）蘇軾有著浪漫主義的傾向，重聯想，比興諷諫。蘇轍之寫實主義色彩濃厚，率直、明朗。兄弟倆人詩歌風格之差異，在於詩歌本體認識和審美意識不同。蘇轍曾云：「子瞻文奇，吾文但穩，吾詩亦然。」〔註77〕兩人呈現的詩歌特色正可以「奇」、「穩」概括分別之。在其理論與創作上的特徵，正是通過文藝素養的積聚與內在對文學本質主張的統一。蘇軾喜歡莊子，蘇轍偏愛老子。老子重虛靜，〔註78〕從否定形式美，強調內容的重要性。他說：「大巧若拙，大辯若訥。」（五十六章）、「信言不美，美言不信。」（八十一章）美感的形式技巧，並不能增添任何實質內容，過於誇耀藝術形式上的運用，反而減損文學內在的實用價值。莊子從老子「滌除玄覽」的虛靜，「虛室生白」、「唯道集虛」在詞境、詩境中有空間，有蕩漾、點染，高度發揮思想上的自由和美，〔註79〕給予文學韻致深醇豐富性的開展。

　　蘇軾，「初好賈誼、陸贄，論古今治亂，不爲空言。既而讀《莊子》，喟然歎曰：『吾昔有見於中，口未能言，今見《莊子》，得吾心矣。』」〔註80〕莊子之文，特色爲「意出塵外，怪生筆端」，〔註81〕

〔註76〕《清詩話續編》上，頁 429，「蘇轍」條。
〔註77〕賀貽孫《詩筏》，《清詩話續編》上，頁 140。
〔註78〕參見葉朗《中國美學史大綱》，頁 19～37，第一篇第一章《老子的美學》。老子的「美」的觀念，從「道」、「氣」、「虛」、「無」、「妙」、「味」等抽象理論，把「道」的最高認識義，和排除主觀慾念、成見，對審美客體、審美觀照、藝術創造等，透過虛靜空明創造審美意象。
〔註79〕參見葉朗《中國美學史大綱》，頁 132，第一篇第五章《莊子的美學》（台北：滄浪出版社，1986 年 9 月）在虛與實之間，惟道集虛，體用不二，這構成中國人的生命情調和藝術意境的實相。
〔註80〕蘇轍〈亡兄子瞻端明墓誌銘〉。

東坡詩的「奇」，正由此生，「大氣旋轉，雖不屑屑於句法、字法中別求新奇，而筆力所到，自成創格。」﹝註82﹞蘇軾自然奔放，縱橫恣肆的詩歌，實得力於莊子。﹝註83﹞老子曰：「言有宗」，於文字之體用包括殆盡。﹝註84﹞詩文必須字字句句審慎辨別去取，否則差若毫釐，繆以千里。蘇轍的詩風為「穩」，前後照應，處處安排，不同於蘇軾快筆快意，一瀉千里的酣暢淋漓，卻有一波三折，婉轉委屈的平和醇致。

﹝註81﹞ 清‧劉熙載《藝概》（華正書局，1988年9月）卷一，《文概》，頁8。
﹝註82﹞ 清‧趙翼《甌北詩話》卷五，《清詩話續編》上，頁1199。
﹝註83﹞ 清‧劉熙載《藝概》卷一，《文概》，頁29，「蘇老泉云：『風行水上，渙，此天下之至文也。』余謂大蘇文一瀉千里，小蘇文一波三折，亦此本意。」（華正書局，1988年9月）另見《甌北詩話》卷五，「坡詩快筆快意，一瀉千里，不甚鍛鍊。」《清詩話續編》上，頁1201。
﹝註84﹞ 《藝概》卷一，頁44～45，（台北：華正書局，1988年9月）。

第八章　結　論

　　蘇轍詩歌的風格以平和率直為主，長於議論思理，有宋調詩風的
特色。其中寫景小品多有王維、孟浩然的風味。蘇轍之詩歌分期，以
烏臺詩案為分界點，前半部詩歌多呈顯峭拔工巧，後半部因政治黨爭
及內心隱遁的激盪，詩風轉為平淡而秀雅。大體而言，貫串蘇轍詩歌
風貌的基調，為平淡閑遠。

　　影響蘇轍詩歌風格的主要來源，大致有三：

　　一、蘇轍早年工麗、峭拔的風格來自蘇軾。蘇軾長於用典、善於
譬喻，形象生動、馳騁豪邁，在詩歌藝術技巧的運用及詩歌意象的展
現上，受到蘇軾氣象崢嶸，彩色絢爛之影響，有刻意鍛鍊的痕跡。

　　二、蘇轍峻整、高妙的風格主要從宗法杜甫為主，其次，韓愈、
歐陽脩、梅堯臣等人亦為學習對象。諸家茂美淵懿的人格風範，和訓
辭深厚的詩風，都深深吸引著蘇轍。蘇轍詩重視內容，思想因而表現
深折透闢，氣骨勁拔、氣格不俗之風骨。

　　三、蘇轍平淡的風格，與其敦厚樸質、沉詳整靜的個性特質若合
符節。除外，與白居易長慶體自然寫實的詩風亦有傳承。

　　蘇轍詩歌在數量上近二千首，質量頗佳。其中，六言詩共十一首，
風格清新自然。本書第三章蘇轍為詩歌之主題類型：闡述蘇轍以其高
揚的主體生命和強烈的淑世情懷，貫串整個詩歌體類。在主體的生命

情境，以建功立業的淑世精神，實踐自我生命的價值和意義；理性的社會關懷，凸顯他關心生活、憂國憂民的文人情操；而感悟之心靈情思，則爲本體的自我回歸與完成，內在理想化的實現與精神內容的反思和理解。分析言之，蘇轍詩歌創作題材，有兩大方向，一爲政治化的寫實題材，包括社會批評、國事議論；另一爲人文化的生活書寫，包括自然寫景、生命情懷、遊心翰墨的人文題材。這些主題中，蘇轍紀實型的邊塞詩，有許多建設性的邊防思想，值得參考。蘇轍題畫詩數量高居北宋第三位，詩歌質量均佳，多以議論爲主，不僅再現畫面，更能反芻自我與生命的結合。

第四章，論述蘇轍詩歌思想內容的體現：儒釋道三教合一爲北宋時代思想特色。史家意識與《春秋》精神，爲蘇轍爲文作詩的中心意志，與兼容宏闊的蜀學，同爲蘇轍立身行事的主要準據。因爲家學淵源，詩歌內容重視記錄實事，有爲而作、褒貶是非、垂鑑後世。又因博厚的人文修養和積極的仕進精神，向慕儒家之尚氣節，重情操，故而呈顯一股高風亮節、兀傲狷潔的人格風範。蘇轍的內在生命是激昂、奔騰、充滿理想性的儒家意識，而外在表現卻是清虛、澹然的生命情調。一方面由於仕途的坎坷頓蹇，一方面是保全自己生命的完整，用道家、道教、禪宗的修養與修煉，達到安時任運、放曠自得、樂天知命，與消遙自適的境界。

第五章，探討蘇轍詩歌之審美與意象，分爲三部分：第一，凸出審美角度，關鍵在討論文化上的內省功夫；其次，爲人文化的思考；再次，以醜爲美，重視內容的審美心態；最後，論述化俗爲雅，如何將俗語、方言融入詩歌當中。第二探論審美特徵，闡述蘇轍受老子平淡樸拙的思想美學影響，反映出作者質樸恬適的自然風格，及剛直朗健的磊落個性和特質。體現於文藝，即形成淡雅高遠的藝術風尚、勁深宏高的風骨氣韻和峻整不俗的風格體式。第三，論述蘇轍詩所顯現的意象，舉凡仕途不意的感傷怨慕，「一葉」、「蜀道」的思鄉情懷皆屬之。道家幽獨閑遠的意象，表現在自然寫景，和超越形體界線呈顯

的人格之美。禪宗心理慰藉的恬適自足，藉由「杜門」、「孤坐」、「心空」、「養性」的固定性套語，以及「茅屋」代表的心性本體的曲折表出。

第六章，論及蘇轍詩歌之藝術經營：蘇轍詩歌藝術受到本身古文義法的內化與文壇流風所及，呈現「以文為詩」、「以議論文詩」、「以才學為詩」諸宋詩特色。並且在意象凸顯的規劃、文句靈動的法則，和聲韻音響產生的心理效果諸方面，都有精細的設計和安排。

第七章，蘇轍與蘇軾唱和詩歌之比較：蘇轍、蘇軾擅長七言詩，蘇轍所作以七言律詩最多。即使面對詩、詞、書、畫四絕的蘇軾，蘇轍詩歌仍有「自成一家」、「不隨人後」的意圖和努力。蘇轍善於從實處著手，其他，諸前後照應，處處安排，置字妥貼，思理精深，「穩」字為適切的體現出他的藝術風格。他的詠史詩、題畫詩以「意」稱勝，如〈王維吳道子畫〉、〈和子瞻好頭赤〉、〈四明狂客〉諸詩，或如〈詛楚文〉、〈秦穆公墓〉等諸什，都能凸顯蘇轍過人的史觀和史論上的成就。蘇轍嘗試著以宏大的宇宙觀念來詮釋價值體系、生命內涵，甚至是藝術文化，以「理」建構萬象世界原理原則的法式。在天人相應和諧的發展中，體現著宋代理學家「理一分殊」的思想學說，和宋人理性自覺的文化內容。當然這也和蘇轍本身淵博的學養知識有著很大的關係。其詩淵深博厚，理解不易，再三咀嚼品嚐，方能得其趣味。

以蘇軾蘇轍唱和詩歌相較，略無優劣之分，只有風格特色上的差異。整體而言，蘇轍詩歌成就不如東坡，但在詠史詩、題畫詩方面卻有若干優勝之作。

在北宋詩人中，蘇轍是個飽讀經史的讀書人，有著匡濟天下的大志，他的淑世情懷和高揚的主體意志，標示著儒家精神裡不屈服、不妥協的人生價值。如同姪兒蘇過在〈叔父生日〉（《斜川集》）所言：「橫岫列嵩岱，眾山失岩嶢」、「手持文章炳，燦若北斗標」蘇轍桀兀傲立的精神象徵，值得後世學習。

本研究雖對蘇轍詩歌思想性及文學性上作了全面的探討，但與蘇

軾唱和詩的分析比較，因時間及篇幅限制，僅能以「同題分詠」為主，旁羅其他幾首，未能將兩人共近九百首的唱和詩作一一探究，殊為可惜，留待日後再論。

本論文寫作過程，發現在禪宗思想史上對蘇轍的論述不多，較為權威性的著作，如阿部肇一的《中國禪宗史》，誤將蘇轍的資料移入蘇軾之下，其章節中所談的臨濟宗居士應為蘇轍。

本文只是學術入門的一小步。論文之完成，對於今後研究領域之開拓，有很大的助益。題畫詩的寫作，作家個人藝術繪畫知識與技巧並非必要條件，而是能於再現畫面的過程中，理性反芻的一種內化過程。唱和詩的寫作，啟益我許多「略人所同，詳人所異」的學術思考。宗教思想影響文人甚鉅，日常生活模式、文學理論和寫作內容，觸發了我想研究道家思想與宋代詩學的想法，作為日後努力的目標。

附錄一　蘇轍題畫詩表

　　以下就蘇轍題畫詩在《全宋詩》、《聲畫集》及《御定歷代題畫詩類》中情形列表如下：〔註1〕

編次	詩　題	全宋詩卷／頁	聲畫集卷／頁	御定歷代題畫詩類卷／頁	備　註
1	畫文殊普賢	850／9828	2／828	65／44	
2	和子瞻鳳翔八觀八首之三——王維吳道子畫	850／9831	8／929	119／700	

〔註1〕　《全宋詩》卷八五一，頁 9853〈題滑州畫舫齋贈李公擇學士〉非題畫詩，乃是蘇轍寫畫舫齋，非圖畫，《聲畫集》卷六，頁 893 誤入題畫詩。另外〈次韻子瞻好頭赤〉一首，根據《全宋詩》冊一四，卷八一三，頁 9407，蘇軾〈戲書李伯時畫御馬好頭赤〉詩，得知是一首題畫御馬的題畫詩。參見李栖《題畫詩散論》一書論述（華正書局，1993 年 2 月第十章〈蘇轍題畫詩〉收錄），得知有四首詩無法確定為轍詩，筆者依《全宋詩》北京大學編著、《蘇轍集》北京中華書局，陳宏天、高秀芳點校，均列入蘇轍詩。其中〈睢陽五老圖〉依衣若芬在〈北宋題人像畫詩析論〉文中所提：「北宋題詠此圖的作者，除歐陽脩之外，依其時代先後……還有十八位皆作次韻詩。」蘇軾、蘇轍皆列其中，故列為佐證。（《中國文哲研究集刊》第十三期 1998 年 9 月）。

李栖〈蘇轍題畫詩〉一文，頁 223 中，有關題畫詩體裁有些誤寫：〈題王生畫三蠶蜻蜓二首〉為五律，非五古；〈問蔡肇求李公麟畫觀音德雲〉為五律，非五絕；〈睢陽五老圖〉為七律，非五絕。

	和子瞻鳳翔八觀八首之四 ——天柱寺楊惠之塑維摩像	850／9832	2／826	無	
3	將出洛城過廣愛寺見三學演師引 觀楊惠之塑寶山朱瑤畫文殊普賢 爲賦三首	852／9867	2／828	65／44	
4	登嵩山十首——吳道子畫四眞君	852／9870	無	62／13	
5	次韻劉貢甫學士畫松石圖歌	851／9850	6／887	72／132	
6	王詵都尉寶繪堂詞	855／9907	6／894	無	《聲畫集》 詞作歌
7	呂希道少卿松局圖	855／9913	5／872	71／118	
8	張秀才見寫陋容	860／9984	3／841	54／665	
9	畫枕屏	861／9995	6／896	22／278	
10	周昉畫美人歌	862／10008	2／836	60／751	
11	子瞻與李公麟宣德共畫翠石古木 老僧謂之憩寂圖題其後	863／10024	2／834	74／156	
12	韓幹三馬	863／10031	7／904	102／500	
13	書郭熙橫卷	863／10031	8／925	11／144	
14	題王生畫三蠶蜻蜓二首	863／10031	8／920	112／623	
15	贈寫眞李道士	863／10032	2／841	54／667	
16	次韻子瞻題郭熙平遠二絕	863／10032	4／867	21／264	
17	問蔡肇求李公麟畫觀音德雲	863／10035	2／828	65／43	
18	盧鴻草堂圖	863／10036	1／818	無	誤入蘇軾下
19	秦虢夫人走馬圖二絕	863／10037	1／821	44／544	
20	韓幹二馬	863／10037	7／905	102／499	
21	次韻子瞻好頭赤	864／10040	無	無	
22	題王詵都尉畫山水橫卷三首	864／10041	4／859	11／144	

23	題李公麟山莊圖（二十首）	864／10044	6／893	115／655	
24	題王詵都尉畫設色山卷後	864／10047	4／860	7／93	
25	李公麟陽關圖二絕	864／10053	1／819	55／686	
26	次韻題畫卷四首——山陰陳跡	865／10059	1／816	36／449	《御定歷代題畫詩類》列爲一題
	次韻題畫卷 ——雪溪乘興	865／10059	無	36／449	之二
	次韻題畫卷 ——四明狂客	865／10059	1／822	36／449	之三
	次韻題畫卷 ——西塞風雨	865／10060	1／822	36／449	之四
27	寋師嵩山圖	865／10069	3／845	27／338	
28	題郾城彼岸寺二首之二 武宗元比部畫文殊玄奘	867／10095	2／828	65／44	
29	諸子將築室以畫圖相示三首	868／10109	6／894	115／655	
30	與昔在京師畫工韓若拙爲予寫眞今十三年矣容貌日衰展卷茫然葉縣楊生畫不減韓復令作之以記其變偶作	868／10110	1／813	54／665	
31	畫嘆	869／10114	8／925	119／700	
32	西軒畫枯木怪石	871／10144	6／887	74／156	
33	畫學董生畫山水屏風	871／10148	4／860	22／278	
34	題李十八黃龍寺畫壁	873／10162	8／930	無	
35	次韻張禹直開元寺觀壁畫兼簡李德素	873／10162	8／930	無	黃庭堅亦有此詩
36	睢陽五老圖	873／10164	無	41／510	
37	題舊鍾馗	869／10124	2／833	66／58	

附錄二　蘇轍年表記事及引用詩歌

蘇轍詩歌繫年及引用詩歌，採用孔凡禮《蘇轍年譜》，曾棗莊、舒大綱編著《北宋文學家年譜》、曾棗莊《三蘇傳》爲編年的依據。（引用詩歌，「卷數」後面爲「頁數」。）

宋仁宗

寶元二年（1039）蘇洵三十一歲，蘇軾四歲，蘇轍生

慶歷三年（1043），蘇洵三十五歲，蘇軾八歲，蘇轍五歲

皇祐元年（1049），蘇洵四十一歲，蘇軾十四歲，蘇轍十一歲

皇祐四年（1052），蘇洵四十四歲，蘇軾十七歲，蘇轍十四歲
　　蘇洵幼女八娘因受婆家程氏虐待而死，蘇程兩家遂絕交，斷絕往來。

至和二年（1055），蘇洵四十七歲，蘇軾二十歲，蘇轍十七歲
　　蘇轍娶妻史氏十五歲。

嘉祐元年（1056），蘇洵四十八歲，蘇軾二十一歲，蘇轍十八歲
　　蘇洵將送二子將入京應試，至成都拜別張方平。

嘉祐二年（1057），蘇洵四十九歲，蘇軾二十二歲，蘇轍十九歲
　　蘇軾兄弟同科進士及第。

蘇轍上書韓琦〈上韓太尉樞密——〉，提出「文氣說」。

嘉祐三年（1058），蘇洵五十歲，蘇軾二十三歲，蘇轍二十歲

嘉祐四年（1059），蘇洵五十一歲，蘇軾二十四歲，蘇轍二十一歲

十月，蘇洵父子攜帶家眷，沿岷江、長江而下，一路遊山玩水，北上赴京，途中所作詩文，彙集為《南行集》。

〈郭綸〉《欒城集》卷一，頁 1；《全宋詩》卷八四九，頁 9814

〈初發嘉州〉《欒城集》卷一，頁 2；《全宋詩》卷八四九，頁 9814

〈夜泊牛口〉《欒城集》卷一，頁 2；《全宋詩》卷八四九，頁 9815

〈過宜賓見夷中亂山〉《欒城集》卷一，頁 2；《全宋詩》卷八四九，頁 9815

〈戎州〉《欒城集》卷一，頁 3；《全宋詩》卷；《全宋詩》卷八四九，頁 9815

〈舟中聽琴〉《欒城集》卷一，頁 3；《全宋詩》卷八四九，頁 9815

〈山胡〉《欒城集》卷一，頁 4；《全宋詩》卷八四九，頁 9816

〈白鷴〉《欒城集》卷一，頁 5；《全宋詩》卷八四九，頁 9816

（〈屈原塔〉《欒城集》卷一，頁 5；《全宋詩》卷八四九，頁 9817

〈顏嚴碑〉《欒城集》卷一，頁 5；《全宋詩》卷八四九，頁 9817

〈竹枝歌〉《欒城集》卷一，頁 5；《全宋詩》卷八四九，頁 9817

〈竹枝歌〉《欒城集》卷一，頁 6；《全宋詩》卷八四九，頁 9817

〈望夫臺〉《欒城集》卷一，頁 6；《全宋詩》卷八四九，頁

9817

〈八陣磧〉《欒城集》卷一，頁 6；《全宋詩》卷八四九，頁 9818

〈灩澦堆〉《欒城集》卷一，頁 6；《全宋詩》卷八四九，頁 9818

〈入峽〉《欒城集》卷一，頁 7；《全宋詩》卷八四九；《全宋詩》卷八四九，頁 9818

〈巫山廟〉《欒城集》卷一，頁 7；《全宋詩》卷；《全宋詩》卷八四九，頁 9818

〈昭君村〉《欒城集》卷一，頁 8；《全宋詩》卷八四九，頁 9819

〈三遊洞〉《欒城集》卷一，頁 8；《全宋詩》卷八四九，頁 9819

〈寄題清溪寺〉《欒城集》卷一，頁 9；《全宋詩》卷八四九，頁 9820

嘉祐五年（1060），蘇洵五十二歲，蘇軾二十五歲，蘇轍二十二歲

〈息壤〉《欒城集》卷一，頁 9；《全宋詩》卷八四九，頁 9820

〈荊門惠泉〉《欒城集》卷一，頁 10；《全宋詩》卷八四九，頁 9820

〈襄陽古樂府二首〉《欒城集》卷一，頁 11；《全宋詩》卷八四九，頁 9821

〈襄陽古樂府——野鷹來〉《欒城集》卷一，頁 11；《全宋詩》卷八四九，頁 9821

〈襄陽古樂府二首之二——襄陽樂〉《欒城集》卷一，頁 11；《全宋詩》卷八四九，頁 9821

〈涮陽早發〉《欒城集》卷一，頁 11；《全宋詩》卷八四九，頁 9821

〈雙鳧觀〉《欒城集》卷一，頁 12；《全宋詩》卷八四九，頁 9822

嘉祐六年（1061），蘇洵五十三歲，蘇軾二十六歲，蘇轍二十三歲

蘇軾、蘇轍兄弟因舉制策，移居懷遠驛。

仁宗御崇政殿策試制科舉人，蘇轍極言朝政得失，引起軒然大波，胡宿等力主黜之，蘇軾三等，蘇轍入四等。

〈辛丑除日記子瞻〉《欒城集》卷一，頁 12；《全宋詩》卷八四九，頁 9822

〈懷澠池寄子瞻兄〉《欒城集》卷一，頁 12；《全宋詩》卷八四九，頁 9822

嘉祐七年（1062），蘇洵五十四歲，蘇軾二十七歲，蘇轍二十四歲

蘇軾簽判鳳翔，蘇轍在京侍父。

〈次韻子瞻病中大雪〉《欒城集》卷一，頁 16；《全宋詩》八四九，頁 9825

〈次韻子瞻減降諸縣囚徒事畢登覽〉《欒城集》卷一，頁 13；《全宋詩》卷八四九，頁 9823

〈次韻子瞻太白山下早行題崇壽院〉《欒城集》卷一，頁 14；《全宋詩》卷八四九，頁 9823

〈石鼻城〉《欒城集》卷一，頁 15；《全宋詩》卷八四九，頁 9824

〈磻溪石〉《欒城集》卷一，頁 15；《全宋詩》卷八四九，頁 9824

〈郿塢〉《欒城集》卷一，頁 15；《全宋詩》卷八四九，頁 9824

〈次韻子瞻聞不赴商幕三首之一、二〉）《欒城集》卷一，頁 16；《全宋詩》卷八四九，頁 9825

嘉祐八年（1063），蘇洵五十五歲，蘇軾二十八歲，蘇轍二十五歲

〈饋歲〉《欒城集》卷一，頁 17～18；《全宋詩》卷八四九，頁 9826

〈別歲〉《欒城集》卷一，頁 18；《全宋詩》卷八四九，頁 9826

〈守歲〉《欒城集》卷一，頁 18；《全宋詩》卷八四九，頁 9826

〈踏青〉《欒城集》卷一，頁 18；《全宋詩》卷八四九，頁
9826

〈蠶市〉《欒城集》卷一，頁 18；《全宋詩》卷八四九，頁
9826

〈子瞻寄示岐陽十五碑〉《欒城集》卷一，頁 19；《全宋詩》
卷一 9827

〈詛楚文〉《欒城集》卷二，頁 24；《全宋詩》卷八五〇，
頁 9830

〈次韻子瞻麻田清峰寺下院翠麓亭〉《欒城集》卷二，頁 28；
《全宋詩》卷八五〇，頁 9834

〈次韻子瞻竹鼠卯〉《欒城集》卷二，頁 34；《全宋詩》卷
八五〇，頁 9839

〈用林任韻賦雪〉《欒城集》卷二，頁 37；《全宋詩》卷八
五〇，頁 9841

〈畫文殊普賢〉《欒城集》卷二，頁 20；《全宋詩》卷八五
〇，頁 9828

〈子瞻見許驪山澄泥硯〉《欒城集》卷二，頁 21；《全宋詩》
卷八五〇，頁 9828

〈次韻子瞻題薛周逸老亭〉《欒城集》卷二，頁 22；《全宋
詩》卷八五〇，頁 9829

〈和子瞻鳳翔八觀八首〉──〈石鼓〉、〈詛楚文〉、〈王維
吳道子畫〉、〈楊惠之塑維摩像〉、〈眞興寺閣〉、〈秦穆公墓〉
《欒城集》卷二，頁 23～27；《全宋詩》卷八五〇，頁 9830
～9833

〈聞子瞻將如終南太平宮谿堂讀書〉《欒城集》卷二，頁 28；
《全宋詩》卷八五〇，頁 9833

〈賦園中所有十首〉之二、之三、之四、之六、之八，《欒
城集》卷二，頁 28；《全宋詩》卷八五〇，頁 9835～9836

〈次韻子瞻南溪避世堂〉《欒城集》卷二，頁 31；《全宋詩》
卷八五〇，頁 9836

宋英宗

治平元年（1064），蘇洵五十六歲，蘇軾二十九歲，蘇轍二十六歲
　　蘇轍與父在京，蘇軾簽判鳳翔。
　　　　〈和子瞻三遊南山──樓觀〉《欒城集》卷二，頁 31；《全
　　　　宋詩》卷八五〇，頁 9837
　　　　〈仙遊潭五首──玉女洞〉《欒城集》卷二，頁 33；《全宋
　　　　詩》卷八五〇，頁 9838
　　　　〈和子瞻調水符〉《欒城集》卷二，頁 33；《全宋詩》卷八
　　　　五〇，頁 9838
　　　　〈次韻子瞻招隱亭〉《欒城集》卷二，頁 34；《全宋詩》卷
　　　　八五〇，頁 9838
　　　　〈次韻子瞻讀道藏〉《欒城集》卷二，頁 35；《全宋詩》卷
　　　　八五〇，頁 9839
　　　　〈和子瞻司竹監燒葦園因獵園下〉《欒城集》卷二，頁 36；
　　　　《全宋詩》卷八五〇，頁 9840

治平二年（1065），蘇洵五十七歲，蘇軾三十歲，蘇轍二十七歲
　　蘇軾兄弟彙集數年唱和詩作爲《岐梁唱和詩集》。
　　是年，蘇轍始出仕，爲大名府（今河北）推官。
　　　　〈和強至太傅小飲〉《欒城集》卷三，頁 41；《全宋詩》卷
　　　　八五一 9844

治平三年（1066），蘇洵五十八歲，蘇軾三十一歲，蘇轍二十八歲
　　蘇洵卒於京師，蘇軾兄弟護喪返蜀。

治平四年（1067），蘇軾三十二歲，蘇轍二十九歲
　　英宗崩，神宗繼位。蘇轍在四川守父喪，葬父親蘇洵於彭山縣安
　　鎮鄉可龍里。

宋神宗

熙寧元年（1068），蘇軾三十三歲，蘇轍三十歲
　　冬，兄弟免喪，東游京師。

熙寧二年（1069），蘇軾三十四歲，蘇轍三十一歲

抵京師。神宗以轍爲制置三司條例司檢詳文字。時王安石爲參知
政事，王安石與陳升之創置三司條例，議行新法。

〈遊淨因院寄璉禪師〉《欒城集》卷三，頁 47；《全宋詩》
卷八五一，頁 9848

〈石蒼舒醉墨堂〉《欒城集》卷三，頁 47；《全宋詩》卷八
五一，頁 9848

〈送蘇公佐修撰知梓州〉《欒城集》卷三，頁 48；《全宋詩》
卷八五一，頁 9849

〈南窗〉《欒城集》卷三，頁 49；《全宋詩》卷八五一，頁
9849

熙寧三年（1070），蘇軾三十五歲，蘇轍三十二歲

張方平出知陳州，辟蘇轍爲陳州教授。生一女，宛娘。

〈次韻楊褒直講攬鏡〉《欒城集》卷三，頁 49；《全宋詩》
卷八五一，頁 9850

〈次韻柳子玉見贈〉《欒城集》卷三，頁 49；《全宋詩》卷
八五一，頁 9850

〈次韻任遵聖見寄〉《欒城集》卷三，頁 50；《全宋詩》卷
八五一，頁 9850

〈次韻劉貢甫學士畫松石圖歌〉《欒城集》卷三，頁 50；《全
宋詩》卷八五一，頁 9850

〈柳湖感物〉《欒城集》卷三，頁 51；《全宋詩》卷八五一，
頁 9851

〈題李簡夫葆光亭〉《欒城集》卷三，頁 52；《全宋詩》卷
八五一，頁 9852

〈贈李簡夫司封〉《欒城集》卷三，頁 52；《全宋詩》卷八
五一，頁 9852

〈張安道尚書生日〉《欒城集》卷三，頁 53；《全宋詩》卷
八五一，頁 9852

〈送劉道原學士歸南康〉《欒城集》卷三，頁 53；《全宋詩》
卷八五一，頁 9853

〈送王濰郎中知襄州〉《欒城集》卷三，頁 54；《全宋詩》

卷八五一，頁 9853

熙寧四年（1071），蘇軾三十六歲，蘇轍三十三歲

蘇轍任陳州學官，蘇軾任通判杭州，途中過陳，謁張方平，探望
蘇轍，同遊山水，留七十餘日。

〈和張安道讀杜集〉《欒城集》卷三，頁 54；《全宋詩》卷
八五一 9854

〈歐陽公所蓄石屏〉《欒城集》卷三，頁 57；《全宋詩》卷
八五一 9856

〈次韻子瞻壽州東龍潭〉《欒城集》卷三，頁 58；《全宋詩》
卷八五一 9856

〈次韻子瞻初出潁口見淮山〉《欒城集》卷三，頁 58；《全
宋詩》卷八五一，頁 9856

〈和子瞻濠州七絕之五──虞姬墓〉《欒城集》卷三，頁 59；
《全宋詩》卷八五一，頁 9857

〈和子瞻濠州七絕之三──逍遙堂〉《欒城集》卷三，頁 59；
《全宋詩》卷八五一，頁 9857

〈次韻子瞻發洪澤遇大風卻還宿〉《欒城集》卷三，頁 61；
《全宋詩》卷八五一，頁 9858

〈次韻子瞻記十月十六日所見〉《欒城集》卷四，頁 61；《全
宋詩》卷八五一，頁 9858

〈次韻子瞻廣陵會三同舍各以其字為韻三首之二──孫巨
源〉《欒城集》卷四，頁 62；《全宋詩》卷八五二，頁 9859

〈和子瞻金山〉《欒城集》卷四，頁 63；《全宋詩》卷八五
二，頁 9860

〈次韻子瞻廣陵會三同舍各以其字為韻──劉莘老〉《欒城
集》卷四，頁 63；《全宋詩》卷八五二，頁 9859

〈次韻子瞻遊甘露寺〉《欒城集》卷四，頁 64；《全宋詩》
卷八五二，頁 9860

〈次韻子瞻初到杭州見寄二絕之二〉《欒城集》卷四，頁 65；
《全宋詩》卷八五二，頁 9861

〈次韻子瞻遊孤山訪惠勤惠思〉《欒城集》卷四，頁 66；《全

宋詩》卷八五二，頁 9862

熙寧五年（1072），蘇軾三十七歲，蘇轍三十四歲

蘇轍任陳州學官，學官生涯艱辛。八月赴洛陽考試舉人，繼游嵩山，沿途有詩。

〈贈提刑賈司門青〉《欒城集》卷四，頁 67；《全宋詩》卷八五二，頁 9862

〈次韻子瞻遊孤山訪惠勤惠思〉《欒城集》卷四，《蘇轍集》冊一／頁 67

〈趙少師自南都訪歐陽少師於潁州留西湖久之作詩獻歐陽公〉《欒城集》卷四，頁 68；《全宋詩》卷八五二，頁 9863

〈歐陽太師挽詞三首之三〉《欒城集》卷四，頁 69；《全宋詩》卷八五二，頁 9864

〈賦黃鶴樓贈李公擇〉《欒城集》卷四，頁 70；《全宋詩》卷八五二，頁 9865

〈次韻子瞻題孫莘老墨妙亭〉《欒城集》卷四，頁 72；《全宋詩》卷八五二，頁 9866

〈和頓主簿起見贈二首之二〉《欒城集》卷四，頁 73；《全宋詩》卷八五二，頁 9867

〈洛陽試院樓上新晴五絕之一〉《欒城集》卷四，頁 73；《全宋詩》卷八五二，頁 9867

〈洛陽試院樓上新晴五絕之二〉《欒城集》卷四，頁 73；《全宋詩》卷八五二，頁 9867

〈登嵩山十首──吳道子畫四眞君〉《欒城集》卷四，頁 76；《全宋詩》卷八五二，頁 9870

〈過韓許州石淙莊〉《欒城集》卷四，頁 77；《全宋詩》卷八五二，頁 9870

〈過登封閣氏園〉《欒城集》卷四，頁 77；《全宋詩》卷八五二，頁 9870

〈和子瞻監試舉人〉《欒城集》卷四，頁 78；《全宋詩》卷八五二，頁 9871

〈和子瞻煎茶〉《欒城集》卷四，頁 78；《全宋詩》卷八五

二，頁 9872

〈和子瞻開湯村運鹽河雨中督役〉《欒城集》卷四，頁 79；
《全宋詩》卷八五二，頁 9872

〈和子瞻畫魚歌〉《欒城集》卷四，頁 80；《全宋詩》卷八
五二，頁 9873

〈次韻子瞻遊道場山何山〉《欒城集》卷五 81；《全宋詩》
卷八五三，頁 9874

熙寧六年（1073），蘇軾三十八歲，蘇轍三十五歲

夏，為李師中（誠之）所招，蘇轍改齊州掌書記。

〈次韻子瞻吳中田婦嘆〉《欒城集》卷五，頁 81；《全宋詩》
卷八五三，頁 9874

〈次韻子瞻二月十日雪〉《欒城集》卷五，頁 82；《全宋詩》
卷八五三，頁 9875

〈次韻子瞻與蘇世美同年夜飲〉《欒城集》卷五，頁 84；《全
宋詩》卷八五三，頁 9876

〈次韻子瞻病中遊虎跑泉僧舍二首之二〉《欒城集》卷五，
頁 84；《全宋詩》卷八五三，頁 9876

〈和子瞻東陽水樂亭歌〉《欒城集》卷五，頁 85；《全宋詩》
卷八五三，頁 9876

〈次韻子瞻祈雨〉《欒城集》卷五，頁 85；《全宋詩》卷八
五三，頁 9877

熙寧七年（1074），蘇軾三十九歲，蘇轍三十六歲

蘇轍任齊州掌書記。四月，王安石罷相，出知江寧。

〈送排保甲陳祐甫〉《欒城集》卷五，頁 87；《全宋詩》卷
八五三，頁 9878

〈自陳適齊戲題〉《欒城集》卷五，頁 87；《全宋詩》卷八
五三，頁 9878

〈送韓祇嚴戶曹得替省親成都〉《欒城集》卷五，頁 88；《全
宋詩》卷八五二，頁 9878

〈和孔教授武仲濟南四詠〉──〈北渚亭〉、〈檻泉亭〉《欒

城集》卷五，頁 88：《全宋詩》卷八五三，頁 9879

〈和李誠之待制燕別西湖〉《欒城集》卷五，頁 89：《全宋詩》卷八五三，頁 9879

〈踏藕〉《欒城集》卷五，頁 89：《全宋詩》卷八五三，頁 9879

〈送李誠之知瀛洲〉《欒城集》卷五，頁 90：《全宋詩》卷八五三，頁 9880

〈西湖二詠——觀捕魚〉《欒城集》卷五，頁 90：《全宋詩》卷八五三，頁 9880

〈西湖二詠——食雞頭〉《欒城集》卷五，頁 91：《全宋詩》卷八五三，頁 9880

〈送青州簽判俞退翁致仕還湖州〉《欒城集》卷五，頁 91：《全宋詩》卷八五三，頁 9881

〈送張正彥法曹〉《欒城集》卷五，頁 91：《全宋詩》卷八五三，頁 9881

〈次韻孫推官朴見寄二首〉《欒城集》卷五，頁 91：《全宋詩》卷八五三，頁 9981

〈和子瞻喜虎兒生〉《欒城集》卷五，頁 92：《全宋詩》卷八五三，頁 9883

熙寧八年（1075），蘇軾四十歲，蘇轍三十七歲

二月，王安石復相。蘇轍任齊州掌書記，春末初游泰山，有詩紀行。

〈和青州教授頓起九日見寄二首之二〉《欒城集》卷五，頁 92：《全宋詩》卷八五三，頁 9881

〈和子瞻喜虎兒生〉《欒城集》卷五，頁 92：《全宋詩》卷八五三，頁 9882

〈次韻子瞻病中贈提刑假繹〉《欒城集》卷五，頁 92：《全宋詩》卷八五三，頁 9882

〈將出洛城過廣愛寺見三學演師引觀楊惠之塑寶山朱瑤畫文殊普賢爲賦〉《全宋詩》卷八五二

〈次韻子瞻賦雪二首之二〉《欒城集》卷五，頁 93：《全宋

詩》卷八五三，頁 9882

〈遊太山四首之四——嶽下〉《欒城集》卷五，頁 96；《全宋詩》八五三，頁 9884

〈東方書生行〉《欒城集》卷五，頁 99；《全宋詩》卷八五三，頁 9886

〈送韓宗弼〉《欒城集》卷五，頁 99；《全宋詩》卷八五三，頁 9887

〈題張安道樂全堂〉《欒城集》卷六，頁 101；《全宋詩》卷八五四，頁 9888

熙寧九年（1076），蘇軾四十一歲，蘇轍三十八歲

蘇轍任齊州掌書記。十月，安石再次罷相，從此閑居金陵。

〈和鮮于子駿益昌官舍八詠〉——〈竹軒〉、〈柏軒〉、〈山齋〉、〈閑燕亭〉、〈巽堂〉、〈寶峰亭〉、〈會景亭〉《欒城集》卷六，頁 101～103；《全宋詩》卷八五四，頁 9888～9889

〈和文與可洋州園亭三十詠〉——〈望雲樓〉、〈書軒〉、〈冰池〉、〈過溪亭〉、〈莔苕軒〉、〈涵虛亭〉、〈披錦亭〉、〈荼蘼洞〉《欒城集》卷六，頁 105～108；《全宋詩》卷八五四，頁 9890～9892

〈寄題密州新作快哉亭二首〉《欒城集》卷六，頁 110；《全宋詩》卷八五四，頁 9895

〈贈馬正卿秀才〉《欒城集》卷六，頁 111；《全宋詩》卷八五四，頁 9895

〈答文與可以六言詩相示因道濟南事作十首〉之三、之四《欒城集》卷六，頁 111；《全宋詩》卷八五四，頁 9895

〈次韻李公擇寄子瞻〉《欒城集》卷六，頁 112；《全宋詩》卷八五四，頁 9896

〈次韻李公擇以惠泉答章子厚新茶二首之一〉《欒城集》卷六，頁 112；《全宋詩》卷八五四，頁 9896

〈和李公擇赴歷下道中雜詠十二〉——〈下邳黃石公廟〉、〈宿邊項羽廟〉《欒城集》卷六，頁 113；《全宋詩》卷八五四，頁 9896～9897

〈雪中會孫洙舍人飲王氏西堂戲成三絕之一〉《欒城集》卷
六，頁 117；《全宋詩》卷八五四，頁 9899

熙寧十年（1077），蘇軾四十二歲，蘇轍三十九歲

二月，蘇軾、蘇轍相會澶、濮之間。張方平辟蘇轍爲南京簽書判
官。八月，張方平告老還鄉。三子虎兒生。

〈次韻子瞻送范景仁遊嵩洛〉《欒城集》卷七，頁 121；《全
宋詩》卷八五五，頁 9903

〈陪子瞻遊百步洪〉《欒城集》卷七，頁 123；《全宋詩》卷
八五五，頁 9904

〈李邦直見邀終日對臥南城亭上二首之一〉《欒城集》卷
七，頁 123；《全宋詩》卷八五五，頁 9904

〈再次韻邦直見答四首之二〉《欒城集》卷七，頁 124；《全
宋詩》卷八五五，頁 9905

〈同子瞻泛汴泗得漁酒二詠之二〉《欒城集》卷七，頁 125；
《全宋詩》卷八五五，頁 9906

〈司馬君實端明獨樂園〉《欒城集》卷七，頁 126；《全宋詩》
卷八五五，頁 9907

〈王詵都尉寶繪堂詞〉《欒城集》卷七，頁 127；《全宋詩》
卷八五五，頁 9907

〈逍遙堂會宿二首之一〉《欒城集》卷七，頁 128；《全宋詩》
卷八五五，頁 9908

〈贈致仕王景純寺丞〉《欒城集》卷七，頁 129；《全宋詩》
卷八五五，頁 9909

〈初發彭城有感寄子瞻〉《欒城集》卷七，頁 130；《全宋詩》
卷八五五，頁 9909

〈次韻子瞻見寄〉《欒城集》卷七，頁 130；《全宋詩》卷八
五五，頁 9910

〈將至南京雨中寄王鞏〉《欒城集》卷七，頁 131；《全宋詩》
卷八五五，頁 9910

〈次韻王鞏九日同送劉莘老〉《欒城集》卷七，頁 132；《全
宋詩》卷八五五，頁 9911

〈宣徽使張安道生日〉《欒城集》卷七，頁132；《全宋詩》卷八五五，頁9911

〈寄孔武仲〉《欒城集》卷七，頁135；《全宋詩》卷八五五，頁9913

〈寄孔武仲〉《欒城集》卷七，頁135；《全宋詩》卷八五五，頁9913

〈送王鞏兼簡督尉王詵〉《欒城集》卷七，頁136；《全宋詩》卷八五五，頁9913

〈次韻張恕戲王鞏〉《欒城集》卷七，頁137；《全宋詩》卷八五五，頁9915

元豐元年（1078），蘇軾四十三歲，蘇轍四十歲

蘇轍任南京簽判，蘇軾之徐州。蘇轍之女適文同之子逸民。

〈寄范丈景仁〉《欒城集》卷八，頁138；《全宋詩》卷八五六，頁9916

〈和頓主簿起見贈二首之一〉《欒城集》卷四，頁73；《全宋詩》卷八五二，頁9867

〈馬上見賣芍藥戲贈張厚之二絕之一〉《欒城集》卷八，頁141；《全宋詩》卷八五六，頁9918

〈送梁交之徐州〉《欒城集》卷八，頁142；《全宋詩》卷八五六，頁9919

〈次韻王鞏見寄〉《欒城集》卷八，頁144；《全宋詩》卷八五六，頁9919

〈次韻劉涇見寄〉《欒城集》卷八，頁145；《全宋詩》卷八五六，頁9921

〈河上莫歸過南湖二絕之一〉《欒城集》卷八，頁145；《全宋詩》卷八五六，頁9921

〈同李倅鈞仿趙嗣恭留飲南園晚衙先歸〉《欒城集》卷八，頁146；《全宋詩》卷八五六，頁9922

〈次韻轉運使鮮于侁新堂月夜〉《欒城集》卷八，頁146；《全宋詩》卷八五六，頁9922

〈秋祀高禖二絕〉《欒城集》卷八，頁147；《全宋詩》卷八

五六，頁 9922

〈中秋見月寄子瞻〉《欒城集》卷八，頁 148；《全宋詩》卷
八五六，頁 9923

〈次韻王鞏同飲王廷老度支家戲詠〉《欒城集》卷八，頁
149；《全宋詩》卷八五六，頁 9924

〈李鈞壽花堂〉《欒城集》卷八，頁 151；《全宋詩》卷八五
六，頁 9925

〈送王鞏之徐州〉《欒城集》卷八，頁 150；《全宋詩》卷八
五六，頁 9924

〈戲次前韻寄王鞏二首之二〉《欒城集》卷八，頁 150；《全
宋詩》卷八五六，頁 9924

〈次韻子瞻題張公詩卷後〉《欒城集》卷八，頁 152；《全宋
詩》卷八五六，頁 9926

〈送文與可知湖州〉《欒城集》卷八，頁 153；《全宋詩》卷
八五六，頁 9925

〈送李鈞郎中〉《欒城集》卷八，頁 153；《全宋詩》卷八五
六，頁 9927

〈次韻頓起考試徐沂舉人見寄二首〉之二《欒城集》卷八，
頁 153；《全宋詩》卷八五六，頁 9927

〈子瞻惠雙刀〉《欒城集》卷，頁 155；《全宋詩》卷八五六，
頁 9928

〈次韻文務光秀才遊南湖〉《欒城集》卷八，頁 155；《全宋
詩》卷八五六，頁 9928

元豐二年（1079），蘇軾四十四歲，蘇轍四十一歲

蘇軾因「烏臺詩案」被捕入獄，蘇轍任南京籤判，乞納在身官以
贖兄罪。蘇軾責貶黃州團練副使，蘇轍坐貶監筠州鹽酒稅。

〈春日耕者〉《欒城集》卷九，頁 156；《全宋詩》卷八五七，
頁 9930

〈寒食遊南湖三首之二〉《欒城集》卷八，頁 140；《全宋詩》
卷八五六，頁 9917

〈送傅宏著作歸覲待覲城闕〉《欒城集》卷九，頁 160；《全

宋詩》卷八五七，頁 9933

〈和子瞻自徐移湖將過宋都途中見寄五首之二〉《欒城集》
卷九，頁 161；《全宋詩》卷八五七，頁 9953

〈宋城宰韓秉文惠日鑄茶〉《欒城集》卷九，頁 163；《全宋
詩》卷八五七，頁 9935

〈登南城有感示文務光王適秀才〉《欒城集》卷九，頁 164；
《全宋詩》卷八五七，頁 9936

〈次韻答陳之方祕丞〉《欒城集》卷九，頁 164；《全宋詩》
卷八五七，頁 9936

〈次韻答張耒〉《欒城集》卷九，頁 165；《全宋詩》卷八五
七，頁 9936

〈臘雪五首之一〉《欒城集》卷九，頁 167；《全宋詩》卷八
五七，頁 9938

〈四十一歲歲莫日歌〉《欒城集》卷九，頁 169；《全宋詩》
卷八五七，頁 9939

〈次韻子瞻繫御史獄獄中榆槐竹柏——榆〉《欒城集》卷
九，頁 169；《全宋詩》卷八五七，頁 9940

元豐三年（1080），蘇軾四十五歲，蘇轍四十二歲

蘇轍離南京赴貶所，五月蘇轍先送蘇軾家眷至黃州，再前往筠州。

〈次韻子瞻贈張憨子〉《欒城集》卷九，頁 170；《全宋詩》
卷八五七，頁 9940

〈高郵別秦觀三首之二〉《欒城集》卷九，頁 171；《全宋詩》
卷八五七，頁 9941

〈揚州五詠——平山堂〉《欒城集》卷九，頁 172；《全宋詩》
卷八五七，頁 9942

〈次韻鮮于子駿遊九曲池——摘星亭〉《欒城集》卷九，頁
173；《全宋詩》卷八五七，頁 9942

〈揚州五詠——摘星亭〉《欒城集》卷九，頁 173；《全宋詩》
卷八五七，頁 9942

〈題杜介供奉熙熙堂〉《欒城集》卷九，頁 173；《全宋詩》
卷八五七

〈遊金山寄揚州鮮于子駿從事邵光〉《欒城集》卷九，頁
174；《全宋詩》卷八五，頁9943

〈和孔武仲金陵九詠〉——〈鳳凰臺〉、〈此君亭〉、〈高齋〉、
〈覽輝亭〉《欒城集》卷十，頁175；《全宋詩》卷八五四，
頁9891～9893。

〈舟次大雲倉回寄孔武仲〉《欒城集》卷十，頁178；《全宋
詩》卷八五八，頁9946

〈湖陰曲〉《欒城集》卷十，頁178；《全宋詩》卷八五八，
頁9946

〈過九華山〉《欒城集》卷十，頁179；《全宋詩》卷八五八，
頁9947

〈佛池口遇風雨〉《欒城集》卷十，頁179；《全宋詩》卷八
五八，頁9947

〈黃州陪子瞻遊武昌西山〉《欒城集》卷十，頁180；《全宋
詩》卷八五八，頁9948

〈赤壁懷古〉《欒城集》卷十，頁181；《全宋詩》卷八五八，
頁9948

〈遊廬山山陽七詠〉——〈白鶴觀〉、〈開先瀑布〉《欒城集》
卷十，頁185；《全宋詩》卷八五八，頁9950

〈次子瞻夜字韻作中秋對月二篇一以贈王郎二以寄子瞻〉
其一《欒城集》卷八，頁186；《全宋詩》卷八五八，頁
9952

〈次韻毛國鎮趙景仁唱和三首一贈毛一贈趙一自詠之一〉
《欒城集》卷十，頁188；《全宋詩》卷八五八，頁9953

〈南康阻風遊東寺〉《欒城集》卷十，頁185；《全宋詩》卷
八五八，頁9951

〈次子瞻夜字韻作中秋對月二篇一以贈王郎二以寄子瞻〉
《欒城集》卷十，頁186；《全宋詩》卷八五八，頁9952
～9953

〈次韻毛君山房遣興〉《欒城集》卷十，頁190；《全宋詩》
卷八五八，頁9955

〈和毛君州宅八詠——方沼亭〉《欒城集》卷十，頁191；《全宋詩》卷八五八，頁9955

〈茶花二首之二〉《欒城集》卷十，頁194；《全宋詩》卷八五八，頁9957

〈次韻毛君山房即事十首之五〉《欒城集》卷十，頁195；《全宋詩》卷八五八，頁9958

〈筠州二詠——牛尾狸〉《欒城集》卷十，頁196；《全宋詩》卷八五八，頁9959

〈筠州二詠——黃雀〉《欒城集》卷十，頁196；《全宋詩》卷八五八，頁9959

〈和蕭刑察推賀族叔司理登科還鄉四首之二〉《欒城集》卷十一，頁199；《全宋詩》卷八五九，頁9962

〈次韻王適梅花〉《欒城集》卷十一，頁200；《全宋詩》卷八五九，頁9963

元豐四年（1081），蘇軾四十六歲，蘇轍四十三歲

蘇轍至筠州，有〈筠州聖壽院法堂記〉、〈筠州聖祖殿記〉蘇軾貶官黃州。

〈次韻王適春雪二首之二〉《欒城集》卷十一，頁201；《全宋詩》卷八五，頁9964

〈毛君惠溫柑荔支二絕之二〉《欒城集》卷十一，頁201；《全宋詩》卷八五九，頁9964

〈陪毛君夜遊北園〉《欒城集》卷十一，頁202；《全宋詩》卷八五九，頁9965

〈山橙花口號〉《欒城集》卷十一，頁203；《全宋詩》卷八五九，頁9965

〈江州周寺丞泳夷亭〉《欒城集》卷十一，頁204；《全宋詩》卷八五九，頁9965

〈和子瞻鐵拄杖〉《欒城集》卷十一，頁205；《全宋詩》卷八五九，頁9966

〈送姜司馬〉《欒城集》卷十一，頁205；《全宋詩》卷八五九，頁9967

〈試院唱酬十一首——次韻呂君見贈〉《欒城集》卷十一，
頁 207；《全宋詩》卷八五九，頁 9967

〈試院唱酬十一首——次前三韻三首〉《欒城集》卷十一，
頁 208；《全宋詩》卷八五九，頁 9969

〈試罷後偶作〉《欒城集》卷十一，頁 209；《全宋詩》卷八
五九，頁 9967

〈孔平仲著作江州官舍小庵〉《欒城集》卷十一，頁 211；《全
宋詩》卷八五九，頁 9970

〈雪中洞山黃蘗二禪師相訪〉《欒城集》卷十一，頁 211；《全
宋詩》卷八五九，頁 9971

〈送楊騰山人〉《欒城集》卷十一，頁 212；《全宋詩》卷八
五九，頁 9971

〈次韻子瞻與安節夜坐三首之二〉《欒城集》卷十一，頁
213；《全宋詩》卷八五九，頁 9972

元豐五年（1082），蘇軾四十七歲，蘇轍四十四歲

蘇轍貶居筠州。

〈贈景福順老二首之二〉《欒城集》卷十一，頁 214；《全宋
詩》卷八五九，頁 9973

〈次韻孔平仲著作見寄四首之一〉《欒成集》卷十一，頁
215；《全宋詩》卷八五九，頁 9973

〈次韻孔平仲著作見寄四首之四〉《欒城集》卷十一，頁
216；《全宋詩》卷八五九，頁 9974

〈贈景福順長老二首〉《欒城集》卷十一，頁 215；《全宋詩》
卷八五九 9973

〈張秀才見寫陋容〉《欒城集》卷十二，頁 229；《全宋詩》
卷八六〇

〈雨後遊大愚〉《欒城集》卷十二 218；《全宋詩》卷八六〇，
頁 9976

〈次韻唐覲送姜應明謁新昌杜簿〉《欒城集》卷十二，頁
219；《全宋詩》卷八六〇，頁 9976

〈次韻李朝散遊洞山二首之二〉《欒城集》卷十二，頁 220；

《全宋詩》卷八六○，頁 9977

〈次韻子瞻感舊見寄〉《欒城集》卷十二，頁 221；《全宋詩》卷八六○，頁 9978

〈披仙亭晚飲〉《欒城集》卷十二，頁 221；《全宋詩》卷八六○，頁 9978

〈余居高安三年每晨入莫出輒過聖壽訪聰長老謁方子明浴頭笑語移刻而歸歲月

既久作一詩記之〉《欒城集》卷十二，頁 221；《全宋詩》卷八六○，頁 9978

〈東軒長老二絕之二〉《欒城集》卷十二，頁 223；《全宋詩》卷八六○，頁 9979

〈東軒長老〉《欒城集》卷十二，頁 223；《全宋詩》卷八六○，頁 9979

〈迎寄王適〉《欒城集》卷十二，頁 224；《全宋詩》卷八六○，頁 9980

〈寄題江渙長官南園茅齋〉《欒城集》卷十二，頁 225；《全宋詩》卷八六○，頁 9981

元豐六年（1083），蘇軾四十八歲，蘇轍四十五歲

蘇轍貶居筠州。

〈贈石臺長老二絕之二〉《欒城集》卷十二，頁 227；《全宋詩》卷八六○，頁 9982

〈同王適曹煥遊清居院步還所居〉《欒城集》卷十二，頁 230；《全宋詩》卷八六○，頁 9984

〈送李憲司理還新喻〉《欒城集》卷十二，頁 232；《全宋詩》卷八六○，頁 9986

〈次韻王適大水〉《欒城集》卷十二，頁 233；《全宋詩》卷八六○，頁 9986

〈次韻子瞻臨皋新茸南堂五絕之二〉《欒城集》卷十二，頁 233；《全宋詩》卷八六○，頁 9987

〈久不作詩呈王適〉《欒城集》卷十二，頁 235；《全宋詩》卷八六○，頁 9988

〈孫寶叟道人〉《全宋詩》卷八六一）

〈病中賈大夫相訪因遊中宮僧舍二首之一〉《欒城集》卷十二，頁238；《全宋詩》卷八六，頁09990

〈和王適新茸小室〉《欒城集》卷十二，頁238；《全宋詩》卷八六○，頁9990

（〈上元夜〉《欒城集》卷十三，頁240

元豐七年（1084），蘇軾四十九歲，蘇轍四十六歲

蘇轍貶居筠州，九月以蘇轍爲績溪令。蘇軾貶官黃州，四月移汝州，赴汝途中，繞道筠州看望蘇轍。

〈幽蘭花〉《欒城集》卷十三，頁241；《全宋詩》卷八六一，頁9993

〈次韻王適上元夜二首之一〉《欒城集》卷十三，頁241

〈次韻王適上元夜二首之二〉《欒城集》卷十三，頁241

〈曾子宣郡太挽詞二首〉《欒城集》卷十三，頁242；《全宋詩》卷八六一，頁9993

〈次韻秦觀梅花〉《欒城集》卷十三，頁243；《全宋詩》卷八六一，頁9994

〈畫枕屏〉《欒城集》卷十三，頁244；《全宋詩》卷八六一，頁9994

〈復前韻答潛師〉《欒城集》卷十三，頁244；《全宋詩》卷八六一，頁9994

〈景福順老夜坐道古人搐鼻語〉《欒城集》卷十三，頁244；《全宋詩》卷八六一，頁9995

〈次韻子瞻行至奉新見寄〉《欒城集》卷十三，頁246；《全宋詩》卷八六一，頁9996

〈次韻孔平仲著作見寄四首之二〉《全宋詩》卷八六一，頁9974

〈贈醫僧鑒清二絕之一〉《欒城集》卷十三，頁247；《全宋詩》卷八六一，頁9996

〈贈醫僧善正〉《欒城集》卷十三，頁247；《全宋詩》卷八六一，頁9997

〈約洞山文老夜話〉《欒城集》卷十三，頁 249；《全宋詩》
卷八六一，頁 9998

〈〈徐儒亭〉《欒城集》卷十三，頁 251；《全宋詩》卷八六
一，頁 10000

〈贈方子明道人〉《欒城集》卷十三，頁 250；《全宋詩》卷
八六一，頁 9999

〈寄題孔氏顏樂亭〉《欒城集》卷十三，頁 251；《全宋詩》
卷八六一，頁 10000

〈乘小舟出筠江二首之一〉《欒城集》卷十三，頁 251；《全
宋詩》卷八六一，頁 10000

〈滕王閣〉《欒城集》卷十三，頁 252；《全宋詩》卷八六一，
頁 10001

〈車浮〉《欒城集》卷十三，頁 253；《全宋詩》卷八六一，
頁 10001

〈逢章戶掾赴澧州〉《欒城集》卷十三，頁 253；《全宋詩》
卷八六一，頁 10001

〈除夜泊彭蠡湖遇大風雨〉《欒城集》卷十三，頁 254；《全
宋詩》卷八六一，頁 10001

元豐八年（1085），蘇軾五十歲，蘇轍四十七歲

三月神宗病逝，哲宗繼位，高太后聽政，以司馬光爲門下侍郎。
蘇轍到績溪，臥病五十餘日，八月以校書郎之職重回朝廷。蘇軾
亦被召還朝任禮部郎中。

〈再遊廬山三首之一〉《欒城集》卷十三，頁 256；《全宋詩》
卷八六一，頁 10003

〈再遊廬山三首之三〉《欒城集》卷十三，頁 256；《全宋詩》
卷八六一，頁 10003

〈效韋蘇州調嘯詞二首〉《欒城集》卷十三，頁 257；《全宋
詩》卷八六一，頁 10004

〈次韻遲初入宣河〉《欒城集》卷十三，頁 258；《全宋詩》
卷八六一，頁 10004

〈楊主簿日本扇〉《欒城集》卷十三，頁 260；《全宋詩》卷

八六一，頁 10006

〈周昉畫美人歌〉《欒城集》卷十四，頁 263；《全宋詩》卷
八六二，頁 10008

〈病後〉《欒城集》卷十四，頁 263；《全宋詩》卷八六二，
頁 10009

〈送琳長老還大明山〉《欒城集》卷十四，頁 264；《全宋詩》
卷八六二，頁 10009

〈復病〉《欒城集》卷十四，頁 264；《全宋詩》卷八六二，
頁 10009

〈答琳長老寄幽蘭白朮黃精三本二絕之一〉《欒城集》卷十
四 265；《全宋詩》卷八六二 10010

〈初聞得校書郎同官三絕之一〉《欒城集》卷十四，頁 266；
《全宋詩》卷八六二，頁 10010

〈郭尉惠古鏡〉《欒城集》卷十四，頁 267；《全宋詩》卷八
六二，頁 10011

〈績溪二詠〉之二《欒城集》卷十四，頁 267；《全宋詩》
卷八六二，頁 10011

〈寄龍井辯才法師三絕之三〉《欒城集》卷十四，頁 270；《全
宋詩》卷八六二，頁 10013

〈將遊金山寄元長老〉《欒城集》卷十四，頁 271；《全宋詩》
卷八六二，頁 10014

〈答王定國問疾〉《欒城集》卷十四，頁 272；《全宋詩》卷
八六二，頁 10015

〈河冰〉《欒城集》卷十四，頁 272；《全宋詩》卷八六二，
頁 10015

〈河冰稍解喜呈王適〉《欒城集》卷十四，頁 276；《全宋詩》
卷八六二，頁 10017

宋哲宗

元祐元年（1086），蘇軾五十一歲，蘇轍四十八歲

二月至京，改除右司諫，九月除起居郎，十一月任中書舍人。兄

蘇軾還京，不久升起居舍人，三月，免試爲中書舍人，兄弟嘗同直宿，不久又任翰林學士。章惇罷知汝州。

〈後省初成直宿呈子瞻二首之二〉《欒城集》卷十四，頁277；《全宋詩》卷八六二，頁10018

〈答顏復國博〉《欒城集》卷十四 2，頁 74；《全宋詩》卷八六二，頁10016

〈送千之侄西歸〉《欒城集》卷十四，頁278；《全宋詩》卷八六二，頁10019

〈次韻子瞻送陳睦龍圖出守潭州〉《欒城集》卷十四，頁278；《全宋詩》卷八六二，頁10018

〈答孔平仲惠蕉布二絕之二〉《欒城集》卷十四，頁279；《全宋詩》卷八六，頁二 10019

〈次韻黃庭堅學士狸毛筆〉《欒城集》卷十四，頁280；《全宋詩》卷八六二，頁10020

（送王廷老朝散知虢州）《欒城集》卷十四，頁282；《全宋詩》卷八六二，頁10022

元祐二年（1087），蘇軾五十二歲，蘇轍四十九歲

蘇軾任翰林學士，蘇轍任中書舍人，兄弟倆人同掌內外制。十一月，蘇轍除戶部侍郎。

〈子瞻與李公麟宣德共畫翠石古木老僧謂之憩寂圖題其後〉《欒城集》卷十五，頁286

〈送楊孟容朝奉西歸〉《欒城集》卷十五，頁287；《全宋詩》卷八六三，頁10025

〈送家定國朝奉西歸〉《欒城集》卷十五，頁288；《全宋詩》卷八六三，頁10034

〈次韻孔武仲三舍人省上〉《欒城集》卷十五，頁289；《全宋詩》卷八六三，頁10026

〈次韻張問給事喜雨〉《欒城集》卷十五，頁292；《全宋詩》卷八六三，頁10028

〈書郭熙橫卷〉《欒城集》卷十五，頁295；《全宋詩》卷八

六三，頁 10031

〈韓幹三馬〉《欒城集》卷十五，頁 295；《全宋詩》卷八六三，頁 10031

〈贈寫眞李道士〉《欒城集》卷十五，頁 296；《全宋詩》卷八六三，頁 10031

〈次韻子瞻題郭熙平遠二絕〉《欒城集》卷十五，頁 296；《全宋詩》卷八六三，頁 10032

〈滎陽唐高祖太宗石刻像〉《欒城集》卷十五，頁 297；《全宋詩》卷八六三，頁 10033

〈贈寫眞李道士〉《欒城集》卷十五，頁 296；《全宋詩》卷八六三，頁 10032

〈題王生畫三蠶蜻蜓二首之二〉《欒城集》卷十五，頁 296；《全宋詩》卷八六三，頁 10031

〈次韻子瞻題郭熙平遠二絕之二〉《欒城集》卷十五，頁 296；《全宋詩》卷八六三，頁 10032

〈滎陽唐高祖太宗石刻像〉《欒城集》卷十五，頁 297；《全宋詩》卷八六三，頁 10033

〈送歐陽辯〉《欒城集》卷十五，頁 299；《全宋詩》卷八六三，頁 10034

元祐三年（1088），蘇軾五十三歲，蘇轍五十歲

〈五月一日同子瞻轉對〉《欒城集》卷十五，頁 301；《全宋詩》卷八六三，頁 10035

〈問蔡肇求李公麟畫觀音德雲〉《欒城集》卷十五，頁 301；《全宋詩》卷八六三，頁 10035

〈盧鴻草堂圖〉《欒城集》卷十五，頁 302；《全宋詩》卷八六三，頁 10036

〈秦虢夫人走馬圖〉《欒城集》卷十五，頁 303；《全宋詩》卷八六三，頁 10037

〈題王詵都尉畫山水橫卷三首〉《欒城集》卷十六，頁 307；《全宋詩》卷八六四，頁 10041

〈送周思道朝議歸守漢州三絕之二〉《欒城集》卷十五，頁

304；《全宋詩》卷八六三，頁 10037

〈程之元表弟奉使江西次前年送赴楚州韻戲別〉《欒城集》
卷十六，頁 305；《全宋詩》卷八六四，頁 10039

〈表弟程之邵奉議知泗州〉《欒城集》卷十六，頁 305；《全
宋詩》卷八六四，頁 10039

〈次韻子瞻書黃庭內景卷後贈寒道士拱辰〉《欒城集》卷十
六，頁 306；《全宋詩》卷八六四，頁 10039

〈次韻子瞻好頭赤〉《欒城集》卷十六，頁 306；《全宋詩》
八六四，頁 10039

〈題王詵都尉畫山水橫卷三首之一〉《欒城集》卷十六，頁
307；《全宋詩》卷八六四，頁 10040

〈次韻子瞻十一月旦日鎖院賜酒及燭〉《欒城集》卷十六，
頁 309；《全宋詩》卷八六四，頁 10042

元祐四年（1089），蘇軾五十四歲，蘇轍五十一歲

蘇轍任戶部侍郎，六月除吏部侍郎，尋又除翰林學士、知制誥替
代蘇軾，同月又改任吏部尚書。十月，奉命出使遼國，賀遼道宗
（耶律洪基）生辰，十二月南歸。契丹盛傳三蘇文。蘇軾以翰林
學士出知餘杭。

之一至之二十四〈奉使契丹二十八首〉《欒城集》卷十六，
頁 317～322

〈題李公麟山莊圖〉《欒城集》卷十六，頁 312；《全宋詩》
卷八六四，頁 10046～10053

〈題王詵都尉設色山卷後〉《欒城集》卷十六，頁 316；《全
宋詩》卷八六四，頁 10047

元祐五年（1090），蘇軾五十五歲，蘇轍五十二歲

自契丹還朝。女婿王適卒。五月，以蘇轍爲龍圖閣直學士、御史
中丞。

蘇軾知杭州。對於朝中呂大防、劉摯建言引用元豐黨人，調停黨
爭，以平舊怨，蘇轍以爲不可，有〈乞分別邪正箚子〉、再論、

三論箚子。

　　之二十五〈十日南歸馬上口占呈同事〉《欒城集》卷十六，
　　　頁 322；《全宋詩》卷八六四，頁 10048

　　之二十六〈傷足〉《欒城集》卷十六，頁 322；《全宋詩》卷
　　　八六四，頁 10048

　　之二十七〈春日寄內〉《欒城集》卷十六，頁 323；《全宋詩》
　　　卷八六四

　　之二十八〈渡桑乾〉《欒城集》卷十六，頁 323；《全宋詩》
　　　卷八六四

　　〈李公麟陽關圖二絕之一〉《欒城集》卷十六，頁 324；《全
　　　宋詩》卷八六四，頁 10053

　　〈學士院端午帖子二十七首——夫人閣〉《欒城集》卷十六
　　　326；《全宋詩》卷八六四，頁 10053

　　〈次韻張君病起二首之二〉《欒城集》卷十六，頁 327；《全
　　　宋詩》卷八六四，頁 10056

　　〈次韻張耒學士病中二首之二〉《欒城集》卷十六，頁 327；
　　　《全宋詩》卷八六，頁 10055

元祐六年（1091），蘇軾五十六歲，蘇轍五十三歲

　　二月蘇轍由御史中丞遷尚書右丞，為六執政之一，官居副相。正
月，蘇軾自知杭州除吏部尚書，二月，除翰林學士承旨。

　　〈次遠韻齒痛〉《欒城後集》卷二，頁 869；《全宋詩》卷八
　　　六六，頁 10078

　　〈次韻子瞻感舊〉《欒城後集》卷一，頁 873；《全宋詩》卷
　　　八六五，頁 10059

　　〈次韻題畫卷四首——四明狂客〉《欒城後集》卷一，頁
　　　874；《全宋詩》卷八六五，頁 10059

　　〈魯元翰中大挽詞二首之二〉《欒城後集》卷一，頁 876；《全
　　　宋詩》卷八六五，頁 10162

　　〈次韻門下呂相公同訪致政馮宣猷〉《欒城後集》卷一，頁
　　　876；《全宋詩》卷八六五，頁 10061

元祐七年（1092），蘇軾五十七歲，蘇轍五十四歲

蘇轍任尚書右丞，六月以蘇轍爲太中大夫、守門下侍郎。十一月，合祭天地於圜丘，以郊祀恩，特加護軍，進封開國伯，食實封二百戶。八月，兄軾以兵部尚書、龍圖閣學士除兼侍讀。

〈次韻子瞻和淵明飲酒二十首之一〉《欒城後集》卷一，頁878；《全宋詩》卷八六五，頁 10062

〈次韻子瞻和淵明飲酒二十首之十九〉《欒城後集》卷一，頁 880；《全宋詩》卷八六五，頁 10062

〈次韻子瞻道中見寄〉《欒城後集》卷一，頁 880；《全宋詩》卷八六五，頁 10065

元祐八年（1093），蘇軾五十八歲，蘇轍五十五歲

蘇轍爲門下侍郎。九月太皇太后高氏卒，哲宗繼位。范祖禹上疏言：防小人離間，謂言逐神宗之臣、改神宗之政爲高太后之過。蘇轍附名同進。蘇軾上箚子暗諷哲宗，罷禮部尚書，貶定州。

〈蔡州壺公觀劉道士〉《欒城後集》卷一，頁 882～883；《全宋詩》卷八六五，頁 10066

〈次韻石芝〉《欒城後集》卷一，頁 884；《全宋詩》卷八六五，頁 10067

〈和子瞻雪浪齋〉《欒城後集》卷一，頁 885；《全宋詩》卷八六五，頁 10069

〈讀史六首〉《欒城後集》卷一，頁 885；《全宋詩》卷八六五，頁 10070～10071

宋哲宗

紹聖元年（1094），蘇軾五十九歲，蘇轍五十六歲

蘇轍以「漢武比先帝」，哲宗不悅。蘇轍除端明殿學士，出知汝州。六月貶袁州，七月再貶筠州，幼子蘇遠隨行。蘇軾貶英州，惠州安置。

〈望嵩樓〉《欒城後集》卷一，頁 886；《全宋詩》卷八六五，頁 10070

〈思賢堂〉《欒城後集》卷一，頁 887；《全宋詩》卷八六五，頁 10070

〈次韻子瞻江西〉《欒城後集》卷一，頁 888；《全宋詩》八六五，頁 10071

紹聖二年（1095），蘇軾六十歲，蘇轍五十七歲

蘇轍貶官筠州，整理舊學，繼續寫作《詩傳》、《春秋傳》、《老子解》、《古史》等。

〈筠州州宅雙蓮〉《欒城後集》卷二，頁 891；《全宋詩》卷八六六，頁 10072

〈奉同子瞻荔支嘆〉《欒城後集》卷二，頁 891；《全宋詩》卷八六六，頁 10072

紹聖三年（1096），蘇軾六十一歲，蘇轍五十八歲

蘇轍貶官筠州，蘇軾貶官惠州。

紹聖四年（1097），蘇軾六十二歲，蘇轍五十九歲

蘇轍再貶雷州，蘇軾遠謫海南，兩人相遇於藤州，同行至雷州。六月，蘇軾渡海，兄弟從此一別，竟成訣別。

〈次韻子瞻和陶公止酒〉《欒城後集》卷二，頁 895；《全宋詩》卷八六六，頁 10077

〈次韻子瞻過海〉《欒城後集》卷二，頁 896；《全宋詩》卷八六六，頁 10077

〈和子瞻新居欲成二首之二〉《欒城後集》卷二，頁 894；《全宋詩》卷八六六，頁 10076

〈浴罷〉《欒城後集》卷二，頁 897；《全宋詩》卷八六六，頁 10078

〈次韻子瞻獨覺〉（《欒城後集》卷二，頁 898；《全宋詩》卷八六六，頁 10079

元符元年（1098），蘇軾六十三歲，蘇轍六十歲

蘇轍貶官雷州，雷州張逢禮遇蘇轍。六月，蘇轍移居循州，買宅以居。蘇軾貶官儋州。

〈次韻子瞻謫居三適——午窗坐睡〉（《欒城後集》卷二，
頁 900～901；《全宋詩》卷八六六，頁 10080

〈同子瞻次過遠重字韻〉《欒城後集》卷二，頁 901；《全宋
詩》卷八六六，頁 10080

〈次韻子瞻和淵明擬古九首〉《欒城後集》卷二，頁 901；《全
宋詩》卷八六六，頁 10081

元符二年（1099），蘇軾六十四歲，蘇轍六十一歲

蘇轍貶居循州。蜀人巢谷來訪，繼往海南訪蘇軾，死於途中。

〈答吳和二絕〉之一《欒城後集》卷二，頁 903；《全宋詩》
卷八六六，頁 10082

元符三年（1100），蘇軾六十五歲，蘇轍六十二歲

哲宗去世，徽宗繼位，大赦天下。

二月，蘇轍移永州，四月移岳州，十一月，提舉鳳翔府上清太平
宮、護軍，居潁昌。蘇軾移廉州，九月改舒州團練副使，永州安
置，改提舉成都玉局觀。

宋徽宗建中靖國元年（1101），蘇軾六十六歲，蘇轍六十三歲

蘇轍閑居潁昌。蘇軾北歸，暴病，死於常州。

〈寄題登封揖仙亭〉《欒城後集》卷三，頁 908；《全宋詩》
卷卷八六七，頁 10087

〈十一月十三日雪〉《欒城後集》卷三，頁 908；《全宋詩》
卷八六七，頁 10087

崇寧元年（1102），蘇轍六十四歲

閑居潁昌。五月，黨禍再起，詔蘇轍等令三省籍記姓名，子弟不
得在京差遣。葬兄於汝州郟城縣小峨眉山。

崇寧二年（1103），蘇轍六十五歲

為遠禍避害，蘇轍獨遷居汝南，罷提舉太平宮。

〈聞諸子欲再質卞氏宅〉《欒城後集》卷三，頁 910；《全宋
詩》卷八六七，頁 10088

〈遷居汝南〉《欒城後集》卷三，頁 910；《全宋詩》卷八六

七，頁 10088

〈任氏閬世堂前大檜〉《欒城後集》卷三，頁 911；《全宋詩》卷八六七，頁 10089

〈寒食〉之二《欒城後集》卷三，頁 912；《全宋詩》卷八六七，頁 10089

〈潁川城東野老〉《欒城後集》卷三，頁 912；《全宋詩》卷八六七，頁 10089

〈白鬚〉《欒城後集》卷三，頁 912；《全宋詩》卷八六七，頁 10089

〈汝南示三子〉《欒城後集》卷三，頁 913；《全宋詩》卷八六七　10090

〈思歸二首〉之一《欒城後集》卷三，頁 913；《全宋詩》卷八六七，頁 10090

〈春盡〉《欒城後集》卷三，頁 914；《全宋詩》卷八六七，頁 10091

〈夢中詠醉人〉《欒城後集》卷三，頁 914；《全宋詩》卷八六七　10091

〈萬蝶花〉《欒城三集》卷三，頁 914；《全宋詩》卷八六七，頁 10091

〈汝南遷居〉《欒城後集》卷三，頁 915；《全宋詩》卷八六七，頁 10092

〈病癒〉二首之一《欒城後集》卷三，頁 916；《全宋詩》卷八六七，頁 10092

〈立冬聞雷〉《欒城後集》卷三，頁 916；《全宋詩》卷八六七，頁 10093

〈示資福諭老〉《欒城後集》卷三，頁 917；《全宋詩》八六七，頁 10094

〈三不歸行〉《欒城後集》卷三，頁 918；《全宋詩》卷八六七，頁 10094

崇寧三年（1104），蘇轍六十六歲

自汝南還潁川，葺居東齋，杜門不出。

〈次遲韻寄适遜〉《欒城後集》卷三，頁919；《全宋詩》卷八六七，頁10095

〈還潁川〉《欒城後集》卷三，頁919；《全宋詩》卷八六七，頁10095

〈次遲韻對雪〉《欒城後集》卷三，頁919；《全宋詩》卷八六七，頁10095

〈次遲韻千葉牡丹二首之一〉《欒城後集》卷三，頁921；《全宋詩》卷八六七，頁10096

〈次遲韻千葉牡丹二首之二〉《欒城後集》卷三，頁921；《全宋詩》卷八六七，頁10096

〈盆池白蓮〉《欒城後集》卷三，頁921；《全宋詩》卷八六七，頁10097

〈初得南園〉《欒城後集》卷三，頁923；《全宋詩》卷八六七，頁10098

〈見兒侄唱酬次韻五首之五〉《欒城後集》卷三，頁923；《全宋詩》卷八六七，頁10098

〈移竹〉《欒城後集》卷三，頁923；《全宋詩》卷八六七，頁10098

〈再賦茅居三絕之一〉《欒城後集》卷四，頁925；《全宋詩》卷八六七，頁10099

崇寧四年（1105），蘇轍六十七歲

隱居潁昌。

〈喜雨〉《欒城後集》卷四，頁926；《全宋詩》卷八六八，頁10100

〈和遲田舍雜詩九首之六〉《欒城後集》卷四，頁927；《全宋詩》八六八，頁10101

〈施崇寧寺馬〉《欒城後集》卷四，頁928～929；《全宋詩》卷八六八，10102

〈夢中謝和老惠茶〉《欒城後集》卷四，頁929；《全宋詩》《全宋詩》卷八六八，頁10103

〈歲莫二首之二〉《欒城後集》卷四，頁930；《全宋詩》

卷八六八，頁 10103

〈冬至雪〉《欒城後集》卷四，頁 930；《全宋詩》卷八六八，頁 10104

〈新霜〉《欒城後集》卷四，頁 930；《全宋詩》卷八六八，頁 10104

〈喜雨〉《欒城後集》卷四，頁 931；《全宋詩》卷八六八，頁 10105

〈除夜〉《欒城後集》卷四，頁 931；《全宋詩》卷八六八，頁 10105

〈春後望雪〉《欒城後集》卷四，頁 931；《全宋詩》卷八六八，頁 10104

崇寧五年（1106），蘇轍六十八歲

隱居潁昌。

〈次韻和人詠醵釀〉《欒城後集》卷四，頁 932；《全宋詩》卷八六八，頁 10105

〈閑居五詠——坐忘〉《欒城後集》卷四，頁 933；《全宋詩》卷八六八，頁 10106

〈閑居五詠——讀書〉《欒城後集》卷四，頁 933；《全宋詩》卷八六八，頁 10106

〈閑居五詠之一——杜門〉《欒城後集》卷四，頁 933；《全宋詩》卷八六八，頁 10106

〈城中牡丹推高皇廟園遲适聯騎往觀歸報未開戲作〉《欒城後集》卷四，頁 934；《全宋詩》卷八六八，頁 10107

〈次遲韻示陳天倪秀才侄孫元老主簿〉《欒城後集》卷四，頁 935；《全宋詩》卷八六八，頁 10108

〈再次前韻示元老〉《欒城後集》卷四，頁 936；《全宋詩》卷八六八，頁 10108

〈春深三首之三〉《欒城後集》卷四，頁 935；《全宋詩》卷八六八，頁 10107

〈春深〉三首之二《欒城後集》卷四，頁 935；《全宋詩》卷八六八，頁 10107

〈邅往泉城穫麥〉《欒城後集》卷四，頁936；《全宋詩》卷
八六八，頁10108

〈再次前韻示元老〉《欒城後集》卷四，頁936；《全宋詩》
卷八六八，頁10108

〈送元老西歸〉《欒城後集》卷四，頁937；《全宋詩》卷八
六八，頁10109

〈諸子將築室以畫圖相示三首之三〉《欒城後集》卷四，頁
937；《全宋詩》卷八六八，頁10109

〈題韓駒秀才詩句〉《欒城後集》卷四，頁938；《全宋詩》
卷八六八，頁10109

〈九日獨酌三首之三〉《欒城後集》卷四，頁940；《全宋詩》
卷八六八，頁10110

大觀元年（1107），蘇轍六十九歲

隱居潁昌。

〈丙戌十月二十三日大雪〉《欒城三集》卷一，頁1149；《全
宋詩》卷八六九10114

〈丁亥生日〉《欒城三集》卷一，頁1151；《全宋詩》卷八
六九，頁10116

〈初築南齋〉《欒城三集》卷一，頁1155；《全宋詩》卷八
六九，頁10119

〈初成遺老齋待月軒藏書室三首之二——待月軒〉《欒城三
集》卷一，頁1157；《全宋詩》卷八六九，頁10121

〈風雪〉《欒城三集》卷一1160；《全宋詩》卷八六九，頁
10122

〈讀傳燈錄示諸子〉《欒城三集》卷一1160；《全宋詩》卷
八六九10123

〈欲雪〉《欒城三集》卷一，頁1161；《全宋詩》八六九，
頁10123

〈那吒〉《欒城三集》卷一，頁1161；《全宋詩》卷八六九，
頁10123

〈久旱府中取虎骨投邢山潭水得雨戲作〉《欒城三集》卷

一，頁 1162；《全宋詩》卷八六九，頁 10124

大觀二年（1108），蘇轍七十歲

隱居潁昌。

〈肺病〉《欒城三集》卷一，頁 1159；《全宋詩》卷八六九，頁 10121

〈同遲賦千葉牡丹〉《欒城三集》卷一，頁 1164；《全宋詩》卷八六九，頁 10125

〈八雪〉《欒城三集》卷一，頁 1165；《全宋詩》卷八六九，頁 10126

〈夏夜對月〉《欒城三集》卷一，頁 1166；《全宋詩》卷八六九，頁 10127

〈讀舊詩〉《欒城三集》卷一，頁 1165；《全宋詩》八六九，頁 10126

〈寒師嵩山圖〉《欒城三集》卷一，頁 1167；《全宋詩》卷八六九，頁 10127

〈追和張公安道贈別絕句〉《欒城三集》卷一，頁 1167；《全宋詩》卷八六九，頁 10127

〈遺老齋絕句〉十二首之一《欒城三集》卷二，頁 1168；《全宋詩》卷八六九，頁 10128

〈示諸子〉《欒城三集》卷二 1170；《全宋詩》卷八七〇，頁 10131

〈示諸孫〉《欒城三集》卷二 1171；《全宋詩》卷八七〇，頁 10131

大觀三年（1109），蘇轍七十一歲

隱居潁昌。

〈程八信孺表弟剖符單父相遇潁川歸鄉待闋作長句贈別〉《欒城三集》卷二，頁 1173《全宋詩》卷八七〇，頁 10132

〈南齋竹三絕之三〉《欒城三集》卷二，頁 1175；《全宋詩》卷八七〇，頁 10134

〈己丑除日二首之一〉《欒城三集》卷二，頁 1176；《全宋

詩》卷八七〇，頁 10135

大觀四年（1110），蘇轍七十二歲

隱居潁昌。

〈己丑除日二首之二〉《欒城三集》卷二，頁 1177；《全宋詩》卷 10135

〈林筍復生〉《欒城三集》卷二，頁 1179；《全宋詩》卷八七〇，頁 10137

〈閉門〉《欒城三集》卷二，頁 1179；《全宋詩》卷八七〇，頁 10137

〈喜雨〉《欒城三集》卷二，頁 1180；《全宋詩》卷八七〇，頁 10138

〈蠶麥〉《欒城三集》卷二，頁 1180；《全宋詩》卷八七〇，頁 10138

政和元年（1111），蘇轍七十三歲

隱居潁昌。

〈題東坡遺墨卷後〉《欒城三集》卷二，頁 1181；《全宋詩》卷八七〇，頁 10138

〈寄張芸叟〉《欒城三集》卷二，頁 1181；《全宋詩》卷八七〇，頁 10138

〈贈德仲〉《欒城三集》卷三，頁 1182；《全宋詩》卷八七〇，頁 10140

〈雨中秋絕句二首〉《欒城三集》卷三，頁 1182；《全宋詩》卷八七一，頁 10140

〈閏八月二十五日菊有黃花園中粲然奪目九日不憂無菊而憂無酒戲作〉《欒城三集》卷三，頁 1183；《全宋詩》卷八五〇，頁 9841

〈夜坐〉《欒城三集》卷三，頁 1184；《全宋詩》卷八七一，頁 10141

〈小雪〉《欒城三集》卷三，頁 1185；《全宋詩》卷八七一，頁 10142

〈除夜二首之二〉《欒城三集》卷三，頁 1186；《全宋詩》卷八七一，頁 10142

〈春旱彌月郡人取水邢山二月五日水入城而雨〉《欒城三集》卷三，頁 1187；《全宋詩》卷八七一，頁 10143

〈龍川道士〉《欒城三集》卷三，頁 1187；《全宋詩》卷八七一，頁 10143

〈西軒畫枯木怪石〉《欒城三集》卷三，頁 1188；《全宋詩》卷八七一，頁 10144

〈悟老住慧林〉《欒城三集》卷三，頁 1189；《全宋詩》卷八七一，頁 10145

〈秋旅〉《欒城三集》卷三，頁 1189；《全宋詩》卷八七一，頁 10145

〈記病〉《欒城三集》卷三，頁 1189；《全宋詩》卷八七一，頁 10145

〈七夕〉《欒城三集》卷三，頁 1190；《全宋詩》卷八七一，頁 10147

〈早睡〉《欒城三集》卷三，頁 1191；《全宋詩》卷八七一，頁 10147

〈廳前柏〉《欒城三集》卷三，頁 1192；《全宋詩》卷八七一，頁 10147

〈冬至日作〉《欒城三集》卷三，頁 1193；《全宋詩》八七一，頁 10148

〈畫學董生畫山水屏風〉《欒城三集》卷三，頁 1193；《全宋詩》卷八七一，頁 10066

〈讀樂天集戲作五絕〉《欒城三集》卷三，頁 1194；《全宋詩》卷八七一，頁 10149

〈記病〉《欒城三集》卷三，頁 1195；《全宋詩》卷八七一，頁 10149

〈除日二首〉《欒城三集》卷三，頁 1195；《全宋詩》卷八七一，頁 10150

政和二年（1112），蘇轍七十四歲

隱居潁昌。十月三日卒。

〈上元〉《欒城三集》卷三，頁 1195；《全宋詩》八七一，
頁 10150

〈西軒種山丹〉《欒城三集》卷三，頁 1195；《全宋詩》卷
八七一，頁 10151

〈林筍〉《欒城三集》卷三，頁 1196；《全宋詩》卷八七一，
頁 10150

〈風痺三作〉《欒城三集》卷三，頁 1197；《全宋詩》卷八
七一，頁 10151

〈感秋扇〉《欒城三集》卷三，頁 1198；《全宋詩》卷八七
二，頁 10152

〈次喜侄邁還家韻〉《欒城三集》卷四，頁 1199；《全宋詩》
卷八七二，頁 10153

〈大雨後詠南軒竹二絕句之一〉《欒城三集》卷四，頁 1201；
《全宋詩》卷八七二，頁 10154

〈省事〉《欒城三集》卷四，頁 1201；《全宋詩》卷八七二，
頁 10155

引用書目

一、三蘇專著

1. 《蘇轍集》，蘇轍撰，高秀芳、陳宏天點校，北京：中華書局，1999年2月。

2. 《蘇轍集》，蘇轍，三蘇全書，第十六冊──第十八冊，曾棗莊、舒大剛主編，北京：語文出版社，2001年。

3. 《蘇洵集》，蘇洵，三蘇全書，第六冊，曾棗莊、舒大剛主編，北京：語文出》版社，2001年。

4. 《蘇軾詩集，蘇軾，三蘇全書，第六冊──第十冊，曾棗莊、舒大剛主編，北京：語文出版社，2001年。

5. 《蘇軾詩集》，三冊，清·王文誥、馮應榴輯注，台北：學海出版社，1985年9月。

6. 《全宋詩》，冊七，（蘇洵），傅璇琮等編，北京：北京大學，1991年。

7. 《全宋詩》，冊十四（蘇軾），傅璇琮等編，北京：北京大學，1991年。

8. 《全宋詩》，冊十五（蘇轍），傅璇琮等編，北京：北京大學，1991年。

9. 《中華大典·宋遼金元文學分典·蘇轍卷》，冊二，南京：江蘇古籍出版社，1999年。

10. 《宋十五家詩選》，清·陳訏，上海古籍出版社，1995年（據上海辭書圖書館藏清康熙刻本影印）。

11. 《三蘇及其散文之研究》，陳雄勳，台北：文史哲出版社，1991 年。

12. 《蘇洵及其政論》，徐琬章，台北：文津出版社，1984 年 6 月。

13. 《蘇洵》，金國永，北京：中華書局，1990 年。

14. 《蘇軾詩研究》，謝桃坊，成都：巴蜀書社出版，1987 年 5 月。

15. 《蘇軾文集》，孔凡禮點校，北京：中華書局，1986 年。

16. 《蘇轍評傳》，曾棗莊，台北：五南圖書公司，1995 年 6 月。

17. 《三蘇文藝思想》，曾棗莊，台北：學海出版社，1995 年 8 月。

18. 《三蘇傳》，曾棗莊，台北：學海出版社，1995 年 6 月。

19. 《蘇東坡研究》，木齋，廣西師範大學出版社，1998 年 8 月。

20. 《三蘇研究》，曾棗莊，成都：巴蜀書社出版，1999 年 10 月。

21. 《蘇詩彙評》，曾棗莊，成都：四川文藝出版社，2000 年 1 月。

22. 《蘇轍學術思想述評》，陳政雄，台北：文史哲出版社，2000 年 12 月。

二、史學文化論著

1. 《史記》，漢‧司馬遷，台北：鼎文書局，1977 年。

2. 《漢書》，漢‧班固，台北：鼎文書局，1979 年。

3. 《後漢書》，漢‧范曄，台北：鼎文書局，1977 年。

4. 《三國志》，晉‧陳壽，宋‧裴松之注，台北：鼎文出版社，1981 年。

5. 《晉書》，唐‧房玄齡，台北：鼎文書局，1979 年。

6. 《舊唐書》，晉‧劉昫撰，台北：鼎文書局，1973 年。

7. 《新唐書》，宋‧歐陽脩，台北：鼎文書局，1976 年。

8. 《宋史》，元‧脫脫撰，台北：鼎文書局，1980 年。

9. 《續資治通鑑長編》，宋‧李燾撰，台北：世界書局，1961，初版。

10. 《續資治通鑑》，清‧畢沅，台北：中華書局，1970 年。

11. 《宋朝事實》，李攸撰，叢書集成初編，冊 833～835，北京：中華書局，1985 年。

12. 《通鑑紀事本末》，宋‧袁樞撰，北京：中華書局，1986 年。

13. 《足本宋元學案》，一百卷，黃百家纂輯，全祖望修訂，台北：廣文書局，1979 年。

14. 《宣和遺事》，叢書集成初編，冊 3889，北京：中華書局，1985 年。

15. 《左傳微》，吳闓生，台北：中華書局，1970 年 3 月。

16. 《文史通義》，清‧張學誠，台北：華世出版社，1980 年 9 月。

17. 《中國古代圖書事業史》，來新夏等著，上海：人民出版社，1990 年 4 月。

18. 《宋史》，方豪，台北：中國文化學院出版部，1979 年 10 月。

19. 《宋遼金史論文稿》，王明蓀，台北：明文書局，1988 年 1 月。

20. 《宋遼關係史研究》，陶晉生，台北：聯經出版事業公司，1986 年 1 月。

21. 《中國近古史》，鄭均、程光裕編，台北：正中書局，1988 年。

22. 《宋代地域經濟》，程民生，台北：雲龍出版社，2002 年 3 月。

23. 《宋代文化史》，姚瀛艇，開封：河南大學出版社，1992 年 2 月。

24. 《中國宋遼金夏政治史》，趙紹銘著，北京：人民出版社，1994 年 1 月。

25. 《宋遼西夏金社會生活史》，朱瑞熙、張邦煒等著，中國社會科學出版社，1998 年 8 月。

26. 《漢唐史論集》，傅樂成，台北：聯經出版社，1997 年。

27. 《中國茶文化》，姚國坤、王存禮、程啓坤著，台北：洪葉文化出版，1995 年 1 月。

28. 《中國古代喫茶史》，許賢瑤編譯，台北：博遠出版有限公司，1991 年 2 月。

29. 《中華文化史》，馮天瑜、何曉明、周積明等著，台北：桂冠圖書公司，1993 年 5 月。

30. 《宋代禪宗文化》，魏道儒，中州，古籍出版社，1993 年 9 月。

31. 《理學與中國文化》，姜廣輝，上海：上海人民出版社，1995 年 11 月二刷。

32. 《中華古代文化中的建築美》，王振復，台北：博遠出版有限公司，1993 年。

33. 《園林與中國文化》，王毅，上海：上海人民出版社，1995 年 4 月。

34. 《濯錦清江萬里流——巴蜀文化的歷程》，段渝、譚洛非著，成都：四川人民出版，社 2001 年 8 月。

三、思想論著

1. 《龍川略志》，蘇轍，四庫全書，冊 1037，台北：商務印書館，1987 年。

2. 《老子解》，蘇轍，叢書集成初編，冊 537，北京：中華書局，1985年。

3. 《詩集傳》，蘇轍，三蘇全書，第二冊，曾棗莊、舒大剛主編，北京：語文出版社，2001 年。

4. 《春秋集解》，蘇轍，三蘇全書，第三冊，曾棗莊、舒大剛主編，北京：語文出版社，2001 年。

5. 《東坡志林》，蘇軾，三蘇全書，第五冊，曾棗莊、舒大剛主編，北京：語文出版社，2001 年。

6. 《續修四庫全書‧佛祖統》，冊 1287，台北：商務印書館，1987 年。

7. 《續藏經‧雲臥紀談》，冊 148，台北：新文豐出版，1994 年。

8. 《道德真經廣聖義》，杜光庭，續修四庫全書，冊 1290，上海：上海古籍出版社，2002 年。

9. 《禪與道論》，南懷瑾，台北：考古文化事業公司，1983 年 3 月，台灣七版。

10. 《禪宗與道家》，南懷瑾，上海：復旦大學，1992 年 4 月。

11. 《禪與老莊》，徐小躍，杭州：浙江人民出版社，1992 年 11 月。

12. 《老子探義》，王淮，台北：商務印書館，1990 年 12 月。

13. 《中國禪宗史話》，褚柏思，台北：新文豐出版公司，1981 年 9 月。

14. 《曹源一滴水——介紹禪宗》，陳光天，台北：商務印書館，1988 年 2 月。

15. 《中國佛學源流略講》，呂澂，台北：里仁書局，1985 年 1 月 30 日。

16. 《中國佛教總論》，台北：木鐸出版社，1983 年 1 月。

17. 《禪宗歷史與文化》，張文達、張莉編，哈爾濱：黑龍江教育出版社，1988 年 12 月。

18. 《中國禪宗史話》，褚柏思，台北：新文豐出版公司，1990 年 9 月。

19. 《禪宗與中國文化》，葛兆光，台北：天宇出版社，1988 年 9 月。

20. 《臨濟宗門禪》，程東、薛冬編，成都：成都出版社，1992 年 3 月。

21. 《中國禪學史》，日‧忽滑骨快夫著，朱謙之、楊曾文導讀，上海古籍出版社，2002 年 4 月。

22. 《中國禪學史》，阿部肇一著，關世謙譯著，台北：東大圖書股份有限公司，1988 年 7 月。

23. 《眾妙之門——道教文化之謎探微》，蕭箑父、羅熾主編，湖南教育出版社，1992 年 8 月。

24. 《蘇軾與道家道教》，鍾來因，台北：學生書局，1990 年 5 月。

25. 《道藏源流考》，陳國符，北京：中華書局，1963 年。

26. 《中國道教發展史略》，南懷瑾，台北：老古文化事業公司，1998 年。

27. 《宋明理學概述》，錢穆，台北：學生書局，1987 年。

29. 《宋明理學與中國文學》，許總，南昌：百花洲文藝出版社，1999 年 9 月。

30. 《宋儒微言》，盧國龍，北京：華夏出版社，2001 年 4 月。

31. 《道家思想的歷史轉折》，何建明，華中師範大學出版社，1997 年。

32. 《宋明理學——南宋篇》，蔡仁厚，台北：學生書局，1989 年 3 月。

33. 《自我意識論》，高全喜，台北：博遠出版有限公司，1993 年 9 月。

35. 《人文精神的承傳與重建》，李錦全，廣州：廣東人民出版社，1995 年 9 月。

36. 《中國人文精神之發展》，唐君毅，台北：學生書局，1988 年 8 月。

37. 《朱子語類》，宋・朱熹撰，黎靖德編，台北：文津出版社，1986 年 12 月。

38. 《宋學概論》，夏君虞，台北：華世出版社印行，1976 年 12 月。

39. 《北宋中期儒學復興運動》，劉復生，台北：文津出版社，1991 年 7 月。

40. 《北宋黨爭研究》，羅家祥，台北：文津出版社，1993 年 12 月。

41. 《北宋文人與黨爭》，沈松勤，北京：人民出版社，1998 年 12 月。

四、文學論著

（一）文學總集、別集類

1. 《樂府詩集》，宋・郭茂倩，台北：里仁書局，1981 年 3 月。

2. 《聲畫集》，宋・孫遠紹，四庫全書，冊一三四九，台北：商務印書館，1987 年。

3. 《御定歷代題畫詩類》，四庫全書，冊一四三五、一四三六，台北：商務印書館，1987 年。

4. 《古今圖書集成神異典神仙部（一）》，王秋桂、李豐楙主編，中華民國信仰資料彙編，台北：學生書局，1989 年 11 月。

6. 《白居易集箋校》，六冊，白居易撰，朱金城箋校，上海：上海古籍出版社，1988 年。

7. 《李義山詩文全集》，馮浩箋注，台北：商務印書館，1965 年。

8. 《歐陽脩全集》，歐陽脩，北京：中國書店，1992 年 10 月。

9. 《韓昌黎詩繫年集釋》，上、下，韓愈撰，錢仲聯編，台北：學海出版社，1985 年。

10. 《雙溪集（附遺言）》，蘇籀，叢書集成初編，冊 1493，北京：中華書局，1985 年。

11. 《黃山谷詩集注》，黃庭堅，台北：世界書局，1967 年。

12. 《豫章黃先生文集》，黃庭堅，四部叢刊初編，冊 54，台灣商務印書館，1967 年。

13. 《淮海集箋注》，秦觀撰，徐培均箋注，上海：上海古籍出版社，1994 年。

14. 《程千帆全集》，程千帆著，莫礪鋒編，石家莊：河北教育出版社，2000 年。

（二）文藝、詩學評論

1. 《文心雕龍》，劉勰著，范文瀾註，台北：學海出版社，1991 年 2 月。

2. 《藝概》，劉熙載，台北：華正書局，1988 年 9 月。

3. 《紀批瀛奎律髓》，方虛谷原選，紀曉嵐批點，台北：佩文出版社，1960 年 8 月。

4. 《談藝錄》，錢鍾書，台北：書林出版社，1988 年。

5. 《中國詩學（設計篇）、（鑑賞篇）》，黃永武，台北：巨流圖書公司，1999 年 9 月。

6. 《中國詩學（思想篇）、（考據篇）》，黃永武，台北：巨流圖書公司，1996 年 12 月。

7. 《詩與美》，黃永武，台北：洪範書店，1984 年 12 月。

8. 《字句鍛鍊法》，黃永武，台北：洪範書店，1998 年 3 月。

9. 《修辭學》，黃慶宣，台北：三民書局，1986 年 12 月。

10. 《詩詞例話》，周振甫著，台北：長安出版社印行，1983 年 10 月。

11. 《心靈現實的藝術透視》，韓經太著，北京：現代出版社，1990 年 2 月。

12. 《中國詠物詩「託物言志」析論》，林淑真，台北：萬卷樓圖書有限公司，1992 年 4 月。

13. 《詩話論風格》，林淑貞，台北：文津出版社，1999 年 7 月。

14. 《中國詩詞風格研究》，楊成鑒，台北：洪葉文化事業有限公司，1995

年 12 月。

15. 《唐代詩評中風格論之研究》，黃美鈴，台北：文史哲出版社，1982年 2 月。

16. 《風格與世變》，石守謙，台北：允晨文化股份有限公司，1996 年。

17. 《詩學指南》，清‧顧龍振，台北：廣文書局印行，1973 年 4 月。

18. 《文學理論》，RENE&WELLEK 著，梁伯傑譯，台北：大林出版社。

19. 《中國古代文學新論——視角與方法》，吳晟，黑龍江：黑龍江人民出版社，2002 年 1 月。

20. 《詩歌意象論》，陳植鍔，北京：中國社會科學發行，1990 年。

21. 《中國詩學通論》，袁行霈、孟二冬、丁放著，合肥：安徽教育出版社，1994 年 12 月。

22. 《中國古代文學十大主題——原型與流變》，王立，台北：文史哲出版社，1994 年 7 月。

23. 《心靈的圖景——文學意象的主題史研究》，王立，上海：學林出版社，1999 年 2 月。

24. 《意境、典型、比興編》，徐中玉，北京：中國社會科學出版社，1994年 5 月。

25. 《現實與理想——思想篇》，台北：聯經出版事業公司，1993 年 4 月。

26. 《樂府詩詞論藪》，蕭滌非撰，濟南：齊魯書社出版發行，1985 年 5月。

27. 《神女之探尋》，莫礪鋒，上海：上海古籍出版社，1994 年 2 月。

28. 《中國分體文學史（散文卷）》，趙義山、李修生主編，上海：上海古籍出版社 2001 年。

39. 《中國文學的發展概述》，王夢鷗等著，台北：中央文物供應社，1982年 9 月。

30. 《中古史研討會論文集》，香港：香港大學亞洲中心出版，1987 年。

31. 《文學批評的視野》，龔鵬程，台北：大安出版社，1990 年。

32. 《巴蜀文學史稿》，譚興國，成都：四川人民出版社，2001 年。

33. 《詩詞曲格律綱要》，徐宗濤，天津：天津人民出版社，2000 年 9 月。

34. 《中國詩律研究》，王力，台北：文津出版社，1987 年 8 月。

35. 《漢語史稿》，王力，北京：中華書局，1980 年。

36. 《詩詞格律概要》，王力，北京：出版社出版，1979 年 10 月。

37. 《宋代語言研究、詞彙編》，李文澤，北京：線裝書局，2001 年 7 月。

38. 《中國藝術精神》，徐復觀，台北：學生書局，1992 年 7 月，第十一刷。

39. 《禪宗語言》，周裕鍇，杭州：浙江人民出版社，1999 年。

40. 《中國禪宗與詩歌》，周裕鍇，高雄：麗文文化公司，1994 年 7 月。

41. 《兩宋題畫詩論》，李栖，台北：學生書局，1994 年 7 月。

42. 《題畫詩散論》，李栖，台北：華正書局，1993 年 2 月。

43. 《中國美學史大綱》，葉朗，台北：滄浪出版社，1986 年 9 月。

44. 《宣和畫譜》，四庫全書，冊八一三，台灣藝文印書館。

45. 《圖說中國藝術史》，陳滯冬著，成都：巴蜀書社，1999 年 1 月。

46. 《畫論叢刊》，于安瀾，台北：華正書局，1984 年 10 月。

47. 《中國繪畫理論》，傅抱石，台北：里仁書局，1995 年 4 月。

48. 《中國古代美學範疇》，曾祖蔭，台北：木鐸出版社，1987 年 7 月。

49. 《美的歷程》，李澤厚，台北：三民書局，1996 年 9 月。

50. 《美學論集》，李澤厚，台北：三民書局，2001 年 8 月。

51. 《宋詩縱論叢編》，張高評，高雄：麗文文化事業股份有限公司，1993 年 10 月。

52. 《宋詩之新變與代雄》，張高評，台北：洪葉文化事業有限公司，1995 年 9 月。

53. 《宋詩論文選輯（一）、（二）、（三）》，張高評，高雄：復文圖書出版社，1988 年 5 月。

54. 《宋代文學研討會論文集》，第一屆，台南：國立成功大學主編，1995 年 5 月。

55. 《宋代文學思想史》，張毅，北京：中華書局，1995 年。

56. 《兩宋文學史》，程千帆、吳新雷著，高雄：麗文公司出版，1993 年 10 月。

57. 《宋詩史》，許總，成都：重慶出版社，1997 年 3 月。

58. 《宋代詩學通論》，周裕鍇，成都：巴蜀書社，1997 年 1 月。

59. 《宋詩概說》，日·吉川幸次郎，台北：聯經出版事業公司，1977 年 4 月。

60. 《宋代的七言詩》，王錦九，天津：天津人民出版社，1993 年 11 月。

61. 《北宋詩學中「寫意」課題研究》，謝佩芬，台北：國立台灣大學出版委員會，1997 年 6 月。

62. 《宋代詩文縱談》，黃啓方，台北：商務印書館，1997 年 8 月。

63. 《廣列仙傳》，王秋桂、李豐楙主編，中華民國信仰資料彙編，台北：學生書局，1989 年 11 月。

64. 《王水照自選集》，王水照，上海：教育出版社，2000 年。

65. 《宋代文學通論》，王水照，高雄：復文圖書出版，2000 年 6 月。

66. 《會通化成與宋代詩學》，張高評，台南：國立成功大學出版，2000 年 8 月。

67. 《春秋書法與左傳學史》，張高評，台北：五南圖書出版，2002 年 1 月。

68. 《唐代文學的文化精神》，鄧小軍，台北：文津出版社，1993 年 9 月。

69. 《元白新樂府研究》，廖美雲，台北：學生書局，1989 年 6 月。

70. 《李白詩歌抒情藝術研究》，日·松浦友久，上海：上海古籍出版社，1996 年 12 月。

71. 《李白研究》，馬鞍山李白研究所編，合肥：安徽文藝出版社，1996 年 2 月。

72. 《孟郊研》，尤信雄，台北：文津出版社印行，1984 年 3 月。

73. 《李賀詩研究》，楊文雄，台北：文史哲出版社印行，1983 年 6 月。

74. 《杜甫詠懷詩研究》，林麗娟，高雄：文化出版社，1991 年 11 月。

75. 《新樂府詩派》，鍾優民，遼寧大學出版社，1997 年 7 月。

76. 《杜甫詩歌賞析集》，陶道恕主編，成都：巴蜀書社出版，1993 年 10 月。

77. 《杜詩學發微》，許總，南京：南京出版社，1989 年 5 月。

78. 《唐詩的美學闡釋》，李浩，合肥：安徽大學出版社，2000 年 4 月。

79. 《旅行與文藝國際會議論文集》，劉昭明主編，國立中山大學文學院，台北：書林出版有限公司，2001 年 12 月。

80. 《中國歷代名人圖鑑》，瞿冠群，華人德執筆，蘇州大學圖書館編著，上海：上海書畫出版社，1989 年。

（三）工具書

1. 《蘇轍年譜》，曾棗莊，西安：陝西人民出版社，1986 年。

2. 《蘇轍年譜》，孔凡禮，北京：學苑出版社，2001 年 6 月。

3. 《蘇軾年譜》，孔凡禮，北京：中華書局，1998 年 2 月。

4. 《北宋文學家年譜》，曾棗莊、舒大綱，台北：文津出版社，1999 年 6 月。

5. 《輿地紀勝》，宋·王象之，北京：中華書局，1992 年 10 月。

6. 《宋本方輿勝覽》，宋·祝穆編，上海：上海古籍出版社，1991 年 12 月。

7. 《古今圖書集成》，第一七冊〈歲功典〉第二十五卷，台北：鼎文書局，1977 年。

8. 《中國古代文論類編》，賈文昭主編，汕頭，海峽出版社，1990 年 12 月。

9. 《中國文論大辭典》，彭會資，南昌：百花文藝出版社，1990 年 7 月。

10. 《中國文學批評資料彙編──元代》（上、下），曾永義編輯，成文出版社，台北：國立編譯館主編，1978 年 9 月。

11. 《中國文學批評資料彙編──北宋》，黃啓芳編輯，成文出版社，台北：國立編譯館主編，1980 年 9 月。

12. 《中國文學批評資料彙編──南宋》，張健編輯，成文出版社，台北：國立編譯館主編，1978 年 12 月。

13. 《中國文學批評資料彙編──金》，林明德編輯，成文出版社，台北：國立編譯館主編，1979 年 1 月。

14. 《中國文學批評資料彙編──清》（上、下），吳宏一、葉慶炳編輯，成文出版社，台北：國立編譯館主編，1979 年 9 月。

15. 《文學理論資料彙編》（中），台北：丹青圖書有限公司，1985 年 10 月。

（四）詩話、筆記

1. 《滄浪詩話校釋》，嚴羽著，郭紹虞校釋，台北：里仁書局，1987 年 4 月 1 日。

2. 《升庵詩話箋證》，楊慎著，王仲鏞箋證，上海：上海古籍出版社，1987 年 12 月。

3. 《歷代詩話》，冊一、二，清·何文煥輯，台北：漢京文化事業有限公司，1983 年 1 月 1 日。

4. 《宋詩話全編》，吳文治主編，南京，江蘇古籍出版社，1998 年 12 月。

5. 《宋詩話考》，郭紹虞，北京：中華書局，1985 年 4 月。

6. 《宋詩話輯佚》，郭紹虞，北京：中華書局，1987 年 5 月。

7. 《明詩話全編》，吳文治主編，南京，江蘇古籍出版社，1997 年 12 月。

8. 《清詩話》，丁仲祜編訂，台北：藝文印書館，1971 年。

9. 《清詩話續編》，郭紹虞編選、富壽蓀校點，上海：上海古籍出版社，

1983 年。

10. 《詩話叢刊》，台北：弘道文化事業有限公司，1972 年 8 月再版。

11. 《詩人玉屑》，宋・魏慶之，台北：世界書局印行，1980 年 10 月。

12. 《昭昧詹言》，清・方東樹，台北：廣文書局印行，1962 年 8 月。

13. 《石林詩話》，宋・葉夢得，《四庫全書》冊 1478，台北：商務印書館，1983 年。

14. 《苕溪漁隱叢話》，宋・胡仔，《叢書集成初編》，冊 2559～2570，北京：中華書局，1985 年。

15. 《帶經堂詩話》，明・王漁洋，台北：清流出版社，1976 年。

16. 《詩筏》，清・賀貽孫，吳大受刪訂，（吳興叢書），北京：文物出版社，1992 年 2 月（木板刷印）。

17. 《瀛奎律髓彙評》，方回，《四庫全書》，冊 1366，台北：商務印書館，1983 年。

18. 《學齋佔畢》，宋・史繩祖，《四庫全書》，冊 854，台北：商務印書館，1983 年。

19. 《容齋隨筆》，宋・洪邁，《四庫全書》，冊 851，台北：商務印書館，1983 年。

20. 《鐵圍山叢談》，宋・蔡絛，《四庫全書》，冊 1037，台北：商務印書館，1983 年。

21. 《梁谿漫志》，宋・費袞，太原，山西人民出版社，1986 年。

22. 《墨莊漫錄》，宋・張邦基，《叢書集成初編》，冊 2864～2866，北京：中華書局 1984 年 5 月。

23. 《老學庵筆記》，宋・陸游，《叢書集成初編》，冊 2766，北京：中華書局，1984 年 5 月。

24. 《寶晉英光集》，補遺，宋・米芾，《叢書集成初編》冊 1932，北京：中華書局，1985 年 4 月。

25. 《愛日齋叢鈔》，宋・葉寘，《叢書集成初編》冊 325，北京：中華書局，1985 年 4 月。

26. 《文房四譜》，宋・蘇易簡，《叢書集成初編》冊 1493，北京：中華書局，1985 年 4 月。

27. 《甌香館集──畫跋》，清・惲格，《叢書集成初編》冊 2293～2295，北京：中華書局，1985 年 4 月。

28. 《能改齋漫錄》，宋・吳曾，《叢書集成初編》冊 289～291，北京：中華書局，1985 年 4 月。

29. 《歲時廣記》，宋・陳元靚，《叢書集成初編》冊 179～181，北京：中華書局，1985 年 4 月。

30. 《捫虱新話》，宋・陳善，《筆記大觀》，四編，台北：新興書局，1976年。

31. 《茶疏》，明・許次紓，《筆記小說大觀》，五編，台北：新興書局印行，1976 年。

32. 《花經》，宋・張翊，《筆記小說大觀》，五編，台北：新興書局印行，1976 年。

33. 《大觀茶論》，宋徽宗，《筆記小說大觀》，五編，台北：新興書局印行，1976 年。

34. 《東京夢華錄》，宋・孟元老，台北：漢京文化事業有限公司，1984年 3 月 30 日。

五、學位論文

1. 《蘇轍文學研究》，高光惠，台灣大學中文研究所碩士論文，1989年 5 月。

2. 《蘇軾政治生涯與文學的關係》，陳英姬，台灣師大國文研究所博士論文，1989 年 6 月。

3. 《周易人文精神》，輔大中文所碩士論文，1989 年 7 月。

4. 《北宋以文為詩詩風形成原因及其風格之研究》，戴麗霜，國立政治大學中國文學研究所碩士論文，1991 年 6 月。

5. 《北宋詠史詩探論》，陳吉山，國立成功大學歷史語言研究所碩士論文，1993 年。

6. 《蘇軾、蘇轍兄弟唱和詩研究》，廖志超，國立台灣師範大學國文研究所碩士論文，1997 年 6 月。

7. 《北宋園林詩之研究》，林秀珍，台灣師範大學國文研究所碩士論文，1997 年 6 月。

8. 《北宋〈使北詩〉研究》，王祝美，台灣大學中文研究所碩士論文，1997 年 1 月。

9. 《盛唐邊塞詩的審美特質研究》，蘇珊玉，國立高雄師範大學國文研究所博士論文，2000 年 1 月。

10. 《黃庭堅詠物詩研究》，李英華，國立高雄師範大學碩士論文，2002年 1 月。

六、期刊論文

1. 〈論唐詩的語法、用字與意象〉，梅祖麟、高友工，《中外文學》，第一卷，第十期，1973 年 3 月。

2. 〈論唐詩的語法、用字與意象〉，梅祖麟、高友工，《中外文學》，第一卷，第十一期，1973 年 4 月。

3. 〈詩歌創作過程的兩種模式——「詩緣情」與「詩言志」〉，鄭毓瑜，《中外文學》，第十一卷九期，1983 年 2 月。

4. 〈蘇轍之仕宦其及政績〉，吳武雄，《興大中文學報》，卷九，1996 年 1 月。

5. 〈論中國文學的兩大主題——從登樓賦與蕪城賦探討「遠望當歸」與「登臨懷古」〉，廖蔚卿，《幼獅學誌》，第十七卷第三期，1991 年。

6. 〈石鼓——我國的國寶〉，那志良，《美育》，卷十二，1991 年 3 月。

7. 〈從三蘇墓祠談到蘇轍的儒家思想〉，王煜，《哲學與文化》第十八卷第八期，1991 年 8 月。

8. 〈試論石鼓文在中國書法上之重要性〉，蘇瑩輝，《故宮文物月刊》，105 期，1991 年 12 月。

9. 〈蘇子由的道家思想〉，王煜，《中道》，第三十四卷三十八期，1992 年。

10. 〈抒情傳統的本體意識〉，張淑香，《中外文學》，第二十卷第八期，1992 年 1 月。

11. 〈蘇轍的養氣說〉，張靜二，《中外文學》，第二十一卷第一期，1992 年 6 月。

12. 〈蜀文化與陳子昂、李白〉，賈晉華，《唐代文學研究》，第三輯，廣西師範大學出版社，1992 年 8 月。

13. 〈從秦系文字演變的觀點論〈詛楚文〉的真偽及其相關內容〉，陳昭容，中央研究院歷史，《語言研究所集刊》，第六十二期，1993 年 4 月。

14. 〈略說宋詩議論化理趣化〉，朱靖華，《中國人民大學學報》，1994 年第 6 期。

15. 〈形神論對北宋題畫詩的影響〉，林翠華，《宋代文學研究叢刊》，第二，1995 年。

16. 〈中國哲學形上和合的建構——和合形上學（一~四）〉，張立文，《中國文化月刊》，第 180 期～第 183 期，1994 年 10 月～1995 年 1 月。

17. 〈韓愈「以文爲詩」的問題〉，柯萬成，《孔孟月刊》，第二十八卷，

第五期，1995 年。

18. 〈談談宋人的「以爲文詩」〉，張福勛，大陸，《文科教學》，1995 年 1 月。

19. 〈元祐詩風的形成及其特徵〉，張宏生，《宋代文學研究叢刊》，創刊號，1995 年 3 月。

20. 〈蘇轍和文與可洋州園亭三十詠析論〉，張健，《明道文藝》，卷二三五，1995 年 10 月。

21. 〈歐陽脩和北宋以文爲詩詩風的形成〉，黃美鈴，《中華學苑》，卷四十九，1997 年 1 月。

22. 〈一樁歷史的公案——「西園雅集」〉，衣若芬，《中國文哲研究集刊》，第十期，1997 年 3 月。

23. 〈蘇轍「韓幹三馬」及其次韻詩〉，衣若芬，《宋代文學研究叢刊》，第三期，1997 年 7 月。

24. 〈蘇轍〈中秋月〉詩賞析——兼述蘇軾、蘇轍兩人的一段中秋緣、手足情〉，李宜芬，《中國文化月刊》，卷二一三，1997 年 12 月。

25. 〈北宋題人像畫析論〉，衣若芬，《中國文哲研究集刊》，第十三期，1998 年 9 月。

26. 〈「以文爲詩」辨——關於唐宋詩變中一個文學觀念的檢討〉，郭鵬，《北京大學學報》（哲學社會科學版），1999 年第一期，第三十六卷。

27. 〈蘇轍的一首政治詩——八璽〉，孔凡禮，《文史知識》，1999 年第一期。

28. 〈「少公峭拔千尋麓」——熙寧變法時期的蘇轍詩〉，唐驥，《寧夏大學學報》，第 21 卷 1999 第三期（哲學社會科學版）。

29. 〈論蘇軾與蘇轍的同題分詠詩〉，蔡秀玲，《台中商專學報》，第 31 期，1999 年 6 月。

30. 〈唐宋文化變遷之研究〉，龔鵬程，《國文學誌》，第三期，1999 年 6 月。

31. 〈「以文爲詩」述評〉，高玉，《湖北民族學院學報》（哲學社會科版），2000 年第十八卷，第三期。

32. 〈錢鍾書先生談『意象』〉，敏澤，《文學遺產》，第二期，2000 年。

33. 〈宋代題「詩意圖」詩析論——以題「歸去來圖」「憩寂圖」「陽關圖」爲例〉，衣若芬，《中國文哲研究集刊》，第十六期，2000 年 3 月。

34. 〈唐代懷古詩研究〉，侯迺慧，《中國古典文學研究》，第三期，2000 年 6 月。

35. 〈由「意境視域」探究宋詩的比興思維〉，楊雅惠，《第五屆中國詩學會議輪文集》，彰化師範大學國文系，2000 年 10 月。

36. 〈論蘇轍的佛家思想〉，王煜，《香港韶關學院學報》，2001 年 8 月。

37. 〈夢幻與眞如——蘇、黃的禪悅傾向與其詩歌意象的聯繫〉，周裕鍇，《文學遺產》，2001 年第 3 期。

38. 〈宋詩「議論」探源與評述〉，郝廣霖，《山東教育學院學報》，2001 年第三期。

39. 〈我年十九識君翁——蘇轍與歐陽脩的交誼〉，王素琴，《中國文化月刊》，第 257 期，2001 年 8 月。

40. 〈蘇軾蘇轍邊塞詩之主題與風格〉，張高評，於四川眉山「紀念蘇軾逝世 900 週年學術研討會」，2001 年 8 月 20 日～24 日。

41. 〈蘇轍的齊魯情結〉，劉乃昌，《山東大學東岳論叢》，第二十二卷第五期，2001 年 9 月。

42. 〈蘇轍研究綜述〉，李冬梅，《許昌師專學報》，第 21 卷第 3 期，2002 年 5 月。

43. 〈蘇轍題畫詩研究〉，林秀珍，《中國古典文學研究》，第七期，2002 年 6 月。

44. 〈蘇轍崇道思想及其文論〉，林秀珍，《人文及社會科學通訊》，第十三卷第一期，2002 年 6 月。

45. 〈清初宗唐詩話與唐宋詩之爭——以「宋詩得失論爲考察重點」〉，張高評，《中國文學與文化研究》，第一期，台北：學生書局，2002 年 6 月。

46. 〈蘇轍〈春秋集傳〉以史傳經初探〉，張師高評，宋代經學研討會，中央研究院中國文哲研究所發表論文，2002 年 11 月 20 日～22 日。

六、網路資料

網路展書讀——元智大學羅鳳珠——中國文學網路研究室——宋詩
http://cls.admin.yzu.edu.tw。